KiWi
PAPERBACK

1121

Das Buch

Deutschland, Mitte der 90er Jahre. Das ganze Land ist im Techno-Fieber. Der junge Bankmanager Felix will Teil dieser neuen, euphorischen Welt sein. Er träumt von Rausch und Erfüllung auf den Dancefloors, wo bloß eines zählt: tanzen. Widerwillig sitzt er die Zeit im Büro ab, um sich umso heftiger nachts in die Clubs zu stürzen und das Gemeinschaftsgefühl der pumpenden, schwitzenden Masse zu genießen. Hier verliebt er sich in Karla, die als DJ arbeitet und zunächst nichts von ihm wissen will. Felix heftet sich an ihre Spuren und taucht auf der Suche nach Befreiung, Extase und Glück tief ein in die Parallelwelt zwischen Tresor, E-Werk, Mayday und Love Parade. Stets ist er auf der Suche nach dem noch intensiveren Gefühl, der noch härteren Abfahrt, dem nächsten Höhepunkt, bis er völlig aus seinem alten Leben fällt – und doch noch einen Weg findet, wie er Karla gewinnen kann.

Rainer Schmidt ist ein mitreißender Roman über die Liebe in den glorreichen Techno-Jahren gelungen – so lustig, ehrlich und packend ist das deutsche Nachtleben noch nicht beschrieben worden.

Der Autor

Rainer Schmidt, aufgewachsen in der Nähe von Düsseldorf, verfiel der elektronischen Musik Anfang der 90er Jahre in Frankfurt und London, wo er studierte und mehrere Jahre für den BBC World Service arbeitete. Zurück in Deutschland war er leidenschaftlicher Clubgänger und intimer Kenner der hiesigen Techno-Szene, in deren Mitte er sich lange bewegte. Er arbeitete als Journalist unter anderem für das ZEITmagazin, SPIEGELreporter und Vanity Fair. Rainer Schmidt ist heute Autor und lebt in Berlin. Bei Kiepenheuer & Witsch veröffentlichte er 2008 seinen Debütroman »Wie lange noch« (KiWi 1029).

Rainer Schmidt

Liebestänze

Roman

Kiepenheuer & Witsch

1. Auflage 2009

Gesetzt aus der Aldus
Satz: Pinkuin Satz und Datentechnik, Berlin
Druck und Bindung: CPI – Clausen & Bosse, Leck
ISBN 978-3-462-04151-4

1. Poison

Felix leerte sein Glas in einem Zug, schaute wieder zu der Frau am Ende des Tresens und fragte sich, warum er ausgerechnet sie gerade geheiratet hatte. Er musterte ihre schmalen Hüften, die geraden, schlanken Beine und zierlichen Fesseln, ihr Anblick gefiel ihm. Auch an den großen, dunklen Augen und den kleinen, festen Brüsten, die er unter ihrem Shirt erkennen konnte, war nichts auszusetzen. Aber dennoch. Sie blickte kurz zu ihm herüber, er nickte ihr zu, sie reagierte nicht. Felix zuckte mit den Schultern und bestellte einen neuen Jägermeister. Seine Frau lächelte spöttisch. Der Schnaps brannte scharf im Hals.

Das war eine Zwangshochzeit, dachte er, sie hat mich völlig überrumpelt, meine Schwäche und Euphorie eiskalt ausgenutzt. Dagegen muss man vorgehen können, gleich nach dem Aufstehen werde ich einen Anwalt einschalten und das genau prüfen lassen.

Er hatte nur einen Abend mit seinen Freunden in der alten Heimat Düsseldorf feiern wollen. Einen richtigen Absturz hatten sie geplant, aber doch nicht gleich so einen Lebensabsturz, dachte Felix. Alles war sehr schnell gegangen, er konnte sich nicht einmal mehr richtig an die Zeremonie erinnern, und wo waren nur die Papiere? Auf dem Tresen lag nichts, fahrig tastete er seine Hosentaschen ab, mit einem schnellen Blick kontrollierte er den Boden neben dem Barhocker – sie mussten irgendwo sein, die Dokumente, die sein Schicksal besiegelten.

Wie würde er diese Spontanvermählung bloß den anderen erklären? Er verstand ja nicht einmal selbst, wie es dazu hatte kommen können.

Felix fühlte eine Erschütterung, er hörte die schweren, neu einsetzenden Bässe und drehte sich um. Hunderte Arme reckten sich zum DJ, ein Kreischen und Tosen schwappte wellengleich durch den riesigen Raum, er sah leuchtende Gesichter überall, er spürte das aufgeregte Wummern der Herzschläge, und beinahe hätte er sich mitreißen lassen, aber nein, dachte Felix, es gibt keinen Grund mehr, fröhlich zu tanzen, jetzt, da ich an den schwersten Ketten hänge, weil ich mal eben heiraten musste. Aber schön, dass auf meiner Hochzeitsfeier alle Spaß haben, alle – außer mir.

Der Ohlsen stieß ihn an.

»Mund auf!«

Felix tat mechanisch, wie ihm geheißen, er spürte das kleine, raue Ding auf der Zunge, zermalmte es zwischen den Backenzähnen und leerte schnell das angebotene Glas Wasser, weil er den bitteren Geschmack nicht ertragen konnte. »Auf euern Ohlsen ist eben Verlass«, sagte der Freund und lachte hell auf. Der Ohlsen, dem nichts mehr schmeichelte, als wenn man ihn »Gröraz« nannte, den »Größten Raver aller Zeiten«, wie er sich einmal selbst getauft hatte, schlug Felix und Mike auf die Schultern. Wenn der so lacht, dachte Felix und betrachtete fasziniert den riesigen Ohlsenschen Mund und damit sogleich die irren Ohlsenschen Gesichts-Proportionen, sieht er aus wie Jack Nicholson als Joker im Batman-Film.

Die klatschnassen Gesichter der beiden Freunde strahlten ihn an. Sie ahnten nichts. Es war tatsächlich so schnell gegangen, dass selbst sie nichts mitbekommen hatten.

»Mike«, sagte Felix leise, »siehst du das Mädchen dahinten am Tresen?«

»Ja klar, süß, die gefällt dir wohl?«

Mike winkte zu ihr herüber und prostete ihr zu.

Felix fiel ihm in den Arm.

»Nicht, hör auf damit. Ich habe ein Problem.«

»Was denn für ein Problem?«

»Nicht so laut Mike, leise.«

Mike kam noch näher und wiederholte betont flüsternd die Frage:

»Was für ein Problem?«

So lustig fand der Mike seinen eigenen Auftritt, dass er kaum an sich halten konnte. Der erkennt in keinster Weise den wahren Ernst der Lage, dachte Felix, der ahnt noch nicht, in welch fürchterliche Sackgasse ich gelaufen bin.

»Mike, ich habe die eben geheiratet.«

»Was?«

»Ich habe die eben geheiratet, ich weiß auch nicht, wie es passiert ist.«

»Na dann, herzlichen Glückwunsch.«

Mike wollte sich wieder zum Ohlsen drehen, aber Felix hielt ihn fest.

»Mike, bitte, glaub mir, das ist kein Witz. Ich bin das Opfer einer Zwangshochzeit geworden. Ich bin am Ende. Du musst mir helfen.«

Der Freund blickte ihn ernst an.

»Zwangshochzeit, ja?«

»Genau.«

»Mit der da vorne am Tresen, ja?«

»Exakt!«

Endlich nahm Mike ihn ernst, Felix fühlte sich sofort etwas besser.

»Ohlsen!?«

Mike zog den Ohlsen zu sich.

»Ja?!«

»Sag mal, was drückst du Felix eigentlich den ganzen Abend für Sachen rein?«

»Wieso?«

»Weil Felix glaubt, er habe die Maus da vorne gerade geehelicht.«

Der Ohlsen lachte und küsste Felix unvermittelt auf die Stirn. Mike hielt ihn fest.

»Ohlsen, Felix glaubt wirklich, er sei mit der verheiratet.«

»Au weia. Wie wäre es mal mit ein bisschen Wasser zwischendurch?!«

»Mike, ich …!«

»Schon gut, Felix, keine Panik, das kriegen wir alles wieder hin. Wie heißt deine Frau?«

Felix sah, wie ihre Mundwinkel zitterten und sie die Lippen aufeinanderpressten, aber er brauchte die beiden Freunde jetzt, er hatte keine andere Wahl.

»Ich, tja, ich habe es vergessen, keine Ahnung, aber das heißt gar nichts, ich …«

Schon war Mike mit einem Satz bei dem Mädchen, gestikulierte mit Händen und Füßen, zeigte zu ihm herüber. Felix fühlte sich wie einbetoniert auf dem Hocker, sah, wie sie ihn anstarrte, dann lachten sie, Mike und seine Frau hatten Spaß, so viel war klar, jetzt wischte sie kopfschüttelnd mit der flachen Hand fröhlich vor ihrem Gesicht herum, sie hielt ihn für bescheuert, so viel war auch klar. Gerade frischvermählt, schon behandelte sie ihn wie einen Spinner. Da habe ich einen richtigen Volltreffer gelandet, dachte Felix, das kann ja eine lustige Ehe werden. Er wäre gerne auf der Stelle verschwunden, er wusste bloß nicht wie und wohin.

»Entwarnung, Felix«, sagte ein aufgeräumter Mike, »keine Heirat, keine Probleme, sie heißt Yvonne und kennt dich nicht, sie hat noch nie mit dir gesprochen, aber du würdest seit Stunden zu ihr rüberstarren. Eigentlich findet sie dich ganz süß, du hättest sie ruhig ansprechen können, aber du bist ihr vielleicht doch ein bisschen zu drüber.«

Jetzt verleugnet sie mich auch noch, meine eigene Frau, resümierte Felix kurz, es ist nicht zu fassen.

Die Schwierigkeiten hatten schon früher am Abend begonnen. Nach seinem letzten Bewerbungsgespräch bei einer Bank auf der Kö hatte er sich mit den alten Freunden in einem Fischrestaurant getroffen, um seine absehbare Wiederkehr aus London zu feiern, wo er seit dem Studium an der Börse arbeitete. Schon da hatte der Ohlsen immer wieder seine Pillen, die er nur »Hostien« nannte, verteilt. Die anderen wollten weitertrinken, aber Mike hatte ihn gedrängt, auf jeden Fall noch mit dem Ohlsen ins Poison am Hauptbahnhof zu kommen.

»Vergiss die anderen«, hatte Mike immer wieder gesagt, »die verstehen rein gar nichts, die haben keine Ahnung«, und Felix musste ihm sofort recht geben. Der Roloff und der Tom, die alten Weggefährten, rümpften nur die Nase, wenn von Techno oder House gesprochen wurde, und das mit so einer Inbrunst und so einem Hass, wie man ja sagen musste, dass Diskussionen darüber sinnlos waren. Sie hatten ihren 80er-Jahre-Punk-Wave-Geschmack konserviert wie die früh vergreisten Alt-68er ihre Rock-Grausamkeiten, dachte Felix, es war zwecklos.

Kurz nach ihrer Ankunft im Poison hatte Felix die anderen beiden verloren und war durch den Club geirrt, immer aufgeregter war er geworden durch die üppigen Ohlsenschen Gaben, für eine kurze Zeit hatte er gar nicht mehr gewusst, wo er überhaupt war, also hatte er einfach getanzt. Immer besser hatte er sich dabei gefühlt, ganz vertraut waren ihm die wiegenden Massen um ihn herum allmählich erschienen, und plötzlich wusste er wieder, wo er war und was das alles zu bedeuten hatte: Das ist natürlich das Bewerbungstanzen der Bank, bei der ich heute war, hatte er begeistert gedacht, nur wer hier mithält, bekommt den Job. Und irgendwo da oben sitzen die Geschäftsführer und beobachten uns, das ist ja toll, dass die so etwas veranstalten. Da musste er lachen und schmiss die Arme noch höher, und was für sagenhafte Frauen sich auch um diese Stelle bewerben, hatte er denken müssen und sich noch mehr gefreut.

Eine tanzte direkt neben ihm, in sich versunken, die Lider halb geschlossen, ihre Bewegungen waren von einer lässigen Ernsthaftigkeit, gar nicht sattsehen konnte er sich an ihrem Körper, der sich elegant an die Töne schmiegte. Ihr blondes Haar lag wie ein goldener Schleier auf ihrem Kopf, und je länger er sie betrachtete, desto stärker spürte er den Zauber der Gemeinsamkeit. Ihre Bewegungen waren harmonisch auf seine abgestimmt, er spürte es genau, es war die hohe Poesie des getrennt Zusammentanzens.

In einer ruhigeren Phase fragte er sie: »Und wann hast du deine Bewerbungsunterlagen eingereicht?«

Sie riss die Augen weit auf und rückte etwas von ihm ab.

Vielleicht hat sie mich nicht richtig verstanden, dachte Felix, und schob seinen Mund noch näher an ihr Ohr: »Vielleicht werden wir ja bald schon Kollegen, ich würde mich freuen!«

Da stieß sie ihn vor die Brust und sagte etwas, das sich anhörte wie: »Was willst du denn?« oder »Wie bist du denn drauf?!«

Verwirrt war er zur Theke geeilt – und gleich in die Zwangshochzeits-Falle gestolpert.

»Felix, verstehst du mich? Du bist nicht verheiratet, das ist alles Quatsch, die Frau will nichts von dir, mach dich mal locker und trink endlich mehr Wasser!«

»Bist du dir sicher?«

»Völlig. Du kannst mir vertrauen!«

»Echt?«

»Mann! Ja!«

Ausgelassen lachten Mike und der Ohlsen ihn an, er stimmte mit ein und drückte beide an seine Brust. Sie hatten ihn gerettet, seine Zukunft, einfach alles, nie hatte er sich ihnen näher gefühlt, er wollte sie nie wieder loslassen.

»Felix?!«

»Ja?«

»Weißt du was, du bist völlig überarbeitet, das ganze Börsending macht dich kaputt.«

»Was meinst du?«

»Vergiss das mit den Bewerbungen in Düsseldorf und in Frankfurt. Was willst du denn da alleine? Das hier ist doch die Welt, wie wir sie wirklich wollen!«

Mit ausladender Geste wischte Mike mit einem Arm durch den Raum über die Köpfe der Tanzenden und Schreienden.

»Tolle Ansage, Mike, ich bin im Gegensatz zu dir kein Student mehr, ich muss irgendwo arbeiten.«

»Aber dann komm wenigstens mit uns nach Berlin, der Ohlsen ist schon da, ich ziehe nächsten Monat hin. Hier gibt es das Poison, da haben wir hundert Poisons. Du kannst dir gar nicht vorstellen, was da gerade los ist, die Stadt kocht und brodelt, neue Clubs überall, die Parade, die irrsten Locations, alle feiern tagelang durch, da müssen wir doch dabei sein, bevor es zu spät ist.«

»In Berlin gibt es keine Jobs und kein Geld!«

»Mann, irgend so einen Bankenjob wirst du da doch auch finden. Vor allem einen, der dich nicht mehr so stresst.«

»Und du ziehst da auch hin, wirklich?«

»Ja klar, was soll ich denn noch hier? Erst du weg, jetzt auch noch der Ohlsen?! Überleg's dir.«

Noch ehe Felix darauf etwas antworten konnte, war Mike mit dem Ohlsen schon zum Dancefloor geeilt, den es als abgegrenzten Ort gar nicht mehr gab, mittlerweile wurde überall getanzt. Einige waren auf den Tresen gesprungen, auf den im Raum verteilten Podesten drängelten sich Dutzende und mussten sich gegenseitig festhalten, um nicht herunterzustürzen, auch auf den Balustraden gab es keine Stillsteher mehr, eine ungeheuere Hocherregungs-Energie hatte alle erfasst, und dann verstand Felix auch, warum: Deutlich vernahm er ein bekanntes, helles Pulsieren, gefolgt vom Einsetzen des vorwärtstreibenden Beats, der von den spitzen Schreien der ganzen Halle begraben zu werden drohte – die gesamte Poison-Besatzung bejubelte völlig außer sich die Wahl des DJs: der Klassiker »The Age of Love«.

Felix sprang automatisch auf, bestellt werden konnte an der Theke ohnehin nichts mehr, denn wie er rissen sie auch hinter der Bar die Arme hoch und gaben sich dem Stück hin, das mit seinen leicht sphärischen Trance-Tönen Felix sofort an den Sound der großen Londoner Clubs erinnerte, die – wie die Läden im Rheinland – keine Angst vor dem Pathos der Musik kannten.

Felix stolperte zur Toilette, Frauen oder Männer, das war jetzt egal, es gab nur ein großes Miteinander, bei allem und überall. Vor den Kabinen drängten sich Pärchen und kleine Grüppchen, niemand stand vor den Becken an, im Vorbeigehen sah er durch eine halb offene Tür Mike über einem halb nackten Rücken, ein Gesicht, das ihn an seine Ehefrau vom Tresen erinnerte, ein Rock in Kniehöhe, vielleicht war es auch eine Jeans, Mike lachte gackernd und schlug die Tür zu. Der Ohlsen stürzte mit zwei Jungen aus einer anderen Kabine und sog lautstark Luft oder was auch immer ein, mit den Fingern ein Nasenloch fest zugepresst. Felix sah sich im Spiegel, ein verschwitztes Gesicht, rote Flecken überall, die Haare standen kreuz und quer, ein Mädchen küsste ihn ohne Vorwarnung schwungvoll auf den Mund, sie mussten beide lachen.

Felix wurde in der Halle von der Masse verschluckt und ließ sich einfach treiben, schwitzend und glückselig sah er überall glühende Körper, von innen erleuchtet durch den hellen, alles durchdringenden Schein der Musik.

Er liebte die nervöse Energie, die entstand, wenn der Bass aussetzte, er konnte sich nicht sattsehen an der Fassungslosigkeit in den Gesichtern – Der DJ nimmt uns einfach unseren Bass weg! – gefolgt vom wissenden Lächeln der Tanzgemeinde, der Vorfreude auf den erwarteten Effekt, die zärtliche Wut auf den DJ, der sie zappeln lässt, der ihre Blutzufuhr lustvoll unterbricht, wie dann alle immer lauter und energischer, immer fordernder nach dem Bass rufen, wie aus dem einzelnen Verlangen ein kollektiver Aufschrei wird, wie der DJ den Höhepunkt immer weiter hinauszögert, bis sie ihn anflehen, dass er sie endlich wieder beglückt, die unerhörte Sekundenbruchteilstille, ja, bitte, gib ihn uns wieder, und dann lässt der DJ endlich den Bass wieder auf sie fallen, wie eine frohe, mächtige Botschaft, eine Botschaft, dachte Felix, die von weiterem Glück und Auflösung kündet und uns gnadenlos eingehämmert werden muss, damit wir sie auch wirklich alle und restlos verstehen.

Nicht weit von sich sah er Mike und den Ohlsen ohne Shirts auf einem Podest, ihre Oberkörper glänzten, die Scheinwerfer flackerten über ihre aufgerissenen Gesichter, mit den Fingern bohrten sie tief in die Luft, sie winkten ihn zu sich, er schüttelte bloß den Kopf und lachte. Wenn es doch immer so sein könnte.

»Das hier ist doch die Welt, wie wir sie wirklich wollen!« Mike hat recht, dachte Felix, überwältigt von der Schönheit des Sounds und dem Zauber der Körperlichkeit inmitten der vielen anderen.

Schon zu lange hielt er es in London nicht mehr aus, den Gestank und den Dreck, die irrsinnige Hatz dort überall und zu jeder Zeit, den Geldwahnsinn in der City und in jedem noch so klar wirkenden Kopf, die unsichtbaren Mauern an jeder Ecke – deswegen bewarb er sich ja überall in Deutschland. Wie ein Besessener hatte er sich anfangs in den Finanzdistrikt hineingewühlt, von der London School of Economics gleich zu einem der führenden Bankhäuser, die Nervosität der internationalen Finanzströme war die Energie, die ihn angestachelt hatte. Teil des globalen Spiels sein, um jeden Preis, so effizient und analytisch wie die anderen in den Trade Rooms von Barclays, der großen britischen Bank, das war sein Ziel gewesen, überlegte Felix und merkte, wie er vom Rand in die Mitte des Raumes gespült wurde. Und als die Summen immer größer und seine Augenringe immer tiefer wurden, wusste er von einem Tag auf den anderen nicht mehr, warum er das alles machte. Plötzlich waren die Zahlenkolonnen auf seinem Schirm nur noch lang und stumpf, fort war die Magie, übrig blieb eine große Kälte, eine unbestimmte Sehnsucht, die er immer seltener bis zu den last orders im Pub um die Ecke wegtrinken konnte. Kurse rauf, Kurse runter, wen interessierte das wirklich? Er hielt das hohle Geschnatter seiner Kollegen so wenig aus wie die nervenden Pilgerfahrten der Besucher aus Deutschland, die ein London suchten, das es für ihn gar nicht gab.

Vielleicht hatte Mike recht. Wenn er jetzt nach Frankfurt oder Düsseldorf gehen würde, alleine, was sollte da so großartig anders sein? In Berlin gäbe es wenigstens noch etwas anderes neben den Zahlen, eine bessere Welt.

Er würde darüber morgen ernsthaft nachdenken müssen.

Irgendwann setzte die Musik abrupt aus, komplett. Die Stille dröhnte, die Menge konnte es nicht glauben, das durfte doch nicht wahr sein, dass es so etwas noch gibt, Sperrstunde?!

Wie einen zähen Lavastrom trieb es die Entrückten und Enttäuschten auf den Vorplatz, da dämmerte es, grau und diffus erschien das Licht, wer fährt noch wohin, kann man da mit, was ist mit dem Tribehouse in Neuss, und was mit dem Ratinger Hof? Der Ohlsen tanzte vor dem Bahnhof einfach weiter zu der Musik in seinem Kopf, seine Arme flogen durch die Luft, er lachte sein Joker-Lachen, er küsste eine kleine Blonde, sie grinsten sich an – und waren plötzlich weg.

Schweigend fuhr Felix im Taxi mit zu Mike, in ihnen hallte das Erlebte nach.

In der Wohnung legte sich Felix sofort auf das Sofa, der Freund hörte den Anrufbeantworter ab.

»Mist, Tom hat angerufen, wo wir denn bleiben würden, wir waren verabredet um sieben.«

»Wann hat der angerufen?«

»Um viertel nach sieben.«

»Und wie viel Uhr haben wir jetzt?«

»Gleich acht.«

Felix richtete sich auf.

»Warum ruft der morgens um viertel nach sieben an? Der spinnt doch.«

»Felix?«

»Ja?«

»Es ist acht Uhr abends, wir waren um 19 Uhr verabredet.«

»Wie? Du hast doch eben gesagt …«

»Felix, es ist Samstagabend, nicht Samstagmorgen, wir sind gestern Abend ins Poison gegangen, verstehst du, das war vor 24 Stunden.«

Felix starrte ihn an.

»Ich habe dir doch gesagt, du musst mal ein bisschen entspannen. Überleg dir das mit Berlin. Übrigens ist Karla auch da. Die ist mittlerweile ein richtig bekannter DJ.«

»Karla? Meine Karla?«

Mike lachte.

»Genau, *deine* Karla. Und jetzt Gute Nacht.«

Felix schloss die Augen, kleine Blitze explodierten hinter geschlossenen Lidern, ein Bass wummerte von ferne.

Karla, dachte er, wie lange habe ich ihren Namen schon nicht mehr gehört. Fast hatte er die Gedanken an sie schon erfolgreich verdrängt.

Vielleicht war Berlin tatsächlich eine gute Idee.

2. Berlin

Felix fuhr an der Siegessäule vorbei Richtung Brandenburger Tor, das Radio bis zum Anschlag aufgedreht.

Natürlich war das ein Umweg, wenn man von Charlottenburg nach Kreuzberg wollte, wo Mike auf ihn wartete, aber keine andere Straße löste ein ähnliches Hochgefühl in ihm aus, diese Weite, diese Größe, und am Ende keine Mauer mehr, er trommelte mit den Fingern begeistert auf das Lenkrad. In den 80er Jahren hatte seine ältere Schwester auf dieser Strecke immer das Tape mit Fisher Z eingelegt, deren Hit »Berlin« war der Sound für das Roadmovie, in dem sie die Hauptrolle spielten, wenn sie die Hauptstadt besuchten. Jetzt brachten ihn die ruhigen Beats von Radio Fritz in die richtige Stimmung für den Abend. Mit Mike würde er den Ohlsen und ein paar Freundinnen abholen und dann in die Nacht starten.

Noch keine Sekunde hatte er seinen Umzug nach Berlin vor ein paar Wochen bereut. Die Entscheidung war praktisch schon nach jener Nacht in Düsseldorf gefallen und später auch dann nicht mehr von ihm angezweifelt worden, als Angebote von Frankfurter und Düsseldorfer Bankhäusern kamen.

Große Namen, große Gehälter, das interessiert mich alles nicht mehr, hatte er bloß gedacht, dahinter verbirgt sich auch nichts anderes als eine weitere große Zeit- und Lebensvergeudung.

»Das ist doch die Welt, wie wir sie wirklich wollen!« –

dieser Mikesche Wahrheits-Satz ließ ihn nicht mehr los. Er wollte nicht mehr nur darüber lesen, wenn da draußen in jeder Sekunde, in jeder Minute der Nacht Geschichte geschrieben und frisches Erfahrungskapital angehäuft wurde, er wollte sich seinen Teil persönlich abholen.

Überraschend schnell hatte er in Berlin bei einem Institut einen Job als Berater für vermögende Privatkunden bekommen. London School of Economics, mehrere Jahre in der City, das hatte gleich mehrere Geschäftsleitungen beeindruckt. Seine Unlust und sein plötzlich ganz grundsätzliches Desinteresse an der Finanzwelt konnte er für die Dauer der Einstellungsgespräche unterdrücken. Sie wollen doch die Heuchelei und die Lügen, das ist Teil ihres Geschäftes, hatte er in den Direktorenzimmern nur gedacht, kein Zweifel darf ihre klägliche Weltsicht erschüttern, dafür bezahlen sie mich, das ist der Deal. Er brauchte Geld für die Expeditionen in die Welt, die er wirklich wollte, das war alles.

Er wohnte in einer kleinen Hinterhaus-Wohnung in der Mommsenstraße in Charlottenburg, die Freunden seiner Eltern gehörte, Mike und den Ohlsen hatte es nach Kreuzberg verschlagen, ins alte SO36.

In der Nähe des Schlesischen Tors sprang Mike auf der Skalitzer Straße vor seinem grauschwarzen Altbau in das Auto, zusammen fuhren sie in die Wiener Straße, wo der Ohlsen in einem Hinterhof im vierten Stock wohnte.

Langsam gingen sie die Holztreppe hoch, ausgetretene Stufen, im Geländer fehlte jede vierte Sprosse, ein scharfer Brandgeruch zog durch den Flur; Felix hatte schon vergessen, dass es das tatsächlich noch gab: Kohleöfen. Weil sich alle so auf den Osten fixieren, bekommt niemand mehr das Elend in Teilen des alten Berliner Westens, wie hier in Kreuzberg, richtig mit, dachte Felix.

Während jede ostdeutsche Winzgemeinde möglichst viel

Geld für, wie man ja sagen musste, möglichst unnötige, schon bei ihrer Planung klar als Fehlinvestitionen erkennbare Ausgaben bekam, zerfielen im Gebiet der früheren Bundesrepublik die kaputten Bezirke in Städten wie Bremen oder Dortmund oder eben der Hauptstadt zu noch kaputteren Sozialruinen, an denen alle Geldströme vorbeiflossen und in denen hohe, zweistellige Erwerbslosenquoten als normal galten. Gerade hier in Kreuzberg sah es praktisch noch aus wie in den zugemauerten 80ern, deren Schrebergartenmentalität lediglich ein paar schwäbische Autonomentrottel hinterhertrauerten.

»Herzlich willkommen in Cape Canaveral, die Triebwerke werden in wenigen Sekunden gezündet, die Herren kommen gerade rechtzeitig zum Vorglühen!«

Mit frisch gefärbten, raspelkurzen, weißblonden Haaren, die er stolz vor Tagen angekündigt hatte, stand der Ohlsen grinsend im Flur, barfuß, mit freiem Oberkörper und einer Camouflage-Hose. Er umarmte sie, als hätten sie gerade einen Flugzeugabsturz überlebt und sich seit dem Unglück aus den Augen verloren. Im sogenannten Wohnzimmer, in dem außer einem alten Sofa praktisch nur zwei riesige Boxentürme und deckenhohe Regale mit einer aberwitzigen Zahl von Platten standen, begrüßten sie Tessi und Doro, des Ohlsens aktuell liebste Ausgehfreundinnen.

»Coole Frisur, Ohlsen, was sagt denn dein Chef dazu?«, fragte Felix den Freund, der sich vor einen provisorischen Tisch aus Holzplatte und Backsteinen gehockt hatte und mit größter Konzentration ein paar Lines Speed baute. Der Ohlsen sah kurz auf, entblößte seine schneeweißen Zähne und sagte: »Das ist mir ab heute völlig egal!«

Felix und Mike blickten sich kurz an. Was für einen Job der Ohlsen in Berlin genau machte, hatten sie nie richtig verstanden, irgendwas bei einer Druckerei, von einem Traumjob hatte er gesprochen, wie es ihn nur wenige gebe,

Dienstwagen und Verantwortung inklusive, nirgendwo anders wolle er arbeiten, nur da könne er sein wahres Talent frei entfalten, hatte er öfters getönt, ohne sie je mit Einzelheiten zu behelligen, aber dass er dabei auch auf Kunden traf und sein Chef extremen Wert auf ein tadelloses, seriöses Äußeres legte, das war niemandem entgangen.

»Was soll das bedeuten, Ohlsen, du sprichst in Rätseln!«

Tessi und Doro kicherten, der Ohlsen zog eine Pulverwurst durch ein silbernes Röhrchen und sammelte die Staubreste mit seinem angeleckten Zeigefinger auf.

»Ich habe heute gekündigt, und zwar fristlos!«

Triumphierend funkelte er sie an, Doro und Tessi küssten ihn von links und rechts auf die Wange wie einen Tour-de-France-Etappensieger. Mike kniete neben dem sogenannten Tisch mit offenem Mund, Felix versuchte, die Botschaft in ihrer ganzen Endgültigkeit zu verstehen.

»Wie meinst du das denn, Ohlsen?«, fragte Felix und ärgerte sich sofort darüber. Wie sollte der das schon meinen, wie sollte man den doch recht überschaubaren Satz »Ich habe gekündigt« denn anders verstehen können, als dass der Ohlsen offensichtlich gekündigt hatte?

»Der Techno-Gott hat mir ein Zeichen gegeben und mir bedeutet, ich solle mich nicht mehr durch profanes Tun ablenken lassen, sondern auf das Wesentliche konzentrieren.«

»Zahlt der Techno-Gott dafür auch?«, hörte sich Felix fragen und dachte sogleich, dass er heute den Rekord für überflüssige Bemerkungen locker brechen würde.

»Mann, Felix, wir sind kurz davor, die Weltherrschaft zu übernehmen, Millionen tanzen und kaufen Platten, das ganze Land feiert Tag und Nacht, überall entstehen neue kleine Firmen und Imperien, eine ganz neue Welt, da werde ich ja wohl irgendwo auch ein bisschen Geld verdienen können.«

Felix nickte stumm, Mike schüttelte den Kopf ohne erkennbaren Sinn.

Der Ohlsen sprang elektrisiert auf die Holzplatte, breitete die Arme aus und rief in den Raum: »Wenn ich mich entscheiden muss zwischen einem Bad in der Wanne und Surfen vor Hawaii, überlege ich doch auch nicht lange. Hier in Berlin rauscht gerade die Welle, the Big One, wer jetzt nicht mitsurft, wird die verpasste Chance wie eine nässende Wunde durch sein ganzes Leben tragen und in verzehrender Melancholie dem Unwiederholbaren hinterhertrauern. Das aber gilt es um jeden Preis zu vermeiden, das ist ab sofort unser aller Lebensauftrag, deswegen sind wir doch hier!«

Alle starrten den Ohlsen an, der sich wie ein Redner vor dem römischen Senat in Positur geworfen hatte, eine Hand auf dem Herzen, einen Arm weit in den Raum gestreckt.

»Wir sind mitten in einem historischen Umbruch, im Auge des Orkans. Wir alle haben die Anfangsphase irgendwie verpasst, aber egal, umso dringlicher ist es jetzt, ab sofort keine Kompromisse mehr einzugehen! Wir müssen in das warme Wasser der Menschenmöglichkeiten springen und dort schwimmen bis ans Ende unserer Tage!«

Tessi, Doro, Mike und Felix applaudierten ihrem Ohlsen, dem Größten Raver aller Zeiten, der sich theatralisch verbeugte und Mike gönnerhaft sein silbernes Röhrchen übergab.

Die Ohlsenschen Worte beeindruckten Felix, die Konsequenz erinnerte ihn auf das unangenehmste an die eigene Inkonsequenz, wie er sie nur nennen konnte. Er schleppte sich jeden Morgen in die Bank, wo er Leidenschaft simulierte, sobald es gefordert war, während er sich doch nur acht oder zehn zähe Stunden nach der wahren Leidenschaft sehnte, die sie nachts suchten.

Felix betrachtete lächelnd den Freund, der vor innerem Aufruhr kaum noch wusste, wo er mit sich und seinen Gedanken hin sollte.

Wen er wieder alles kennengelernt hatte, wo sie unbedingt heute noch hingehen müssten, wen er schon informiert habe und auf welchen Gästelisten sie ganz oben stünden, gar nicht mehr aufhören konnte der Ohlsen, der sich alle paar Sekunden wiehernd, wie Felix es nur bezeichnen konnte, so animalisch waren die Ohlsenschen Lachlaute, auf die Schenkel schlug, den großen Ohlsenschen Mund weit geöffnet, die perfekten Zähne bis zum rosaroten Zahnfleisch entblößt. Tessi und Doro nickten und gluckten, von Zeit zu Zeit schüttelten sie mit hochgezogenen Augenbrauen die Köpfe oder knufften ihm in die Seite, als könnten sie ihren Gröraz von den allerübertriebensten Übertreibungen zurückhalten.

Es ist diese irre Energie, die er ausstrahlt, der elektrisierte und elektrisierende Optimismus, den der Ohlsen verbreitet, dachte Felix, der wie nichts anderes den Geist, den wir alle wollen, auf den Punkt bringt. Nichts an dem Ohlsen ist Argwohn, keine schwarze Wolke streift je seine Gedanken, jedes Gegeneinander und jede Konkurrenz sind ihm so fremd wie die Vorstellung, auch nur einen Abend zu Hause zu bleiben, geschweige denn, *alleine* zu Hause zu bleiben – der Ohlsen ist ein echter sozialer Hochofen, fiel Felix beim Anblick des freudig erregten Freundes mal wieder auf, bei ihm schmelzen alle Barrieren, jeder Menschen-Eisblock taut neben ihm auf, die Auflösung aller Grenzen ist seine Mission, ihr Überschreiten sein höchstes Glück.

In einem atemberaubenden Tempo hatte er sich von der Berliner Szene aufsaugen lassen und war bereits stadtbekannt. Und nicht nur hier, sondern mittlerweile praktisch in der ganzen Republik, wie sie anerkennend bemerkten – wovon sie im Übrigen auch sehr profitierten. Der Ohlsen stellte sie überall vor und nahm sie mit, egal, wo er hinging, sodass auch Mike und Felix nach wenigen Wochen nahezu alle kannten. Der Ohlsen war aber schon weiter. Hamburg, Düsseldorf, Frankfurt, München, ihr Freund war einer der

Mobilsten im bundesweiten Raver-Zirkus, bei jedem Festival dabei, bei jeder Party anwesend, mit jedem DJ befreundet.

Er war stets der Erste, der es auch morgens um fünf für eine fantastische Idee hielt, nur für eine Afterhour, die natürlich sensationell werden würde, wie man ihm aus zuverlässigster Quelle mehrfach versichert hatte, mal eben mit einem viel zu kleinen Auto und viel zu verstrahlten, eben erst kennengelernten Nachtgefährten von Berlin nach Frankfurt oder München zu rasen. Nie hatte er sich darum geschert, ob er am nächsten Tag arbeiten musste oder nicht, gewundert hatten sie sich alle schon oft genug, wie er dieses Doppelspiel körperlich und auch ganz praktisch überhaupt durchhielt. Sein Schritt war so gesehen, dachte Felix, tatsächlich der konsequenteste, wobei man nicht ausschließen konnte, dass er nicht wirklich freiwillig erfolgt war, aber das tat nichts zur Sache.

Aufgekratzt drängte der Ohlsen indessen zur Eile, man sei schon spät dran, der bevorstehende Termin sei von allergrößter Wichtigkeit. Flink leckte er letzte Reste aus dem Papiertütchen auf dem Tisch, steckte sich ein paar Geldscheine in die Tasche, schnappte sich seine Jacke vom Sofa und schob sie alle, unentwegt redend, zur Tür.

Auch im Wagen ließ sich der Ohlsen nicht von den scheppernden Boxen oder dem Desinteresse aller Insassen stören, sondern rauchte eine Zigarette nach der anderen und erklärte in einem fort die neusten Entwicklungen und Verästelungen der Berliner Szene, während sie zu einer Podiumsdiskussion tief im Ostteil der Stadt fuhren, die sie, wie er mehrfach betonte, unter gar keinen Umständen verpassen durften, weil da heute alle, wirklich alle wichtigen Figuren auftauchen würde. Der Pate selbst sei Teil der illustren Diskutanten-Runde, auch der Professor habe sich angemeldet, sowie einige wichtigtuerische Techno- und Paraden-Gegner, das müsse man sich unbedingt ansehen, wer etwas auf sich halte, sei da und nirgendwo anders.

Im Rückspiegel beobachtete Felix, wie sich ein hektischer Mike sehr intensiv mit Tessi unterhielt, die mit ihrer Freundin Doro als Promoterin bei einer Plattenfirma arbeitete. Sie hatten Kreuzberg noch nicht verlassen, als er eine Hand von Mike unter ihrem Shirt zu erkennen glaubte, bei einem weiteren flüchtigen Blick keine fünf Minuten später sah er die Körper der beiden schon hemmungslos ineinander verkeilt neben der entspannt nach draußen schauenden Doro.

Felix musste grinsen.

Eigentlich ist Mike ein großer Romantiker, dachte er, oder vielleicht musste man sagen, er war mal ein großer Romantiker. Jahrelang hatte er nur für seine Kunststudentin gelebt, Melissa. »Es war ein großer Donnerschlag vom ersten Augenblick an, Felix«, hatte er ihm damals gesagt: »Die Suche hat ein Ende, ich habe das Wünschenswerte gefunden, mein Liebesdurst hat eine Quelle entdeckt, die alles stillt.«

Mit so viel Zartheit hatte er noch nie von jemandem gesprochen, überlegte Felix, die ganze Welt war für Mike mit Melissa aus ihrer grauen Kruste gebrochen und verwandelte sich zu einer warmen Sonne, die ihn erhitzte und seine Leidenschaft befeuerte. Seine Gefühle waren so groß wie seine Leidensbereitschaft, er ließ sich nicht beirren. Nicht durch den Freund, den sie schon seit Jahren in einer anderen Stadt hatte, wie sich bald herausstellte, nicht durch das ewige Warten auf neue Gelegenheiten, das entwürdigende Versteckspiel, die Lügen, das Halbverborgene, zu dem sie ihn zwang. Wir gehören zusammen, was spielt Zeit da für eine Rolle, sagte Mike, wenn jemand Kritik andeutete oder zur Vorsicht mahnte. Nach drei Jahren wurde Melissa von ihrem offiziellen Freund schwanger, heiratete ihn und zog nach München.

Mike sagte trotzig: Ich bereue nichts. Und versank in den Tiefen trübster Depression.

Mike irrlichterte damals durch die Nächte, Verzweiflung dort, wo einst sein Herz saß. Er wollte dieses Gefühl wieder, um jeden Preis. Er wollte nichts Schnelles, nichts Profanes, erinnerte sich Felix, aber er wurde immer wahlloser, jede könnte es ja sein. Er sprach sie an. Er redete mit ihnen. Er hörte ihnen zu. Er wollte in ihren Worten und Gesichtern etwas finden, an dem er sich festhalten konnte, etwas, das ihn an sie binden und die Leere füllen würde, wie er nach solchen Abenden immer resignierter bei den endlosen Telefonaten erzählte, mit denen sich Felix in London auf dem Laufenden hielt. Mike wollte um jeden Preis wieder das Gefühl spüren, das er von Melissa kannte. Felix verstand ihn genau, ihm war es jahrelang nicht anders gegangen mit Karla, seiner großen, unerfüllten Liebe von einst. In diesem Moment wurde ihm wieder einmal schmerzlich bewusst, dass er sich immer noch nicht getraut hatte, sie einmal anzurufen – obgleich sie jetzt doch in derselben Stadt waren.

Mike ging damals den radikalen Weg. Er mied jeden geschlechtlichen Kontakt, der erschien ihm zu banal auf der Suche nach Vollkommenheit. Aber als er nach vielen Monaten merkte, dass das alles nichts brachte, das Reden und Verstehen, das Zuhören und Reizen, dass das alles nichts half, und gar nichts anderes mehr ging, blieb ihm eben, wie er Felix ernüchtert sagte, nur noch die alte Methode: Geschlechtsverkehr.

»Je mehr und je flüchtiger, umso lieber«, stellte Mike sachlich fest, »das ist besser als jedes Scheinglück, eine befriedigende Beziehungslosigkeit in dieser kalten Zweifelswelt, eine realere Zuflucht gibt es für mich nicht.«

Wenn er nicht mindestens mit zwei verschiedenen Frauen in der Woche Sex hatte, wurde Mike ungenießbar. Meistens hatte er gute Laune.

Mike studierte seit sehr vielen Semestern Kunst, verdiente aber sein Geld mit Flyer- oder Plakatgestaltung, oder in selteneren Fällen auch mit Landvermessung. Nach Abitur und Zivildienst hatten seine Eltern ihn mit größtem moralischen und finanziellen Druck gezwungen, nicht zu studieren, sondern eben Landvermesser zu lernen, um später das Landvermessungs-Büro des Vaters zu übernehmen. Mike hatte zunächst der Erpressung nachgegeben, um dann Jahre nach seinen Freunden endlich mit dem eigentlichen Wunsch-Studium zu beginnen, das ihn aber nicht so beglückte, wie er sich das ausgemalt hatte.

Während Felix ihn immerzu um die Inhalte und Möglichkeiten des Faches beneidete, das ihn doch zum Hochsitz der Kultur führe, während er selbst, Felix, sich der hohlen Trostlosigkeit der Ökonomie widmen müsse, sprach Mike dagegen immer nur vom »Hochsitz der Dunkelheit«, von dem ihn nur Techno und House hätten retten können.

Und heute Abend anscheinend Tessi, dachte Felix mit einem erneuten Blick in den Rückspiegel, da geht es ihm auf jeden Fall schon einmal besser als mir.

3. We Are One Family

Die Halle war brechend voll, der Ohlsen hatte recht, es waren wirklich alle da. Auf dem Podium saßen der Pate, Dieter, der Professor, der Drehler und einige andere, im Publikum erkannte er mehrere Paraden-Organisatoren und wichtige Club-Betreiber sowie viele namhafte DJs. Er sah Westbam, Paul van Dyk und Marusha, Tom Clark, Sharam, Hardsequencer, sogar Spoon war da, direkt neben dem Langen aus Frankfurt. Etwas weiter entfernt hinter einer Säule glaubte er für einen Moment Tanith gesehen zu haben, einen Pionier der ersten Stunde, der mal mit einer Panzerattrappe auf dem Ku'damm während des Umzugs für Aufsehen gesorgt hatte und der sich in letzter Zeit eher kritisch zu den Entwicklungen äußerte.

Quer durch die Fabriketage grüßten sich alle mit lauten Rufen, der Ohlsen sprang von Gruppe zu Gruppe, sie quetschten sich in eine der hinteren Reihen, in wenigen Minuten würde es losgehen.

Der Abend war von einer großen Lokalzeitung organisiert worden. Das Thema hieß: »We Are One Family – oder doch nicht?« Es ging um die nächste Parade, die im Sommer erstmals nicht mehr über den Ku'damm, sondern eben unter dem Motto »We Are One Family« über die Straße des 17. Juni ziehen sollte. Zu gefährlich war die Enge des alten Boulevards für die immer größeren Raver-Massen geworden. Doch der wachsende Erfolg der Parade, der den Umzug in den Tiergarten bedingte, hatte bei einigen nicht zu Stolz und Selbstbewusstsein geführt, wie Felix irritiert registrieren musste, sondern zu den erbittertsten Verwerfungen und unversöhnlichsten Fronten.

Der Leiter des Podiums, der Drehler, klopfte vorne am Tisch mehrfach laut gegen das Mikro, bis das Grundmurmeln auf ein akzeptables Minimum sank.

Der Drehler trug ein enges olivfarbenes T-Shirt, sehr kurze schwarze Haare, eine Camouflage-Hose und unterschied sich mit seiner schlaksigen Figur bis auf die kreisrunde Brille äußerlich kaum von einem normalen Clubgänger. Er war »ihr« Journalist, wie alle immer witzelten. Er galt als einer der wenigen Schreiber der etablierten Medien, die sich zumindest ein bisschen mit der Musik beschäftigten, obwohl es darin doch kaum Texte gab, die er mit seinen Kollegen in den redaktionsinternen Proseminaren zu Tode analysieren konnte. Mehrfach war er schon in der Nähe einer Tanzfläche gesichtet worden, wie es gerüchteweise hieß, niemals aber auf dem Dancefloor – denn Tanzen, das wusste jeder, durften und wollten die Drehlers dieser Welt nicht, sie hassten es geradezu, deswegen waren sie ja Journalisten geworden. Er arbeitete als freier Mitarbeiter für alle großen Magazine, diverse Zeitungen und ab und zu auch fürs Fernsehen.

Der Drehler bat ein letztes Mal um Ruhe und fing mit der Einleitung an.

Mit seiner sehr traurigen, monotonen Stimme beschrieb er, wie »viele aus der Szene« die Entwicklungen nur mit größtem Vorbehalt und den allerfürchterlichsten Befürchtungen betrachteten, wobei Felix sofort dachte, dass der Drehler selbst natürlich niemals zu irgendeiner Szene gehört hatte oder jemals gehören würde und der Schmerz darüber in dem Drehlerschen Kopf unentwegt gärte und giftigste Gedanken produzierte – mit den schlimmsten Folgen für alle Beteiligten.

Der Spirit sei schon lange nicht mehr der alte, sagte er jetzt matt und klang dabei wie ein erschöpfter Veteran, obwohl er auch erst vor knapp zwei Jahren aufgetaucht war, wie alle wussten; man müsse sich fragen, ob das jetzt nicht das Ende der Bewegung sei.

Der Drehler stockte. Mit zusammengekniffenen Augen musterte er das Publikum. Sein Kinn lag jetzt fast auf der Tischplatte, das Mikrofon hauchnah vor den Lippen. Wie eine Drohung stieß er einen letzten Satz aus: »Will die Szene diese Kommerzialisierung wirklich noch weiter mitmachen?«

Der Ohlsen sprang grinsend auf und brüllte: »Mann Drehler, vier Minuten dreißig, was ist denn heute los mit dir, du alte Spaßrakete? Beim letzten Mal hast du nur knapp 120 Sekunden bis zum Stichwort Kommerz gebraucht. Du wirst doch auf deine alten Tage nicht etwa weich, oder?«

Der Saal grölte, die Hälfte klatschte, einige zeigten ihm den Mittelfinger, der Drehler klopfte aufgeregt gegen das Mikrofon, der Tumult legte sich nur langsam. Der Ohlsen verbeugte sich nach allen Seiten und konnte es sich im Setzen nicht verkneifen, noch einmal nachzusetzen.

»Drehler, stimmt es, dass du für deine Artikel kein Geld mehr nimmst, weil das zu kommerziell wäre?«

Der Drehler hatte rote Flecken im Gesicht und rief: »Ruhe! Ruhe, bitte!«

Felix schaute sich um.

Viele grinsten, einige sendeten giftige Blicke zum Ohlsen.

Erfolg zu haben, oder gar Geld aus eigener Kraft verdienen zu wollen, vor allem mit irgendeiner Form von Kultur, dachte Felix, galt in Berlin nicht nur staatlich subventionierten Nischenspastis oder gut bezahlten Drehlers immer noch als ein schmutziges Vorhaben, das war der ganz schlimme Sündenfall.

Der Professor meldete sich zu Wort. Zusammen mit Dr. Motte hatte er einst die Parade gegründet, seitdem verstanden sie sich als »Geistes- und Mentalbrüder«, wie sie es immer nannten. Der eine sprach praktisch wie der andere, ihre Gedanken waren zum Verwechseln ähnlich, was auch immer einer von ihnen sagte, verteidigte der andere ohne Wenn und Aber, sodass sie sich die repräsentativen Aufgaben oft teilten, wenn der andere gerade irgendwo auflegen musste oder einfach keine Lust hatte.

»Es geht doch um unsere Botschaft der Liebe, die wir verbreiten wollen. Je mehr Menschenkinder unter der warmen Sonne unserer Musik zusammenkommen, je mehr Herzen wir öffnen, desto größer ist doch unser Erfolg, desto näher sind wir doch am Ziel, unserem wahren Ziel. Wenn wir den Weltfrieden wollen, müssen wir noch viel mehr erreichen, überall und jeden Tag. Ich hatte gestern eine große Erleuchtung, als ich abends am Fenster stand. Es war, als ob sich eine feine Schrift durch das tiefe Abendrot zog, und ich weiß, dass sich das für einige von euch seltsam anhören mag, aber da stand eindeutig, und alle, die dabei waren, können das bestätigen, das Wort ›Love‹ über der Stadt, in Wolken geschrieben, gespeist allein durch …«

»Mann, Professor, das gibt es doch nicht!«

»Jetzt dreht er wieder ab!«

Aus der Masse hatten zwei Zwischenrufer den Professor unterbrochen.

»Schnauze, lasst den Professor ausreden.«

»Aber doch nicht so einen Mist!«

»Geh doch, wenn es dir nicht passt.«

»Diskutiert wird später.«

»Was soll das, so wird das nie was.«

»Mit dem Professor wird das nie was.«

»Ruhe jetzt, verdammt!«

Zum ersten Mal wurde der Drehler laut. Die Verblüffung

darüber war groß, alle verstummten. Einige klatschten Beifall. Der Professor sprach ungerührt weiter.

»... gespeist allein durch unsere Energie. Jeder von uns, jeder von euch hat diese Energie, gemeinsam müssen wir diese Energien verbinden und durch unsere Köpfe und durch unsere Hände und durch unsere Blicke zusammenführen und dann weitergeben. Wir sind eine Familie, ob wir das wollen oder nicht, da gibt es auch mal einen Opa, den man nicht so mag, oder eine Tante, die viel zu raue Hände hat und einem damit über die zarten Wangen streicheln will, das ist nicht schön, aber doch sind auch sie Teil der Familie. Wir haben unsere Familie gemeinsam über die Jahre geschaffen, als freiwillige Zusammenkunft im freien Geist unserer Musik, unserer Clubs, unserer Nächte und unserer Liebe. Deswegen lasst uns doch dieses Jahr die neue Strecke ausprobieren, damit unsere Familie noch größer werden kann.«

Applaus brandete auf, anerkennende und spöttische Pfiffe, Zurufe jeder Art flogen gen Podium.

»Professor, wir lieben dich.«

»Du bist der Größte!«

»Ja, der größte Schwachkopf!«

»Er hat recht!«

»Der hat nur eins: keine Ahnung.«

»Was waren das für Drogen gestern Abend?«

»Bessere als deine auf jeden Fall!«

»Lenkt doch bitte nicht vom Ausverkauf ab!«

Schneidend scharf kam es aus den Boxen.

»Wie kann man hier so eine Family-Heuchelei abziehen, wenn man gleichzeitig alles verrät, was einem einmal wichtig war?«

Ein bitterer Ton traf das Publikum, die erregungsbrüchige Stimme war von einer Ernsthaftigkeit, der sich niemand entziehen konnte.

Felix sah, wie sich Dieter vorne am Podium das Mikrofon genommen hatte.

»Bühne frei für die Muffelopas, jawoll! Komm Dieter, jetzt gib es uns richtig, noch ist die Stimmung zu gut hier, aber das kriegst du schon hin, das ist jetzt deine Aufgabe, Platz für den härtesten Spaßbekämpfer Berlins, bist du doch, Dieter, oder?«

Der Ohlsen lachte laut über seine eigene Bemerkung, einige stimmten ein.

Dieter ließ die Mundwinkel noch tiefer hängen. Sein Gesicht war eine einzige Anklage. Als nicht sonderlich erfolgreicher DJ und Party-Veranstalter gehörte er zu einer Gruppe früher Pioniere, die praktisch schon nach den allerersten frühen Startversuchen der Szene angefangen hatten, den alten sektiererischen Zeiten hinterherzutrauern, in denen sie die neue Musik noch exklusiv für sich und ihre drei Freunde gemacht hatten, deswegen war für sie Techno eigentlich schon seit spätestens 1992 tot. Jetzt meldeten sie sich nur noch willig zu Wort, wenn irgendwo Zeugen für den von ihnen täglich beklagten grausamen Niedergang der Musik und der Clublandschaft gebraucht wurden.

Dieters Züge wurden von einer inneren Macht geradezu schmerzhaft verzerrt, wie Felix dachte, die Verbitterung über den Lauf der Dinge, bei denen er keine tragende Rolle mehr spielte, hatte ätzendsten Weltekel in ihm ausgelöst.

»Ja, Ohlsen, dir macht das nichts aus, dieser hemmungslose Ausverkauf und die widerliche Kommerzialisierung, dir ist es egal, wenn nur noch der Verrat und solche Typen wie der Pate herrschen, weil du nicht weißt, wie es früher mal war!«

»Kommt jetzt wieder Dieters Märchenstunde über die jungfräuliche Geburt und die bösen Mächte, die den ach so heiligen Dieter mit seinen hehren Absichten aus dem Weg geräumt haben? Kannst du nicht endlich mal eine neue Platte auflegen? Anscheinend nicht, aber das kennt man ja von deinen Sets, da gibt es ja auch immer nur die alten Dinger!«

Dieter drehte sich überrascht zur Stimme hinter ihm. Der Pate hatte sich irgendwie ein zweites Mikrofon besorgt und sich ebenfalls hingestellt.

Der Drehler saß etwas verloren zwischen den beiden stattlichen Figuren, der Professor las ungerührt in einem gold bestickten Buch, bestimmt einem Handbuch zur spirituellen Energiewirtschaft, in dem genau erklärt wird, wie man aus unangenehmen oder lästigen Situationen nur mit Kraft der Konzentration einfach verschwinden kann, überlegte Felix, der diese ewig gleichen Debatten hasste und es deswegen bereits bereute, mitgegangen zu sein.

Die Farbe war aus dem Dieter-Gesicht gelaufen, er starrte den Paten an, heftig arbeiteten die Wangenmuskeln bei geschlossenem Mund. Der sieht nicht richtig gesund aus, dachte Felix noch, über Jahre haben sich die zersetzenden Gedanken in ihm gesammelt wie auf einer Sondermülldeponie, nichts wird abgebaut, alles gespeichert, um sich dann und wann Bahn zu brechen, dann muss es raus, damit er nicht platzt. So hoch steht der Pegel schon im Dieter-Hirn, dass er nicht mehr die Schönheit des Gelingens sehen kann, das unerwartete Glück des gemeinsamen Triumphes, nur noch trübe ist die Welt in seinen Augen.

Der Pate fauchte jetzt mit seiner tieftonfreien Stimme, die immer kurz davor stand, umzukippen, Dieter weiter an.

»Vielleicht sollten wir ein bisschen aus deinem Leben berichten, lieber Dieter, bevor du dich wieder als die Mutter Teresa des Techno feiern lässt. Wie du dich schon ganz früh bemüht hast, richtig abzusahnen, im ganz großen Stil mit immer größeren Partys, es aber leider nicht so geklappt hat, wie du dir das vorgestellt hast. Erst seitdem erzählst du doch deine herzzerreißenden Geschichten vom frühen Kommerz, womit du jede Veranstaltung meinst, die nicht deine eigene war, und die noch herzzerreißenderen Geschichten vom noch böseren Ausverkauf, womit du jede Veranstaltung und jedes Projekt meinst, das erfolgreicher war oder ist als deine vielen eigenen Versuche. Da aber fast alle erfolgreicher sind als du selbst, ist für dich eben alles Ausverkauf und Kommerz. So einfach bis du doch zu durchschauen!«

Der Pate schnaufte hörbar in das Mikrofon, seine Stimme klang fistelig hoch, das wuchtige Gesicht war errötet, mit der mächtigen freien Hand fuhr er sich durch das zottelige Haar, dicke silberne Ringe glänzten an den Fingern. Er galt als visionärer Macher, als irrer und genialer Großaufsprecher, für den allein die »Think Big«-Losung erfunden worden war. Einst war angeblich Jürgen Laarmann, der legendäre Macher des wichtigen Techno-Organs Frontpage, sein großes Vorbild gewesen, heute galten sie als verfeindet. Der Pate, der eigentlich Detlef Bolten hieß und aus Ostfriesland kam, hatte vor Jahren »Die Agentur« gegründet, die Events organisierte, DJs vermittelte und einen Mietservice für Raves jeder Art betrieb. Vor allem aber war er ein mächtiger Vordenker der Szene, ein Stichwortgeber für die Medien, der an guten Tagen ein glänzender Unterhalter sein konnte, der die notwendige Portion Eitelkeit mit charmanter Selbstironie so zu kombinieren wusste, dass er noch dem ahnungslosesten Zuhörer oder potenziellen Geschäftspartner das Gefühl vermittelte, sie wären an seiner Seite – und nur an seiner Seite – Geburtshelfer einer neuen, weltumspannenden, revolutionären Jugendkultur.

Nichts ging dem Paten schnell genug, alle waren ihm zu langsam, zu denkschwach, zu kleingeistig – selten konnte ihm jemand in die eisigen Höhen der Genialität folgen.

Empört blähte sich sein mächtiger Körper auf, als Dieter zurückschoss: »Was weißt du denn schon, du hast dich doch nur drangehängt!«

Der Ohlsen stöhnte laut auf.

»O nein, bitte verschont uns, nicht wieder diese Diskussion über eure Kindheitstage!«

Ein paar im Saal lachten. Der Ohlsen schlug sich theatralisch mit der Hand vor die Stirn.

»Mensch, Drehler, mach was!«

Doch der Drehler wollte oder konnte sich gegen den Sturm nicht mehr wehren, der jetzt losbrach. Denn sofort ging es um die entscheidendste aller Fragen, den Ursprung ihrer Welt: Wer hatte diese Musik wirklich erfunden? Wer hatte wann was zuerst gehört, gewusst, geahnt oder gar benannt?

Felix erstarrte. Er war eindeutig viel zu nüchtern für diese Diskussion, denn das Thema war der wichtigste Pfeiler im Terrordrom der mit größter Leidenschaft betriebenen Selbstzerfleischung der Szene, so viel hatte er schon mitbekommen. Der Ohlsen reichte Felix und Mike mit rollenden Augen eine kleine Jägermeisterflasche.

Der Orkan entfaltete sich.

Die Frankfurter hatten natürlich Techno in Frankfurt erfunden, allein das Wort schon, völlig klar, man wollte da nur mal an Talla 2XLC und seinen Plattenladen unterm Hauptbahnhof erinnern; die Berliner aber hatten selbstverständlich schon lange vorher alles gewusst und entwickelt, nur die Münchener, da waren sich alle außer den Münchenern einig, waren wie immer erst viel später auf den Zug gesprungen, Dorf halt, was sollte man da auch erwarten. Der Rest: nicht nennenswert, auch völlig klar. Eher abgemeldet bei den neueren Entwicklungen: die Jecken aus Düsseldorf und Köln, logo, wobei dort natürlich die ehrenwerteste, die visionärste Vorarbeit vor langer Zeit geleistet worden war – Salut Kraftwerk! –, brauchte man gar nicht mehr zu diskutieren, Säulenheilige im elektronischen Walhalla; alles andere: mindestens erbittert umstritten.

Das ist hier ja so lustig wie auf einem Grünen-Parteitag mit ein paar bemoosten Ökos, dachte Felix erschrocken und nahm dankbar einen Schluck vom Magenbitter.

Mittlerweile wachte selbst der Drehler etwas auf und rief aufgeregt: »Detroit, Detroit« – die Stadt so kaputt, die Schwarzen im Getto, das war die Wiege, die nur dort und nirgends sonst stand.

Schwarze im Getto, die sich musizierend aus dem Elend befreien wollten, diese Geschichte fand der Drehler so einleuchtend wie gut, das kannte er als Blaupause aus den unsäglichen Rock- und Blues-Mythen. Er wollte gar nicht zuhören, als der Pate ihm erwiderte, dass die Detroiter leider fast alle eben nicht aus dem Getto kamen, er wolle da nur an Jeff Mills und Blake Baxter erinnern – so ging das in einem munter fort.

Wer hat das Scratchen erfunden, wie war das mit der schwulen Nachtszene, und Achtung, Chicago nicht vergessen, den House-Einfluss, wie könnte man?

In diesem Techno-Veteranen-Quartett waren niedrige Jahreszahlen Trumpf. Hatte einer etwa »Acid« und »1988« auf der Hand, musste schnell mit einem allerersten Sample von mindestens »1986« dagegengehalten werden. Sagte einer »Mayday 1991«, musste jemand sofort »Tekknozid 1990« erwähnen. Warf ein Frankfurter »Sven Väth, Omen, 1988« in die Runde, schlug Berlin sofort mit »Westbam, Metropol, 1984« zurück. Es war, dachte Felix genervt und ermattet, wie in einem Altersheim, wo sie jeden Abend noch einmal die Schlacht in den Ardennen nachspielten – der erbittert geführte Kampf um die Deutungshoheit der frühen Anfänge, damit ein jeder der Beteiligten auf ewig mehr strahlen möge als seine unwürdigen Mitstreiter.

Jeder hatte immer schon alles viel früher als alle anderen verstanden gehabt. Und alle waren sie natürlich mit Dr.

Motte und dem Professor bei der ersten Parade 1989 auf dem Ku'damm herumgetanzt.

Nach Felix' eigenen Schätzungen, die auf heiligen Schwüren von Freunden und Bekannten basierten, die höchstpersönlich dabei gewesen waren (»Ehrenwort, frag doch Motte oder den Professor!«), waren statt der offiziellen 100 Teilnehmer eher Zehntausende an jenem 1. Juli 1989 dabei gewesen.

Warum sie nicht auf dem wenigen vorhandenen Filmmaterial zu sehen waren, erklärten ihm selbst ansonsten völlig normal und entspannt wirkende Nachtmenschen entrüstet als absurden Zufall (»War gerade im KaDeWe auf dem Klo!«) oder als eine infame Gemeinheit (»Die müssen mich rausgeschnitten haben!«).

Mittlerweile riefen sich die diversen Berliner Lager quer durch die Halle die übelsten Beschimpfungen zu.

»Geile Familie, muss man schon mal sagen.« Mike rollte genervt mit den Augen und versuchte vergeblich, Tessi neben sich wieder in den Arm zu nehmen, die sich seinem Griff aber entzog, weil sie die Schlacht um sich herum verfolgen wollte.

»Erinnert mich irgendwie an nervtötende AStA-Sitzungen«, sagte Felix.

»Dagegen ist es bei uns Weihnachten ja richtig friedlich!«, bemerkte der Ohlsen und leerte den Rest der Schnapsflasche. »Ich habe ja gleich gewusst, dass die vor so einer Veranstaltung eigentlich eine Ecstasy-Bowle anrühren müssen, sonst ahnt man doch, was passiert.«

Plötzlich übertönte eine hellere, feste Stimme das Geschrei.

»Seid ihr eigentlich alle geisteskrank? Seid ihr euch selbst nicht mal eine Sekunde peinlich, ihr Ignoranten und Besserwisser?«

Sie konnten nicht sehen, wer sich vorne im unüberschaubaren Gedränge und Geschubse vor der Bühne eins der Mikros geschnappt hatte, aber es war eine angenehme, wenn auch sehr aufgebrachte Frauenstimme, die Felix augenblicklich alarmierte, obwohl er nicht gleich wusste, warum. Die Rednerin schaffte es langsam, sich Gehör zu verschaffen.

»Wir haben hier alle zusammen etwas Einmaliges geschafft, es ist ein Siegeszug ohnegleichen, und zwar unser gemeinsamer Siegeszug. Wie blind muss man denn sein, um das nicht zu sehen? Wie verbohrt und verbiestert? Und das haben wir erreicht nur durch unsere Musik, nur durch unseren Spirit, ohne Subventionen und ohne fremde Hilfe, und ihr habt nichts Besseres zu tun, als euch hier selbst zu zerfleischen und fertigzumachen! Schämt ihr euch denn nicht?!«

Alle hatten ihre Gespräche eingestellt, für einen Moment war nichts zu hören als ein elektrostatisches Sirren durch die Lautsprecher, unterbrochen von kräftigen Atemstößen vor dem Mikro.

»Es ist doch völlig egal, wer was wann zuerst gemacht hat, es ist egal, ob ihr aus Frankfurt kommt oder Berlin, aus Köln oder Hamburg, aus London oder Detroit, aus Buenos Aires oder Chicago, selbst wenn ihr aus München kommt, egal, völlig egal, versteht ihr mich?! Es ist egal, ob ihr schwarz seid oder weiß, ob ihr Weiblein seid oder Männlein, es ist egal, ob ihr schon seit Jahren die größten Techno-Entwickler seid, oder heute zum ersten Mal den richtigen Sound gehört habt, es ist egal, ob ihr Fellstutzen anhabt oder Stüssy tragt, es ist egal, welcher DJ auf welchem Chartplatz steht und wie viel Geld verdient, es ist egal, ob ihr mit Hundert oder Hunderttausend feiert, versteht ihr mich?! Das ist alles völlig egal! Es ist egal, ob ihr Abitur habt oder auf der Hilfsschule wart, es ist egal, ob ihr Plattenboss oder Friseur seid, es ist egal, ob ihr tanzt wie die Gesandten des Allmächtigen oder wie ein Kaktus auf Pille, was allein zählt, ist, dass ihr tanzt, zu unserem Sound, versteht ihr, dass ihr alle zusammen tanzt! Nur dann tanzen wir die Grenzen weg, dann tanzen wir die Unterschiede weg, wir tanzen diejenigen weg, die uns mit dem richtigen und falschen Sound oder anderem Quatsch spalten wollen, wir tanzen die Bürokratie weg, die uns ausbremsen will, wir überwinden alle und jeden, wenn wir zusammen tanzen! Und dieser Spirit und kein anderer muss in euren Herzen wohnen, das ist die Welt, die wir wollen, also hört auf mit eurer verdammten Kleingeisterei! Und wenn alle Besserwisser und alle Verbitterten dieses Planeten auf uns mit den Fingern zeigen und mit ihren Paragrafen und alten Rockplatten und Spex-Ausgaben nach uns schmeißen, wenn sie grün und weiß vor Neid werden und uns Illusionäre schimpfen, weil sie unseren gut gelaunten Anblick nicht ertragen, weil unsere Lust und unsere Euphorie das Gift ist, das ihre Welt zersetzt, weil sie das Leben in uns nicht ertragen, weil sie selber keins in sich haben, dann fordern wir sie trotzdem auf, mit uns zu tanzen, so wie wir im Juli über die Straße des 17. Juni tanzen werden, mit all unseren Freunden, den Mexikanern und Polen, den Argentiniern und Japanern, den Amerikanern und Engländern, den Russen und Holländern. So wie wir vorher an jedem Wochenende und jeden Tag durch unsere Clubs tanzen. Dann werden sie uns alle folgen, weil sie ahnen, dass es ein Leben vor dem Tod gibt und wir noch auf ihren Gräbern tanzen werden. Darum geht es doch! Warum kapiert ihr das nicht?«

In der Halle war es totenstill. Das war so klar und so wahr, dachte Felix, so musste man das doch alles sehen, genau so, frei von jeder verbohrten Vereinsmeierei. Mike reckte den Daumen nach oben und grinste ihn an. Der Ohlsen, der jetzt auf seinem Stuhl stand und – wohl wegen des Jägermeisters – leicht schwankte, fasste sich als Erster: »Bravo, Karla hat recht! Karla, wir lieben dich!«

Felix starrte den Ohlsen an, dann nach vorne. Benommen versuchte er, auch auf seinen Stuhl zu klettern, um besser zu sehen. Das Johlen und Geklatsche um ihn herum registrierte er kaum, er dachte nur: Karla.

Der Ohlsen zog ihn hoch.

»Unsere Karla, unfassbar, oder?«

Felix konnte nichts sagen, sondern suchte nach dem Körper zur Stimme vorne am Tisch, wo sich ein dichter Pulk gebildet hatte. Da stand sie, für eine Sekunde sah er ihr Gesicht, kein Zweifel, das war sie, wie eine Schwimmerin in bewegter See tauchte sie auf und ab zwischen den vielen Umstehenden, die sich um sie drängten. Der Ohlsen packte ihn am Arm und redete mit ihm, er hörte nicht hin, Mike zupfte an seiner Hose, er reagierte nicht.

Karla.

Ihr Gesicht war noch akzentuierter als damals, endlich stand sie in einer Lücke, ohne verdeckt zu werden, fraulicher erschien sie ihm, ein zorniger Glanz ließ ihr Gesicht glühen, ihr dichter blonder Schopf leuchtete, er sah wie in Zeitlupe den Wellenmund, den betörenden Wellenmund, wie er sofort fasziniert dachte, immer noch eine Schwingung mehr, wo bei allen anderen schon Schluss war, er sah wie sie den Mund öffnete und mitten in diesem Mund diese Zahnlücke, die ihn augenblicklich rasend machte, wie sie ihn damals rasend gemacht hatte, als sie für ihn die Unantastbare gewesen war, gar nicht mehr abwenden konnte er sich von dieser Lücke, die ihm immer wie ein Tor in eine andere Welt vorgekommen war.

Wie habe ich das all die Jahre verdrängen können, dachte Felix.

Er versuchte, sie im Blick zu halten, das war unmöglich, die Massen spülten sie davon, die Veranstaltung war vorbei.

»Jetzt gehen wir aber feiern!«, sagte Mike und drückte ihn

Richtung Ausgang, wo der Professor, der Pate und andere warteten, die sich mit dem Ohlsen verabredet hatten.

Bruchteile ihrer Sätze irrlichterten durch seinen Kopf, er spürte ein seltsames Ziehen im Magen, vielleicht auch in der Brust, er konnte es nicht genau sagen. Das blieb die ganze Nacht so, bis zum frühen Morgen, als er wieder mal verschwitzt und viel zu spät in sein Bett stolperte, wenige Stunden nur vor Dienstbeginn.

Karla, dachte er noch kurz, Karla.

Und es fühlte sich gut an.

4. Karla

Felix näherte sich langsam dem Eingang des Tresor, überall standen Bekannte und Freunde herum, die begrüßt werden mussten. Der Professor redete auf dem Bürgersteig an der Leipziger Straße mit dem Janisch, der für ein kleines Label arbeitete und oft mit ihnen loszog, der Ohlsen war bereits mit dem Paten verschwunden, mit dem er in den letzten Tagen ununterbrochen unterwegs zu sein schien, wie alle berichteten. Mike wollte etwas später nachkommen, diesmal wohl nur mit Doro, die Tessi-Zeit war abrupt beendet worden, vielleicht war es auch nie eine gewesen.

Felix ging an der Schlange vorbei, zeigte seinen Tresor-Anhänger vor und wurde eingelassen. Drinnen kam er nur langsam voran, der Sauerstoffgehalt sank so rapide, wie die Temperatur anstieg, je tiefer er Richtung Stahlkammer vorstieß. Er reihte sich einfach in die Ströme der Umherziehenden ein, der Beat hämmerte gegen seine Brust, er aktivierte jede Zelle selbst in den dunkelsten Ecken des Bewusstseins. Die Freude der anderen, das Glück der Auflösung, die Momente der Erfüllung, die Macht der Musik, er war jedes Mal wieder von der Schönheit der Empfindungen überwältigt. Vorsichtig näherte er sich der DJ-Box von der Seite. Er konnte es gar nicht glauben, dass Karla heute hier im Allerheiligsten auflegen sollte. Er wollte sie in Ruhe beobachten und nicht bei ihrer Arbeit stören.

Übertrieben eng, wie er dachte, presste er sich an der Wand lang. Mit jedem Zentimeter, den er sich ihr näherte, schienen die Erdkräfte stärker zu werden, der Boden saugte seine Füße an, nur mit größter Konzentration schaffte er in dem Schall- und Nebelinferno einen Schritt nach dem anderen.

Hier in der Stahlkammer hatte DJ Tanith einst eine neue Maßeinheit erfunden, wurde gewitzelt; »1T« galt immer dann, wenn der Bass so laut war, dass der Schalldruck die Hosenbeine flattern ließ. Ab da wurde es erst richtig gut. Es gab Nächte, da gingen die Zigaretten auf der Tanzfläche aus, weil nicht genug Sauerstoff im Raum war – oder weil sie von den Kondenswasser-Sturzbächen von der Decke gelöscht wurden.

Wie erwartet, beachtete ihn niemand. Hier konnte man sich gar nicht so seltsam benehmen, dass es irgendjemandem auffallen würde, überlegte Felix kurz amüsiert, selbst wenn jemand einfach nur liegen bliebe, tot vielleicht, oder gar halb verwest, würde das nicht weiter auffallen, weil man natürlich ab und zu einfach so schlapp und kaputt war, dass man nichts anderes konnte, als liegen zu bleiben, tot oder halb verwest, so fühlte es sich zumindest oft genug an, und da die anderen diesen Zustand ebenso kannten wie man selbst, waren sie nicht im Mindesten beunruhigt, wenn sie irgendwo jemanden mal regungslos herumliegen sahen.

Da war sie.

Er sah nur ihre groben Umrisse, wie sie dort hinter den Plattentellern stand, den Kopfhörer zwischen einem Ohr und der Schulter eingeklemmt, schon das sah bei ihr aus dieser Entfernung elegant aus, dachte Felix. Er nutzte die Deckung durch ein paar Umherstehende, nicht weit von ihr entfernt. Zwischen den Plattentellern war eine kleine Lampe angebracht, die Karla von unten etwas erleuchtete. Ihr blondes Haar schien dadurch golden zu glühen, feinste Härchen schwebten über der festen Mähne, auf der Stirn funkelten Schweißtröpfchen wie kleine Lichter, ihr Blick war konzentriert und versunken zugleich, die langen schlanken Finger justierten mal ein paar Knöpfe neu, mal drehten sie eine Scheibe hin und her, zu einem bestimmten Punkt, den sie konzentriert erhorchte; ihr nach vorne gebeugter Oberkörper schwang im Rhythmus der eigenen Musik, die ihn mit ihrer kompromisslosen und dennoch melodischen Härte, wie er es nur bezeichnen konnte, sofort faszinierte.

Er war jetzt so nah, dass er fast die ganze Karla sehen konnte. Für sie war er nur Teil der verschwommenen und verschwitzten Kulisse, nicht zu erkennen, nicht zuletzt, weil sie natürlich überhaupt nicht mit ihm rechnete.

Ihr enges T-Shirt war etwas hochgerutscht, er sah leicht gebräunte, makellose Haut, als sie sich kurz aufrichtete, den Ansatz eines Beckenknochens; sie ist schlank in vollendeten Proportionen, dachte er noch, als er bei einer Drehbewegung zur Plattenkiste ihre harmonischen kleinen Wirbelhügel auf dem schmalen, aber sportlichen Rücken sah. Kein Meter trennte ihn jetzt von Karla, er duckte sich leicht hinter einer Schulter. Er sah, wie sich ihre Brustwarzen durch den Stoff drückten, die harmonischen Rundungen, sein Herz pochte unwillkürlich schneller als der Beat. Felix guckte kurz in eine andere Richtung und trank etwas Wasser.

Sein Puls wollte sich nicht beruhigen.

Haben wir jetzt noch nicht einmal so ein paar durchschnittliche Körperaktivitäten unter Kontrolle, oder was, beschwerte sich Felix über den inneren Aufruhr. Es war einige Zeit vergangen, seit er sie bei der Podiumsdiskussion gesehen hatte. In der Nacht hatte er sich noch überlegt, sie am nächsten Tag sofort anzurufen. Nüchtern war ihm das nicht mehr so überzeugend vorgekommen, er hätte gar nicht sagen können, warum nicht.

Karla, die Frau mit dem Wellenmund und der Zahnlücke, in der einmal fast sein kompletter Verstand verschwunden wäre. Er hatte sich in sie verliebt, als sie unantastbar war, weil sein damals bester Freund, der Roloff, nur für sie lebte und sich nach ihr verzehrte, so aussichtslos das auch war. Karla, die Zarteste, die Menschlichste, die Frau mit dem Engelhaar, deren Porzellanhaut nach frischem Heu duftete, wie Felix einmal festgestellt hatte, erhörte zwar den Roloff nicht, aber dennoch blieb Felix hart gegen sich selbst. Jeder Schritt auf sie zu hätte den Freund zerrissen, er hätte sich so etwas nie verziehen. Es war eine Lebenstragik, ein Weltfehler, hatte er damals oft denken müssen, das Unvollendete blieb lange eine Qual. Das war Jahre her. Ich habe damit abgeschlossen, hatte er gedacht.

Er sah, wie sie strahlte, verzaubert von dem eigenen Mix, sie legte den Kopfhörer beiseite und fing an zu tanzen, für sich hinter den Plattentellern, sie hob die Hände leicht über den Kopf und schmiegte eine Wange selbstverloren an ihren Arm, die Augen geschlossen, der Wellenmund tanzte seinen eigenen Tanz, er sah ihren Bauchnabel hervorblitzen, die sanfte Wölbung, auf der er saß, ihre Bewegungen waren katzengleich, fließend, ihr Becken streichelte zart die Luft, nicht Falsches, nichts Störendes war in ihrem Kreis, die Dinge richteten sich nach ihr, so wie sich die Tänzer vor ihr nach ihrem Sound richteten, sie war ihre Musik und ihre Musik war sie, es war eine Demonstration von Anmut und Eleganz.

Er verließ rasch den Raum, er konnte sie nicht ansprechen, unmöglich, er wollte sie nicht stören, was sollte er ihr auch sagen, das war doch höchst komisch, irgendwie, wenn sie erfährt, dass er schon länger in Berlin ist, er würde darüber mal in Ruhe nachdenken müssen. Karla. Das ist vielleicht doch noch nicht richtig abgeschlossen, schoss es ihm auf dem Weg nach oben kurz durch den Kopf, vielleicht eher verdrängt.

Er ging sofort ins E-Werk, wo er kurz Janisch traf, der ihm ein paar Pillen in die Hand drückte; unmotiviert nahm er eine halbe, eigentlich hatte er gar keine Lust, er dachte nicht weiter darüber nach.

Er sah Mike verschwitzt und lüstern grinsend mit Doro aus der Frauen-Toilette kommen. Sie habe ihm vorhin mitten auf der Tanzfläche, zwischen all den anderen, plötzlich und völlig unvermittelt einen geblasen, raunte Mike ihm feixend zu, da musste er doch eben mal schnell in einer Kabine vollenden, was auf dem Dancefloor so hoffnungsvoll begonnen hatte.

Später sah Felix Mike hinten in der Halle mit einem anderen Mädchen knutschen, das ihm kurz als Viktoria vorgestellt wurde. Mit ihrem Kleidchen, den Sandälchen und dem Haar-Reif sah sie so aus, als wäre sie an irgendeinem Punkt des Abends Richtung Zehlendorf vom Weg abgekommen und hätte sich seitdem willenlos ihrem Schicksal ergeben.

Felix stellte sich an den Tresen und bestellte ein paar Jägermeister bei Carlos, der hier genauso oft arbeitete, wie er hier auch ausging. Wie immer musste Felix nichts bezahlen. Ihm war schon öfters aufgefallen, dass irgendwie alle jemanden hinter dem Tresen kannten und deshalb niemand jemals wirklich zu bezahlen schien; nicht selten feierten hinter der Bar alle genauso wie davor, sodass alle paar Wochen eine ausgebrannte Bedienung ausgewechselt werden musste oder einfach nicht mehr erschien.

Carlos hatte erst vor ein paar Tagen extrem hektisch und übertrieben euphorisch erzählt, wie sie kürzlich im Einkaufswert von 1500 Mark Alkohol ausgeschenkt hatten, dabei allerdings nur 800 Mark Umsatz gemacht hätten. Interessantes Geschäftsmodell, musste Felix denken, Carlos hatte bloß gerufen: »War aber 'ne Bombenparty!« und ihm die Zunge herausgestreckt, auf der eine E lag.

Heute wurde Felix nicht richtig betrunken, die Pille verpuffte in den Weiten des Adergeflechts, ausnahmsweise hatte er kaum Lust zu tanzen, die Musik prallte an ihm ab wie eine fremde Sprache. Er kam sich inmitten der vertrauten Umgebung und der feiernden Freunde plötzlich alleine vor.

Karla.

Er spürte eine eigenartige Melancholie. Sie hatte damals noch ein, zwei Mal versucht, mit ihm Kontakt aufzunehmen, er hatte es ignoriert, zu heikel war ihm das alles erschienen, zu groß war seine Verwirrung gewesen.

Olle Kamellen, sagte sich Felix und trank noch einen Schnaps, vorbei ist vorbei, da brauche ich mich nicht mit dem großen Vergangenheitsbewältigungsprogramm zu beschäftigen, völlig absurd das alles.

Das war doch eines der Geheimnisse des Nachtlebens, dass nur das Jetzt zählte, das fand er doch so spannend, da brauchte er nicht ausgerechnet jetzt mit den großen historischen Forschungen zu beginnen, was für ein Lebensunsinn sollte das denn bitteschön sein?

Ein paar Mädchen neben ihm am Tresen kicherten laut und stießen sich an. Sie prusteten fröhlich los und blickten nach unten, sie winkten Carlos hinter der Bar, der sich nach vorne beugte und sogleich einstimmte. Langsam drehte Felix den Kopf und sah Janisch und den Ohlsen auf allen vieren an sich vorbeikriechen, bedächtig die Bewegungen, die Köpfe in Würde hochgehalten. Ihre Rücken glänzten, das schummrige Licht brach sich auf schwarzem Material. Erst jetzt, direkt neben seinen Beinen, sah Felix, dass die beiden hautenge Ganzkörperanzüge aus Latex anhatten.

»Jungs, wohin des Weges?«

Janisch stoppte kurz, blinzelte ihn von unten an und kaute auf einem Satz herum, der nicht richtig seinen Mund verlassen wollte.

»Was? Ich verstehe kein Wort, Janisch, was ist los?«

Tolle Frage, was sollte wohl los sein, dachte Felix sofort.

Wenn Janisch und der Ohlsen morgens um sechs auf allen vieren in Latexanzügen an ihm vorbeikrochen, hatten sie wohl ein bisschen gefeiert, wie man vermuten könnte, was gab es da zu fragen?

»Wir wollen noch irgendwo einen Absacker nehmen – komm doch mit!«

Der Ohlsen antwortete an Janischs Stelle, ohne anzuhalten.

Wenn ich mit denen noch einen Absacker nehme, dachte Felix, laufe ich in einer Stunde auch so herum – und morgen in einer weißen Jacke, die man nur hinten zubinden kann.

Er musste sofort nach Hause.

An den Kriechenden vorbei stürmte er nach draußen.

Felix liebte diesen Moment. Wenn er aus dem Club hinaus ins Licht stolperte und in der ganz eigenen Erfahrungsblase durch die Normalrealität surfte. Im Kopf tänzelten die Eindrücke und Gedanken der Nacht nach, im Takt des sich langsam nur verflüchtigenden Beats. Er wusste, wie er jetzt aussah und roch, wie er sich bewegte und guckte. Er erkannte jeden Raver morgens oder während des Tages auf 100 Meter, wenn sie gerade aus den Clubs kamen. Es war diese besondere Aura der Nacht, die Botschaft von etwas Neuem und immer auch Fremdem, die ihm so vertraut wie lieb war, eine eigene Karma-Glocke, die unangreifbar machte, mittendrin und doch alleine, ein Besucher aus einer anderen Welt, ein kurzes Echtwelt-Gastspiel auf dem Weg nach Hause. Die Zeit verlief in diesen Augenblicken langsamer, an manchen Morgen hatte er das Gefühl, als hielte die Stadt noch die Luft an, bevor sie sich für den Tag fertig machte, manchmal war es ein eigenartiges Verwirrspiel, so aus der Welt und der Zeit gefallen, wenn sich die Horizonte verschoben und er nicht mehr sagen konnte oder wollte, wer oder was noch echt war und was nur Statisterie, er oder die anderen.

Er ging gedankenverloren in die falsche Richtung, nach ein paar hundert Metern winkte er ein Taxi heran. Er stieg ein und ließ sich in die Polster fallen.

An der nächsten Kreuzung sah er wieder Janisch und Ohlsen, sie lagen mehr als dass sie saßen auf einer Bank an einem Wartehäuschen, halb übereinander. Die Latexanzüge glänzten im Sonnenlicht. Sie lächelten im Schlaf oder nur bei geschlossenen Augen, er konnte es nicht sagen.

Der Anblick machte ihn froh.

Karla war hier irgendwo, nicht weit entfernt.

Er spürte neue Hoffnung, warum, war nicht ganz klar.

5. Die Bank

Das war knapp, dachte Felix, während er mit zitternden Händen versuchte, einen doppelten Windsor zu binden. Er musterte sich im Spiegel der Bank-Toilette. Seine Augenringe hatten eine beunruhigende Intensität erreicht, das Schwarz war ein körniges Relief in allen Schattierungen, seine übrige Haut war seltsam gerötet, an zu vielen Stellen, die Poren wurden immer größer und verschluckten langsam sein altes Aussehen. Er konnte sich nicht mehr daran erinnern, wann er das letzte Mal Sport getrieben hatte. Er fühlte sich müde und kraftlos. Endlich hatte er den Krawattenknoten halbwegs vollbracht, die Proportionen stimmten nicht, es war ihm egal. Mit beiden Händen schaufelte er sich Wasser ins Gesicht. Noch so ein Vorfall, und er würde ein richtiges Problem kriegen, endgültig.

Am Morgen war er wieder mal viel zu spät aufgestanden, kein Blut bewegte sich mehr in den Adern, sein Herz war dunkel wie eine tiefe Gruft, auch die doppelte Portion Aspirin plus C konnte keine frische Bewegung in sein Gehirn bringen, er fühlte sich der Bewusstlosigkeit näher als einem Zustand, den man als wach hätte bezeichnen können.

Er hatte gar nicht losziehen wollen am Abend, aber sie hatten keine Gnade walten lassen.

Wir gehen seit Wochen fast täglich aus, was wollt ihr mit meiner erschlafften Hülle, gönnt mir die Erholung, bitte, hatte er sie angefleht. Niemand hatte auf ihn gehört. Sie waren extra bis zu seiner Wohnung gefahren und hatten so lange gegen die Tür gebollert, bis er aus Rücksicht auf die Nachbarn öffnen musste. Wie ein Delinquent auf dem Weg zur Exekution hatte er sich gefühlt, als ihn der Ohlsen und Mike zum Wagen führten, nur um doch wieder alle inneren Bremsen zu lösen für die nächste Schussfahrt durch die Nacht.

Nach zwei Stunden Schlaf war er halb besinnungslos zur Bank gestürmt, den Schlips in der Hand, das Hemd hing halb aus der Hose, er bemerkte es zu spät. Er ignorierte die spöttischen Lacher, als er durch den Flur zu seinem Büro rannte, er wollte sich sofort setzen, es ging nicht, der Sessel war besetzt, sein Vorgesetzter, es gab kein Entkommen. Der musterte ihn kurz und fragte scharf: »Alles in Ordnung, oder haben Sie ein Problem? Sie sehen ja aus, als kämen Sie geradewegs aus dem Bett?!«

Ja, eher vielleicht direkt aus dem Club, außerdem kochen die Pillen von gestern noch in meinem Blut, ich würde jetzt gerne tanzen, aber Sie stehen im Weg und die Kopfschmerzen vielleicht auch, das ist die Wahrheit, die aber an diesem Ort nichts zu suchen hat, weil euer Geschäft sie nicht vorsieht. Also schüttelte er bloß den Kopf und stammelte eine Entschuldigung, der Wecker, ein Notfall, es kommt nicht wieder vor. Sein Chef sagte nichts. Vor ihm lag ein Zettel, da standen die Probleme, wie die Bank sie sah. Er hatte Wertpapierkennnummern verwechselt und Order anscheinend vergessen, ein Kunde habe sich irritiert gezeigt über seinen Anblick am Morgen in der vergangenen Woche, auch die heutige Unpünktlichkeit sei unverzeihbar, das sei eine Warnung, eine ernste.

»Reißen Sie sich zusammen, was ist denn plötzlich los?«, sagte sein Chef und versuchte, väterlich streng zu wirken, wie Felix leicht amüsiert dachte, bis jetzt sei es so gut gelaufen, alle Wege stünden ihm offen, wenn er nicht die falsche Ausfahrt nehme. Felix spürte eine Hand auf seiner Schulter und fand das etwas zu intim, dann verließ der Chef sein Büro und sagte nur noch, binden Sie sich Ihre Krawatte, junger Mann, wir sind hier doch nicht bei Hempels unterm Sofa. Da wäre ich jetzt aber gerne, wenn man sich da hinlegen kann, wollte Felix antworten, aber sein Mund war selbst für diese Bemerkung zu trocken.

Das Wasser half, die Krawatte hielt ihn zusammen, er schluckte eine Packung konzentriertes Koffein, das machte ihn langsam wach, wach genug jedenfalls, um den Tag nicht als monströse Bedrohung zu empfinden.

Den ersten ein, zwei Kunden aus dem Grunewald verkaufte er ein paar sinnlos teure Fonds, beim dritten stockte er, da stand tatsächlich Janisch, ihr Nachtlebenmensch, der für das kleine Plattenlabel arbeitete und vor wenigen Stunden noch mit ihm in der Stahlkammer des Tresor durchgedreht war.

»Was machst du denn hier?«, fragten sie gleichzeitig und mussten lachen. Janisch sah aus wie immer, T-Shirt, Armee-Hosen, Sneakers, er zog an Felix' Krawatte und konnte sich gar nicht beruhigen. Sie hatten nie über Felix' Job gesprochen, Janisch war sehr überrascht. Wie er das denn aushalte, unvorstellbar, mit diesen Menschen in diesen Räumen, und wann er gedenke, sich davon endlich zu lösen. »Tja«, antwortete Felix und guckte so hilflos, dass sie beide wieder anfingen zu grinsen.

Er empfahl Janisch ein paar Anlagen der Konkurrenz und schrieb eine Empfehlung für einen Kredit, den der für die Firma brauchte, sie tauschten die Nummern und wussten, sie würden sich bald wieder treffen, unbedingt.

Am Nachmittag fand er sich an einem langen Konferenztisch wieder, Portfolio-Analysen und Expansions-Strategien. Er meldete sich gleich am Anfang mit ein paar schlauen Tendenzen aus New York, die wie seine eigenen klangen, die er aber im Wall Street Journal auf einer hinteren Seite entdeckt hatte. Die Runde horchte auf, ehrfürchtig, wie ihm schien, sein Chef lächelte milde zu ihm herüber, geht doch, sollte ihm das wohl sagen, das war das Signal, jetzt konnte er beruhig abschalten.

Er musterte die Runde, hungrige Gesichter, junge Züge, glatt und von keinem Zweifel je befallen, keine Visionen außer denen, die ihnen auf den Overhead-Projektor gelegt wurden, damit sie die sofort aufschreiben und inhalieren, bis sie glauben, es seien ihre eigenen, dachte Felix. Das ist doch die falsche Ausfahrt, die ich genommen habe, vor viel zu vielen Jahren schon, und dann gleich nach dem Studium noch einmal richtig.

Es waren ausschließlich Männer im Raum, die meisten über dreißig, er gehörte zu den jüngsten. Hoch konzentriert verfolgten alle die Ansprache des Chefs und der Referenten, es gab das übliche Gelächter über fade Witzchen der Vorgesetzten, das Zustimmung heischende Nicken der perfekt frisierten Köpfe, in denen nur für Bares Platz war.

Ihre Herzen sind aus Plastik, kein Wahnsinn hat jemals ihre einwandfrei funktionierenden Körpersysteme herausgefordert, Glück ist für sie nur ein abstraktes Versprechen für eine ferne Zukunft, mit dem sie sich zufriedengeben und das seinen höchsten Ausdruck in steigenden Kurven findet, steilen Strichen auf dem dünnen Papier ihrer Existenzen, dachte Felix, und wenn sie tanzen, dann nur um das Goldene Kalb. Aber toll, dass ich so ein Schlaukopf bin und immer noch mit diesen Lebensdarstellern große Zeitreservoirs absitze, ich bin doch eigentlich die größte Wurst unter diesen Würstchen, überlegte er, die sind wenigstens aus Überzeugung hier, die lieben ihren Job, die heucheln ja viel weniger als ich, weil sie nichts kennen und nichts wollen, außer genau das hier, sie fühlen sich im Stumpfsinn zu Hause, da kann es überhaupt keine frustrierenden Differenzen geben zwischen Erwartung und Realität. Der Ohlsen hat schon lange gekündigt, aber ich finde es ja so ein bisschen schizophren besser, oder wie?

Ihn trieb doch, wie seine Freunde, nichts als die Gier nach diesem Moment-Beben, das Gefühl berstender Jetzigkeit. Sie suchten jeden Abend das Glück, immer wieder, und das Glück war eine Matrix aus den vielen anderen, dem Sound und den Locations, die es aufzusuchen galt – was aber machte er dann hier?

Felix klopfte wie die anderen mechanisch mit den Knöcheln auf den gelackten Tisch, der Referent bedankte sich für den Applaus.

Ich bin der größte Staatsschauspieler des Berliner Bankenwesens, dachte er bitter, klopfe hier wie der letzte Klopftrottel im Takt meiner Lebenslüge auf den gelackten Tisch Zustimmung für die gelackten Leben.

Eigentlich hatte er das doch für immer und ewig vermeiden wollen, spätestens seit jener Nacht in Frankfurt, fiel Felix plötzlich wieder ein, das war doch meine Lebenswende, wo ist da die Konsequenz geblieben?

Damals, als ihm klar geworden war, dass er es in London nicht mehr aushielt, hatte er sich sofort in Frankfurt beworben und war von mehreren Häusern eingeladen worden. Sein alter Freund Christoph, der Arztsohn, den es an den Main verschlagen hatte, wo er als Immobilienmakler arbeitete und von allen nur »Der Hai« genannt wurde, hatte ihn nach seinem letzten Gespräch für den Abend eingeladen. Nette Runde, da kommen Schreiber, Banker, das wird bestimmt gut, auch wegen der Frauen.

Felix nahm die Einladung an, er wusste nicht genau, warum.

Frankfurt in seiner Hilflosigkeit deprimierte ihn wie immer, die ganze Stadt ein einziger Irrtum, eine urdeutsche Lächerlichkeit, nur als Panorama im Anflug überhaupt zu ertragen, und gegen viel Geld vielleicht, als Söldner. Jedes Mal, wenn er durch die Stadt fuhr, wollte er sie gut finden, er wollte sich zwingen, irgendetwas Liebenswertes, Spannendes, Nichthassenswertes zu entdecken, vergeblich.

Schon als er in dem Restaurant ankam, wusste er, er hätte nicht herkommen dürfen. So viel junges Glück, so viel strahlender Erfolg, so viel extra euphorische Show und noch mehr aufgeregtes Gelache, eine einzige Demonstration erkaufter Lebendigkeit. Die Magnumflaschen am Tisch wurden nicht abgeräumt, das fand man hier wohl schick, wie Trophäen standen sie da, er kannte diese Armseligkeit aus der Londoner City. Er wollte sofort wieder gehen, aber das schien ihm schwerer zu sein, als mehr zu trinken; er schenkte sich schneller nach als jeder andere am Tisch, er wollte nicht alleine ins Hotel, er brauchte irgendeine Nähe, und sei es nur diese. Niemand lachte, als er die Frage nach seinem Job mit »Maurer« beantwortete, zu hastig, wie er fand, warf sein sogenannter Freund Christoph sofort verkäuferisch klingende Details zu seiner Karriere in London in die Runde.

Ein jüngerer Moderator oder Werber führte das Wort, er hatte den Namen noch nie gehört, Christoph hatte ihn am Telefon angekündigt, nicht ohne Stolz, dass eben genau dieser auch käme, allein deswegen würde es sich lohnen, auf den seien alle ganz heiß, so lustig, so beliebt und so berühmt, da hatte Felix sich über Christoph gewundert und gewusst, das wird nicht gut gehen.

Er musterte die Runde, wie alle den Moderator oder Werber feierten und sich von ihm abwürgen ließen, dankbar für die Präsenz des Nichtunwichtigen am Tisch, an dem sie sitzen durften. Nichts wollte der von irgendwem wissen, jede Gesprächslücke nutzte er nur, um alle immer hemmungsloser mit seinem Erfolgsmüll zuzuschütten, wie er kürzlich erst mit dem und dem Regisseur über dieses und jenes Projekt gesprochen habe, und in der letzten Talkrunde habe ihn der und der doch wirklich überrascht, weil es ganz anders gewesen sei, als er noch beim letzten Empfang gedacht hatte.

Vor jeder normalen Weltrealitätswand würde man ihn nicht sehen können, würde er verschluckt, verschwinden, sich auflösen, so eine geistige Unauffälligkeit strahlt er aus, dachte Felix, hier aber leuchtet selbst so einer.

Er spürte ein leichtes Zittern und wischte seine mittlerweile feuchten Finger an der Anzughose ab. Die lachenden, verzerrten Masken der freiwilligen Claqueure, der Charaktermasken, hier passte das Wort, schoss ihm durch den Kopf. Wie sie Nützlichkeitspotenziale scannen und Interessantheits-Schulnoten verteilen, jeder Einzelne von ihnen eine perfide Selektionsmaschine, die Menschen gleich in Abschaum und Wichtigwichtig aufteilt.

Langsam drehte sich alles.

Er konnte sie nicht mehr ertragen, ihre Luft nicht mehr atmen, ihren Unterwerfungsschweiß nicht mehr riechen. Die Gegenwart dieser, so kamen sie ihm vor, grundsätzlich entkernten Hüllen war ihm von einem Augenblick auf den anderen plötzlich als die allertödlichste Lebensgefahr bewusst geworden: Ich will ja nicht nur vor London fliehen, ich will vor genau diesen Menschen und dieser Welt fliehen, da reicht nicht bloß ein Stadtwechsel, das erfordert einen Geisteswechsel, einen Lebenswechsel der konsequentesten Art – auch wenn er nicht gleich wusste, was das bedeuten sollte.

Als er beim Aufstehen ein Glas umstieß, sagte der Moderator oder Werber etwas in seine Richtung, alle lachten sehr laut. Auf der Toilette versuchte er, seine Atmung unter Kontrolle zu kriegen, er musste sofort gehen.

Als er mit unsicheren Schritten zum Tisch zurückkehrte, wollte der Moderator oder Werber ihn grinsend zu sich ziehen, Felix nahm das nächstbeste Rotweinglas vom Tisch und schüttete es ihm wortlos über den Kopf. Ruhig sagte er laut und deutlich: »Wenn du mich noch einmal anfasst oder ansprichst, bringe ich dich um.«

Alle am Tisch schrien, Christoph fuchtelte mit den Armen, die Frauen kreischten, selbst ihr Entsetzen sah so künstlich wie albern aus, es war ihm egal, er nahm seine Jacke und ging, Christoph stellte sich ihm in den Weg, er spürte dessen Wut, es berührte ihn nicht, er griff in seine Hosentasche, schmiss ein paar Scheine auf den Tisch, für die Reinigung und den Wein, sagte er zu dem früheren Freund, er nahm sich eine Flasche und stolperte nach draußen. Der Rotwein glänzte matt auf dem Hinterkopf des Moderators oder Werbers.

Felix taumelte durch die Straßen, im Schaufenster sein Spiegelbild, die Haare wirr in der Stirn, das weiße Hemd über der Hose, das Gesicht so fremd wie die Straßen um ihn herum. Er sah eine Eingangstür, eine Schlange, er stolperte ihr entgegen, die Leute lachten, er lachte zurück, er bot ihnen den Wein an. Heitere Gesichter, blitzende Zähne und ein tiefer, wummernder Herzschlag von irgendwoher, er spürte eine wohltuende Wärme und blieb einfach da. Eine junge Frau wollte seine Jacke ausleihen, er hatte nichts dagegen, sie fragte nach seinem Namen, er war sich plötzlich nicht mehr sicher, sie lachte und lehnte ihren Kopf gegen seine Brust, er wollte sich auf sie konzentrieren, nichts war mehr scharf, sie zog ihn zu sich, er spürte heiße Hände auf seinen Wangen, ihre Zunge in seinem Mund, nur ganz kurz, so warm, auf seiner Zunge lag etwas, das war klein, irgendwie mehlig und bitter, als er drauf biss, verzog es ihm das Gesicht, jetzt hörte er auch ihre Freunde lachen, jemand gab ihm Wasser, komm einfach mit, sagte das Mädchen.

Der Mann am Eingang lächelte, eine Hand lag auf seiner Schulter, hier bist du richtig, hörte er eine Stimme, und er wusste nicht, was gemeint war. Bald waren drinnen alle weg, das Mädchen sowieso, einfach fort, er vermisste sie jetzt schon, die Wärme, das Lachen, auch ihre Zunge, gerade jetzt.

Er irrte umher, er wurde geschoben und gepresst, er folgte dem Strom, es gab keine Wahl. Nass war seine Stirn, nass war das offene Hemd, ein Salzstrom auf seiner Brust, so stand er plötzlich vor dem Platten-Magier selbst, der da wirbelte und ihn und alle und alles verzauberte, er sah die seltsame Frisur, die irre zuckenden Augen, er spürte regelmäßige Schläge im Bauch und ein Kribbeln am Herzen, seine Hose flatterte, und die Finger wussten nicht wohin vor erwartungsvoller Nervosität angesichts der ansteckenden Hysterie der Tanzenden.

Da entstand ein Gefühl, das sich noch nicht entschieden hatte, ob es Angst oder Glück werden wollte.

Erschrocken blickte er hoch, und da traf ihn inmitten des schwarz-weißen Lichtgewitters der Blick des wilden Priesters, der ihm befahl: Bleib hier, denn du hast mich gesucht, hier bist du richtig.

Und dann platzte plötzlich eine Blase in seinem Kopf, eine Glücksblase, wie man sagen konnte, in seinem Gehör, in seinem Körper, plötzlich verstand er die bis eben noch fremde Sprache, plötzlich machte das alles Sinn, dachte Felix, er sah von einem Moment auf den anderen die Schönheit und die Eleganz des Augenblicks, der einzelnen Tänzer und der zusammen pumpenden und schwitzenden Masse, die Musik war in ihrer Klarheit so schillernd wie zwingend, und dann machte er diesen einen kleinen Schritt nach vorne auf die sogenannte Tanzfläche, einen halben Meter vielleicht nur, und nichts war mehr wie vorher.

Ich bin mit diesem einen Schritt in eine andere Welt eingetaucht, hatte er danach oft denken müssen, es war genau diese eine Vorwärtsbewegung, die mich zum Teil des Ganzen gemacht hat, es war in jedem Sinn ein Beitritt gewesen, eine Körperentscheidung durch und durch.

Er schloss die Augen halb und gehorchte seinem inneren Bewegungsdrang, er tanzte in diesem kochenden Brodeln aus Lichtsplittern und schwebenden Körpern, in einer glitzernden Blase aus erregtem Erstaunen und den Gischtwolken der Musik, in der es keine Fremdheit und keinen Argwohn mehr gab, sondern nur noch eine endlose Kette feinster Endorphin-Eruptionen. Nie hatte er sich lebendiger gefühlt, es war das überwältigende Gefühl absoluten Lebendigseins, nach dem er in dieser Sekunde süchtig wurde, wie ihm sofort klar war. Erst Stunden später wurde er zum Ausgang gespült.

Bevor er ging, fragte er den Mann an der Tür: »Wo bin ich eigentlich, wie heißt das hier?« Er spürte wieder eine Hand auf der Schulter: »Das ist dein neues Zuhause, und das heißt ›Omen‹.«

Da hatte Felix nur gedacht, hier will ich bleiben, ich will mehr davon, ich will gar nichts anderes mehr.

Und trotzdem sitze ich jetzt in diesem Konferenzzimmer und spiele weiter mit diesen Funktionierern den seriösen Banker in der alten Welt, die nicht ahnt, wie die neue aussieht, die wir jede Nacht entstehen lassen. Neidisch beobachtete er unten auf der anderen Straßenseite ein junges Pärchen, das sich innig küsste. Er schaute auf die Uhr. Noch eine halbe Stunde.

Ich setze die falschen Prioritäten, dachte Felix verbittert, dabei gibt's in diesem Leben doch keine Nachspielzeit.

6. Annäherung

Sie trafen sich bei ihrem Stammitaliener und wollten sich von Mirco, dem Inhaber, den neuesten Klatsch erzählen lassen. Viele Veranstalter, Mitarbeiter von Plattenfirmen, DJs und andere Nachtlebenmenschen kamen hier vorbei, bevor sie loszogen. Das Essen war einfach und gut, die Einrichtung mit Holztischen klassisch zeitlos, die Gäste sehr gemischt. Das Restaurant war ihr Wohnzimmer, ein beliebter Treffpunkt, vor dem alle ein wenig Respekt hatten, weil nie jemand vorhersagen konnte, ob sie es schaffen würden, ihn vor Morgengrauen wieder zu verlassen.

Am frühen Abend gingen hier normale Menschen essen, Pärchen, Angestellte, Familien, ein paar Touristen, die sich hierher verirrten, und ab und zu sogar ein Politiker, der in der Nähe wohnte und sich bei Mirco vor neugierigen Augen sicher wusste.

Kurz vor Mitternacht gab es unbemerkt eine Art »Schichtwechsel«, wie sie das immer nannten. Das Publikum wurde jünger, die Gespräche lauter, die älteren Besucher blickten manchmal irritiert. Sie wurden vom Hauch der Nacht angeweht, sie spürten ein Prickeln in den Köpfen, auch wenn sie es nicht zu deuten wussten.

An guten Tagen ergaben sich unerwartete Kombinationen. Alte Paare erkundigten sich ganz interessiert bei Mirco, woher plötzlich all diese jüngeren Leute kämen, um diese Zeit, mit dieser Energie. Und dann saß plötzlich der Ohlsen unaufgefordert, der den Laden immer liebevoll »unsere Vorhölle«

nannte, bei solchen am Tisch und erklärte den Verblüfften mit Händen und Füßen die Vorzüge und Geheimnisse der elektronischen Musik; oder der Pate verkündete eine neue Weltordnung und lud noch die abwegigsten Gestalten zum Mitkommen ein; oder jemand legte kurzerhand einen neuen Techno- oder House-Track ein, damit sich die geneigten Zuhörer ein eigenes Bild von den wahren Geschehnissen in der Stadt machen konnten.

Mirco hatte heute nicht viel zu erzählen, er war gestern mit Janisch, Carlos und Doro sehr lange und sehr tief abgestürzt, wie er mit vagen Worten andeutete, er überlege immer noch, ob er sich nicht doch lieber umbringen solle, das erschiene ihm selbst jetzt, einen halben Tag später, immer noch die vernünftigste Option. Er erkenne rückblickend keine menschliche Faser mehr in sich, seine Grenzenlosigkeit sei die furchtbarste gewesen, seine Depression deshalb die größte, er wolle die Erde von seiner Last befreien, weiterleben zu müssen sei so demütigend wie überflüssig, niemand werde ihn davon heute abbringen, er schwanke nur noch in der Wahl der Methode, was er ihnen denn vor seinem endgültigen Entschluss noch bringen könne, er wolle ihnen ja nicht den Abend versauen, genug Unheil habe er bereits angerichtet.

Während des Essens redeten sie kurz über den Drehler, der eine regelrechte Kampagne gegen die Parade führte und dabei einzelne Leute wie den Professor gezielt diffamierte. Als »Heuchler« und »Abzocker« hatte er ihn in seinem aktuellsten Artikel dargestellt, sogar als »Techno-Millionär«, wobei er natürlich nicht erklären konnte, wo denn diese Millionen herkommen sollten, bei einer Veranstaltung, die für alle umsonst war. Hemmungslos verbündete er sich für seine Ausfälle selbst mit irgendwelchen alternden Grünen, die sich nicht entblödeten, den Rock-Unsinn ihrer fernen Jugend als die geeignetere Musik zu empfehlen und sich ansonsten den Regenwürmern im Tiergarten wie immer mehr verbunden fühlten als gut gelaunten jungen Menschen, die ihren Spaß selbst organisierten. Sie kannten diese ablehnende Haltung aus den etablierten Blättern mittlerweile nur zur gut.

Die Drehlers dieser Welt verängstigte das Körperliche der Musik sehr, die Massen machten ihnen Angst, das Ausgelassene, so unkontrollierbar, so viele auch ohne Abitur, so welche kannten sie ja sonst kaum, das irritierte sie ganz doll.

Janisch wusste von neuen Gerüchten zu berichten, wonach der Tresor bald schließen müsste, diesmal endgültig, ganz bestimmt. Seit Jahren hatten die Betreiber ja nie mehr als drei Monate Mietsicherheit, es konnte jederzeit aus sein. Der Ohlsen verkündete stolz, dass er für sie alle Pässe für die Mayday in Dortmund besorgen könnte, sie müssten dafür nur ein paar Stunden in einer der Lounges arbeiten, das schien ein guter Deal. Er selbst würde am Abend vorher mit dem Paten noch bei einer Party in Hannover vorbeisehen und von da aus anreisen. Dann kamen sie zum wichtigsten Punkt, der Planung des heutigen Abends.

Der Erfolg der Musik machte ihnen das Leben schwer. Es gab immer mehr Partys, noch mehr Clubs, noch mehr DJs, noch manischer mussten Termine und Adressen, neueste Infos und überlebenswichtige Geheiminformationen ausgetauscht werden, damit unter allen Umständen am richtigen Ort mit den richtigen Leuten zur richtigen Musik richtig abgefeiert werden konnte. Schon einzelne Abwesenheiten führten zu zermürbenden Zweifeln und panischem Hinterhertelefonieren. Konnte es etwa sein, dass der oder die nicht da war, weil auf dem anderen Event eventuell die bessere Stimmung und noch tollere Leute waren als da, wo man selber gerade weilte? Die Angst vor dem großen Verpassen setzte ungeheure Energien frei. Es ging immer nur um das »wohin«, nicht auszugehen war keine Option.

In seltenen Fällen gab es so etwas wie eine unausgesprochene Anwesenheitspflicht. Legten Westbam oder Sven Väth oder Paul van Dyk irgendwo auf, war der Hell in der Stadt oder gar Jeff Mills, war es selbstverständlich, dass alle vorbeischauten. Waren alle da, konnte niemand woanders die bessere Party feiern. In allen sonstigen Fällen hieß die Lösung: permanente Minikonferenzen. Wo seid ihr, wir sind hier, was ist da los, wer ist noch da, wer legt auf, kommt ihr oder kommen wir, es war eine einzige Dauerexpedition in den höchsten Höhen der heimischen Exzessmassive, wie Felix nach solchen Nächten morgens im Büro oft erschöpft dachte.

Denn andauernd kursierten ja die unglaublichsten Geschichten vor allem über die Nächte, die man selbst natürlich verpasst hatte. Wie, du warst nicht dabei, als der Araber vor dem Tresor mit der Pistole rumgefummelt hat, bis er von der Security niedergeschlagen worden ist? Was, du hast noch nicht gehört, dass es der junge DJ aus Leipzig auf der Bühne unter dem Plattentisch mit dieser Raverin getrieben hat, während die anderen aufgelegt haben?

Mit sadistischer Freude wurden kleinste Episoden in allen Einzelheiten seziert und analysiert und zu etwas Spektakulärem aufbereitet, bis sich jeder aus Selbstschutz schwor, beim nächsten Mal ganz bestimmt keine Schwäche zu zeigen, um ja nie wieder in diese Situation zu kommen.

Der Ohlsen hatte wie immer alle Termine im Kopf. Er schien immer unterwegs zu sein, wo er war, war man richtig, seine Anwesenheit war die Garantie für die perfekte Wahl. Manchmal kam er Felix wie ein Delfin vor, der niemals ganz schläft, sondern maximal eine Hirnhälfte ruhen lässt, während der andere Teil weiter feiert und weiter organisiert und redet und redet. Obwohl Felix auch öfter den Eindruck hatte, dass der Ohlsen das Hirn gerne komplett ausschaltete – und trotzdem noch weiter funktionierte und feierte, dann vielleicht sogar am besten.

Sie bezahlten nach Mitternacht und trennten sich. Der Ohlsen wollte noch kurz im WMF vorbei, Janisch auf eine Privatparty, Mike machte einen etwas abwesenden Eindruck und murmelte etwas von einer möglichen Verabredung, über die er nicht so viel sagen könne, Felix wollte ins E-Werk, man würde sich später dort sehen.

Vor dem Eingang des Clubs sah Felix einen kleinen Auflauf, aus dessen Mitte wie ein großer Vogelkopf eine Kamera herausnickte. Hin und her trieb die kleine Gruppe, die offensichtlich hineinwollte, aber nicht hineingelassen wurde.

»Felix, hallo Felix, hey, kannst du mal bitte rüberkommen?«

Er drehte sich um und erkannte sogleich den Drehler, der sehr erfreut tat, ihn hier wie einen guten alten Bekannten am Eingang zu begrüßen.

»Drehler, alter Paradenhasser, was machst du denn hier?«

Strahlend kam der Drehler auf ihn zu, die Arme ausgestreckt, er war höchst erfreut, geradezu begeistert, Felix hier zu treffen, das sollten alle sehen – aber warum nur?

»Felix, du musst uns helfen!«

»Wobei?«

»Wir würden hier heute Nacht gerne drehen.«

»Ja und?«

»Carlos lässt uns nicht rein.«

Hinten stand tatsächlich Carlos, der heute die Tür machte und fragend mit den Schultern zuckte.

»Du kennst doch den Carlos, kannst du nicht für uns ein gutes Wort einlegen?«

»Warum sollte ich?«

»Felix, alle verzerren das Bild aus den Clubs immer so, jetzt habe ich mal die Chance zu zeigen, wie so eine Nacht wirklich aussieht.«

»Drehler?«

»Ja?«

»So wie du gerade die Parade überall beschreibst …«

»Das ist was ganz anderes, da geht es um Auswüchse …«

»Drehler, für wen ist denn der Beitrag?«

»Für DAS TV-MAGAZIN!«

Felix musste lachen.

»Und da glaubst du im Ernst, da kann der große Drehler mal so einen richtig objektiven Bericht über die Berliner Clubs zeigen? Drehler, ich dachte, du nimmst keine Drogen?!«

»Was soll das heißen?«

»Drehler, wenn DAS TV-MAGAZIN einen losschickt, um einen Film über diese Szene zu machen, kannst du drehen, was du willst, herauskommen wird in jedem Fall ein Film über Pillen fressende Monster, schwachköpfig Zappelnde, skrupellose Macher, die sich die Taschen vollstopfen, und wenn du dir einen extra Orden verdienen willst, bringst du deinem Chefredakteur eine nackte Brust, oder noch besser: aus den 1000 Besuchern bitte, bitte einen Minderjährigen, der es durch die Kontrollen geschafft hat und möglichst verwahrlost und mit Drogen durch die Empfangshalle der Apokalypse stolpert. Und morgen können die dann ihren Laden dichtmachen, weil die Bullen hier zur Razzia auflaufen, haben die doch alles schon erlebt. Mann, Drehler, die Story steht schon, bevor du auch nur einen Fuß über die Schwelle getan hast, das weißt du doch.«

»Moment, wir reden hier über DAS TV-MAGAZIN! Das ist total seriöser Journalismus!«

»Drehler, spinn nicht rum, die wollen von dir einen Film über den Porno in ihren Köpfen – und du wirst ihn liefern, ob du willst oder nicht!«

Carlos hatte sich neben sie gestellt.

»Was meinst du, Felix?«

»Carlos, mach, was du willst, aber wenn ihr euch nicht unglücklich machen wollt, verriegel die Tür und schick den nach Hause!«

Felix ließ die Gruppe stehen und ging zum Eingang. Eine Hand legte sich sanft auf seine Schulter.

»Spreche ich mit dem Lordsiegelbewahrer der unschuldigen Tanzkultur?«

Felix fuhr herum.

Karla stand vor ihm.

Ihre Augenbrauen schweben über den eisblauen Augen wie Sonnensegel, dachte er, ihr Wellenmund verzog sich zu einem breiten Lächeln. Er starrte sie an.

»Das ist eine Überraschung, oder, Felix?«

Er konnte nichts sagen, nur nicken. Sie kam noch näher und küsste ihn links und rechts auf die Wangen, etwas unbeholfen, wie er fand, wobei er sich selbst nicht zu bewegen wagte. Er roch ihren Duft, da war die Ahnung von frischem Heu.

»Hallo Karla!«

Na, das war ja ein fulminanter Einstieg, ein grandioser Auftakt, warf sich Felix sofort zerknirscht vor, Hallo Karla, so muss man das machen, nach all den Jahren, wenn man möglichst erfreut und spritzig wirken will.

So standen sie beide da, lächelnd, stumm, ihre Blicke verhakten sich für Sekunden, Felix war froh, an seiner Zigarette ziehen zu können.

»Ist denn der Drehler so schlimm, Felix?«

Dankbar blickte er Karla an, die an einem Joint zog und ihn nicht aus den Augen ließ. Im Schein der Glut loderte ihr ganzes Gesicht, ein paar Strähnen hingen ihr verklebt in die Stirn.

»So gut kenne ich den auch nicht, aber überall, wo er auftaucht, gibt es nachher Ärger, weil doch wieder nur der übliche Mist herauskommt. Und die Fernseh-Jungs, für die er heute unterwegs ist, sind wirklich das Allerletzte.«

Er hätte jetzt gerne noch weiter darüber geredet, wie er das gar nicht nachvollziehen könne, all diesen Hass und die Ablehnung in den Medien, aber er sah genau, dass sie ihm gar nicht zuhörte. Sie musterte ihn, amüsiert, wie er sofort dachte, die lacht sich jetzt schon kaputt über mich, nach den ersten drei Sätzen nach so vielen Jahren. Karla fuhr sich über die Stirn und wischte ihm mit einer flüchtigen Bewegung über die Brust, als wolle sie dort etwas Staub fortwischen. Einen Schreckmoment hatte er den Eindruck, sie ließe ihre Finger mitten auf seinem Herzen verharren, das aus Respekt beinahe aufgehört hätte zu schlagen, aber das war wohl nur eine Täuschung.

»Lange nicht gesehen«, sagte sie und drehte sich etwas, sodass sie ihn jetzt seitlich durch einen Haarschleier fixierte, deutlich sah er die Zahnlücke, ihr Lächeln war unergründlich.

Er nickte und überlegte fieberhaft, wo er seine Hände jetzt hinstecken sollte, so viel nutzloses Fleischmaterial am Körper, überall Arme und alles, das war ihm vorher noch gar nicht so aufgefallen.

»Stimmt, ja.«

Irgendwie wird der Denkapparat nicht mehr ordentlich mit Sauerstoff versorgt, dachte Felix, es reicht gerade noch für ein paar Satzstummel, das ganze Sprach-Archiv – einfach leer geräumt oder geschlossen.

»Ich hatte schon gehört, dass du in Berlin bist.«

Felix packte sich an die Nase, so hatte er wenigstens eine Hand beschäftigt, die andere pendelte sinnlos an seiner Seite, nachdem er sie vorher ebenso sinnlos in einer Tasche geparkt hatte, was aber aussehen könnte, als wolle er sich am Gemächt spielen, wie er kurz gedacht und sie deswegen schleunigst wieder ins Freie gezogen hatte. Was sollte sie sonst von ihm denken? Stellt euch vor, heute habe ich Felix zum ersten Mal wieder getroffen, er hat nicht nur einen Sprachfehler, sondern hat sich als Erstes gleich vor mir an den Schwanz gegriffen, das würde sie doch denken und allen erzählen müssen, das würde er nicht überleben.

»Hättest dich doch mal melden können, der Ohlsen weiß doch, wo ich wohne. Na ja, ist ja auch egal. Schön, dich zu sehen.«

Er zuckte hilflos mit den Mundwinkeln.

»Ja, finde ich auch.«

Felix spürte, wie sich sein Puls deutlich beschleunigte und seine Hände langsam feucht wurden, sein Blick flackerte bereits, eine ziellose Aufgeregtheit erfasste ihn, seine Haut schien sich ein wenig zu spannen, es war, als verenge sich die Atemröhre, als müsse er einfach ein bisschen schneller atmen, damit er mit dem Druck besser umgehen könnte, der Druck, der dadurch entstand, dass sich in seinem inneren Stausee das Glückswasser sammelte und darauf vorbereitete, ihn gleich in einer großen Welle mitzureißen, er konnte kaum noch stillstehen. Er hätte die Pille eben einfach nicht schlucken sollen, aber er hatte ja nicht ahnen können, ausgerechnet heute Abend Karla zu treffen.

Er spürte eine heiße Hand auf seinem Unterarm.

»Bist du alleine hier, Felix?«

»Ja, der Ohlsen wollte später noch kommen, Mike vielleicht auch.«

Karla lächelte ihn verklärt an, ihr Gesicht war gerötet, etwas Schweiß stand auf ihrer Stirn, die Pupillen standen in ihrem blauen Augen wie schwarze Monde, ihre Hände bewegten sich jetzt unentwegt, er konnte es nicht fassen, sie war schon da, wo er gleich sein würde.

»Wollen wir nicht reingehen?«

Felix antwortete nicht, sie nahm einfach seine Hand und führte ihn an der Schlange vorbei in die Halle. Es war eine schwebende Leichtigkeit in seinem Kopf, er folgte ihr benommen. Sie holten sich zwei Wasser. Erst auf der Tanzfläche ließ Karla seine Hand wieder los, sie ließ sie nicht einfach los, sie entließ sie sanft aus der ihren, es war ein zärtlicher Abschied der Finger voneinander, der ihnen das Wiedersehen als ein Versprechen mit auf den Weg gab.

Felix ließ sich neben Karla treiben im Rhythmus des Beats. Es gab keine eingeübte Choreografie, sondern nur ein Fallenlassen und Auflösen, bis die Glieder ihre Bewegungen fanden, das Gefühl der beschwingenden Grenzenlosigkeit auf einem halben Quadratmeter. Der Platz unter ihren Füßen, im Gedränge mit all den anderen, war der kleinste, der beschränkteste, die Tanzhallen in ihrem Kopf dazu waren die größten. Die lustvolle Hilflosigkeit entlud sich oft im Schrei, weil sie nicht anders konnten, es war eine Notwehr der Sinne, so viel Endorphin, so viel Erfüllung, zu viel für die heftig zuckende Hülle, das brauchte Ventile, die Arme schossen in die Luft, um dort oben den überflüssigen Strom zu entladen und nach kühlerer Luft zu fahnden. Ab und zu öffnete er die Augen und sah, wie Karla sich an den Sound schmiegte, der sie umschmeichelte. Wie sie selbstvergessen die Lider schloss, immer wieder mit einer Hand zart über den eigenen Körper strich, den Kopf nach hinten und die Hände nach oben warf, es war ein Bild vollendeter Harmonie. Ihr Becken kreiste und zuckte, es war ein Akt mit dem Universum direkt vor seinen Augen. Wie schön sie ist, dachte Felix, und folgte seinem fordernden Bewegungsdrang, ihre Körper flirteten miteinander, über viele Meter getrennt, für niemanden sichtbar, nur spürbar für die, deren Spannungsfelder sich gefunden hatten.

Das war die Magie des Tanzens. Das war der Kern ihrer Musik. Es waren intimste Momente vor allen, die in ständiger Abfolge selbst mit den Fremdesten um einen herum entstanden, ohne dass je geredet werden musste. Mit Karla erreichte das Gefühl eine nie zuvor empfundene Intensität. Ab und zu trafen sich ihre Blicke, es waren Momente extremen Verstehens.

Ist gut, oder?

Total!

Mit wortlosen Gesten der gegenseitigen Glücksbestätigung wurden an solchen Abenden unsichtbare Allianzen geknüpft. In manchen Nächten entstanden so kleine Tanzfamilien mit allen drum herum, die wie selbstverständlich für eine nicht absehbare Dauer existierten, für ein paar Stunden vielleicht, manchmal nur bis zum nächsten Break, ab und zu bis zur Afterhour am übernächsten Tag.

Felix sah, wie Karla auf dem Dancefloor schwebte, die Musik war so zwingend wie treibend, sie empfand es genauso, er sah es genau. Der zarte Gleichklang, das beglückende Gefühl der Nähe zu ihr und zu allen im Banne des gleichen Sounds ließ ihn jubilieren.

Sein Gesicht war klatschnass.

Sie lachten sich an und rissen die Arme hoch.

Sie waren Teil dieses Kunstwerks, das man nie reproduzieren, nie dokumentieren, sondern nur miterleben konnte, das Kunstwerk, das nur in diesem Moment mit dem DJ und den vielen anderen genau hier entstand, in dieser Sekunde, mit diesem Licht, diesen Gerüchen, jeder spielte seinen Part, mit seiner Stimmung, die der DJ aufgriff und verstärkte, keiner kam ohne den anderen aus, Moment-Kunst, immer einzigartig, in unendlichen Varianten erfahrbar. Es ist eigentlich jedes Mal ein neuer, langer, zu immer anderen und doch gleich ekstatischen Höhepunkten strebender Sexakt, dachte Felix, es ist wie bei einem körperlichen Akt, wo auch nur die lustvolle Selbstaufgabe zum wahren Gipfel führt, zu einem berauschten und berauschenden Ineinanderfließen.

Er sah Karla, sah ihre unnachahmlichen Körperschwünge, er sah die hektischen Solisten am Rande, jüngere Typen meist, die aussahen, als wollten sie ihre Füße, Beine und Hände abschütteln, wenige Zentimeter über dem Estrich des Bodenbelags schwebend.

DJ Jeff Mills war einst von Detroit in den Tresor gekommen, so hieß es, und hatte geschmunzelt über die vielen weißen Kids, die noch nicht wussten, wie sie ihre Glieder zu dem neuen, brettharten Sound koordinieren sollten. Das war lange vorbei, genau wie die Beats-per-minute-Rekordjagd, Verfeinerung hieß heute das Ziel.

Felix starrte in die zuckende Masse. Es war eine wahrhaft klassenlose Gesellschaft der angenehmsten Art, die vor ihm schwitzte und schrie, in der es nur ein Kriterium gab: mitmachen oder nicht. Alter, Aussehen, Kleidung oder sozialer Status waren hier praktisch egal, überflüssige Kriterien der alten Zeit, der niemand hinterhertrauerte. In der Ecke sah er ein paar Schwule kreischvergnügt, weiße Unterhemden über den Bildhauerkörpern. Die haben uns das im Grunde genommen beigebracht, die haben ja schon so gefeiert, als wir gar nicht wussten, dass man das kann, so hart, so lang, so ohne jedes Limit, dachte Felix.

Ein Break, der kollektive Jubel, er fühlte, wie die Endorphin-Welle durch seinen Körper spülte, für Sekunden spürte er keine Sehnsucht mehr, nur noch Erfüllung. Seine Zunge klebte am Gaumen, er holte schnell Wasser für sich und Karla und dachte: Nichts anderes kommt dem gleich.

Sie redeten stundenlang kein Wort miteinander, sie verstanden sich so, sie kommunizierten mit ihren Körpern und ihrer Energie. Manchmal strahlte sie ihn an und warf ihr Haar nach hinten, er nahm das persönlich und freute sich sehr. Als sie einmal aufeinander zutanzten, kam sie dicht zu seinem Ohr und sagte:

»Es ist schön, dich wiederzusehen, Felix!«

Er glaubte ihre weichen Lippen an seinem Ohrläppchen zu spüren, er zitterte ein bisschen.

Auf dem Weg zur Toilette traf er den Ohlsen und Janisch, der ihm ohne etwas zu sagen noch eine Pille in den Mund schob, er wollte sich erst wehren, ließ es dann aber bleiben, warum nicht, dachte er, doch bald schon bemerkte er den Fehler. Während Karla immer entspannter und müder wurde, nahm er noch einmal alleine Anlauf zum nächsten Gipfel, er konnte nichts dagegen tun.

Sie wollte nicht mehr tanzen und stand glückselig am Tresen, er lehnte sich neben sie, stützte sich mit rechts ab, dann mit links, er legte beide Unterarme auf das Holz, dann stellte er sich auf ihre andere Seite.

Er bestellte ein Wasser.

Ein Schluck, das Glas war leer.

Ich muss mehr Wasser trinken, nur damit halte ich mich im Zaum, viel Wasser, damit kriegt man es in den Griff, dachte er und musste kurz daran denken, dass in englischen Clubs auf den Toiletten teilweise nur heißes Wasser aus den Leitungen kam, damit die Ecstasy-Konsumenten sich dort nicht umsonst bedienen konnten.

Sie erzählte ihm von ihrer Zeit in Berlin, wie sie anfangs nur neben dem Studium als DJ angefangen und irgendwann gar nichts anderes mehr gemacht habe.

Er trank noch ein Wasser.

Sie erzählte von den Clubs und ihren Projekten, er roch nur das Heu und sah diese Zahnlücke.

Er bestellte noch ein Wasser.

Sie stutzte für einen Moment.

Er bestellte schnell noch ein Glas.

Das Geschiebe um sie wurde immer besorgniserregender,

sie standen eingekeilt voreinander, er trank noch mehr Wasser.

»Du hast aber ganz schön Durst, Felix!«, sagte sie mit einem Unterton, der nichts Gutes verhieß, er versuchte, lässig zu lächeln.

Sie erzählte weiter von ihren Freunden und der Szene, in der sie sich so wohlfühlte, er kam sich sehr geschickt vor, wie er mit sehr unauffälligen Handzeichen, wie er glaubte, noch ein Wasser bestellte, sie standen dicht gedrängt, bemerkte er mit glühenden Wangen, ihre Brüste, ihre unglaublichen Brüste, wie er sich sofort verbesserte, diese Brüste mit den durch das Shirt strebenden Brustwarzen wurden von den Massen hinter ihr gegen ihn gedrückt. An dieser Stelle spürte er ein Feuer auf seinen Rippen. Er bestellte gerade noch ein Wasser, als sie von einem Taumelnden fest gegen ihn gepresst wurde, es war ihm sogar, als verharre sie in dieser Position mit Absicht und kreise bewusst etwas mit dem Becken, die Hitze ihres fraulichen Körpers ließ ihn schmelzen. Mit keinem Wasser würde er diesen Brand heute löschen können. Ihm wurde schwindelig, jemand drückte ihn jetzt von der Seite, weil er vor der Theke im Weg stand, er wankte, sie legte eine Hand an seine Seite, um ihn zu stützen, unter ihrer Hand verschmorte sein Stoff, er war sich sicher, er fühlte sich nackt in einem heißen Wüstenwind, ihr Wellenmund tanzte weiter, er konnte nur noch ihre Brüste anstarren, er hätte sie jetzt gerne angefasst.

»Sag mal, Felix, ist irgendwas mit meinen Brüsten?«

»Ja, nein, ich meine, sie sind wunderschön.«

Er wollte auf der Stelle sterben.

»Was?«

»Du hast ganz tolle Brüste, die schönsten Brüste, die ich mir vorstellen kann. So fest und rund und …«

Karla lächelte gequält. Weil der Pillen-Gott es gut mit

Felix meinte, öffnete er ausgerechnet in diesem Moment alle Schleusen. Die kläglichen Vernunftreste wurden weggerissen, Felix versank unter einer chemischen Liebes-Lawine.

Ich sollte jetzt vernünftig sein, ich sollte den Sturm einfach vorbeiziehen und mich keinesfalls hinreißen lassen, dachte Felix verzweifelt und wischte sich über das nasse Gesicht. Das weiß man doch, dass man in solchen Situationen oft Sachen sagt, die man danach bitterlich bereut, einfach ruhig bleiben, dann kann nichts passieren.

»Karla, deine Nähe macht mich so irre, wie mich deine Abwesenheit wahnsinnig gemacht hat.«

Sie blickte ihn erschrocken an und rückte ein wenig von ihm weg, soweit das in der Enge möglich war.

»Was?«

Nicht weiterreden, nichts sagen, das wird das Beste sein, wir sind jetzt nur ein bisschen aufgeregt, das sind die Pillen, die alles ein wenig übertreiben, das legt sich gleich, dachte Felix und spürte, wie ein paar Sätze unaufhaltsam aus seinem tiefsten Inneren herauszuplatzen drohten.

»Karla, ich habe jahrelang nur von dir geträumt, jeden Tag, meine Haut brannte an den Stellen, an denen du mich nicht berührt hast, und meine Gedanken rochen nach dir, meine Hände zeichneten nachts im Dunkeln den Umriss deines Körpers nach. Ich konnte damals keinen Kontakt halten, weil es mich fast umgebracht hätte, aber ich wollte nur dich, und wenn ich jetzt vor dir stehe, dann weiß ich, dass ich dich noch immer will, dich und niemand anders.«

In ihrem Gesicht war ein Lächeln auf halbem Wege im Schock erstarrt, die Winkel des Wellenmundes bogen jetzt scharf nach unten ab, der Widerwille verzerrte ihr Antlitz.

»Ich glaube, ich gehe jetzt mal besser.«

Karla suchte ihre Zigaretten.

Vielleicht sollte ich jetzt einfach ihre Hand zu meinem Schwanz führen, damit sie spürt, wie sehr ich sie mag, dachte

Felix, das erschien ihm für eine Sekunde eine brillante Idee, er konnte sich kaum beherrschen.

Karla drehte sich zum Gehen.

Felix griff sie am Arm und zog sie zu sich. Das Verlangen nach Nähe ließ ihn zittern, er wollte sie umarmen, sie an sich pressen, riechen, an sie lehnen, sie drückte ihn sanft, aber sehr bestimmt fort von sich.

»Felix, ich glaube, ich gehe jetzt besser, und du hast noch ein bisschen Spaß, so druff wie du jetzt bist, willst du bestimmt noch nicht nach Hause gehen.«

»Aber Karla, du kannst doch jetzt nicht gehen, gerade, wo wir uns wiedergefunden haben. Du machst mich wahnsinnig, ich bebe nur wegen dir …«

»Und vielleicht auch wegen der ein oder anderen E, Herr Felix?«

Sie lachte auf, spöttisch, völlig unangemessen spöttisch, wie er sie jetzt doch mal etwas kritisieren musste.

»Nein, es ist nur, du kannst doch jetzt nicht gehen, zumindest nicht alleine, komm doch bitte mal her, ich muss dich mal küssen …«

»O.k., Felix, reicht jetzt, schönen Abend noch, bis zum nächsten Mal.«

Karla verschwand in der Masse, er lief ihr hinterher. Erst draußen auf dem Vorplatz holte er sie ein. Mike kam ihnen in enger Umarmung mit einem Mädchen entgegen, die ihn an diese Sandalen-Frau vom letzten Mal erinnerte. Fröhlich rief der Freund ihnen zu: »Na, ihr zwei Turteltäubchen, feiert ihr gerade eure persönliche Wiedervereinigung?«

Felix winkte unwirsch ab und schloss zu Karla auf.

»Tut mir leid, Karla, war nicht so gemeint, ich meine, möchtest du nicht noch ein bisschen mit zu mir kommen, nur so, wir brauchen uns ja auch nicht anzufassen, einfach zusammen aufs Bett legen, nur so ein bisschen kuscheln vielleicht, für ein paar Stunden?«

Er bereute den Satz sofort. Sie schüttelte den Kopf, viel zu schnell, viel zu heftig, wie er sofort dachte, ihr Wellenmund wurde zu einer geraden Linie, einem Schlussstrich unter der Nacht, er hatte den Zauber zerschnitten.

»Felix!«, sagte sie bloß, erstmals klang es wie eine Drohung. Sie blieb kurz stehen. »Lass es jetzt. Was bildest du dir überhaupt ein? Gute Nacht. Und du gehst da wieder rein!«

Nach einem halben Meter hielt sie noch einmal inne.

»Außerdem habe ich einen Freund, falls dich das interessieren sollte!«

Sie hob schlaff die Hand und ging sofort los, sie drehte sich nicht mehr um.

7. The Day After

Lustlos schnippte Felix in seiner verdunkelten Küche eine Aspirin von einem Tischende zum anderen. Die Schlaftabletten hatte er zu kleinen Pfosten gehäuft, es stand 3:0 für die linke Hand, mit rechts klappte nichts. Ich sollte einfach alle schlucken, dachte er, und dann mal sehen, was passiert.

Er zog die Jalousien hoch, er ertrug die Dunkelheit nicht mehr. Das Sonnenlicht platzte herein wie eine böse Überraschung, er schloss die Läden sofort wieder. Er erstickte in der Wohnung, alle Fenster standen auf, er konnte nicht nach draußen gehen, es ging nicht. Er wollte nicht alleine sein, er wollte mit niemandem reden. Er war in der Nacht, oder vielmehr in den wenigen Reststunden der Nacht, alle Viertelstunde auf die Toilette gerannt, der Harndrang war gewaltig, kein Wunder, dachte er, ich habe Wasser getrunken wie ein Kamel nach der Wüstendurchquerung, literweise, aber es kamen immer nur ein paar Tröpfchen, das war so quälend wie beunruhigend, diese Pillen sind nicht wirklich gesund, dachte Felix, sie bringen alles durcheinander.

Wie hatte er das mit Karla nur so verbocken können, jahrelang nicht gesehen und dann falle ich über sie her wie Dschingis Khans Horden; die Scham ließ ihn laut aufstöhnen, sein Hirn strafte ihn mit maximalem Schmerz. Er war zu nichts zu gebrauchen, er fixierte noch einmal die schiefen Pfosten auf dem Tisch. Selbst die Schlaftabletten würden nie ausreichen, um dem Elend ein Ende zu bereiten, sondern ihn nur einen Tag tief schlummern lassen, selbst das würde er also nicht hinkriegen, und einen Freund hatte sie auch, das berührte ihn sehr – alles erschien ihm zum Heulen.

Er legte sich kurz aufs Sofa.

Sie riecht immer noch nach Heu, dachte er und musste lächeln. Und wie sie sich bewegt hat, diese Anmut, so frei und selbstbewusst. Das Bild ihrer Brüste drängte sich ihm auf, nie hatte er vollendetere Formen gesehen, das Blut schoss ihm für einen Moment ins Becken, dieser Moment, als sie vor der Theke gegen ihn gepresst wurde, er sah ihre straffe Haut über dem Dekolleté, den Ansatz der Erhebungen, die Brustwarzen durch den Stoff, ihr Gesicht, die Zahnlücke blitzte, er schloss die Augen.

Er musste daran denken, wie er seine Begierde damals unterdrückt hatte, immer wieder hatte sie ihn locken wollen, beinahe wäre er darauf eingegangen, aber wegen Roloff hatte er seine Gefühle verleugnen müssen. Und jetzt habe ich kaum noch Kontakt zum Roloff, der sowieso nie mit ihr zusammenkam, das Opfer hat sich ja richtig gelohnt, schoss es ihm durch den Kopf. Das Unvollendete hatte ihn lange nicht losgelassen, wie eine offene Wunde hatte er es mit sich herumgetragen, froh war er, als die Zeit den ersten Schorf über diese Erinnerungen hatte wachsen lassen. Und war nicht der Entschluss, gleich nach der Schule nach London zu gehen, auch eine Flucht vor ihr und dieser Zweifelsschlucht gewesen?

Er zündete sich hustend eine neue Zigarette an.

Gleich am Anfang war er morgens in London einmal nach einer harten Nacht in einem Pub neben einer rothaarigen Australierin aufgewacht. Er roch ihre blasse Haut, er fuhr mit seinem Zeigefinger die Spuren ihrer Sommersprossen entlang, sie hatte sich umgedreht, verschlafen, sie blinzelte ihn an, ihr Mund öffnete sich leicht, er sah plötzlich diese Zahnlücke, mitten im rothaarigen Australierinnen-Gesicht, er sah einen Wellenmund und spürte ihren Atem in seiner Halsgrube. Ihre Fingernägel gruben sich in seine Brust und seinen Schwanz, ihr Haar ward plötzlich blond, die Lücke war eine Aufforderung, der er nicht widerstehen konnte, wie von Sinnen stürzte er sich wieder auf sie, ihr Körper verstand die Sprache seiner Hände so gut wie er die ihre, sie blickte auf ihn herunter, er spürte ihren festen Hintern in seinen Händen, er war benommen, davon hatte er so lange geträumt, ihre Brüste so prall und schwer, sie beugte sich langsam zu ihm herunter und stöhnte leise auf, sie riss den Kopf nach hinten, zwischen den langen Haarsträhnen sah er ihren Mund, die Zähne funkelten hell, dazwischen die Lücke, er konnte es nicht fassen, er schrie: »Karla!«, erst leise, dann lauter, bis er merkte, dass sie sich nicht mehr bewegte. Traurig blickte ihn das Rothaarigengesicht an.

Wer ist Karla, fragte die Frau.

Er sagte nichts.

Deine Freundin?

Er schwieg.

Sie fragte: Weißt du, wer ich bin? Wie heiße ich?

Er schüttelte den Kopf, stand auf, zog sich an, sagte: Sorry – und ging.

Mann, ermahnte er sich jetzt selber, das ist Geschichte, graue Vorzeit, was soll diese Sentimentalität, das macht alles keinen Sinn. Der Kopfschmerz machte ihn rasend. Die Stille dröhnte in seinen Ohren, das Wachsein war unerträglich, er konnte nicht schlafen, da half auch kein Joint. Er schaltete die Anlage an. Und wieder aus. Jeder Ton löste Ekel bei ihm aus. Sein Magen schmerzte vor Hunger, der Kühlschrank war leer wie immer, ein paar Red Bull, das war's. Das Wasser aus dem Hahn schmeckte nach Metall, die Säfte aus dem Tetra-Pak nach faulem Obst. Er suchte im Spiegel nach Spuren äußerer Verwesung und sah zu tiefe Furchen in seltsam blasser Haut.

Die Zunge war dick und pelzig, die Lippen saßen im Gesicht wie angeklebt.

Das Telefon klingelte. Widerwillig griff er zum Hörer. Die Stimme ließ ihn zusammenfahren. Es war Dr. Keller, sein Vorgesetzter. Für eine Sekunde hatte er gehofft, es könnte Karla sein.

»Wie geht es Ihnen? Ich habe gehört, Sie haben sich heute Morgen mit einer Magen-Darm-Grippe krankgemeldet?!«

Felix richtete sich auf.

»Ja, das stimmt, ein blödes Virus, ich glaube, das kursiert gerade in der Stadt.«

Dr. Keller atmete sehr laut.

»Ja, und irgendwie scheint es sich immer tageweise bei Ihnen einzunisten. Das ist bereits das dritte Mal in knapp zwei Wochen!«

Au weia, dachte Felix, daran hatte er heute Morgen bei der Krankmeldung im Halbkoma gar nicht gedacht. Er würde sich andere Ausreden einfallen lassen müssen.

»Ich weiß auch nicht, Herr Dr. Keller, ich habe einen sehr nervösen Magen, der Stress, das Essen, ich weiß nicht, woran es liegt.«

Das klingt so hohl und unüberzeugend wie meine Stimme, dachte Felix.

»Mir scheint, das ist ein bisschen oft für einen jungen Mann in Ihrer Position, finden Sie nicht?«

Felix war verunsichert. Dr. Keller hatte noch nie bei ihm zu Hause angerufen, er wusste auch gar nicht, ob das dienstrechtlich in Ordnung war, aber anscheinend war das Herrn Dr. Keller egal.

»Felix, wir brauchen Leute, auf die wir uns hundertprozentig verlassen können, das verstehen Sie doch, ja?!«

Immer, wenn er etwas persönlicher werden wollte, wechselte Dr. Keller als alter Hanseat zum Hamburger Sie mit dem Vornamen, dachte Felix leicht gerührt.

»Ja, das verstehe ich, Herr Dr. Keller!«, antwortete er wahrheitsgemäß und dachte für sich, was ich nicht verstehe, ist, warum ich diesen Quatsch überhaupt noch mitmache, das ist das eigentliche Problem, Dr. Keller hatte aus seiner Sicht ja völlig recht.

»Felix, wenn Sie ein Problem haben, können Sie ruhig darüber mit mir sprechen. Ich meine das ernst.«

O nein, dachte Felix nur, alles, nur bitte das jetzt nicht.

»Ein Mann mit Ihren Voraussetzungen, ich bitte Sie. Londoner City, davon habe ich früher nur geträumt. Wir sind sehr froh, dass Sie bei uns sind, Felix, aber wenn Sie so weitermachen, wird das Konsequenzen haben müssen, so leid es mir tut.«

»Ja«, sagte Felix nur, er hatte keine Lust, noch eine Zugabe zu seinem sonstigen Schauspiel zu geben.

»Felix?«

»Ja, Herr Dr. Keller?«

»Sie haben eine Magen-Darm-Grippe, korrekt?«

Felix stockte eine Zehntelsekunde.

»Ja klar, warum fragen Sie?«

»Mein Sohn, der hier in Berlin im ersten Semester studiert und Sie schon einmal bei uns im Büro getroffen hat, hat mir heute Morgen beim Frühstück ganz stolz erzählt, dass er Sie heute Nacht sehr spät noch in einem dieser eigenartigen Läden gesehen hat, in einem äußerst bedenklichen Zustand.«

Der Sohn von dem ist ein Raver, es gibt noch Hoffnung, dachte Felix und musste grinsen.

»Herr Dr. Keller, ich weiß nicht, was Ihr Sohn …«

»Sie müssen das jetzt nicht kommentieren. Verschonen Sie mich. Nur halten Sie mich nicht für blöd. Reißen Sie sich zusammen. Das ist die letzte Warnung, haben wir uns verstanden?«

Ich sollte sofort kündigen, dachte Felix, den der fürsorgliche Ton fast genauso störte wie die unheilige Inquisition, er brauchte jetzt Ruhe, nicht diesen Sozialstress.

»Ich nehme das mal so zur Kenntnis«, sagte er matt.

»Dann gute Besserung. Auf Wiederhören.«

Karla vor den Kopf gestoßen, den Chef auf hundert gebracht, das waren ja großartige Erfolge, die er da in den letzten zwölf Stunden erzielt hatte, das macht mir so schnell keiner nach, dachte Felix.

Das in der Bank wird nicht gut enden, wurde ihm wieder schlagartig bewusst, ich komme später und gehe früher, die Mittagspausen ziehe ich bis zum Äußersten, da ist die Katastrophe doch vorprogrammiert. Ich halte sie nicht mehr aus, da ist es nur logisch, dass sie mich auch nicht mehr aushalten.

Nachts größte Offenheit und Wärme, der Beweis, dass es auch anders geht, tagsüber das große Verstellen und kalte Funktionieren, wo er und alle anderen nur auf den Teil ihrer Persönlichkeit reduziert wurden, der reibungslos in den Geschäftsablauf integriert werden konnte, auf dass die Maschine noch mehr Geld abwerfen möge.

Nachts das Glück, tagsüber der Stumpfsinn, dachte Felix, dazwischen ein Zaudern und Hadern, das alle Energie frisst.

Mit noch dem kaputtesten Raver, fiel ihm wieder mal auf, verband ihn mittlerweile mehr als mit jedem einzelnen Kollegen in der Bank. Warum schmiss er nicht einfach alles hin, so viele andere hatten es doch auch getan. Aber nein, ich muss ja so eine Memme sein, die sich das nicht traut, die immer irgendwie an die Sicherheit des festen Gehaltes denkt, oder was?

Felix öffnete eine neue Packung Aspirin und beobachtete, wie sich die beiden Tabletten im Glas auflösten.

Er profitierte von dem Mut und der visionären Stärke der anderen, so musste man das doch sehen, wenn alle nur so

Schlaffis wie er selbst wären, gäbe es weder diese Musik noch die Clubs noch die Parade, sondern nur dieselbe öde Ödnis, wie es sie immer gibt, wenn keiner etwas wagt, überlegte er und leerte das Glas in einem Zug. Genau deswegen trieb es ihn immer zur Weißglut, wenn Schwätzer wie der Drehler aus ihren sicheren Löchern die Aktivitäten des Professors, des Paten oder selbst seiner Karla immer wieder mit beißender Kritik überzogen, wenn sie keinen Respekt vor dem schöpferischen Potenzial derer hatten, die wirklich etwas bewegten. Im Grunde, dachte Felix, hassen sich diese Besserwisser für ihre Kraftlosigkeit und lenken diesen Hass auf diejenigen, die ihnen ihre eigene Erbärmlichkeit vor Augen führen. Auch er konsumierte ja bloß, statt den neuen Kosmos mitzugestalten, der immer mehr Leute anlockte und ernährte. Es gab Clubs und Plattenlabels, Veranstaltungs-Firmen und Booking-Agenturen, Merchandising-Läden, Magazine und selbst Reise-Unternehmen. In dieser Sphäre war Begeisterung für die Musik wichtiger als Diplome oder sonstige Abschlüsse. Ich werde mich entscheiden müssen, dachte Felix, schon bald.

Am Abend schaute er kurz bei Mirco vorbei, er hatte seit dem gestrigen Abend nichts mehr gegessen. Von Mike fehlte jede Spur, der Ohlsen hatte ihm auf den Anrufbeantworter gesprochen, er werde sich später melden. Er sei noch ein bisschen mit dem Paten unterwegs, sie arbeiteten an neuen, großartigen Projekten, es sei eine außerordentliche Geistesleistung, mit der sie die weltweiten Glücksreserven zum Wohle der ganzen Menschheit abschöpfen könnten. Der Ohlsen klang aufgekratzt, seine Stimme fremd, da war die Ahnung von wenig Schlaf und vielen Substanzen.

Felix schaufelte lustlos ein paar Arrabbiata in sich hinein, der Wein schmeckte bitter, er grüßte fahrig ein paar bekannte Gesichter, nein, er wollte nicht reden und brauchte auch keine Gesellschaft, bloß Mirco, der durchgefeiert hatte und jetzt durch die kalten Tunnel einer Depression schritt, verstand seine Stimmung richtig. Nur mit Mühe habe er gestern Nacht den einen Frankfurter DJ wieder loswerden können, erzählte Mirco, mit brennenden Hundertmarkscheinen habe der sich Zigarren angezündet und Champagner aus dem Adlon geordert, später wollte er plötzlich Frauen, wie besessen sei der von seinen geschlechtlichen Gelüsten gewesen, gar nicht mehr zu bremsen und immer aggressiver, der Stress sei für alle der größte gewesen, da habe er ihn einfach von einer Limousine aus Berlins edelstem Etablissement abholen lassen. Die unmenschliche Anspannung habe er, Mirco, danach nur noch durch intensive Weinforschungen lösen können.

Er blickte Felix ernst an.

Wenn das Wasser in der Wanne nur heiß genug sei, spüre man beim ersten Schnitt keine Schmerzen, das sei wissenschaftlich erwiesen, das Blut schwebe in diesem Fall leichter Dinge aus dem Körper, es sei eine wahre Wohltat, für einen selbst und die restliche Welt sowieso, da gebe es keine Zweifel, er werde sich auf jeden Fall daran halten, am liebsten sofort, allerdings habe er keine Wanne in den hinteren Räumen, deswegen ginge es wohl doch erst zu Hause.

Felix nickte grimmig.

Es gebe allerdings auch ein neues Medikament aus Holland, der letzte Schrei, eine Mischung aus MDMA und Strychnin, das sei ein wahrer Geheimtipp, wundersame Geschichten kursierten darüber, ein schöneres Ende könne man sich wohl nicht vorstellen, mit größter Euphorie und Liebe zu sich selbst schreite man dann über die elende Schwelle. Nachdem er in den vergangenen zwei Tagen in einem Höllentempo durch die übelsten Schluchten des Daseins geschleudert worden sei, freue er sich auf nichts mehr als auf genau dieses letzte Ticket, und wenn Felix interessiert sei, werde er sich gerne um die doppelte Menge kümmern, es sei ihm eine Ehre, behilflich zu sein, wenn es gewünscht werde.

Sie stießen fröhlich an und fühlten sich schon ein bisschen besser.

Nach der dritten Flasche Wein konnte er nur mit größter Selbstdisziplin Mirco widerstehen, der ihn noch in eine Bar locken wollte, nur ein paar Freunde, auch ein paar sehr nette Mädchen, nur auf einen Absacker, komm doch einfach mit.

Er zahlte schnell und ging.

Ich brauche kein Mittel aus Holland, dachte er auf dem Nachhauseweg, ich will nur Karla wiedersehen.

Unbedingt.

8. Holy Church of Rave

Mike hatte sich seit zwei Tagen nicht gemeldet. Er war an verschiedenen Orten gesichtet worden, immer mit einer Frau, wie es schien, immer mit derselben, das wunderte Felix noch mehr. Dass sich der Freund am Wochenende überhaupt nicht rührte, war höchst ungewöhnlich, fast schon beängstigend. Denn während der Ohlsen praktisch nur noch mit dem Paten durch die Gegend zog, war Mike bislang einer seiner treusten Ausgehfreunde gewesen. Er wollte nicht, dass sich das änderte. Am Abend klingelte gegen zehn das Telefon. Der Ohlsen.

»Wusste ich doch, dass du zu Hause bist.«

»Ohlsen, warum flüsterst du so?«

»Ich kann nicht so laut sprechen, vielleicht hört jemand zu.«

»Was soll der Quatsch – wer soll denn zuhören?«

»Das kann ich dir nicht sagen, aber vielleicht werden wir abgehört.«

»Abgehört? Ohlsen, du hast einen Knall. Wo bist du denn?«

»Das kann ich nicht sagen. Komm einfach her!«

»Ohlsen! Woher soll ich wissen, wo ich hinkommen soll?«

Für ein paar Sekunden wurde es still, Felix hörte förmlich, wie die Denkscharniere des Ohlsenschen heiß liefen.

»Gut, komm sofort zum Paten, ins Büro!«

»Ohlsen, was soll ich denn jetzt beim Paten, Mann, jetzt sag schon, was gibt's denn da?«

Der Ohlsen hatte aufgelegt.

Felix rief ein Taxi.

»Die Agentur« war erst kürzlich aus einer Altbauwohnung in Moabit nach Mitte umgezogen und hatte eine große Etage in einer alten Fabrik in Beschlag genommen. Felix meldete sich an der Rezeption bei einer knapp bekleideten jungen Frau und wunderte sich über das sehr professionelle Ambiente. Neben dem Empfang sah er eine moderne, offene Küche mit einem riesigen Tisch und mehreren Plattenspielern, an den langen Flurwänden hingen Fotos von berühmten DJs, Raves und vom Paten selbst, aus allen Zimmern dröhnten tiefe Bässe, selbst um diese Zeit waren anscheinend alle da.

Der Ohlsen arbeitete jetzt mehr oder weniger in der Agentur des Paten, die Partys veranstaltete und von Soundsystemen bis hin zu Videoinstallationen das gesamte Equipment für Großveranstaltungen vermietete, von denen es gerade im Osten der Republik in diesem Sommer unzählige gab. Nicht alle davon brachten den erhofften Gewinn für die vielfach unerfahrenen Veranstalter, oft war der Einzige, der Kasse machte, der Pate, wie es immer hieß.

Geschäftlich setzte er neue Maßstäbe. Er hatte mehrere sogenannte Megadeals mit großen Alkoholherstellern abschließen können, obwohl Alkohol bei Ravern eigentlich keine Rolle spielte. Man sprach von Millionen. Der Pate entwickelte rund um die Uhr neue Konzepte und war für Szenefremde ein Messias, der sie ins Gelobte Technoland führen würde, wenn der Preis nur stimmte. Für traditionelle Natur- und Wirtschaftsgesetze hatte er nichts als Spott übrig. Er kannte nur eine Richtung: nach oben. Auf seiner Deutschlandkarte im Büro, so wurde gemunkelt, steckten in verschiedensten Farben in Städten und Gemeinden Nadeln, die anzeigten, ob die Gebiete schon zu seinem Technoland gehörten.

Die hintere Tür mit dem Aufkleber »Drogenfrei – Spaß dabei« wurde aufgerissen, der Pate stand im Rahmen, groß und schwer, seltsam gekleidet in einer braunen Mönchskutte, ein Wortschwall presste sich aus den wulstigen Lippen, Felix hörte etwas wie »New York« und »Business Class«, das Mädchen an der Rezeption schrieb eifrig mit. Dann schaute sich der Pate hektisch um und brüllte: »War der Boy schon da? Wo ist der Boy? Wir warten seit Stunden auf den Boy!« Das Mädchen schüttelte stumm den Kopf. Des Paten Kopf wurde rot, die Backen blähten sich. »Wenn der verdammte Boy auftaucht, sag ihm gleich, dass er sich wieder verpissen kann. Der Scheißboy soll sich nie wieder in seinem nichtswürdigen Leben auch nur in die Nähe dieses Büros wagen!«

Das Mädchen schrieb mit und nickte.

Er sah Felix und winkte ihn zu sich. »Wir sind hier, komm rein!«

Der Pate, so hieß es, war in letzter Zeit immer absonderlicher geworden. Felix war aufgefallen, dass er konstant an Masse zulegte. Je mehr es den Paten zu Größerem drängte, desto mehr blähte er sich auf, der Körperpanzer um ihn herum wuchs mit atemberaubender Geschwindigkeit, einer kaum noch zu bändigenden Flutwelle gleich, wie Felix zuletzt hatte denken müssen, wenn der Pate vom Schwung seines eigenen Fleisches durch die Räume geschleudert wurde. Immer feindseliger betrachtete er die Welt um sich herum, die dummen Musik-Puristen, die fiesen Intriganten von der Frontpage, die reaktionären Spex-Brigaden, die Anti-Kommerz-Esoteriker, teilweise auch seine eigenen stumpfen Mitarbeiter – es war eine eiskalte, böse Welt da draußen für den Paten, in der er sich nur noch auf sich selbst verlassen konnte, wie er immer öfter klagte.

Das riesige Büro erstrahlte im Glanz Dutzender Grableuchten, überall standen und hingen Kruzifixe, an der hinteren Wand lehnte ein großes Holzkreuz, wie es Felix nur von Fronleichnams-Prozessionen seiner Kindheit kannte. In der Mitte ging der Ohlsen auf und ab, er trug ein klassisches schwarzes Priestergewand, um den Hals hatte er mehrere Kreuze gehängt, in den Händen hielt er diverse Rosenkränze in verschiedenen Farben, einige in Neongrün und Silber, wie Felix zu erkennen glaubte. Der Pate, der, das sah Felix aus der Nähe, stark schwitzte, ließ sich schwer hinter seinem voll gepackten Schreibtisch auf den Sessel fallen und starrte teilnahmslos aus dem Fenster in die dunkle Nacht. Der Ohlsen beugte sich über eine Art Altar, auf dem eine dicke Line lag, und zog sie mit lauten Rüsselgeräuschen weg.

»Alles klar bei euch?«, rutschte es Felix unwillkürlich heraus, worüber er sich sofort ärgerte. Das braucht man doch nicht zu fragen, dachte er nur, das sieht man doch, dass die hier gerade dabei sind, endgültig die Verbindungen zur Bodenstation zu kappen.

Der Ohlsen baute sich hinter dem Altar auf.

»Um der Welt die Ernsthaftigkeit und die Bedeutung des Techno klarzumachen, haben wir uns entschlossen, die Holy Church of Rave zu gründen!«

Triumphierend fletschte der Ohlsen die Zähne, der große Ohlsensche Mund klebte heute noch irrer, noch größer in dem Ohlsenschen Gesicht. Er ließ den Satz vor sich schweben und genoss den Überraschungsmoment sichtlich.

Holy Church of Rave, na Halleluja, dachte Felix nur und beobachtete, wie der Pate eine Art Weihwasserkugel hin und her schwenkte und seine Nase in die Dämpfe tauchte.

Der Ohlsen breitete die Arme aus.

»Der Tanz ist unser Gebet, die Musik unsere Religion, die DJs sind unsere Priester, und gesegnet seien unsere Hostien, damit wir dieses Brot mit allen teilen, denn bei uns bleibt niemand allein!«

Felix hatte schon oft überlegt, wie sich der brutale Dauerbeschuss mit diversen Beschleunigungsmitteln auf das Ohlsensche Hirn auswirken würde, aber bis eben hatte er nicht geahnt, wie ernst es um den Größten Raver aller Zeiten bereits stand. Fasziniert fixierte er den unheimlichen Priester inmitten der flackernden Grablichter.

»Wir wollen die Reinheit unseres Glaubens schützen, deshalb müssen wir uns wehren gegen die Ätzer und Zerstörer, gegen die Auf-den-Zug-Springer und die kaltblütigen Profiteure. Zu viele Hasardeure und Giftspritzer tummeln sich bereits in unseren Gefilden und beschmutzen alles, was uns heilig ist. Zu viele unschuldige Seelchen werden missbraucht und auf die falschen Pfade geschickt. Wir werden die Zehn Gebote des Rave formulieren, und Gesetz sollen sie sein, von nun an und bis in alle Ewigkeit, Amen!«

Der Ohlsen beugte sich nach vorne und zog den Speed-Rest durch sein Röhrchen, leckte sich kleinste weiße Staubreste von den Fingern, stand auf, fixierte einen Punkt weit hinter den Mauern und hob weiter an:

»Wir müssen unseren Gegnern entgegenschreien: Ja, ihr armen, bedauernswerten Tröpfe, wir suchen die Erhabenheit der Erlösung und Auflösung in Rausch und Schönheit in Ewigkeit, Amen, und ihr zittert, weil ihr Angst habt vor unserer Angstlosigkeit, ihr seid erschüttert, weil ihr uns nicht mehr erschüttern könnt mit eurer Lebensheuchelei, ihr seht nur Gemeinheit und Niedertracht, weil ihr gemein und niederträchtig seid, ihr seid die Kirche der Finsternis, ihr seid die Hohepriester der Negation, deswegen fürchtet ihr uns, an unserem Spaß und unserer Lust sollt ihr verbrennen, also kniet nieder in Demut, denn nur die Holy Church of Rave kann euch retten!«

Der ist ja völlig außer Rand und Band, dachte Felix beeindruckt und sah, wie auch der Pate aufgehört hatte, seine Weihrauchdämpfe zu schnüffeln. Mit aufgezogener Kapuze, tief vergraben in seiner Mönchskutte, hörte er dem Ohlsen konzentriert zu. Plötzlich klopfte es an der Tür. Felix sah einen Schatten im Rahmen, der Pate guckte hoch, riss sich die Kopfbedeckung herunter und stürmte überraschend behände auf den Besuch zu, das ganze Gesicht eine Begeisterungsdemonstration.

»Ali, mein allerliebster Ali, ich wusste doch, auf meinen Boy ist immer Verlass, egal was die anderen auch sagen, lass dich drücken, Ali, mein guter Freund!«

Der Junge verschwand kurz unter den weichen Fleischmassen des Paten, um sofort zum Schreibtisch geschoben zu werden.

Eine halbe Minute später verließ Ali wortlos die Büroräume, in der Hand ein paar Geldscheine. Der Pate hatte ein halbes Dutzend weiße Päckchen vor sich auf dem Tisch zu einem Kreuz geordnet. Mit einer gönnerhaften Handbewegung bedeutete er dem Ohlsen, fortzufahren.

»Kommt in unsere Kathedralen, ihr Nichttänzer und Nichtversteher, seid ohne Furcht, öffnet die Herzen und öffnet eure Ohren, lasst euch erleuchten, wie auch wir uns haben erleuchten lassen, spürt den heißen Atem des gütigen Techno-Gottes, wie auch wir den heißen Atem des gütigen Techno-Gottes gespürt haben, habt keine Angst vor der Macht des heiligen Beats, wie auch wir keine Angst haben vor der Macht des heiligen Beats, schaut auf die schönen Töchter unserer Kirche, wie auch wir auf sie schauen …!«

»Ohlsen, dreh nicht durch.«

Felix machte sich doch etwas Sorgen um den Entfesselten.

Der Ohlsen hielt für eine Sekunde verwirrt inne, sprang überraschend elegant aus dem Stand auf den gefährlich dünn aussehenden Tisch vor ihm, wischte sich mit einer Hand über die glänzende Stirn und wurde noch lauter.

»Ja, selbst ihr könnt die Wahrheit nicht ertragen, aber ich

sage euch: Unser Reich komme, unser Wille geschehe, und dann werfet ab euren Ballast, keine Norm müsst ihr erfüllen, nichts mitbringen außer euch selbst, und die Engelscharen der Clubs gar selbst werden euch gleich empfangen und euch teilhaben lassen an ihrer Herrlichkeit und Wahrhaftigkeit, wie auch ich euch teilhaben lassen werde an den Herrlichkeiten in meiner Jackentasche, denn wer frei von Sünde ist, soll sich jetzt sofort bei mir melden, damit ihm geholfen werden kann, in Ewigkeit, Amen.«

Der Ohlsen verbeugte sich tief, sprang vom Tisch, fing an, hektisch die Grablichter auszupusten, und rannte zur Tür. Felix blickte ihm entgeistert nach.

Ohne Priesterkostüm stürmte der Ohlsen zurück ins Zimmer und schob Felix blitzschnell eine Pille in den Mund.

»Liebe Glaubensgemeinde, ich höre die Glocken läuten, wir müssen los, die Messe im E-Werk beginnt in wenigen Minuten.«

Während der Pate sich mit seinem extra für diesen Zweck lang gewachsenen Nagel des kleinen Fingers der rechten Hand mehrere Ladungen weißen Pulvers aus einem der Päckchen in die Nase schaufelte und dabei staubsaugerartige Geräusche machte, versuchte Felix noch einmal, Mike anzurufen.

Er ließ es zehn Mal klingeln, legte auf, wiederholte die Prozedur und gleich noch ein drittes Mal.

Endlich nahm der Freund ab.

»Was ist?«

»Oha, welch liebliche Begrüßung. Felix hier, was ist denn los?«

»Nichts, was soll schon los sein?«

»Hast du schlechte Laune, oder was?«

»Nein, habe ich nicht!«

»Doch, du hast schlechte Laune, das höre ich doch.«

»Nein, verdammt, ich habe keine schlechte Laune.«

»Merke ich. Warum meldest du dich nicht mehr?«

»Darf man jetzt nicht mal mehr zwei Tage seine Ruhe haben?«

»Entschuldigung, wir wollten nur fragen, ob du mit ins E-Werk kommst?«

»Nein, ich habe keine Zeit, Viktoria ist hier, sie hat keine Lust auszugehen.«

»Verstehe.«

»Was gibt es da zu verstehen?«

»Du bist sauer, weil diese Viktoria nicht ausgehen will. Dann komm doch alleine.«

»Felix, du kapierst es nicht, ich bin heute einfach lieber mit Viktoria hier, als mich mit euch wieder abzuschießen.«

Felix konnte es nicht glauben – und wieso schon wieder Viktoria?

»Wow. Das sind aber ganz neue Töne. Na dann, viel Spaß. Bis die Tage.«

»Ja, tschüs.«

Verdattert legte Felix auf.

Darüber würde er mit Mike in Ruhe sprechen müssen. Gleich morgen.

Aber jetzt musste er erst einmal mit Bruder Ohlsen und Bruder Pate zur heiligen Messe. Die Hostie fing schon an zu wirken.

9. Mayday

Die Hotellobby in Dortmund glich dem Basiscamp einer gut gelaunten Spezialeinheit, die endlich den Befehl zum Sturm bekommen hatte. Die ersten DJs schoben sich am frühen Abend mit ihren Plattenkoffern und Begleitungen zur Tür, wo der Shuttle-Service zur Westfalenhalle und Autogrammjäger auf sie warteten; permanent trafen neue Künstler ein, aus Berlin, Frankfurt, München und dem Ruhrgebiet, aus Argentinien, England und Japan. Organisatoren mit Headsets und Klemmbrettern machten auf Termine aufmerksam, drängten zur Eile. Es ist wie ein Traum aus einer United-Colours-of-Benetton-Reklame, dachte Felix angesichts des bunten Haufens, alle sind durch die Sprache der Musik verbunden, mehr als mit jedem Menschen draußen, mit dem man in der sogenannten Muttersprache kommunizieren könnte, der aber doch nichts verstehen würde.

Plötzlich hörte er eine dröhnende, sich überschlagende Stimme. Der Ohlsen trat in den Raum, die Arme rotierten wie kurz vor dem Abflug, sein Gesicht war geschwollen, er trug ein langes, weißes Gewand, das am Rücken offen flatterte, an den Füßen seltsame Schlappen, eine Plastiktüte in der Hand, an den nackten Armen eigenartige Propfen.

Der ganze Ohlsen war eine einzige Empörung, Entsetzliches musste ihm widerfahren sein, völlig außer sich wirkte der Freund, so fassungslos wie der kleine Mann hinter ihm, ein stämmiges Kerlchen mit Lederweste und dichtem Schnurrbart, der an dem Ohlsen zog und zerrte und die unerhörtesten Flüche ausspie. Unser Ohlsen ist aus der Klapse geflohen, schoss es Felix durch den Kopf, der sieht ja aus wie Jack Nicholson in »Einer flog übers Kuckucksnest«.

Der Ohlsen erspähte Felix und kämpfte sich durch den Kreis, der sich johlend und klatschend um ihn herum gebildet hatte, ein paar riefen »Ohlsen, Ohlsen« im Chor.

»Ohlsen, was ist denn los, wo warst du und …?«

»Felix, ich brauche sofort 600 Mark!«

Die Stimme duldete keinen Widerspruch, da sprach ein Mensch in höchster Verzweiflung, der möglicherweise noch vor Kurzem an Orten gewesen war, die kein Auge je gesehen hatte und die, wie man sofort denken konnte, kein Auge je sehen wollte.

»600 Mark?!! Ohlsen, ich weiß nicht, ob ich …«

»Felix! Der Taxifahrer da will sofort 600 Mark, oder er ruft die Polizei und lässt die Zimmer durchsuchen und alle Anwesenden mit der Bundeswehr zum Bluttest bringen!«

Der Ohlsen drehte sich zum Lederwesten-Männchen um, das jetzt zu zetern aufgehört hatte und mit verschränkten Armen nickte, endlich verstand ihn jemand. Felix stemmte sich aus dem Sessel und lieh sich in Windeseile in der Bar unter sanfter Gewaltandrohung und demütigem Flehen die Summe, die noch fehlte. Der Taxifahrer zählte laut das Geld und verließ kopfschüttelnd die Lobby. Durch die Fenster sah Felix, wie er in seinen Mercedes mit Hannoveraner Kennzeichen stieg.

Der Ohlsen saß erschlagen in einer Ledercouch, Felix, Mike, Tessi, Doro, Janisch und Carlos um ihn herum. Stockend berichtete er, wie er auf der Party in Hannover nicht nur den Paten und seine Geldbörse, sondern auch alle anderen Berliner verloren hätte.

»Ich bin stundenlang herumgeirrt und habe immer gehofft, sie wiederzufinden. Als ich nicht mehr konnte, wollte ich zurück ins Hotel, doch der Weg war lang und kompliziert, immer weiter bin ich in die Untiefen der Nacht abgedriftet.«

Von einem Club sei er in die nächste Kneipe gestolpert, Hannover entwickelte sich, so der Ohlsen, von Stunde zu Stunde zu einem noch gnadenloseren Pflaster, das ihn begierig an sich drückte. Der Körper so schwach, kein Essen seit mehreren Tagen, es habe ihn mitten auf einer begrünten Kreuzung auf dem vermeintlichen Weg ins Hotel gefällt. Nur ein Viertelstündchen, habe er denken wollen, nur ein bisschen Pause auf dieser duftenden Hannoverschen Wiese, dann würde es schon wieder gehen.

»Als ich aufwachte, roch das Gras frisch, irgendwie nach Lenor. Wie jetzt, Lenor, habe ich gedacht.«

Alle lachten, auch der Ohlsen grinste breit und leckte sich über die Zähne. Solange eine Katastrophe eine gute Geschichte hergab, war jede Katastrophe eine gute Katastrophe.

»Der Rasen war weiß, eher eine Matratze, weiß auch die Bettdecke und« – der Ohlsen hielt theatralisch die rechte Hand in die Luft und guckte triumphierend in die Runde, bevor er langsam den Zeigefinger zu seiner Brust führte – »auch das Nachthemd des städtischen Krankenhauses, dessen Emblem ich hier auf meiner Brust entdeckte. Ich wurde leicht panisch, dann löste ein grässliches Schrillen neben mir tödlichste Angst aus. Das war wohl ein Apparat, der meine Herzfrequenz kontrollierte.«

Zufrieden registrierte der Ohlsen mit einem schnellen Rundumblick, wie groß der Kreis der Zuhörer bereits geworden war. Von allen Seiten drängten sie heran.

»Schwestern stürmten herein, eine ganze Kompanie, keine Frage wollten sie zulassen, bis sie die Beruhigungs-Spritze tief in meinem Arm versenkt hatten. Ein Mann habe den Notarzt alarmiert, wie tot hätte ich dagelegen, haben sie mir erzählt, nachdem sie ihr brutales Werk vollendet hatten; erst bei der Untersuchung sei festgestellt worden, dass ich nicht tot oder bewusstlos bin, sondern lediglich extrem tief schlafe, wie jemand es nur könne, der seit mindestens zwei Tagen nicht mehr im Bett gewesen sei. Wieso zwei, habe ich denen geantwortet, bevor die Spritze mich wegdämmern ließ, das waren mindestens drei, also völlig normal. So Wachmacher habt ihr doch bestimmt auch in euren Schränken, was könnt ihr mir denn davon empfehlen? Aber schon war ich weg!«

Alle lachten – der Ohlsen, der war schon irre.

»Nach dem Aufwachen bin ich natürlich sofort geflohen, ich wollte schließlich nicht zu spät kommen, also habe ich den ganzen Kabelsalat rausgerissen und bin vor dem Krankenhaus gleich ins nächste Taxi gestürmt. Als der Typ »Dortmund« hörte, konnte er sein Glück gar nicht fassen.«

Der Ohlsen zündete sich eine Zigarette an und sah sehr zufrieden aus. Jetzt wolle er sich sofort umziehen und dann gleich los, wo denn die anderen seien?

Glückssucher waren sie alle, dachte Felix, Hochseiltänzer über dem gähnenden Abgrund des Gewöhnlichen und dem wohligen Muff ausgelatschter Pfade, aber ihr Ohlsen war der konsequenteste Grenzüberschreiter von allen geworden, da gab es keine Zweifel. Jede Einschränkung empfand er als Zumutung. »Es geht um die totale Machtergreifung über unseren eigenen Körper, von dem wir uns nicht das Geringste gefallen lassen dürfen«, war eine seiner liebsten Parolen, wenn es jemand wagen sollte, aus unlauteren Motiven nicht mit zur nächsten Party zu wollen oder eine Verstärkung aus den Ohlsenschen Taschen-Laboren abzulehnen.

»Ohlsen, willst du nicht ein bisschen schlafen und später in die Halle gehen?«

Der Freund blickte entsetzt zu ihm herüber.

»Wer jetzt schwächelt, ist ein Verräter. Wer schläft, ist ein

Verräter. Wer zu Hause bleibt, ist ein Verräter. Wer sich von seinem Körper herumkommandieren lässt, ist ein Verräter. Und in einer Welt des Verrats will ich nicht leben. Die Welt des Verrats ist eine Welt der Sklaverei, und in so einer will ich nicht leben. Lieber tot als Sklave. Also müssen wir wieder ran, Felix, das ist unser heiliger Auftrag!«

Der auffällig große Frankfurter DJ, genannt »der Lange«, schlich sich von hinten an den Ohlsen heran, zog ihm mit einem Ruck einen der weißen Propfen vom Arm und ließ seinen tätowierten Arm schwer auf ihn krachen.

»Ohlsen, du alter Irrer«, rief er freudigst in breitestem Hessisch, »jetzt kann ja nichts mehr schiefgehen. Wo sind die Mäuschen, und wann kommt endlich der Dealer, ich kann so nicht arbeiten, was denken die sich hier eigentlich, ich bin Profi und brauche Profis, so geht das nicht, Ohlsen, du musst mir helfen!«

Lachend umarmte der Ohlsen aus dem Sitz heraus den befreundeten DJ, der fast auf ihn drauffiel und sich an Tessi festhielt, die ihn erst flüchtig auf den Mund küsste, sich aber besann und ihm spielerisch die Zunge anbot. Der DJ grunzte vor Vergnügen, der Ohlsen ächzte unter dem Körper.

Felix zündete sich eine Zigarette an.

Es ist ein permanentes Welterregungstheater, das wir in wechselnden Kulissen aufführen, die Lebendigkeits-Sucht hat uns in den Fängen, dachte er, sie führt die wahnsinnigsten und unfassbarsten Gestalten zusammen, es ist eine andauernde, hochexplosive Energieverdichtung, also das Beste, was uns passieren kann.

Bis kurz nach Mitternacht arbeiteten Mike und Felix in einem der oberen Rundgänge der Westfalenhalle in einer der vielen Lounges für Labels und Sponsoren hinter der Bar, wie mit dem Ohlsen als Gegenleistung für die Pässe verabredet. Von ihrem kleinen Raum mit der Theke hatten sie einen guten Überblick über die Haupt-Halle. Sie hatten so viel zu tun, dass er nicht dazu kam, mit Mike in Ruhe zu sprechen, der sich in letzter Zeit so rar gemacht hatte und niemandem sagte, warum.

Als die Ablösung erschien, stürmte Felix sofort los, er wollte endlich auf den großen Dancefloor und dann weiter nach hinten, wo gleich Karla auflegen sollte.

Tritt ein, mein Sohn, flüsterte die Halle. Heftig schlug das Herz von innen, es wollte bollern wie der große Bruder Bass, der kräftig klopfte von außen.

Die Halle.

Das Pathos der schieren Größe.

Die freudige Kapitulation der Sinne vor dem Monumentalen.

Er hörte mit dem Bauch und konnte kaum atmen, auf diese Dimension war er nicht vorbereitet gewesen. Das ist der Ballroom von Gotham City, schoss es Felix durch den Kopf. Beseelt trieb er durch die Reihen der vielen Tausend Rasenden, durch das liebliche Inferno aus Videowänden, Scheinwerfertänzen und Laserexplosionen, das im Hirn alles Überflüssige pulverisierte, bis sich die Essenz offenbarte: die Musik. Und die befahl: tanzen. Alleine. Mit den anderen. Mit den vielen anderen. Er nahm den Befehl sehr ernst. Denn wie keine andere war diese Musik auf das Zusammenkommen der vielen angelegt, auf den Ausschluss des Elitären, fiel Felix mal wieder auf, es war der Sound für den allnächtlichen Sozialismus auf der Tanzfläche, der nur ein Kriterium kannte, das des Mitmachens.

Irgendwann löste er sich und eilte in die kleinere Halle, in der Karla gleich auflegen würde. Die Gänge waren verstopft, er kam nicht voran, ein gewaltiger Menschenstau hielt ihn gefangen. Mächtige Körper schoben sich an ihm vorbei, Muskelberge und Wohnsilo-Gesichter, die bei jedem Punk- oder Rockkonzert früher Vorboten der üblichen Schlägereien gewesen wären. Aber hier lächelten sie bloß freundlich oder tanzten entrückt vor irgendeiner Box. Kaum jemand trank Alkohol, Wasser war das Getränk der Stunde.

Er spürte eine spektakuläre Nicht-Aggression.

Die Macht der Beats versöhnt die Massen mit der Welt, dachte er gerührt, die größten Totschläger reichen dir Rosen und die beschränktesten Machos verbreiten buddhistische Ruhe. Das war ein unerwarteter zivilisatorischer Fortschritt, wie er gewaltiger nicht hätte sein können. Darüber würde er gerne mit Karla reden, sie würde ihn verstehen, er war sich sicher.

Da oben stand sie, sein Herz schlug schneller. Sie stieß gerade mit beiden Zeigefingern in die Luft, selbst aus seiner Ecke glaubte er, die Zahnlücke erkennen zu können, ihr Haar wippte im Takt, sie lachte, er fühlte sich ihr sehr nahe. Er schloss die Augen und gehorchte seinem Körper, der die melodische Härte inhalierte. Er ließ sich von ihrem Beat antreiben und fordern, jeder Übergang schien ihm perfekt, die Auswahl genial, er verstand sie und sie verstand ihn, er war sich sicher, so wie sie alle um ihn herum verstand. Er spürte, wie sie die Stimmung zu lesen wusste, wie sie diese Übereinstimmung herstellte und jeden in diesen Prozess integrierte, ihre Musik war der Beweis. Der Jubel um ihn herum war frenetisch, sie jubelten seiner Karla zu, und er jubelte mit. Ab und zu guckte er hoch, ihre Musik war das Band, das sie aufeinander zutreiben ließ, dachte er, die Verbindung hätte nicht größer sein können, es war, als spreche sie zu ihm durch die Platten, mit jedem Takt wurde ihr Bild klarer und strahlender.

Die verstrichenen Jahre kamen ihm auf einmal lächerlich kurz vor, seine Gefühle hatten keinen Staub angesetzt, sein Herz hatte keine Falten bekommen, er war sich plötzlich sehr sicher, jetzt ist Schluss mit der Lebensverwirrung.

Felix drängte zur Bühne, er wollte mit ihr sprechen, er musste sie abpassen.

Am Fuß der Treppe sah er, wie sie die Platten in ihre Tasche einsortierte, sie rauchte und lachte, viele klopften ihr auf die Schulter und umarmten sie. Drei Meter trennten ihn von ihr. Plötzlich ging ein großer Mann auf sie zu, er griff sie von hinten und küsste sie auf den Hals, seine kräftigen Arme legten sich um ihren Körper, als sei dieser ihm wohlbekannt, sie stockte kurz und drehte sich um, sie strahlte über das ganze Gesicht und schmiss sich an seine Brust. Jetzt küssten sie sich, Felix sah in Nahaufnahme ihre Münder, glitzernde Zungen, die sich freudig begrüßten, die Hände überall, ihr T-Shirt rutschte höher, der Lange aus Frankfurt grub seine Nägel in ihr zartes Fleisch, er biss ihr in die Halsgrube und rieb sein Becken an dem ihren, Karla hatte die Augen geschlossen und schwang mit in diesem Spiel, die Welt flimmerte, Felix' Herz hämmerte hart in der Brust, eine starke Hitzewelle erfasste ihn.

Der Lange aus Frankfurt, wieso hatte ihm das niemand gesagt?

Die beiden verharrten wie festgefroren in ihrer Umarmung, als sie ihn plötzlich sah. Ihr Gesicht spiegelte eine Mischung aus Verblüffung und Freude, sie zwinkerte ihm zu, er erstarrte. Der Lange hielt sie fest, sie aber lächelte nur noch für ihn, er konnte es nicht fassen. Langsam entglitt sie den mächtigen Armen des Frankfurters, ging in die Hocke und sortierte weiter Platten, alle paar Sekunden warf sie ihm einen Blick zu, ihre Zahnlücke blitzte, wie abwesend redete sie mit dem Langen, der ihr stehend mit einer Hand über das Haar strich und rauchend in eine andere Richtung schaute.

Felix verharrte bewegungslos. Er wollte wegschauen, unmöglich. Er hatte vergessen, wie man den Kopf dreht, fest justiert saß der brennende Schädel auf dem hölzernen Rumpf, im Bannstrahl der Wellenmundigen.

Er sah, wie sie die Hände des Langen aus ihrer Mähne schob, irritiert guckte der auf sie herunter, unschuldig ihr Lachen zu ihm, sie zwinkerte Felix erneut zu, vielleicht kam es ihm auch nur so vor, er konnte es nicht sagen. Sie beugte sich nach vorne, er sah ihren Ausschnitt, ahnte die porzellanene Haut und den Duft nach frischem Heu, sie machte einen Schmollmund, sie sah, wohin er blickte, nur blicken konnte, wie er sich sofort selbst in Schutz nahm, sie schielte kurz selbst auf ihre Brüste und zog kokett eine Augenbraue hoch, sie mussten beide lachen, der Lange nahm ihre Hand und half ihr hoch.

Dicht gingen sie an ihm vorbei, der Lange nahm ihn gar nicht wahr, aber er spürte ihre warme Hand, die nach seinen Fingern im Gedränge griff, es war ein zärtlicher Druck, aus dem sie ihn nur langsam entließ, um wie zufällig mit ihrer Hand an seinen Hüften langzuwischen.

Er wollte etwas sagen, den Mund öffnen, aber da waren so viele Muskeln, welche wie bewegen?

Sie drehte sich kurz um, und deutlich formten ihre Lippen ein paar Worte, es könnte »Bis später« heißen, er war sich nicht sicher, schon war er wieder allein in dem Körpermeer. Er spürte immer noch ihre Hand auf seinen Hüften. Gedankenblitze krachten durch den düsteren Hohlraum hinter der Stirn: Karla ist mit dem Langen zusammen.

Reflexartig nahm er eine Pille.

Die Members of Mayday brausten über ihn hinweg, er hörte Westbam, er freute sich über Hardsequencer, er sah, wie der Janisch eine riesige Berlin-Fahne über das Frankfurt-Wappen hängte, als Sven Väth die Halle zum Toben brachte. Die Berliner schrien verzückt, die anderen machten weiter, Wappen oder Fahne, völlig egal, Karla so weit weg, er war nur noch Körper, wir wollen mehr Bass. Er tauschte Wasser und Zigaretten mit Unbekannten, niemand musste reden, die verzückten Gesichter sagten genug. Der Glanz dieser spontanen Sozialkunstwerke lässt uns alle glühen, dachte Felix erhitzt.

Das Mädchen vor ihm strahlte hell, ihre langen, schwarzen Haare glänzten, die Scheinwerfer schienen sie zu suchen, der Lichtkegel wollte nicht mehr weg von ihr. Ab und zu funkelte ihr Bauch, Stromstöße unter dem weißen Top, da flimmerten feinste Härchen im Fluss der Bewegung, ihre Augen hatte sie geschlossen, sie tanzte alleine, lustvoll unterwarf sie sich dem schillernden Diktat des Sounds, Felix konnte nicht mehr wegsehen. Sie blinzelte und lächelte ihm zu, vielleicht auch nicht, er fühlte sich ihr sehr nahe und spürte, dass es ihr genauso ging. Es war eine stimmlose Übereinkunft, einer Schwingung beim Sprechen gleich, deutlicher als alle Worte. Er sah ihre Augen, sie teilten dieses Geheimnis, das ein Versprechen auf mehr war. Sie verschwand in der Menge, aber nicht aus seinem Kopf. Er fühlte sich plötzlich sehr alleine, er wollte jetzt Mike sprechen oder den Ohlsen, am besten beide.

Im Backstage-Bereich unter der Halle sah er Janisch, der mitten im Gang mit einem halben Dutzend anderer stand, alle eine Hand an einem der armdicken Rohre unter der niedrigen Decke.

»Janisch, was macht ihr denn da?«

Felix blieb kurz stehen.

»Siehst du doch, wir fahren U-Bahn. Steig ein, wir fahren gleich weiter.«

Keine Miene rührte sich in den Gesichtern. Von oben bollerten die Bässe wie Einschläge auf die graue Betondecke über dem Rohr.

»Los Felix!«

Felix winkte ab und ging weiter.

Deutlich hörte er Janischs Stimme:

»Vorsicht, die Türen schließen.«

Im Catering-Raum waren weder Mike noch der Ohlsen, nur eine Handvoll Roadies in ihrer schwarzen Montur. Er kehrte sofort wieder um. Als er Richtung Treppe abbog, rief Janisch hinter ihm her.

»Willst du nicht doch einsteigen, es ist noch Platz?!«

Janisch winkte, niemand hatte sich aus der Reihe entfernt.

Felix ließ sie stehen.

Irgendwann gab er die Suche auf und setzte sich in die oberen Ränge über dem brodelnden Kessel. Hunderte ruhten sich dort aus, einige schliefen, ab und an sprang jemand auf, tanzte zu einem Stück zwischen den engen Stuhlreihen entfesselt herum, um dann wieder in sich zusammenzufallen. Es sah aus wie ein Sammelplatz für Versprengte, dachte Felix. Seine Beine waren schwer, die Füße schmerzten. Ein paar Sitze weiter erkannte er plötzlich Mike, der zwischen den Beinen einer Frau hockte und seinen Kopf in ihrem Schoß unter dem kurzen Rock vergrub.

Er dachte an Karla und den Langen.

Seine Haut schrie nach Berührung, nach Nähe.

Er stand auf.

Die Gänge waren fast leer, draußen war es hell, benommen ging er zum Hotel.

Die Kulisse passte nicht zum Sound hinter seiner Stirn, der Asphalt wirkte weich und zäh, die Luft metallen. Wie ein Bergsteiger erklomm er die Brücke über der Bundesstraße. Oben hatte er wirre Visionen, Hunderte von Hunden stürmten auf ihn ein, ein Köteralbtraum direkt aus der Hölle, alle Rassen, alle Geschlechter, er roch ihren heißen, stickigen Atem, ihre dumpfen Ausdünstungen, der Geruch von Kot überall, er blieb stehen, sie berührten seine Beine, es waren große, kleine, langsame, schnelle, viel zu viele. Ihre sabbernden Lefzen, rot geäderte Augen, feuchte Muskellappen, die aus den Mündern pendelten, die Ahnung von Läusen und grausamsten Mikroben, hässlichste Tierfratzen, er hielt sich am Geländer fest, hinter den Hunden stürmte lachend und feixend eine noch schlimmere Meute, noch stechender der Geruch, noch leerer die Gesichter, noch gieriger die Blicke, das waren wohl die Besitzer, dachte Felix matt, als er über sich auf einem Banner etwas wie »Hundeshow« zu lesen glaubte.

In der Hotellobby bestellte er einen doppelten Espresso und einen Liter Wasser.

Den Geruch wurde er nicht mehr los.

Er ging auf die Toilette.

Er sah an sich herunter.

An seinem Schuh klebte Scheiße, ganz real.

10. Abflug

Bald trafen auch die letzten aus der Westfalenhalle im Hotel ein, Tessi und Carlos, Janisch und Doro, überall saßen oder standen die Aufgedrehten in der Lobby – Superwichtiges musste besprochen werden: wie der berühmte und verehrte DJ während seines Sets in der Haupthalle einfach die Bühne habe verlassen wollen, um mit seinem ebenso berühmten und verehrten DJ-Kumpel einen trinken zu gehen, und beide nur in letzter Sekunde davon abgehalten werden konnten, und wie der eine der beiden so verpeilt gewesen sei, dass er die Platten nicht auf die Turntables, sondern einfach davor auf den Boden hätte fallen lassen. So habe man den Plattengott noch nie gesehen. Ein feiger Anschlag, wurde sofort vermutet, vielleicht eine heimliche Pille in der Flasche, ob eventuell die Frankfurter …?! Die Mythosfabrik läuft bereits auf höchsten Touren, dachte Felix amüsiert.

»Aus dem Weg, aus dem Weg, Platz für den Meister!«

Vom Fahrstuhl her flatterte ein großes blaues Tuch wie eine Fahne über den Köpfen, Applaus brandete auf, ein Keil spaltete die Menge, Bewegung erfasste den Raum bis hin zum Restaurant. Felix sah den Langen, ausgerechnet den, dahinter den Ohlsen mit einem blauen Badehandtuch, er hielt es an zwei Ecken mit gestreckten Armen über sich, steif und grimmig das Ohlsensche Gesicht, nackt die Beine, zerrissen das T-Shirt, eine ausgebeulte Unterhose versuchte das Ohlsensche Gemächt zu verhüllen – ein hoffnungsloses Unterfangen, wie man sagen musste.

»Macht schon Platz, weg da, alle zur Seite«, im Kasernenhofton schnarrte der Lange Befehle, seine Tattoos sprangen im Rhythmus der heftigen Armbewegungen über seine Muskeln. Die Frankfurter hatten immer schon eine ganz besondere Vorstellung von Spaß, dachte Felix noch, als der Ohlsen durch den Raum bellte:

»Aus dem Weg, mein fliegender Teppich startet gleich!«

Einige klatschten, gellende Pfiffe hallten durch die Lobby.

In der Mitte hatten eben noch ein paar DJs auf dem Klavier Elton-John-Songs zum Besten gegeben, selbst die härtesten Raver hatten jeden Text mitgesungen und mitgeklatscht wie beim Musikantenstadl, hatte Felix kurz verwundert bemerkt, aber das interessierte niemanden mehr.

Der Ohlsen krabbelte auf allen vieren vor der Rezeption, um das königsblaue Hotel-Badetuch so exakt wie möglich mit der schmalen Seite in Türrichtung auf dem Boden zu justieren. Behände wie ein kleines Äffchen sprang er umher, manchmal hob er beide Füße parallel etwas in die Höhe, wie ein Artist nur auf die Hände gestützt, stets bemüht, auf keinen Fall zu früh auf dem Stoff Platz zu nehmen. Mit dem Gesicht nur wenige Millimeter über dem Boden schwebend, strich er eine Handkante über die blaue Fläche, jeder Quadratzentimeter wurde so geglättet.

Der Ohlsen betrachtete zufrieden sein Werk und streckte einen Arm fordernd dem Langen entgegen, der die Startbahn freihielt. Eine Plastiktüte wechselte die Hände, der Ohlsen ließ sich mit äußerster Vorsicht auf dem Badetuch nieder, in seiner Hand einen orangenen Bolzentacker aus dem Baumarkt. Mit ruhiger Hand setzte er das Gerät alle paar Zentimeter an den Rand des Stoffes und rammte mit einem trockenen Plockern eine Klemme in den Boden.

»Ey Ohlsen, wenn du das Ding so festmachst, wird's aber schwierig mit dem Abflug«, rief jemand von hinten.

Der Ohlsen ließ sich nicht stören.

Er saß auf dem Tuch, das Gerät zwischen den Beinen, rief mehrmals: »Aus dem Weg, aus dem Weg, mein fliegender Teppich startet gleich«, und tackerte weiter zwischen seinen Beinen.

Silbern glänzten die kleinen Metallklemmen im blauen Stoff. Immer höher hob der Ohlsen seinen Arm und ließ die Maschine mit Macht auf den Boden knallen. »Guten tac, tac, tac!«, rief er im passenden Rhythmus dazu, »Guten tac, tac, tac!«

Das schwere Gerät schepperte furchtbar bei jedem Aufprall.

Niemand sagte ein Wort.

Der hat sich aber ganz hartes Zeug eingefahren, dachte Felix noch, da muss man unbedingt mal nachfragen.

Für einen Moment wurde der Ohlsen still. Das Werkzeug ruhte auf einem seiner nackten Oberschenkel. Tief beugte er sich in seinen Schritt.

Fängt der jetzt mit Yoga-Übungen an, oder was?, dachte Felix noch, erschrak aber dann.

Der Ohlsen hatte die Unterhose zur Seite geschoben und den Hodensack mit einer Hand zwischen Mittelfinger und Daumen gegriffen. Er zog die Haut immer weiter, mit aller Gewalt, wie man angesichts seines verzerrten Gesichtes sagen musste, mit aller Gewalt dehnte also der Ohlsen seinen Sack auf dem blauen Badehandtuch vor der Rezeption nach vorne. Urplötzlich griff er mit der anderen Hand wieder zum Tacker, wie Schüsse peitschten die Klemmen in das Tuch, immer breiter machte er die Beine, immer näher zum Hautsack schob er die Heimwerkerwaffe. Immer lauter schrie der Ohlsen »Guten tac, tac, tac«, wutverzweifelt bemüht, endlich seinen grotesk lang gezogenen Sack auf dem fliegenden Teppich festzutackern. Helle Schreckensschreie fuhren aus den Kehlen einiger entsetzter Mädchen in die Stille der Lobby, so laut und durchdringend, dass der Lange plötzlich aufzuwachen schien und sich in letzter Sekunde, wie man sagen musste, auf den Ohlsen stürzte, ihm die Waffe aus der Hand riss – und so das Äußerste gerade noch verhindern konnte.

Hinter der Rezeption hielten sich zwei Empfangsdamen sehr bleich am Holztresen fest, neben dem erstarrten Direktor. Ein leichtes Zittern verriet, dass er sich nur mit äußerster Kraftanstrengung beherrschen konnte, nicht alle vor ihm sofort niederzustrecken. Die Sehnsucht nach rohester Gewalt gegen seine Gäste geronn aber im Direktoren-Kopf, der ein Profi im eiskalten Beherrschungsgeschäft war, lediglich zum granitfesten Beschluss, niemals mehr eine Buchung für die Mayday anzunehmen.

Die Lobby grölte und klatschte, der Ohlsen verbeugte sich, Felix wollte gehen, er konnte den Anblick des Langen nicht mehr ertragen. Er hatte Angst davor, Karla sehen zu müssen, mit ihrem Freund, vor allen, so nah, so hilflos – er wartete auf den Aufzug. Langsam schwebte die Kabine nach unten, die gläsernen Türen öffneten sich, da stand sie: die namenlose Tanzfee aus der großen Halle. Sie wollte einen Schritt nach vorne machen, sah ihn und stoppte ihre Bewegung. Sie hob überrascht und auffordernd eine Augenbraue, in ihrem Bauchnabel funkelte ein kleiner Stein, in ihren Mundwinkeln wartete ein Geheimnis darauf, gelüftet zu werden. Sie blieb einfach stehen. Er brauchte nichts mehr zu sagen. Sanft schwebten sie in den dritten Stock zu seinem Zimmer.

Feinste Härchen kitzelten Felix in der Nase, kaum wahrnehmbar, er atmete sanft ein, er roch einen Schleier blumigfruchtiger Schwere mit einem Hauch Gummibärchen, der freundlich in eine würzigere Körpernote gebettet war, Gaultier, dachte er kurz, sie benutzt Gaultier, das riecht sehr angenehm, wenn auch nicht so angenehm wie frisches Heu. Kurz kam ihm Karla in den Sinn, der Gedanke trug Trauer, er dachte an ihr Lachen mit dem Langen, nicht jetzt, er küsste warme Haut. Seine Nasenspitze kreiste um den Stein in dem Bauchnabel, seine Fingerspitzen spürten, wie die geschmeidige Haut an ihren Beckenknochen gespannt war und nach unten in einem eleganten Schwung abfiel, in ihr tiefes Tal der Verheißung, wie er kurz denken musste. Seine Lippen folgten dem sich leicht erhöhenden Schambein und tasteten den Spitzenrand ihres Slips ab. Ihr Becken hob sich ihm entgegen, er hörte einen leichten Seufzer, sie drehte ihren Oberkörper etwas zur Seite, sodass ihr Schoß sich noch mehr gegen ihn drückte. Er öffnete die Augen. Er sah seine Finger auf ihren Hüften liegen, er sah die feinen Poren und goldigen Härchen im Gegenlicht der Nachttischlampe, die Nippel ihrer festen Brüste standen stolz auf hellbraunen Höfen, ihre Halssehnen warfen kleine Schatten, weit nach hinten hatte sie ihren Kopf gebogen, auf der Stirn perlte Nasses, lange Strähnen umschlossen sie wie ein schwarz glänzender Bildrand. Mit den Händen krallte sie sich in sein Haar, ganz fest, ihre körperliche Macht erhitzte ihn noch mehr, die zarte Gier, er spürte einen vorsichtigen Druck, sie schob seinen Kopf und seinen Mund weiter nach unten, sie lächelte bei geschlossenen Lidern, wie er dachte, ihre Lippen waren geöffnet, unter seinen Fingern hob und senkte sich ihr leicht bebender Körper. Mit der Zunge fuhr er ihre Leiste lang, das zarte Fleisch ihrer Oberschenkel gab unter seiner Berührung nach, Zeigefinger und Daumen fassten den Slip, er biss sie leicht in die Innenseite ihrer Schenkel, da, wo die Sehne in ihrer süßesten Stelle versank, sein Hunger nach ihr ließ ihn zittern, das Vibrieren übertrug sich auf sie, der Hauch ihres Geschlechts machte ihn irre, nichts anderes war seine Welt mehr, er wollte sie verspeisen, jetzt sofort, und kosten, aus jedem Winkel.

Er würde sie später unbedingt nach ihrer Telefonnummer fragen müssen, dachte Felix noch, mindestens aber nach ihrem Namen.

»Habt ihr noch was?«

Der Ohlsen stürmte in das Zimmer und sofort auf den Schreibtisch zu, die Schubladen klapperten, ein paar Magazine rutschten von der Tischplatte.

»Wir stören doch nicht, oder?!«

Janisch, der Pate und Carlos folgten dem Ohlsen, kichernd und stolpernd, in den Händen Gläser und Flaschen, alle rauchten und guckten jetzt grinsend in seine Richtung. Felix drückte schnell seine Lippen auf die feuchtwarme Wölbung unter der schwarzen Spitze, legte seine Nasenflügel etwas tiefer auf den Stoff in die sich sanft abzeichnende Spalte, verharrte eine Zehntelsekunde genau so, um tief zu inhalieren, was er gleich schon hätte für Stunden erforschen und aufsaugen können.

Er zuckte entschuldigend mit den Schultern, sie lächelte schief, er deckte die mild Erschrockene mit einem Oberbett zu und streifte sich sein Shirt über.

Wie hatte er nur die Türe offen lassen können, er war so ein Trottel. Die Unbekannte sah nicht nur aus wie eine Göttin des Lichts, sondern hatte offensichtlich auch Lust auf Sex, so richtig mit nackten Geschlechtsteilen, möglicherweise sogar mit der ein oder anderen Penetration, und das war in diesen Tagen nicht die Regel. Wie oft scheiterten solche Gelüste an zu vielen Pillen, weil dann lieber gekuschelt oder endlos gequatscht werden musste. Oft war nur die Fassade sexy, der Wille zur Aktion aber schwach. Niemals würde jemand wegen so etwas Profanem wie Geschlechtsverkehr eine Afterhour vor allen anderen verlassen, das war doch die bittere Erfahrung, die sie alle schon gemacht hatten. Und in dieser Wüste der Lust ließ der Herr also einmal Gnade walten und schickte seinem bescheidensten Zögling diesen Engel als einen Gruß aus der Himmelsküche, und schon walzte der Ohlsen-Express jede Hoffnung nieder, weil er nicht abgeschlossen hatte.

Die Selbstbestrafung würde die gnadenloseste sein müssen, beschloss Felix.

Der Ohlsen schmiss sich auf einen Stuhl.

»Wer ist denn die süße Maus, Felix, willst du uns die nicht einmal vorstellen, ich dachte, wir sind Freunde, aber nein, Herr Felix versteckt hier die Frauen unter der Bettdecke, erschütternd ist das. Wie heißt die denn?«

»Wie heißt die denn, wie heißt die denn, wie soll die schon heißen??«, rief Felix ein wenig zu laut, zu anklagend in den Raum. Zu gerne hätte er den Namen der Frau gewusst, nach deren Geschlecht seine Nasenspitze in aufreizendster Weise duftete, »frag sie doch selbst, wenn dich das so interessiert!«

»Schon gut, ist o.k., reg dich nicht auf, wenn du deine Frauen nicht mit deinen besten Freunden teilen willst, bitte schön, deine Sache, dafür teilen wir aber jetzt die Reste, nett wie wir sind!«

Der Ohlsen saß am Schreibtisch, Janisch fummelte an der Anlage herum, Carlos schüttelte sich nach einem Schluck Jägermeister mit spastischen Bewegungen und warf dem Ohlsen ein Beutelchen zu. Sie lachten und johlten, sie waren die Großmeister des Lebens und wollten ihren Spaß um jeden Preis, sie wirkten wie marodierende Landsknechte nach siegreich beendeter Schlacht.

Felix wusste, dass er keine Chance hatte.

»Ist aber nur ein Gramm drin«, sagte Carlos.

Der Ohlsen wischte mit einer lässig-brutalen Bewegung VIP-Pässe, Geldhaufen, Sonnenbrillen, Flyer und eine Designerlampe vom Tisch, kostete mit einer angeleckten Fingerkuppe das Material und schüttete alles auf einen einzigen

Haufen. Die anderen strahlten, sie mussten noch nicht aufgeben, da war noch alles drin.

Der Ohlsen steckte unvermittelt sein silbernes Röhrchen in das Häufchen. Das rasselnde Sauggeräusch schien endlos. Alle verstummten.

Das ganze Zeug war weg.

Der hat das ganze Gramm weggezogen, dachte Felix, als der Ohlsen sich ein Nasenloch zuhielt, um mit urgewaltiger Atemkraft die letzten Stoffpartikelchen hochzureißen. Die Luft entlud sich aus dem Ohlsen in einem derart archaischen Urschrei, dass der von der ganzen Restetage nur als ein sofortiger Notruf verstanden werden konnte, wie Felix sofort klar war. Jetzt kommt die Sintflut, und ich habe keine Arche zur Hand, ich werde ersaufen inmitten eines Sees von Irren, eben war ich noch dem Paradies nahe, schon bin ich der Verlorenste.

Überall klackten Schlösser, Türen wurden aufgerissen, aus einzelnen Schritten wurde Getrappel, es war ein zäher, aber stetiger Strom, der sich auf sie zuwälzte. Janisch drehte die Musik bis zum Anschlag auf, Felix sah, wie sich der namenlose Engel anzog, er warf einen letzten Blick auf ihre nackten, hellbraunen Brüste, die sanft nach oben geschwungen waren und traurig zu ihm herüberguckten, sie lächelte enttäuscht und zuckte mit den Schultern. Felix roch ein letztes Mal an seinen Fingern, morgen würde er herausfinden, wer sie war, unbedingt.

Als sie durch die Tür verschwand, sah er dort neben dem Langen Karla stehen, die ihren Blick dem Mädchen folgen ließ und ihn traurig musterte, bevor sie sich umdrehte und ging. Felix ballte die Fäuste vor Wut. Er hätte sich gerne geschlagen.

Die Musik dröhnte, überall saßen und standen Freunde und noch nie Gesehene, Frankfurter, Münchener, jede Menge Berliner und ein paar Düsseldorfer, viele brachten die Reste aus ihren Minibars mit, ein paar tanzten, alle brüllten, keiner hörte zu, alle lachten, keiner wusste worüber, alle redeten um ihr Leben, was genau, konnte niemand sagen, Joints kreisten, es war ein gewaltiges letztes Aufbäumen der tapfersten Partykrieger, wie Felix gerührt dachte, ein letztes Aneinanderklammern vor der großen Abreisebewegung in ein paar Stunden, wenn alle wieder in ihre Städte verschwinden würden.

Der Zigaretten-Qualm im Zimmer war bald so dicht, dass die ersten husteten. Plötzlich nahm sich der Ohlsen, der am Fenster stand, ein Kissen vom Bett, drückte es gegen die Scheibe, zwinkerte Felix zu und rammte seinen Ellenbogen in den Stoff, Glas splitterte, Scherben sirrten in die Tiefe.

»Vermelde Vollzug, frische Luft im Anmarsch!«

Ein Hotelangestellter mit puterrotem Kopf tauchte im Türrahmen auf, der Ohlsen hielt ihm eine Pille hin, Janisch einen Joint, er schüttelte heftig den Kopf.

Doro zeigte ihm ihre nackten Brüste und fragte: »Finden Sie auch, dass die linke schöner ist als die rechte?«

Er drehte sich um und ging, den Blick starr auf den Boden gesenkt.

Felix rief ihm hinterher: »Diese Vandalen haben mein Zimmer gestürmt, ich kenne die gar nicht, wieso beschützt mich niemand, was ist das nur für ein Hotel?«

Er reagierte nicht.

Bald war noch ein halbes Dutzend nahezu regungsloser Körper in Felix' Zimmer, die anderen hatten sich lange verabschiedet – die ersten Züge waren verpasst worden, Mitfahrgelegenheiten sowieso. Der Ohlsen wollte unbedingt nach draußen, er halte es nicht mehr aus, er brauche frische Luft und goldene Sonnenstrahlen auf seiner Haut, sein Hund habe sich bereits beschwert, der müsse dringend raus.

»Los, wir gehen Gassi!«

»Seit wann hast du einen Köter?«

»Seit wann nennst du Tessi Hund?«

»Wahnsinnig lustig, Carlos«, sagte Tessi und schmiss eine leere Dose in dessen Richtung.

»Dann gehe ich eben alleine, ihr Banausen.«

»Ohlsen, du hast keinen Hund, glaub's mir.«

»Doch, habe ich wohl!«

»Ohlsen, wenn du uns deinen Hund zeigst, kommen wir alle mit!«

Der Ohlsen ging zum Schreibtisch, riss das Telefon aus der Wand, schmiss den Apparat auf den Boden und hielt den Hörer in der Hand. Er bückte sich, zärtlich streichelte er über das Gehäuse.

»Mein Süßer, hör einfach nicht auf die bösen, bösen Jungs hier. Die sind alle ein bisschen komisch, aber wir beide gehen jetzt Gassi!«

Janisch sprang als Erster auf: »Ich habe auch einen Hund!« Schon war er draußen auf dem Flur, Carlos und andere folgten. Felix hörte Klopfen, aufgeregte Stimmen, ein paar Schreie, Türen flogen auf und zu, nach drei Minuten waren alle bereit.

In einer langen Reihe zogen sie durch die Lobby, stumm.

Sechs Jungs, sechs Telefone.

Einige normale Gäste, die eben erst eingecheckt hatten, blieben stehen, unfähig, das Gesehene zu deuten. Ein paar Raver, die auf ihre Taxis warteten, klatschten und lachten.

Der Ohlsen führte die Kette an.

An der Rezeption fragte er den Direktor: »Wir würden gerne unsere Hunde Gassi führen, wo gehen wir da am besten hin?«

Der Mann blickte angestrengt in das fiebrig glänzende Ohlsensche Gesicht.

»Hund? Gassi gehen?«

Sein Kopf zuckte roboterhaft auf dem Hals hin und her.

»Ja, genau! Die Kleinen müssen ja auch mal raus«, sagte der Ohlsen und zeigte nach unten. Der Direktor beugte sich über den Tresen, sah die Reihe dahinter, Hörer in der Hand, die Gehäuse hinter sich herziehend. Er schüttelte stumm den Kopf, Felix glaubte für eine Sekunde, einen feuchten Schleier in seinen Augen zu sehen und einen Satz zu hören, der klang wie: »Ich halte das nicht mehr aus.« Der Mann zeigte zur Tür, unfähig, auch nur einen Laut über die Lippen zu bringen.

»Danke«, sagte der Ohlsen und trottete mit den anderen hinaus. Carlos hielt kurz an und fragte mit treuherzigem Blick den Zerstörten: »Wollen Sie vielleicht mitgehen? So einen Hund ausführen beruhigt ungemein, Sie können gerne meinen haben, wenn Sie wollen.«

Er bekam keine Antwort.

Als Felix zurück auf sein Zimmer wollte, sah er in der Lobby ein Pärchen, das sich lautstark stritt, erst kurz vor dem Aufzug erkannte er den Langen und Karla. Der DJ wankte und fuchtelte wild mit den Armen, er versuchte Karla zu umarmen oder sich an ihr festzuhalten, sie stieß ihn weg oder wollte ihn stützen, die Situation war nicht ganz klar. Für eine Sekunde guckte sie plötzlich traurig in Felix' Richtung. Er wollte lächeln oder etwas sagen, aber nur seine Hand zuckte etwas nach oben. Sie drehte sich wieder um und folgte dem Langen.

Er nahm den nächsten Zug nach Berlin.

11. Die Welt-Revolution

Der Umschlag auf dem Schreibtisch war nicht frankiert, tiefschwarz rief der Stempel »persönlich/vertraulich«. Felix riss die Hülle auf.

Eine Abmahnung.

Seine Augen rasten die wenigen Zeilen lang.

Aus Anlass des unerlaubten Entfernens am Dienstag, 30. April, hieß es da, werde er hiermit nach vielen ignorierten Warnungen abgemahnt. Sollte er sein Verhalten nicht ändern, seien weitere Schritte nicht auszuschließen, teilte Herr Dr. Keller knapp mit.

Felix lehnte sich zurück und las den Brief immer und immer wieder.

Er war tatsächlich vor zwei Tagen mittags einfach verschwunden, weil er sonst viel zu spät in Dortmund angekommen wäre, zu spät zumindest für eine entspannte Anfahrt, eine ordentliche Dusche und das wichtige Beisammensein in der Lobby. Die Arbeit war erledigt gewesen, kein Termin, keine Konferenz stand auf dem Plan, keinen Grund hatte es also gegeben, die Zeit im Büro abzusitzen, dachte Felix und ärgerte sich über die Kleinlichkeit des Chefs ebenso wie über seine eigene Naivität. Was hatte er denn erwartet nach Kellers Warnungen? Er spielte mit dem Feuer und wunderte sich, wenn einer die Feuerwehr rief, das war doch so albern wie stumpf.

Irgendwie war er sogar ein bisschen stolz auf die Abmahnung, das fühlte sich gut an, so rebellisch; der Brief markierte die Grenze, die er immer schmerzhafter empfand; jetzt wurde der Riss praktisch offiziell, das war ein Fortschritt, dachte Felix, die Fronten liegen offen zutage.

Als er sich einen Kaffee holte, hatte er den Eindruck, alle guckten ihn wissend an, es war eine unangenehme Mischung aus Mitleid und Schadenfreude, die er zu spüren glaubte. Nur einer der Azubis grüßte ihn fröhlich, ein junger Kerl aus Marzahn, dem er letztens geholfen hatte, an der Schlange vorbei in den Tresor zu gelangen. Felix hatte dem Jungen, der Fabio hieß, strengste Verschwiegenheit auferlegt, kein Wort dürfe er über die unverhoffte Begegnung erzählen, je weniger alle im Büro von unserem Leben in der neuen Welt wissen, hatte er betont, desto besser für uns alle. Stolz und hocherfreut hatte Fabio eingeschlagen und sich bislang auch daran gehalten.

Langsam trug Felix seine Tasse zum Schreibtisch, vorbei an den offenen Türen, den adrett gekleideten Frauen und tadellos aussehenden Männern. Er ertrug das demonstrativ Gesunde ihrer makellosen Gesichter kaum noch, genauso wenig wie die »Mahlzeit«-Grüße in den Gängen. Letztens hatte er einmal versucht, die üppige, junge Sekretärin in seine erotischen Fantasien einzubauen, selbst dazu hatte es nicht gereicht. Die professionelle Künstlichkeit der Kollegen stieß ihn ab, das Gerede über Einkommen und neueste Shopping-Erfolge, die parfümierten Berichte von ihrem Pärchen-Wochenenden-Elend oder das altkluge Geschwätz über die Entwicklung der Republik, die nur aus Zeitungen referierten Meinungen.

Sein Ekel war ein dicker Kloß im Hals, der täglich wuchs.

Sie teilten die Welt in »Ossis« und »Wessis« ein und fanden das immer noch witzig. Sie ahnten nicht, dass in den Clubs die Vereinigung schon lange vollzogen war, weil Herkunft da keine Rolle spielte. Die neue Musik, die neue Bewegung, die ihre Geschichte erst produzieren musste, das

Fehlen etablierter Regeln hatten das möglich gemacht. Ohne die ungeheuere Energie der Ost-Kids, die diese neue Kultur mitprägten und nicht bloß übernehmen mussten, dachte Felix, wäre Techno in Deutschland nie so groß geworden – und Berlin nicht das Zentrum.

Lustlos fertigte er drei, vier Kunden vor der Mittagspause ab. Drei oder vier Kunden bedeutete, drei oder vier Mal die üblichen Brandreden gegen den gefräßigen Staat und die hohle Gier seiner Gegenüber ertragen zu müssen. Natürlich verstand er ihr Interesse an sicheren Gewinnen, allein, er hatte immer den Eindruck, nichts anderes könnte auch nur annähernd ähnlich stark ihre Leidenschaft anfeuern.

Er dachte an Karla und den Langen, das körperliche Nachbeben von Dortmund ebbte langsam ab, die Depression blieb.

Wie jeden Freitag ging er mit den anderen Privatkunden-Beratern essen. Er horchte überrascht auf, als sie über blutigen Steaks die kommende Parade diskutierten. Anlass war ein Artikel vom Drehler, der noch einmal alle Gegner zu Wort kommen ließ, darunter Grashalmschützer genauso wie ein paar verbitterte Szene-Veteranen, natürlich auch Dieter, der wie ein 68er-Greis den alten Zeiten hinterherjammerte. Wir wollen unter uns bleiben, die anderen sollen draußen bleiben, war der Tenor.

Das ist wieder so ein absolut kaputtes Hochamt deutscher Kleingeisterei, dachte Felix, das im bizarren Gegensatz zur Offenheit des Sounds und dem ursprünglichen Spirit steht: My House Is Your House And Your House Is Mine.

Er musste innerlich bitter auflachen, dass sich selbst seine Kollegen im feinen Zwirn über die befürchteten bösen Massen und die »eiskalten Profiteure« der »Szene« mokierten, die sie ja weder kannten noch beurteilen konnten. Millionäre seien die alle, steinreich hätte sie die Parade gemacht, unerhört sei das, ganz schlimm. »Ich wusste gar nicht, dass man damit so viel Geld verdienen kann, wenn niemand Eintritt zahlt«, sagte Felix bewusst naiv. Er würde sich ja geradezu wünschen, dass die Paraden-Ermöglicher für das Geleistete fürstlich belohnt würden, nur wie, das sehe er nicht. Da lachten alle am Tisch. Ach Felix, meinten sie nur, das ist doch klar, da kommen Hunderttausende, da rollt der Rubel. Sie winkten kopfschüttelnd ab und redeten lieber über neue Anleihen. Felix schwieg. Der Drehler hatte ganze Arbeit geleistet.

Abends schaute er bei Mirco vorbei, der kaum reden konnte oder wollte. Eingefallen saß er am Tresen, das Gesicht hinter seinen kräftigen Händen verborgen, eingehüllt in eine Wolke matter Schwermut. Er könne den Gästen und den Mitarbeitern nicht mehr unter die Augen treten, murmelte er schwer verständlich durch die Finger. Nach einem nur noch animalisch zu nennenden Zweieinhalb-Tage-Exzess habe er beschlossen, sich zu Tode zu hungern, auch wenn das wegen seines Gewichtes länger dauern könne, er habe es nicht anders verdient, je intensiver der Schmerz, desto besser. Doch schon vor wenigen Stunden habe er sich in einem Anfall brutalster Schwäche wie von Sinnen auf einen Pastateller gestürzt, den sein treuester Kellner nach vorne an einen Tisch bringen wollte, mit den Händen habe er die Nudeln in sich hineingeschaufelt, schreiend und schmatzend, erst zwei der stämmigen Spüler und der Koch hätten ihn wieder beruhigen können, er wisse nicht mehr ein noch aus. Man solle ihn heute bitte ignorieren und nicht weiter in der galligen Scham bohren, die in ihm wuchere wie ein bösartiger Tumor.

In einer Ecke saßen der Ohlsen und der Pate über einem Stapel Unterlagen, Dokumente mit Wappen und offiziell aussehenden Stempeln waren überall verstreut. Die beiden unterhielten sich laut, Mike saß wie abwesend daneben und starrte gegen die Wand. Das Ohlsensche Gesicht glänzte so stark wie das des Paten, einer versuchte den anderen zu übertrumpfen und zu unterbrechen, da planten zwei Feldherren die Entscheidungsschlacht, alles ächzte vor überschüssiger Energie.

»Felix, hör dir das mal an, das sind die Projekte für die nächsten Monate, das ist die Welt-Revolution, der globale Durchmarsch!«

Felix zog sich einen Stuhl heran und bekam sofort ein Weinglas in die Hand gedrückt.

»Auf den Sieg!«, sagte der Pate.

»Auf den Sieg!«, wiederholte der Ohlsen.

»Prost!«, sagte Felix.

Mike schüttelte bloß mit dem Kopf.

Der Ohlsen schob Felix eine Liste zu.

»Das ist der Hammer, ein Wahnsinn, und praktisch alles schon fertig geplant: Raves auf U-Booten vor der Küste, Festivals im Buckingham Palast, eine Messe der Holy Church of Rave mitten im Vatikan, Go-go-Girls im Bundestag – und das ist nur der Anfang!«

Mit fiebrigen Augen starrte der Ohlsen Felix aus nächster Nähe an. Der Ohlsen ist ein Gefahrensucher, ein richtiger Hysterie-Junkie ist er geworden, dachte Felix, ein Surfer auf der unentwegten Suche nach dem Brecher, der ihn in neue Sphären katapultieren könnte. Immer riskanter werden die Abfahrten, damit er noch so etwas wie Zufriedenheit verspürt. Die Nähe des Paten ist für den Ohlsen eine gefährliche Medizin, fiel ihm auf, je mehr er mit dem zusammen ist, desto drastischer kappt unser Gröraz die Leinen, das müssen wir scharf beobachten.

»Tja, im Vatikan, mh, echt? Kann man sich gar nicht vorstellen …?!«

»Kann man sich nicht vorstellen, kann man sich nicht vorstellen«, äffte der Pate Felix mit seiner fisteligen Stimme nach.

»Wer sich nichts vorstellen kann, verändert auch nichts, wer keine Fantasie hat, verharrt im alten Elend als Opfer der Umstände bis zu seinem erbärmlichen Abgang! Deswegen geht es doch nicht voran, weil ihr alle so Einzeller seid, zu langsam für die Welt um euch herum, gefangen in Angst und Betulichkeit, lahmarschige Fortschritts-Verhinderer, die ihr euch gegen jeden neuen Impuls wehrt und dagegen ankämpft wie gegen Windmühlen. Eigentlich müsste man euch doch verrotten lassen in eurem abgestandenen Gedankenmorast, alle!«

Aggressiv spie er die Sätze in Felix' Richtung, der fasziniert den riesigen Schädel mit dem verzottelten Haar musterte. Auf den prallen Backen des Paten verliefen dicke, rote Äderchen in einem Muster, das an ein Flussdelta erinnerte, die Lippen waren aufgedunsen und schorfig, die Zähne gelblich mit einem grünen Stich, wie Felix auffiel, die Verlotterung des Mächtigen war augenfällig. Und erstmals bemerkte er auch den stechenden Geruch, den Mitarbeiter des Paten zuletzt häufiger erwähnt hatten, nach Fäulnis rieche der neuerdings, wie ein Komposthaufen, mehrfach sei bereits beobachtet worden, dass kleine Schwärme Fruchtfliegen um sein Haupt kreisten, als würde in ihm etwas verrotten. Der Eindruck durchkomponierter Lässigkeit bei seiner Kleidung war durch die Erkenntnis ernst gemeinter Verwahrlosung ersetzt worden, hatte es geheißen, und Felix verstand sofort, warum.

»Ich sage dir jetzt mal, was echte Visionen sind, Felix, damit du siehst, wie man die Dinge angehen muss. Das bleibt aber alles unter uns, o.k.?«

Felix und Mike nickten automatisch.

»Ich verhandele seit geraumer Zeit mit Saddam Hussein über einen Desert Rave im Grenzland zu Kuwait!«

Der Pate schnaufte einmal heftig und hielt dann vor Begeisterung über seine eigene Idee kurz die Luft an, damit kein Geräusch den genialen Gedanken störte.

»Der hat nach dem unglücklichen Krieg von 1991 echt ein Image-Problem. Also habe ich dem gesagt, lass uns ein Friedens-Ding an der Grenze machen, ›Love, Peace & Unity‹, das volle Programm, international, alle kommen, er sponsort, die UNO schaut zu, wir feiern, allen ist gedient, sogar dem Weltfrieden!«

»Saddam Hussein?«

»Genau!«

»Mit dem hast du geredet?«

»Ja, exakt!«

»Du hast persönlich mit Saddam über einen Wüsten-Rave geredet, oder was?!«

»Was soll das, Felix?«, schaltete sich der Ohlsen hektisch in das Gespräch ein. »Ob er mit einem seiner Vasallen oder dem Kerl selbst redet, ist doch völlig egal, aber, Mann, Desert-Rave in Kuwait, das ist doch der absolute Oberhammer, oder?! Der Pate ist ganz nah dran!«

»Na ja, ich weiß nicht ...«

Felix war etwas verunsichert, Mike starrte weiter Löcher in die Wand und regte sich nicht. Der Pate ging kurz aufs Klo. Dem war alles zuzutrauen – und nichts. Vielleicht hatte der ja recht, vielleicht war er, Felix, einfach zu wenig visionär, zu mutlos, man konnte es nicht ausschließen.

Der Pate kam zurück, mit einem Fetzen Toilettenpapier wischte er alle paar Sekunden Wässriges von den Nasenlöchern.

»So, dann mal sehen, wie dir das hier gefällt. Ich verhandele mit dem chinesischen ZK über einen Versöhnungs-Rave auf dem Platz des Himmlischen Friedens, für den die Grenzen geöffnet werden und zu dem mindestens zehn Millionen Menschen kommen sollen, allen voran die damaligen Studenten und die Angehörigen der Opfer vom Massaker von 1989. Die Aussichten sind gut, die haben echt Interesse, selbst unter den harten Bedingungen, die ich formuliert habe! Und alle großen Unternehmen sind am Start, die ganzen Fat Cats, alle Player aus dem Dow Jones und von der Frankfurter Börse! Das ist es, was alle wollen, verstehst du?!!«

Fast geschrien hatte der Pate die letzten Worte, seine dicke Faust sauste auf den Holztisch. Die Gäste an den anderen Tischen blickten besorgt herüber, der Ohlsen machte beschwichtigende Handzeichen, Mirco hatte seine Position am Tresen keinen Deut verändert.

Der Ohlsen und der Pate ergingen sich schließlich in euphorischen Beschreibungen ihres Konzeptes »One World – One Raving Society«, eine raffinierte, moderne Weiterentwicklung, wie er es nannte, eines älteren Gedankens des Konkurrenten Laarmann, den der einst mit Westbam formuliert hatte. Der Pate fummelte sich dabei unentwegt an der tropfenden Nase herum. Der überholt sich gerade selbst, dachte Felix, der Pate erhitzt seine Maschine auf eine Betriebstemperatur, für die seine Karosse nicht gebaut ist. Selbst der Ohlsen hatte letztens erst kritisch angemerkt, wie oft der Pate bei Konferenzen neuerdings alle nach draußen schicke, um – ratzfatz – schnell vor den Führungskräften ein paar Lines wegzuschnüffeln. Die Pausen begründe er vor den Untergebenen mit einer Gedankenruhe, die er als hochsensibler Geistesmensch regelmäßig brauche, nur dann könne er weiterhin genial sein, nur so sichere er der Agentur und damit allen die Existenz. Alle anderen jungen Firmen arbeiteten mittlerweile extrem professionell, bei ihm war der Wahnsinn Programm.

Seine Mitarbeiter wussten natürlich um seinen Zustand und machten sich täglich einen Spaß daraus, so wurde erzählt, hinter ihm herzuschleichen, der nervös und schwitzend, mit den Fingern schnipsend ruhelos durch die Räume wandelte, weil er nur so denken könne, wie er sagte, um die Geldscheine und Koksbriefchen, die ihm tatsächlich unentwegt aus den vielen Taschen fielen, aufzulesen. Mittlerweile finanziere sich die halbe Mannschaft durch dieses organisierte Aufsammeln das tägliche Mittagessen im benachbarten Imbiss. »Der Pate hat uns heute großzügig eingeladen«, hieß es dann unter dem Gelächter aller, so wurde berichtet. Sie hielten das für eine gerechtfertigte Entschädigung für die stets durchgearbeiteten Wochenenden, denn, wie der Ohlsen einmal bestätigt hatte, normalerweise ginge von Freitag bis Montag praktisch niemand nach Hause. Ein Teil der Mannschaft sei in dieser Zeit immer am Schreibtisch, die anderen erholten sich in den Clubs, um Samstagmittag wieder im Büro zu erscheinen, von wo aus sie spätnachts wieder in den nächsten Club aufbrechen würden. So konzentriert würde nirgends auf der Welt sonst gearbeitet, hielten sie sich selbst zugute, hier erst würde man die Produktivität steigernde Wirkung der wahren Berliner Droge, des Speeds, richtig schätzen lernen. Das sei der richtige Nektar für die fleißigen Bienchen, hieß es immer, Kokain dagegen nur für Münchener Stock-im-Arsch-Idioten. Dass der Pate da nicht mehr differenzierte, so rein stofftechnisch, wurde mit allergrößtem Argwohn beobachtet.

Der Ohlsen und der Pate rafften ihre Papiere zusammen und bezahlten, Felix wollte noch ein bisschen mit Mike bleiben. Der Pate ging grußlos, der Ohlsen zögerte eine Sekunde.

»Felix, das ist doch total geil, was der da macht. Ich finde deine Reaktion komisch!«

Der Ohlsen hatte einen flatternden Schatten unter den Augen, er sah sehr ernst aus.

»Mann, du bist ja schon fast wie die anderen. Tschüs!«

Erschöpft blieb Felix sitzen. Das war heute irgendwie nicht sein Tag. Er trank zwei Gläser Wein praktisch in einem Zug. Mike trommelte mit den Fingern auf den Tisch.

»Der Ohlsen ist fast schon genauso wahnsinnig wie der Pate!«

»Stimmt, aber vielleicht haben sie auch recht – und nicht wir. Vielleicht muss man da genau so und nicht anders rangehen, ein bisschen wahnsinnig und mit allergrößter Kraft, die durch keinen Zweifel angenagt wird, vielleicht kriegt man sonst immer nur alberne kleine Schritte hin.«

»Mensch Felix, immer noch ein Kick, und dann noch ein größerer Kick, und dann noch ein Absturz und noch eine monströse Depression, das kann es doch auf Dauer auch nicht sein, auf jeden Fall nicht für mich!«

Felix horchte auf. Er schaute Mike aufmerksam an. Seit Wochen war er irgendwie verändert. Nicht mehr automatisch dabei, und wenn, dann schon früh weg, selten blieb er bis zum Morgengrauen, an die letzte Afterhour mit ihm konnte sich Felix gar nicht mehr erinnern. Ein paar Mal hatte er schon fragen wollen, was sich dahinter verberge, auch hinter ominösen Verabredungen, die er ab und zu wortkarg als Entschuldigung für sein Fehlen vorgebracht hatte.

»Was ist eigentlich mit dieser Viktoria, Mike?«

Der Freund zuckte etwas zusammen und wurde, wenn Felix das im trüben Licht der Kerzen richtig sah, tatsächlich ein bisschen rot.

»Wieso, was soll denn mit Viktoria sein?«

Wenn er mir jetzt schon mit rheinischen Gegenfragen kommt, dachte Felix, liegt da wohl der Grund für alles.

Mike hatte Viktoria außerhalb Berlins auf einem Golfplatz kennengelernt, wie er Felix einmal erzählt hatte, wo er einen Aushilfsjob als Landvermesser hatte. Schon bei dieser Begegnung habe er ein Kribbeln gespürt, das ihn an die schönsten Melissa-Zeiten erinnert habe. Völlig fasziniert sei er sofort gewesen, so wie sie auch sofort Funken geschlagen habe, gierig habe sie ihn ausgefragt, immerzu hatte sie noch mehr wissen wollen über die Geheimnisse der Nacht, zu lange schon fühle sie sich falsch an ihrem Platze, auf dem Golfplatz, in der Reitschule und der Universität. Diese Erkenntnis läge wie Mehltau auf ihrer dürstenden Seele, nach großen Gefühlen wolle sie sich verzehren, vom köstlichen Wahnsinn kosten, geradezu angefleht hatte sie ihn, so Mike, sie einmal in die Clubs mitzunehmen. Und dann waren sie wohl einige Male zusammen aus gewesen.

»Mike sag schon, was ist los!«

»Felix, ich war mit ihr unterwegs, auch öfter mal ohne euch, weil ich dachte, das ist zu hart, das schreckt sie ab …«

»Du bist ja ein toller Freund!«

»Ach komm, Felix, die ist kultiviert und sensibel, wenn wir Berserker uns zusammen auf so eine Elfe stürzen, dachte ich, dann bleibt nichts von ihr übrig. Zumal sie auch kein großes Interesse gezeigt hat, meine Freunde kennenzulernen. Das finde ich auch komisch, aber gut, sie ist ja aus so einer ganz anderen Ecke, feine Eltern, extrem behütet, fern jeder echten Lebensregungen.«

»Ja und, was ist jetzt die Botschaft?«

»Ich habe gemerkt, dass ich das sehr schön finde, mit ihr zusammen zu sein, alleine, und dass es auch mal nett ist, zu Hause zu bleiben und nicht morgens erst ins Bett zu fliegen.«

Felix traute seinen Ohren nicht.

»Ich glaube, die Hatz hat ein Ende, Felix, ich spüre eine neue Ruhe in mir. Ich bin wieder angekommen.«

Mike strahlte.

»Ich bin das erste Mal seit Langem wieder verliebt.«

»Äh, das ist schön, das ist ja toll, Mike, wirklich.«

Seine Worte klangen so unüberzeugt, wie er war, dachte Felix. Was will der denn mit dieser Reitschul-Sandälchen-Else? Das ist doch schon jetzt ein Irrtum. Mike hatte immer einen Hang zu dieser Art Mädchen gehabt, die ein bisschen nach höherer Tochter aussahen. Zumindest galt das bei den festeren Beziehungen, nicht bei den schnellen Befriedigungen zwischendurch, aber sosehr er auch mit dieser wohlanständigen, satten Welt kokettierte, so wenig hielt er sie im Grunde aus, weil er das Tote und Künstliche in und an ihr so verabscheute wie sie alle.

»Ja, das wollte ich dir nur sagen, nicht dass du dich wunderst, wenn ich mich nicht mehr so oft melde – oder mal früher abhaue, so wie jetzt …«

Mike stand auf, umarmte den sitzenden Felix auf eine sehr hilflos und linkisch wirkende Art und verschwand.

Mike ist in den Wunsch verliebt, verliebt zu sein, davon war Felix überzeugt, und er verstand ihn nur zu gut. Tolle Bilanz heute, resümierte er, eine Abmahnung, der Ohlsen dreht langsam durch, Mike verabschiedet sich aus der Nacht, und Karla vergnügt sich bestimmt gerade wieder mit dem Langen.

Mike hat wahrscheinlich recht, dachte Felix und spürte ein unangenehmes Gefühl, das er nicht anders als sachten Neid nennen konnte. Jeden Abend gab es auf den Dancefloors unzählige Momente der flüchtigen Erfüllung, geradezu süchtig waren sie danach, jeder gelungene Break eine kleine Sensation, jedes vorbeisegelnde Lächeln ein Versprechen, ein wahrer Funkenregen an schönsten Eindrücken ließ sie jedes Mal schweben, aber oft genug danach auch wieder eine seltsame Leere spüren, wenn das vergängliche Glück zerstob. Eine Antwort darauf war, noch länger und intensiver nachts nach diesem Gefühl zu forschen, dachte Felix, eine andere hatte Mike gerade gefunden, vielleicht. Er dachte an Karla und setzte sich neben Mirco, der immer noch in derselben Position ausharrte wie bei seiner Ankunft.

Das Gefühl einer bleiernen Melancholie verschwand die ganze Nacht nicht.

Nicht nach den zwei Flaschen Wein mit Mirco, und auch nicht später, als er nach ein bisschen Speed Tessi im E-Werk zu einem schnellen, sehr mechanischen Geschlechtsverkehr auf der Toilette überreden konnte, bei dem er ihr von hinten in das lange Haar griff und sich vorzustellen versuchte, es sei Karlas Mähne.

Danach fühlte er sich nicht besser.

12. Mythen

»Und deswegen glaube ich, dass ich sie immer noch liebe.«

»Verstehe ich, ist klar.«

»Aber sie redet nicht mit mir.«

»Das ist hart.«

»Aber ich werde nicht aufgeben.«

»Finde ich total richtig.«

Felix hielt inne. Er musterte intensiv das Gesicht neben sich. Es erinnerte ihn an nichts. Ihm dämmerte, dass er den Typen, dem er gerade sein größtes Lebensproblem erklärte und der jetzt die Augen schloss, gar nicht kannte. Das ist doch auch völlig krank, dachte Felix und lehnte sich zurück gegen die Steinwand.

Fast ein Dutzend abgekämpfter Nachtmenschen saß auf dem Hof des E-Werks und ließ sich von der zuvorkommenden Mittagssonne bescheinen. Es war ein spontanes Bündnis Glückseliger, die sich hier zu einer letzten Meditation vor der unweigerlichen Trennung zusammengefunden hatten, alte Freunde und sehr neue Bekannte, die erst in den letzten Stunden dazugestoßen waren.

Das ist eines der großen Geschenke der Nacht, dachte Felix, wir lernen in kürzester Zeit selbst die Unbekanntesten in einer Intensität kennen, wie sonst nur in jahrzehntelang ritualisierten Beziehungen, auch wenn wir sie vielleicht nie wiedersehen werden. Vielleicht ist das aber auch der große Schwachsinn der Nacht, ergänzte er mit Blick auf den Fremden neben sich, den er mit seinen endlosen Karla-Ausführungen anscheinend in den Schlaf geredet hatte.

»Komm, Ohlsen, erzähl noch mal die Geschichte von dem Hund!«, sagte ein Mädchen ein paar Plätze weiter.

»Schon wieder?«

»Bitte!«

»Nur, wenn ihr wirklich wollt.«

»Unbedingt.«

Der Ohlsen war im Winter bei einem Rave in den österreichischen Bergen gewesen, bei dem mehrere Hundert Clubber ein unschuldiges Dorf besetzten. In seiner Pension residierte im ersten Stock eine dicke Frau in einem Doppelzimmer, die für die Versorgung der Feierwütigen verantwortlich war. Auf dem Bett habe sie mit ihrem Arztkoffer gesessen, die Drogen fein säuberlich in bunte Päckchen abgepackt, umgeben von bizarren Gestalten, Resteabstaubern, Restfertigen, die hofften, für sie fiele etwas umsonst ab. Die Atmosphäre in dem stickigen und übel riechenden Raum sei bedrückend gewesen. Um während der Abwicklung der Geschäfte irgendetwas zu sagen, hätte er immer über den süßen kleinen Hund gesprochen, der stets über das Bett tollte, auf dem die Alte thronte.

»Am vorletzten Tag suche ich wieder den Hund. Sie guckt mich komisch an, die anderen drucksen herum, ich frage: Wo ist er denn? Der ist tot, meint die. Wie jetzt, tot? Ja, den hätten sie heute Morgen leblos unterm Bett gefunden. Ich konnte das gar nicht fassen, sie nickte mit ihrem riesigen Kopf bloß Richtung Balkon. Und draußen lag tatsächlich der Köter, platt wie eine Flunder, alle viere von sich gestreckt, festgefroren, der sah aus wie eine Frisbee-Scheibe. Ich hebe das Teil auf und frage die Dicke, wieso ist der denn so platt? Meint die nur, ach ja, da ist noch jemand draufgefallen. Was ich denn jetzt kaufen wolle.«

»Gibt's doch nicht. Und woran ist der gestorben?«

»Wahrscheinlich haben die eine Pille oder ein Gramm fallen gelassen, und Bello hat sich draufgestürzt ...«

»Dann war er in seinen letzten Momenten wenigstens gut drauf.«

»Ganz neue Bedeutung für das Wort Doggy Style.«

»Drogen sind eben gefährlich, das liest man doch immer wieder.«

Alle grinsten sich an. Es war einer dieser Bitte-nicht-vergehen-Momente, niemand wollte nach Hause, das Ende der Feier war immer ein Schock, den man nur mit den anderen überstehen konnte.

»Janisch, hast du nicht beinahe mal einen Airbus in die Luft gesprengt?«

»Meint ihr die Lachgas-Nummer?«

»Ja, wie war das noch mal?«

»Ich wollte ans Mittelmeer, zur Rave & Cruise, die anderen waren alle schon da, ich sollte ein paar Druck-Patronen für Schlagsahne mitnehmen. Kennt ihr doch, wenn man die öffnet und kräftig dran zieht, knallt das für eine Minute, die Stimme klingt irre, macht völlig dumm, total geil. Also habe ich 24 Kästen à zehn Stück gekauft und für den Flug von Berlin nach München alle in den Koffer gestopft, ein paar ins Handgepäck. Beim Security Check sind die fast in Ohnmacht gefallen: Was wollen Sie denn damit, das sind doch Überdruckbehälter, da fliegt die Maschine sofort in die Luft, lieber Herr, die bleiben schön hier. Frage ich: Können wir doch einfach in den Koffer tun, oder? Lachen die bloß und meinen, ich hätte den besten Witz der Luftfahrtgeschichte gerissen. In den Koffer, johlten die, die Überdruckbehälter, das sei ja ein besonders guter Scherz, da würden die Dinger ja sofort explodieren! Da dachte ich nur: Au weia. Meine tollen 200 Patronen im Gepäck! Was mache ich nur?«

Der Ohlsen kicherte sehr laut, das konnte aber auch an dem Joint liegen.

»Ich also in den Bus zum Rollfeld, schweißnass die Hände, nervös und so. Oben an der Gangway sage ich zu einer Stewardess: Ich habe da mal eine Frage wegen meiner Überdruckbehälter. Die: Überdruckbehälter?? Ja, 200 Patronen im Gepäck, das ist doch kein Problem, oder? Ich sei Koch und bräuchte die unbedingt. Ich musste mich sofort setzen, die Türe blieb offen, draußen fährt Bundesgrenzschutz vor, Beamte kommen in die Maschine, rufen mich auf, ich muss mit raus und ihnen helfen, meinen Koffer zu finden. Ich durfte weiter, die Patronen nicht. Nach der Landung in München bin ich gleich in den nächsten Laden und habe 200 Patronen nachgekauft. Im Bus durfte man die ja mitnehmen. Die waren auf dem Schiff in zwei Tagen weg.«

»Du bist ja gemeingefährlich!«

»Mit dir flieg ich nie wieder!«

»Ohlsen, warst du nicht auch beim Air Rave?«

»Als die 300 Drogensüchtige nach Amerika geflogen haben?«

»Sehr lustig.«

»Doch, waren da nicht alle druff und haben bei jedem Geräusch hocherfreut geschrien: Wir stürzen ab, wir stürzen ab?!«

»So ähnlich.«

Es sind die ewig gleichen absurden Geschichten von den noch Kaputteren, und bei jedem Erzählen klingen sie noch absurder und noch kaputter, fiel Felix mal wieder auf, und obwohl wir sie schon hundert Mal gehört haben, wollen wir sie doch immer wieder hören, weil sie alle zusammen Teil des unerhörten Mythos bilden, dem wir nachts hinterherjagen. Und nur die absurdesten und extremsten Momente werden zu Anekdoten geadelt, dachte er, weil wir trotz allem keine richtigen Worte finden für die langen Phasen des Glücks dazwischen.

»Ohlsen, warst du nicht auch in Zagreb dabei?«

»Ja, bei dem großen Rave, wo während der besten Abfahrt plötzlich der Strom ausgefallen ist, weil die Serben mit einer Rakete ein Stromzentrum getroffen hatten. Das war gespenstisch. Totenstill, nichts ging mehr. Dann haben sich Hunderte oder Tausende einfach auf den Hallenboden gesetzt und gewartet. Ein paar Stunden kein Ton, kein Licht, nix. Als der Sound wiederkam, diese Erlösung, dieses Gekreische, ich kriege heute noch Gänsehaut, wenn ich dran denke.«

»Stimmt, kann ich bestätigen, er hat eine Gänsehaut!«

Tessi hatte sich bis auf wenige Millimeter dem Ohlsenschen Arm genähert.

»Doro soll lieber mal von dem lustigen Anschlag auf den Tresor erzählen.«

»Anschlag??«

Alle drehten sich zu Doro.

»Ja, letztens ist mir da echt schwummrig geworden, den anderen auch, trotzdem sind wir alle durchgedreht wie nichts, es gab kein Halten mehr, die Leute waren wie von Sinnen, einige haben sich die Kleider vom Leib gerissen und sind übereinander hergefallen, auf allen Klos wurde gevögelt, es war die pure Hysterie.«

»So wie immer eben.«

»Sehr witzig!«

»Also, was war der Grund?«

»Es hieß, jemand habe eine große Ladung Poppers in die Nebelanlage geschmissen.«

»Die spinnen wohl, und das ohne uns?«

»So ein Blödsinn.«

»Das ist doch ein Märchen. Die Geiselnahme im E-Werk war wenigstens echt.«

»Meinst du, als diese Typen hinten eingestiegen sind, weil die davon gehört hatten, dass im Büro das Geld in großen Plastiktüten gesammelt wird?«

»Wie, in dem Büro, in dem sonst immer die Mädels mit ihrer Koksparanoia sitzen und nicht nach Hause gehen, weil sie glauben, sie schaffen den Gang durch die Halle nicht?«

»Genau, frag doch mal Doro!«

»Du bist ja so lustig!«

»Auf jeden Fall haben die Einbrecher gewartet, dass endlich der mit den richtigen Schlüsseln vorbeikommt, und alle anderen, die arglos so hereinschneiten, mussten sich auf den Boden legen, bis sie endlich den verdammten Schlüssel hatten.«

Der Ohlsen setzte gerade zu einer weiteren Geschichte an, als Felix erstarrte. Nur noch als Wortcollage nahm er die Ausführungen wahr, kein Sinn erreichte ihn mehr, wie Peilsender hafteten seine Augen an den beiden vorbeigehenden Figuren, von denen er eine zögernd als Karla identifizierte. Karla, an der Hand von dem Langen, bewegte sich Richtung Parkplatz. Was machte die denn hier? War die auch im Club gewesen? Wieso hatte er das nicht mitbekommen?

Schwerfällig versuchte er, die Botschaft der Bilder zu entschlüsseln. Karla, Hand in Hand mit dem anderen. Sie redeten heftig aufeinander ein, wie ihm schien, alle paar Meter hielten sie an und stellten sich geradezu drohend voreinander hin, um dann doch wieder aneinandergeschmiegt weiterzugehen. Auf dem Parkplatz öffnete der Lange den Kofferraum eines Wagens und verstaute dort Plattenkisten. Automatisch stand Felix auf.

»Ganz ruhig bleiben, Felix«, hörte er Carlos Stimme.

»Einfach nicht hingucken«, sagte der Ohlsen.

»Wieso, was ist denn mit Karla?«, zwitscherte eine gut gelaunte, ahnungslose Jenny.

Felix ging ein paar unsichere Schritte, holte dann weiter aus, er sah, wie der Kofferraumdeckel geschlossen wurde, wie sich Türen öffneten, er flog über den staubigen Belag, er konnte kaum atmen.

»Karla!«

Die Menschlichste drehte sich um und erstarrte sofort, der Lange saß schon im Wagen, der Motor stotterte, sie lehnte an der Tür, eingefroren in der Einstiegbewegung, eine goldene Strähne hing ihr ins Gesicht, er sah die langen, schlanken Finger, die sich am Rahmen festhielten.

»Karla!«

Er stand vor ihr, keuchend und wankend, in der Zentrale blinkten die Alarmleuchten hektisch auf, die Organe überfordert, das System überlastet, er sollte sich setzen, am besten sofort.

»Hallo Felix, wie ich sehe, hast du wieder ordentlich gefeiert?!«

Er konnte nicht sagen, ob das anerkennend nett oder bloß zynisch gemeint war, es war ihm egal, sie stand direkt vor ihm, sie redete mit ihm, das war schon ein großer Fortschritt. Jetzt erst sah er, dass sie geweint hatte, rot geädert die sonst so klaren blauen Augen, das Gesicht errötet, Salzwasserspuren liefen quer über die Wangen zum Kinn. Der Wellenmund wirkte sehr schmal, ihre Stimme klang schwach, er hätte sie gerne sofort umarmt.

»Karla, es tut mir leid.«

»Was jetzt genau, Felix?«

»Das mit meinem Auftritt letztens, dieser Überfall auf dich, dann die Mayday, ich war wie von Sinnen, bitte verzeih mir.«

Sie lächelte. Er vergaß immer wieder, wie schön sie war, nichts Falsches zeigte ihr Gesicht, nur diese verzehrende Offenheit, und eine Zahnlücke, die ihn um den Verstand brachte.

»Ist schon o.k..«

Sie strich ihm über den Unterarm, er spürte einen sanften Druck, als wolle sie ihn festhalten. Neue Tränen stiegen ihr in die Augen. Er verstand nicht, warum. Er wollte nicht, dass sie weinte.

»Bist du o.k., Karla?«

»Habt ihr es jetzt? Felix, guck mal, deine Kumpel werden schon ganz nervös ohne dich, du wirst da gebraucht, und zwar sofort!«

Schneidend kam die Stimme aus dem Inneren, wo Felix nur die stark tätowierten Arme sah. Karla hob entschuldigend die Schultern und öffnete die Tür weit genug, um einsteigen zu können.

»Karla, können wir uns mal treffen, nur einmal, bitte?!«

Sie blickte ihn aus diesen sehr blauen Augen an, die einen schwarzen Trauerrand trugen.

»Warum denn, Felix?«

Sie wischte sich ein paar neue Tränen weg, im Auto schlug der Lange wütend auf die Armaturen und schrie:

»Wollen wir jetzt hier auf dem tollen Parkplatz Wurzeln schlagen, oder was? Wenn du hierbleiben willst, mach endlich die Tür zu, ich fahre jetzt!«

»Weil ich dich gerne sehen würde, nur so, bitte«, sagte Felix und überlegte, ob eine noch dümmere Antwort überhaupt möglich gewesen wäre. Vielleicht sollte er sich sofort bei einem Rhetorik-Kurs der VHS anmelden, die hätten ihre wahre Freude an ihm. Heute wollen wir erst einmal sehen, wie man es nicht macht, Herr Felix, kommen Sie bitte nach vorne und zeigen, wie man auch die einfachsten Situationen durch möglichst überflüssige Sätze vergeigen kann.

»Ja, gerne!«

Sie hatte das mehr gehaucht als gesagt, vielleicht auch wegen des Unbeherrschten im Auto, es war ihm egal. Sie strich sich das Haar aus dem Gesicht und zog die Tür mit einem Ruck zu, der Wagen setzte sofort zurück und fuhr Richtung Straße.

Er blieb stehen in einer Staub- und Trauerwolke.

13. Angriff

»Was sind das für seltsame Zeichen im Kalender?«

Janisch stand in der Diele und studierte die Monatsübersicht an der Wand.

»Was bedeutet K? Wenn das der Kokslieferant ist, dann würde ich sagen, du bist im Endstadium süchtig!«

»Sehr witzig.«

»Also?«

»Das K steht für Karla.«

»Wow! Und?«

»Mit den roten Ks habe ich alle Auftritte von ihr in Berlin und der näheren Umgebung gekennzeichnet, mit den grünen die Gigs in Städten in NRW, die also prinzipiell leicht erreichbar oder mit Besuchen in der Heimat zu verbinden wären, die schwarzen stehen für Orte, die nur sehr schwer oder eigentlich gar nicht erreichbar sind, deswegen tragen diese Ks Trauer.«

»Es bricht mir das Herz, Romeo. Meinst du nicht, du übertreibst es ein bisschen?«

Die Frage war ihm unangenehm, weil er sich das auch schon überlegt hatte.

»Quatsch.«

Nach den unglücklichen ersten Treffen ging er jetzt fast zu jedem erreichbaren Auftritt von ihr, in jeden Club, zu jeder Party. Anfangs genoss er einfach nur ihre Freude am Auflegen, ohne sich zu erkennen zu geben. Er tanzte höchstens in einer weit vom DJ-Pult entfernten Ecke zu ihrer Musik, die ihm wie eine direkte Leitung in sein Hirn und sein Herz zugleich vorkam. Er konnte sich nicht sattsehen an ihren fließenden Bewegungen, dieser Anmut in höchster Konzentration, er war regelrecht entzückt, wenn sie sich die Haare aus dem Gesicht strich und sich ihre hohe, glatte Stirn in winzige, hauchdünne Fältchen legte, wenn sie ihre Plattenkiste durchsuchte, der ganze Abwägungsprozess spiegelte sich in ihrem edlen Gesicht wider. Sie schien in solchen Momenten so bei sich zu sein, so versöhnt mit der Welt, so begeistert und begeisternd, dass er sich jedes Mal neu dachte: Ich will eine neue Chance.

Der Lange war nicht bei jedem Auftritt dabei, oder nicht die ganze Zeit, aber es reichte, um Felix schlechte Laune zu machen. Natürlich war es völlig normal, dass sie einen Freund hatte, nicht nur normal, sondern sogar zwingend. Hunderte könnte sie haben an jedem Finger, dachte Felix, die ganze Welt sah doch, was für eine Ausnahme-Erscheinung sie war. Wo sie auftrat, wurde das Licht weicher, die Stimmung sanfter, in jedem Raum, den sie betrat, strahlte sie am hellsten.

Und trotzdem erschien ihm die Vertrautheit zwischen dem Langen und Karla wie ein Verrat, ein großer Fehler, so ein Klotz, dieser Kerl, grob das Gesicht, noch gröber die Pranken, die auf dem Körper der Begehrten ihren Weg suchten, wie bei einem furchtbaren Unfall konnte er gar nicht wegschauen, wenn der Lange sie küsste. Andererseits, so räumte er in schwächeren Momenten ein, musste schon irgendwas an diesem Kerl dran sein, sonst würde sie, die Reinste, die Zarteste, sich nicht mit so einem einlassen.

In manchen Nächten ließ er sich kurz sehen, sprach sie aber nicht an. Wie zufällig tanzte er vielleicht einmal quer durch ihr Blickfeld, die Augen halb geschlossen, als ob er sie nicht sehen würde, oder zeigte sich ins Gespräch vertieft mit irgendwem in der Nähe. Er wollte ihr zeigen, dass er sie nicht verfolgte, sondern einfach da war, dass er sie nicht bedrängte oder belästigte. Er registrierte mit Genugtuung, wenn sie über die auffällige Zufälligkeit schmunzelte oder lachend den schönen Kopf schüttelte. Sie spielte das Spiel mit, dachte er manchmal, wenn sie, was ein paar Mal passierte, die DJ-Kanzel für Sekunden verließ, um sich von hinten an ihn heranzuschleichen.

»Herr Felix, was für ein Zufall, wie schön, Sie zu sehen.«

»Ganz meinerseits, liebste Karla, aber ich bin leider beschäftigt, ich muss tanzen, die Musik ist zu gut für lange Gespräche.«

»Ach, sieh an. Sie kennen und schätzen den DJ?«

»Ja, man könnte sagen, ich liebe diesen DJ.«

Bei dieser Antwort hatte sie ihm allerdings spielerisch in den Magen geboxt.

»Felix, du spinnst total, weißt du das?«

Beim nächsten Gig von ihr hatte er sein T-Shirt mit dem Spruch »I know the DJ« angezogen und für ein paar Sekunden direkt vor ihren Plattentellern gestanden. Ohne ein Wort zu sagen. Ihr Lachen war ein Geschenk, das er mit nach Hause nahm.

Bei ihrem letzten Aufritt im WMF hatte er es kaum erwarten können, bis der Lange kurz verschwand, um irgendwo wichtige Geschäfte zu machen oder noch wichtigere Gespräche zu führen, meist vor dem Klo, wie Felix auffiel, mit zerzaustem Haar, schwitzend, Tropfen auf der Stirn, dauernd verschnupft, wie es schien, so oft wie er sich an die Nase fasste, unentwegt.

Als sie gerade eine neue Scheibe aufgelegt und sich eine Zigarette zwischen die schönen Lippen gesteckt hatte, trat er von der Seite mit einem Feuerzeug an sie heran.

»Du weißt schon, dass ich sehr eifersüchtig bin, Karla?!«

Sie hielt die Zigarette in die Flamme, ihre Augen fixierten

ihn, er sah einen neuen Glanz im blauen See, eine Kreiselbewegung der magischsten Art.

»Du weißt schon, dass du spinnst, Felix?«

Aber so zart kam das aus ihrem lächelnden Mund, so sanft strich sie ihm über den Arm, bevor sie sich wieder zu ihren Platten drehte, es war eine Verheißung, er war sich sicher.

Als der Lange wiederkam, küsste er Karla innig und vergrub sie unter seinen mächtigen Armen.

Felix ging sofort nach Hause.

14. Gier

»Viktoria und ich ziehen zusammen.«

Immer wieder wiederholte Mike die News, jedes Mal röhrte sein Gackern dem Satz hinterher.

»Viktoria und ich ziehen zusammen.«

Selbst Mirco, der sich eben erst an ihrer langen Tafel niedergelassen hatte, um zu erklären, warum er sich auf jeden Fall heute noch vor Feierabend umbringen werde, diesmal aber wirklich, er habe jetzt von einer absolut sicheren, schmerzfreien Methode aus Norwegen erfahren, bei der es kein Zurück mehr gebe, wurde stumm, um sogleich mit den anderen die Arme hochzureißen und laut zu jubeln.

»Das gibt es doch nicht!«

»Glückwunsch!«

»Wahnsinn!«

»Das müssen wir feiern!«

»Unbedingt!«

»Mirco, wo bleibt der Schampus!«

Der brummelte etwas, konnte aber sein Grinsen nicht verbergen, als er sich überraschend leichthändig vom Tisch hochstemmte und der Runde auf dem Weg zum Tresen ein »O.k., überredet, aber morgen ganz bestimmt, morgen wird mich keiner aufhalten können, ihr werdet schon sehen!« hinwarf.

Noch schneller und hemmungsloser wurden Päckchen und Pillen verteilt, unter dem Tisch, teilweise auch über dem Tisch, zur Feier des Tages, wie sie riefen, wenn das kein Grund zum Feiern ist, hörte Felix ein paar andere juchzen, als ob sie jemals einen sogenannten Anlass fürs Feiern gebraucht hätten, wie er sofort hatte denken müssen.

Mike und Viktoria ziehen zusammen.

Das ist so überraschend wie schön, zumindest vielleicht für Mike, der sich nach so etwas tief im Inneren doch gesehnt hat, dachte er und spürte einen fahlen Hauch von Trübsinn über sich hinweggehen. Er beseitigte den scharfen Geschmack im Rachen mit einem schnellen Bier und beobachtete die beiden. Während er weiter durch die Nacht raste, hatte Mike, ausgerechnet Mike, der ihn nach Berlin gelockt hatte, unbemerkt die Reißleine gezogen, sich auf das Wesentliche konzentriert und die verbleibende Energie konsequent in sein Viktoria-Projekt gesteckt, dachte Felix, der sich etwas verloren vorkam.

Wir sind schon fassungslos, wenn sich jemand morgens um zehn nach einer durchfeierten Nacht von einer Afterhour verabschiedet, wir fühlen den eiskalten Wind der Leere selbst dort, möglicherweise mit den eben noch Allerunbekanntesten, die erst in den vergangenen Stunden für eine kurze, aber durchaus intensive Strecke zu unseren allerwichtigsten Lebensmenschen geworden sind. Selbst in diesen Ermattungs- und Benebelungsmomenten registrieren wir die Zeremonie des beiläufigen Abschieds wie eine Bestätigung heimlichster Verlorenheitsängste, selbst da kapieren wir doch wieder mal das Grundsätzliche unseres Alleinseins, dem dieser unentwegte Kampf in den Katakomben der Nacht letztendlich nur gilt.

Und jetzt das.

Mike zieht mit Viktoria zusammen.

Das war es doch mit Mike, da brauchte man sich nichts vorzumachen, wie Felix klar wurde, als er eine metallene Taubheit in seiner Kehle schmeckte und spürte, wie das Blut schneller floss.

Die ziehen zusammen, nackt und kalt stand der Satz in seinem Kopf und wusste nicht genau, wohin er jetzt verschwinden sollte.

Felix trommelte mit den Fingern auf dem Holztisch. Ein paar blickten lachend und etwas verwundert herüber, erschrocken zog er seine Hand zurück. Ich trommele hier schon wie der letzte Autist herum, dachte Felix, vielleicht, wie ihm in den Sinn kam, weil der Kern der Neuigkeit eine geradezu verbotene Intimität bedeutete.

Die privatisieren ihr Glück, dachte Felix ein wenig verbittert, wo es doch immer darum geht, es mit allen zu teilen, das war doch Teil des Geheimnisses, das sie immer wieder losziehen ließ. Nein, machen die einfach mal so ihr kleines, eigenes Ding jetzt, oder wie? Das Leben war doch das Leben aller in der öffentlichen Privatheit der Nacht, in der jeder allen gehörte, so wie jedes Gefühl allen gehörte, es war die freiwillige Sozialisierung der intimsten Momente an den öffentlichsten Plätzen. Und Mike setzte sich davon mir nichts, dir nichts einfach ab.

Das roch nach Verrat.

Um ihn herum standen die meisten jetzt, einige lagen sich in den Armen, der Lärm war unbeschreiblich. Jemand schlug ihm auf die Schulter und forderte ihn auf, ein freundlicheres Gesicht zu machen. Toll, alle freuen sich, nur ich halte hier stumme Vorträge wie so ein Sloterdijk für geistig Arme, dachte Felix, das sollte ich mir patentieren lassen – oder mich gleich bei der Spex bewerben.

Mirco und seine Mädels konnten gar nicht so schnell die Gläser und Champagner-Flaschen servieren, wie sie ihnen aus den Händen gerissen wurden. Der Ohlsen rannte hin und her, eine unbändige Freude hatte ihn mal wieder erfasst, mehr als jeder andere liebte er diese Aufbruchstimmung, wenn sich alle gemeinsam auf die Sprungschanze stellten, um neue Höhen und Weiten zu erkunden. Zu Beginn des Abends hatte er ihnen ganz dringend von einer neuen Kur erzählen wollen, mit der er sich gerade entgiftet hätte, ein laotisches Wurzelrezept sei das Heilmittel für ihn und praktisch für sie alle, wie ein anderer Mensch fühle er sich bereits heute, nie wieder werde er seinem Körper irgendwelche Stoffe der Zerstörung zuführen. Der Schwur hatte bis zur Mikeschen Verkündigung gehalten, also ungefähr fünf Minuten, wie immer eigentlich.

Felix betrachtete seine etwas feucht schimmernden Hände. Die Chemie machte ihn leicht nervös, das Herz schlug aufgeregter. Eine fordernde Hitze nahm ihn in Besitz und trieb die Zellen in alle Richtungen. Er versuchte, ein entspannteres Gesicht zu machen, und nutzte die Aufregung um ihn herum, Mike und Viktoria eingehend zu betrachten, die in schnell wechselnde Gespräche mit diesen und jenen vertieft waren.

Da haben sich also zwei gefunden, dachte Felix, obwohl sie eigentlich nicht zusammenpassen, warum, konnte er nicht wirklich sagen. Wahrscheinlich, weil ich Neidtrottel nicht will, dass sie zusammenpassen, warf er sich sofort vor, weil dann der Mike etwas hat, was ich auch gerne hätte, oder wie? Er dachte an Karla und den Langen. Er fühlte sich nicht gut.

Vielleicht lag es aber auch einfach an Viktoria, dachte er plötzlich, von dem eigenen Gedanken völlig überrascht. Er wischte sich die heiße Stirn möglichst unauffällig mit einer Serviette ab und sah zu ihr hinüber. Sie lehnte sich gerade weit nach hinten, um mit einem weiter entfernten Freund, dem Ohlsen oder dem Professor, zu reden. Die obersten Knöpfe ihrer Bluse standen offen, klar konnte er den schwarzen Rand ihres Spitzen-BHs erkennen, ihre Haut schimmert samtig, dachte er noch kurz, die auffordernde Wölbung ihrer Brüste war ihm noch nie so aufgefallen wie in diesem Moment. Als Jurastudentin hatte sie sich noch nie wirklich von der gängigen Club- und Rave-Mode inspirieren lassen, oft hatten sie darüber ihre Sprüche gemacht oder heimlich fiese Witzchen gerissen, was Felix jetzt völlig unverständlich erschien.

Viktoria lachte schallend jemandem zu und fasste sich dabei mit einer eleganten Bewegung in ihr langes schwarzes Haar, das ihr über eine Schulter fiel. Sie blinzelte ihm für einen Augenblick zu, glaubte Felix zu erkennen, das war doch eindeutig, die hat ihr Lid nur für mich bewegt. Hastig drehte er sich etwas seitlich und griff wahllos ein Glas vom Tisch. Er versuchte kurz, sich eine Zigarette anzuzünden, ließ es aber lieber bleiben, die Hände so feucht, die Finger so unkonzentriert.

Geschickt, wie er fand, musterte er sie aus den Augenwinkeln. Ihre gebräunten Beine steckten in Schuhen mit einem bemerkenswerten Absatz, registrierte er, die Jurastudentin trampelt nicht in den ewig gleichen Buffalo-Turnschuhen wie alle herum, nein, die vollendete ihre schlanken Beine mit eleganten, leichten Sandalen, die den Blick auf ihre sehr zarten, sehr aufregenden Fesseln ermöglichten, dachte Felix, der die Aufregung in seinem Hals nicht mehr wegschlucken konnte. Wie hatte er je ihre Eleganz, ihre atemberaubende Ausstrahlung so ignorieren können.

Viktoria beugte sich über den Tisch, um eine Champagnerflasche zu greifen, dabei stand sie kurz auf, noch mehr Brust blitzte durch die geöffnete Bluse seitlich in Felix' Auge, sein Blick wischte hektisch über die Rundungen ihres kleinen Hinterns, der für eine Schwebesekunde erkennbar war. Während sie sich ein Glas einschenkte, schürzte sie etwas die Lippen und nickte ihm zu, eine Hand von ihr fiel wie unbeabsichtigt in ihren Schoß und wischte etwas über das Kleid und somit den Schenkel, er hörte selbst über diese Entfernung den Stoff knistern, vielleicht war es aber auch nur das Knistern der überforderten Nervenbahnen, er wusste es nicht, er sah nur, wie sich ihre tadellosen Fingernägel etwas in ihr Fleisch gruben und diese Finger für eine Sekunde oder so zwischen den Beinen verschwanden. Er schloss die Augen und glaubte, den Geruch ihres Geschlechts wittern zu können.

Ich werde wahnsinnig, dachte Felix erschrocken, ich werde völlig wahnsinnig, ich muss sofort etwas Wasser trinken.

»Willst du nicht anstoßen?«

Viktoria hielt ihm ihr Glas hin. Sie lächelte. Zitternd nahm er ein Glas vom Tisch und ließ es viel zu hart gegen ihres knallen. Sie lächelte noch stärker.

»Alles in Ordnung, Felix?«

»Äh, ja klar, alles in Ordnung.«

Ich schwitze hier die Gier aus jeder Pore, dachte Felix, wie der letzte Lustmolch schüttelt es mich durch vor Viktoria, die bald mit Mike zusammenzieht, das merkt die doch, das sieht die mir doch an, wie ich sie mit den Blicken ausziehe und mich auf sie stürze, wie ich ihre Schenkel mit der Zunge entlangfahren und erkunden will, wie ich mich jetzt sofort in sie vergraben und in ihr vergessen will, das steht mir doch auf die Stirn geschrieben wie dem allerletzten Triebtäter.

Felix hatte den Eindruck, jemand drücke ihm heftig auf den Brustkorb, er bekam kaum Luft.

Viktoria nahm einen kleinen Schluck Champagner und öffnete dabei, wie Felix fand, den Mund etwas übertrieben lasziv, das macht die doch mit Absicht, dachte er noch, wie die sich da mit der Zunge über die Lippen streichelt, das ist doch nicht normal, das ist doch so unverschämt wie aufregend. Sein Herz wummerte jetzt lauter als alle Gespräche um sie herum. Mit einem schnellen Kontrollblick beruhigte er sich. Niemand achtete auf sie.

Die Gier ließ Felix zittern, in seinem Kopf führten hundert Stimmen gleichzeitig Krisengespräche. Einfach mal beherrschen, einfach mal die Klappe halten, einfach abwarten, jetzt bloß keine Fehler begehen, brutale, selbstzerstörerische Fehler, hörte er sich denken. Aber was ist schon dabei, das ist doch nicht schlimm, sie will es doch auch, hallte es zurück, sonst würde die dich nicht so angucken, das sieht man doch, das spürst du doch, kriegt doch keiner mit, stell dich nicht so an, was soll denn schon passieren.

»Na, Felix, was denkst du gerade, das würde mich wirklich mal interessieren.«

Viktoria kam ihm sehr nah, er glaubte für einen Moment, ihre Lippen an seiner Wange gespürt zu haben. Ihr Kopf blieb dicht neben ihm, der Oberkörper zu ihm gebeugt. Wegen des Lärms kommt die mir so nahe, könnte man behaupten, dachte Felix noch, hier ist es so laut, da versteht man doch sein eigenes Wort nicht mehr. Oder weil sie es auch will, tönte es aus dunklen Tiefen zu ihm. Er sah den Ausschnitt, er spürte irgendwo an seinem Oberschenkel eine heiße Stelle, ungefähr dort, wo ihr Knie etwas gegen ihn drückte unter dem Tisch.

Ich muss mich beherrschen, das ist nur ein bisschen Chemie, das habe ich gleich im Griff, ich werde mich weder durch ihre Brüste noch durch ihre Lippen noch durch diesen fordernden Blick locken lassen, dachte Felix, ich kann das jetzt nicht sagen, ich darf das auf gar keinen Fall rauslassen, niemals.

»Ich würde dich jetzt gerne lecken!«

»Was?«

»Ich würde jetzt gerne zwischen deinen Schenkeln liegen und dich lecken, bis du schreist.«

Felix starrte Viktoria erschrocken an, die ihn wiederum erschrocken anstarrte.

»Felix, kannst du das bitte noch mal sagen?!«

Viktorias Stimme war ein Eishauch auf seinem Ohrläppchen.

Scheiße, dachte Felix, jetzt muss ich mich umbringen. Wie kann ich so etwas sagen. Selbstmord ist die einzige Option. Am besten gleich hier am Tisch, mit Mircos Hilfe, der ist doch Experte in diesen Fragen.

»Felix, sag das noch mal?!«

Viktoria hatte ihre Hand fest auf seine Schulter gelegt, gleich am Hals. Weil sie mich sofort erwürgt, wenn ich das noch einmal wiederhole, dachte Felix, und das natürlich zu Recht, wie er sofort einräumen musste. Seine Luftröhre wurde gerade mit dickflüssigen Stoffen verstopft, sein Herzschlag hatte ausgesetzt.

Um keinen Preis in der Welt werde ich das wiederholen, nie wieder.

Viktoria hatte den Stuhl mittlerweile so nah zu ihm gezogen, dass er durch alle Stoffe die Hitze ihres Körpers zu spüren glaubte, den sanften Druck ihrer Brüste in seiner Seite, die Beine hatte sie leicht gespreizt, um näher an ihn heranrücken zu können.

»Ich weiß, ich sollte das nicht sagen, und das ist auch das Allerletzte, so etwas zu sagen, ich hoffe, du bist mir dann nicht böse, wenn ich so etwas sage, ich will ja auch nicht, dass Mike den Eindruck kriegt, wenn ich so etwas sage, als ob ich …«

»Felix!«

»Also, ich würde dich gerne ausziehen und lecken, erst über die Schenkel und dann deine Muschi, so lange, bis du gar nicht mehr anders kannst, als nach meinem Schwanz zu schreien.«

Wenn schon Selbstmord, dachte Felix mit unverhoffter neuer Motivation, dann soll er sich wenigstens lohnen. Er starrte sie an. Nichts bewegte sich in ihrem Gesicht, nur die Augen hatte sie etwas unnatürlich weit aufgerissen, wie man durchaus sagen könnte, dachte Felix noch. Gleich wird sie um Hilfe schreien und Mike wird mich kreuzigen, bevor mich alle teeren und federn und in eine ferne Gruft verbannen, damit ich mit meinem Gedankendreck niemanden mehr verletzen und verstören kann. Ich bin am Ende, völlig geliefert.

Mit einem Ruck zog sie seinen Kopf zu sich, ganz nah war sein Ohr an ihrem Mund.

»Interessant, Felix, und wie willst du das machen, wie willst du mich denn zum Schreien bringen, du kleiner, geiler Felix?«

Die Frage ist so berechtigt wie überraschend, dachte Felix, der sich zurücklehnte, um ihr Gesicht besser betrachten zu können. Mirco stellte donnernd eine neue Flasche Champagner vor sie, von hinten tätschelte jemand seine Schulter, er sah Viktoria mit Kussmund kurz zum lachenden Mike auf der anderen Seite prosten, bevor sie sich wieder dicht an ihn heranschob.

»Also, wie geht das weiter? Oder hast du schon keine Lust mehr?«

Wie nebenbei fuhr sich Viktoria dabei mit einer Hand ihre rechte Seite entlang, von der Hüfte hoch bis an ihre Brust, ihre Lippen schimmerten dunkel, die Mundwinkel zuckten etwas.

Und ob Felix Lust hatte. Viktorias Worte fielen auf einen dankbaren Resonanzboden, der alle Gedanken nur noch auf eine Bahn schüttelte. Immer detaillierter schilderte Felix ihr, wo er seine Zunge genau wie lange und in welchem Rhythmus kreisen lassen, welche Stellen er besonders intensiv erkunden und erforschen wollte und was sie dabei zu tun hätte. Immer normaler kamen ihm die Sätze vor, der Restaurant-Hintergrund war nichts mehr als eine verschwommene Kulisse für ihre verbale Achterbahnfahrt. Der Champagnerstrom war endlos, die Gläser schnell leer. Einmal rief Mike herüber: »Ihr scheint euch ja glänzend zu unterhalten, das würden wir aber auch alle gerne wissen, was Felix da so geheimniskrämerisch meiner schönen Viktoria in die Ohren säuselt, oder?!« Da lachten alle, und Viktoria küsste ihren Mike demonstrativ lässig über den Tisch hinweg, sodass jeder ihre Zunge sehen konnte, aber niemand darauf achtete, dass sie dabei ihren Po direkt vor Felix geschoben hatte, und zwar so, dass er den kleinen Slip unter dem dünnen Stoff mehr als nur ahnen konnte.

Von Zeit zu Zeit lachte sie hell auf oder schlug Felix spielerisch auf die Brust, Entsetzen vortäuschend, um ihn sofort wieder zu sich zu ziehen, wenn er auch nur das kleinste Päuschen machen wollte, weil ihm wieder in den Sinn kam, was er da gerade inmitten von allen mit ihr machte, ihr, der Freundin seines Freundes. Viktoria prostete Mike mehrfach zu, ihre Stimmung war die beste. Auf einmal sagte sie mit verschwörerischem Unterton:

»Ich gehe mal kurz auf die Toilette.«

Ihr Haar streifte seine Wange, als sie aufstand. Felix brannte lichterloh. Er wartete einen Moment und folgte ihr. Ohne zu überlegen, ging er auf die Damen-Toilette und rief leise ihren Namen. Nur die letzte Kabinentüre war geschlossen, niemand antwortete. Er klopfte. Die Tür ging auf. Viktoria stand vor ihm, ein Bein auf den Klodeckel gestellt, den Rock über ihre Hüften nach oben geschoben. Er sah den hauchdünnen schwarzen Slip, die hellen Schenkel, ihr Blick machte ihm ein bisschen Angst, aber nicht genug Angst, um sich nicht sofort auf den dreckigen Boden zu knien und sein Gesicht zwischen ihren Beinen zu vergraben. Sie warf den Kopf nach hinten und presste seine Nase tief in ihre Scham, während er verzweifelt versuchte, sich von diesem unbändigen Druck zu lösen, um den Slip mit schwitzigen Fingern zur Seite zu ziehen.

Wie soll ich denn hier ordentlich an die Arbeit gehen können, wenn die mich gleichzeitig ersticken will, dachte er berauscht und leicht verärgert, während sie stoßweise heftig atmete und seltsame Laute von sich gab, die dem bisherigen Verlauf des Klo-Besuches noch nicht wirklich entsprachen. Endlich hatte er den Kopf etwas zur Seite drehen und ihre vorbildlich rasierte Scham, wie er kurz denken musste, vom Stoff entblößt. Glücklich ließ er seine Zunge über ihre nassen Schamlippen gleiten, sog den Duft ihres Geschlechts auf, schwer drückte ihre eine Hand ihn gegen ihren Körper, mit der anderen streichelte sie ihre Brüste.

Ich bin völlig wahnsinnig, dachte Felix noch, aber genauso wahnsinnig wäre es, diese Gelegenheit hier nicht auszukosten. Er würde sich immer noch später oder vielleicht auch erst morgen umbringen können.

»Viktoria, Felix, wo seid ihr denn?«

Mikes Stimme hallte durch die Kabinen.

Eine erste Tür wurde aufgestoßen, eine zweite. Bevor Felix die Situation auch nur im Ansatz hätte verstehen können, stieß Viktoria seinen Kopf weg, zog sich den Rock herunter, und schmiss aus dem Nirgendwo ein kleines Päckchen auf den Deckel der Toilette, auf dem eben noch ihr einer Fuß gestanden hatte. Schon hatte sie die Tür aufgerissen und zog Mike in das Innere der Kabine, der, bevor er etwas sagen konnte, sogleich mit einer heftigen Kussattacke von ihr überzogen wurde.

»Wir wollten gerade etwas nehmen und haben schon auf dich gewartet«, sagte sie heftig atmend in die Stille und wies mit einer Hand auf den verdatterten Felix, der reflexartig im letzten Moment das kleine Briefchen in die Hand genommen hatte und damit etwas stumpfsinnig, wie er sofort denken musste, vor dem Klo und den beiden Stehenden kniete, noch immer ganz benommen von Geschmack ihrer Schamlippen in seinem Mund.

»Dann komme ich ja gerade rechtzeitig«, kam es aufrichtig erfreut und gut gelaunt von Mike, der Felix von oben den Kopf tätschelte. »Mit euch beiden zusammen hier auf dem Klo, das ist doch mal eine schöne Premiere zum richtigen Anlass, oder Felix?«

Felix traute sich gar nicht, nach oben zu schauen, und wischte sich schnell über den Mund. Er hatte Angst, dass Mike ihm zu nahe kommen und sich über den ihm wohl doch sehr bekannten Geruch aus seinem Mund wundern könnte. Was sollte er dann sagen? So riecht eben meine neue Zahnpasta, oder was?

Verbissen öffnete er das Briefchen, legte drei Lines, nahm die gereichte Geldrolle und verschwand sofort aus der Kabine, nachdem er seinen Teil weggemacht hatte. Er hörte, wie die beiden hinter ihm die Tür verriegelten und den Saug-Geräuschen ein Rascheln und Schmatzen folgte, das bald in Stöhnen überging, während er sein von hektischen Flecken übersätes Gesicht im Spiegel der Damen-Toilette musterte. Er blickte in ein fremdes Antlitz, von dem er die Welt bald befreien müsste, wie er matt dachte. Das ist doch alles so kaputt, und ich bin der Kaputteste, resümierte er kurz den Verlauf des Abends. Selbst da, wo Liebe draufstand, war nur Verrat drin, und er war einer der Verräter.

Das Stöhnen hinter der dünnen Wand wurde rhythmischer, er fühlte sich noch elender, es gab keinen Grund, nicht zu verzweifeln.

Ohne sich von jemandem zu verabschieden, verließ er das Restaurant.

15. Eskalation

Der Drehler hatte wieder zugeschlagen. Fassungslos las Felix in seinem Büro den großen Zeitungsbericht. Janisch hatte ihn am Morgen entsetzt angerufen und gewarnt, aber es war alles noch viel schlimmer. Auf einer ganzen Seite verteilte der Drehler nicht bloß die unglaublichsten Tiefschläge gegen die Szene und die Parade, sondern er richtete vor allem genüsslich Karla hin.

Er beschrieb in einem vor Sarkasmus und Zynismus triefenden Boulevard-Deutsch einen Besuch bei ihr zu Hause, wohin sie ihn anscheinend zum Essen eingeladen hatte. Er mokierte sich über ihre einfache Einrichtung und selbst die Blumen auf dem Küchentisch. Als durch Zufälle Hochgespülte beschrieb der Drehler seine Karla, als talentfreies Produkt der zunehmenden Banalisierung der Clubkultur, als naives Hausmütterchen gar, die den Verwertungsketten des Ausverkaufssystems hoffnungslos ausgeliefert sei.

Man merke sofort, schrieb der Drehler, dass sie nicht mehr Herrin ihrer geschäftlichen und künstlerischen Sinne sei, die von vornherein die beschränktesten gewesen seien.

Selbst ihre Unschuld gegenüber ihm, dem Eindringling, wie man ihn ja nur nennen konnte, legte er ihr auf das Übelste aus, allein diese Unvorsicht zeige doch schon, wer in dieser sogenannten Jugendkultur alles eine Chance bekäme, auch die Unvorbereitetsten, die Naivsten. Weder Studium noch Ausbildung habe »die Abiturientin« vorzuweisen, aber das sei schon mehr, als die meisten ihrer Fans mitbrächten, von denen man folglich in Geschmacksfragen nichts anderes erwarten könne als die unhaltbarsten Fehlurteile.

Bebend rief Felix sofort Janisch an, dessen bester Freund Schnock für das kleine Label arbeitete, bei dem Karla unter Vertrag war, und der deswegen immer ein bisschen mehr über sie wusste als alle anderen.

»Janisch, wie kann so etwas passieren?«

»Er hat sie reingelegt, sagt der Schnock.«

»Wie, reingelegt? War der Drehler bei ihr essen oder nicht?«

»Ja, schon, aber …«

»Sind die wahnsinnig, wie können die den Drehler da reinlassen, wieso hat sie niemand gewarnt?!«

»Ich kann dir auch nur erzählen, was mir der Schnock gesagt hat. Demnach hat er sich ganz charmant an sie herangewanzt, so klug und raffiniert, dass Karla ihr anfängliches Misstrauen abgelegt hat …«

»Weil er ein professioneller Zugehörigkeitsheuchler ist, das wissen doch alle!«

Felix schlug mit der Hand heftig auf seine Schreibunterlage und wedelte die besorgt hereinstürmende Sekretärin hektisch aus dem Zimmer.

»Trotzdem, es wirkte wie aufrichtiges Interesse für Karla. Er tauchte plötzlich bei all ihren Gigs auf, tanzte sogar …«

»Spätestens da hätten doch alle Alarmglocken schrillen müssen, die Drehlers tanzen nicht, niemals, schon gar nicht, wenn sie Musikjournalisten sind, das steht doch in ihren Verträgen!«

Felix konnte den Abgrund an Naivität kaum fassen.

»Jetzt hör erst einmal zu. Er war nett, zuvorkommend, und als sie ihn auf seine sonstigen Artikel ansprach, hat er ihr ausführlich erklärt, dass er ab und zu die lästige Pflicht habe, auf Anordnung seiner beschränkten Chefs übertrieben Kritisches über die Szene zu schreiben, Drogen und Stumpfsinn, die üblichen Stichworte, die man in den Redaktionen immer hören wollte, das würden sie ihm gegen jeden noch so erbitterten Widerstand auch in die poetischsten Artikel hineinredigieren. Aber jetzt gebe es keine Kompromisse mehr für ihn, er werde sich das nicht mehr gefallen lassen.«

»Das ist alles nicht wahr, Janisch, und dann?«

»Sie haben wohl während des Essens nur nett geplaudert, er wurde sehr privat, hat viel über sich erzählt, über seine Eltern, über sein Leben, und hinterher gemeint, er müsse noch einmal wiederkommen, mit dem eigentlichen Interview sei das ja nichts geworden. Zitate und alles könne sie natürlich vorher auf jeden Fall gegenlesen.«

»Und wo ist dieses Interview, ich sehe nur die Hinrichtung?!«

»Tja, der hat sich nie wieder gemeldet, nichts autorisieren lassen, keine Fragen mehr gestellt und ohne Interview das Ding so rausgehauen.«

»Wie hat Karla reagiert?«

»Schnock sagt, er habe sie nur kurz sprechen können, sie sei außer sich, geschockt und zerstört, so ein hinterhältiges Verhalten habe sie noch nie erlebt, sie konnte vor Tränen am Telefon kaum reden und geht seitdem auch nicht mehr dran.«

»Scheiße.«

»Ja, das braucht sie jetzt nun wirklich nicht auch noch.«

»Wie, was soll das heißen?«

»Keine Ahnung, Stress mit dem Langen, ist ja auch egal, bis später.«

Wütend zerknüllte Felix die Zeitung und schmiss sie Richtung Papierkorb. Hektisch bemalte er mehrere Notizzettel mit undefinierbaren Zeichen, seine Hand schnellte mehrmals zum Telefonhörer und wieder zurück, er wollte etwas tun, wusste aber nicht, was. Erst nach ein paar Minuten fiel ihm wieder die Bemerkung »Stress mit dem Langen« ein, er dachte an ihre Tränen vor dem E-Werk. Entschlossen griff er zum Hörer, Karla brauchte jetzt Beistand, so oder so. Es klingelte lange, niemand hob ab, kein Anrufbeantworter sprang an, sie stellte sich tot.

Während des Geschäfts-Meetings am Nachmittag war er unkonzentriert, die Wut auf Drehler produzierte ausführliche Gewaltfantasien, mehrmals wurde er von Dr. Keller zur Aufmerksamkeit ermahnt, der Kellersche Ton ihm gegenüber wurde schärfer, das war unüberhörbar. Zum Glück stimmten seine Zahlen für die letzten Monate, was ihn selber überraschte, das lag nicht zuletzt an den neuen Kunden, die er aus dem Nachtleben mitbrachte. Das war eine Ironie, die Felix gefiel und von der Keller nichts ahnte. Als sich alle ins Wochenende verabschiedeten, schüttelte Dr. Keller nur den Kopf und sagte: »Ruhen Sie sich mal ein bisschen aus, Felix, Sie sehen aus, als bräuchten Sie dringend Erholung.«

Er grinste bloß und sagte nichts.

Sein Ärger hatte sich bis zum Abend nicht gelegt, aber niemand war wirklich an dem Thema interessiert. Mike hatte sich mit Viktoria verabredet und ohnehin keine Zeit, die anderen winkten bloß ab – »Der Drehler, was soll man da erwarten?« –, und der Ohlsen, den er seit fast einer Woche nicht mehr gesehen oder gesprochen hatte, lief nur zufällig bei Mirco auf und hörte ihm gar nicht zu, weil er von noch großartigeren und bahnbrechenderen Ideen des Paten berichten wollte.

Sie standen am Tresen, als Ohlsens Mobiltelefon klingelte. Das war seine neueste Errungenschaft, auf die er sehr stolz war, nur wenige hatten schon eins, er gehörte dazu.

Felix hörte den Ohlsen sagen: »Was?« und »Wann?«

Schon während des Telefonierens griff er mit einer Hand um Felix' linken Oberarm, als ob er ihn abführen wollte.

»Wir müssen sofort in die Agentur – jetzt!«

»Ohlsen, es ist fast Mitternacht, bist du bescheuert, was willst du?«

»Ein Notfall!«

»Jetzt sag bloß nicht, das war der Pate, ich werde unter keinen Umständen auch nur einen Schritt machen, wenn …«

Der Ohlsen hörte gar nicht zu, sondern schob ihn zum Ausgang. Auf dem Weg zum Taxistand warf er ihm ein paar Informationshäppchen zu. Der Pate habe einen Wink bekommen, ein Zugriff der Ermittlungsbehörden, so sei ihm aus sicherer Quelle angedeutet worden, stehe unmittelbar bevor, mindestens aber eine Hausdurchsuchung.

»Ach ja, was für eine sensationelle Quelle hat der geniale Pate für diesen Schwachsinn freitagabends um Mitternacht außer seiner eigenen Paranoia?«, hatte Felix den Ohlsen gefragt, etwas zu laut, wie er sich sofort vorwarf. Aber weder darauf noch auf die Frage: »Warum sollen die denn das Büro durchsuchen? Dealt ihr mit Atomraketen für den Irak, mit nackten Polenkindern für die Päderastenszene, oder hat er Angst, dass sie seinen Kompostgeruch zur chemischen Waffe erklären und verbieten, oder was?«, bekam er eine Antwort.

Der Pate beunruhigte Felix mittlerweile. Wo er einst bei ihm Größe und Visionen gesehen hatte, nahm er nur noch eitle Bitterkeit und chaotischen Irrsinn wahr. Aus dem Vordenker ist eine kranke Krämerseele geworden, dachte er immer öfter, ein Bestatter der eigenen Träume, der den eigenen Niedergang zum Totentanz für alle mystifizieren will. So rücksichtslos, wie der einst schlanke Pate seinen Körper bekämpfte, den verfallenden, aufschwemmenden, nach Krankheit und Tod stinkenden Körper, wie man sagen musste, so gnadenlos wütete er im Prinzip auch gegen die Welt, die er mit aufgebaut hatte. Wie so ein kleines Hitler-Rumpelstilzchen, schoss es Felix durch den Kopf, das alle mit in den Abgrund ziehen will, weil er selbst sein Ende kommen sieht. Augenmaß und überlegene Strategien hatten ihn groß gemacht, heute beherrschte der Pate nur noch die Kunst der großkotzigen Übertreibung und des blindesten Aktionismus, gepaart mit einem Hang zum Menschenekel. Sein Blick war stumpf geworden, zwei mitleidlose Augen aus Stein blickten aus immer dunkleren Höhlen auf die Welt um ihn herum. Alles schon gesehen, alles schon erlebt, hinter der mächtigen Stirn glitzerte es nicht mehr, in den Zellen nisteten die Mikroben, die angefangen hatten, das überflüssige Zellmaterial langsam zu zersetzen, es war ein schleichender Abbau, unumkehrbar, endgültig, dachte Felix, beschleunigt durch alles, was die Labore so hergaben. Schon bei seinen letzten Besuchen im Büro hatte Felix den Eindruck, die anfänglich beobachtete Freude, die wollüstige Zügellosigkeit waren passé, jetzt wirkte die nervöse Energie nur noch künstlich, das Lachen auf den Fluren klang metallisch und scheppernd, die Geschichten über die Unmengen von Drogen, die er jetzt immer offener und hemmungsloser auch während der Arbeitszeit vor allen nahm, klangen grau und traurig.

»Was müssen wir genau machen?«, fragte Felix im Flur der Agentur.

»Er war vor seiner Abreise nach Hamburg kurz im Büro, und ich soll bloß mal sehen, ob er irgendetwas vergessen hat, was die Polizei nicht sehen soll.«

»Mann Ohlsen! Du sollst die Drogenreste von dem wegräumen, oder was?«

Felix hatte den letzten Satzteil gebrüllt.

Der Ohlsen fluchte leise vor sich hin und trat wütend gegen einen Schreibtisch.

Sie gingen in das Büro des Paten.

Der Boden war mit Plakaten, Magazinen, CD-Hüllen und Vinyl-Scheiben übersät, überall lagen Jägermeister- und

Wodkaflaschen, Türme von Cola-Dosen und Red-Bull-Paletten versperrten den Weg, Zigarettenstangen türmten sich zu bizarren Haufen. Die große Tischplatte seines Arbeitsplatzes war vollständig von den Materialbergen verschluckt worden.

Wohin sie blickten, sahen sie weiße Staubspuren, geschlossene und geöffnete Koksbriefchen, gelegte Lines und achtlos aufgeschüttete Häufchen, der ganze Raum war praktisch weiß gesprenkelt.

»So, so, Ohlsen, der war hier eben nur mal kurz im Büro, ja?? Kneif mich mal. Das sieht ja aus wie nach einer Escobar-Party in Medellin. Wie kaputt ist der denn?«

Selbst der Ohlsen wirkte schockiert.

Das Telefon klingelte wieder.

»Ja, wir sind jetzt da, ja, verstanden, alles, wirklich alles? O.k., machen wir, mach dir keine Sorgen!«

»Und, was will deine kleine Schmusekatze, Ohlsen?«

»Wir sollen alles vernichten, sofort, einfach Handfeger nehmen und nichts wie ins Klo damit, angeblich können die jede Sekunde hier sein!«

»Sag mal Ohlsen, bist du irre?! Wenn die echt kommen und uns mit dem Zeug finden, gehen wir für Jahre in den Bau!«

»Verdammt, du hast völlig recht, also los jetzt!«

Der Ohlsen hatte im Nu einen Handfeger gefunden und wischte wie ein Berserker über die Stapel auf dem Tisch, Felix holte aus der Küche einen Staubsauger und warf die Maschine an. Verbissen arbeiteten sie sich Zentimeter um Zentimeter vor, alle paar Minuten stoppten sie auf ein Handzeichen, horchten bei geöffneten Fenstern nach draußen, ob sich Fahrzeuge näherten, und verrichteten mit grimmiger Entschlossenheit ihre Arbeit.

Das verdammte Kokain ist wirklich das Ende der Party, dachte Felix, der Pate ist doch der beste Beweis. Immer mehr davon war in letzter Zeit in Umlauf. Mit dem weißen Pulver wurde das Fröhliche, das Ausgelassene, Liebevolle und Tanzwütige zum hektischen, verbissenen, todernsten Unternehmen. Ecstasy war die richtige Droge zur Musik, dachte Felix, damit sah man die Nacht aus großen, unschuldigen Kinderaugen, wohlgesinnt und positiv beobachtete man mit den Pillen die Lebensbühne um sich herum, ohne Argwohn, frei von Tücke und Schlechtigkeit, kein trüber Gedanke überschattete den zärtlichen Blick oder den Fluss der angenehmen Eindrücke, es war immer auch ein Gefühl der überwältigenden Liebe zu sich selbst und allen anderen, gepaart mit einem Bedürfnis nach unschuldiger Nähe – und selten nach handfestem Sex, wie er kritisch hinzufügen musste, daher kam doch diese reine Kuschelwut und Streichellust.

Aber auch die Musik und das Tanzen wurden durch die Pillen noch zwingender, noch schwebender, noch treibender der Bewegungs-Drang zum guten Sound, und nur zum guten Sound, denn die so sensibilisierten Ohren nahmen schlechte Musik als noch viel schlechter wahr. In guten Phasen waren das die Nächte, in denen die Stunden zerflossen, in denen man sich nicht ablenken lassen wollte durch Reden oder Aktion, in denen es nur noch um das Eigentliche ging, den Sound und den Dancefloor.

Im Gegensatz zum Koks, dachte Felix, wo niemand mehr durchdreht, sondern von allen nur tonnenweise Verbalschrott in endlosen Endlosschleifen über alle und das gesamte Gelände verbreitet werden muss, am besten irgendwo auf den Toiletten oder in abgewrackten Backstage-Räumen, fern jeder Musik, für die man eigentlich gekommen ist. Das verstehe doch wer will.

Im Büro waren sie jetzt fast fertig. Auf dem Flur fiel ihnen der stechende Kompostgeruch auf.

»Vielleicht ist er gar nicht in Hamburg, sondern versteckt sich hier bloß irgendwo«, versuchte Felix einen schwachen Witz – bis der Ohlsen die Tür zum Bad aufmachte.

Eine der Toiletten quoll über vor menschlichen Exkrementen, nicht nur die Brille, auch die Wände, der Griff innen an der Kabinentür, die Kacheln davor und bis hin zum Waschbecken – alles eine einzige Scheißespur, die von einem Fliegenschwarm bewacht wurde.

»Gott, ist das krank! Ohlsen, der geht dem Ende entgegen!«

Der Ohlsen lachte gequält.

»Seine neue Methode scheint auch nicht mehr zu funktionieren.«

»Was für eine neue Methode?«

»Wenn er ab und zu doch noch einmal eine Pille einwerfen will, geht das bei dem nur noch rektal, weil die Magenschleimhäute zu angegriffen sind.«

»Ist der kaputt.«

»Tja.«

Nur mit Gewalt unterdrückten sie ihren Würgereiz, öffneten sofort die Fenster, kippten alle auffindbaren Reinigungsmittel ungelöst auf den Tatort und spülten mit Wassereimern nach. »Zur Belohnung«, wie der Ohlsen mit einem etwas erschlafften und entkräfteten Ohlsen-Grinsen verkündete, nahmen sie zwei kleine Lines auf dem Empfangstisch und fuhren erschlagen in den Club. Sie hielten vor dem E-Werk.

»Ohlsen?!«

»Ja?!«

»Du musst da raus!«

»Ach, wieso, das war, na sagen wir: ein kleiner Unfall!«

»Ohlsen, der Kerl dreht langsam durch, du musst da raus, bevor der euch alle ins Unglück stürzt!«

»Wieso, Durchdrehen ist doch unsere schönste Aufgabe«, sagte der Ohlsen, lachte und eilte, ohne auf Felix zu warten, zum Eingang.

Teilnahmslos trank Felix am Tresen ein Bier nach dem anderen. Die Aufräumaktion saß ihm in den Knochen. Erfreut bemerkte er, wie der Alkohol seine Gefäße weitete und er entspannte, er beschleunigte den Prozess durch ein paar von Carlos sehr großzügig eingeschenkte Jägermeister. Der Wodka-Shot aus dem Wasserglas zwischendurch war auch nicht schlecht.

Plötzlich entdeckte er den Drehler.

Felix sah sich den Drehlerschen Kopf genauer an, in dem das alles vor sich hin gärte und der wie ein Pappmaschee-Aufsatz auf dem schmalen Unterbau saß. Der Drehler sah nicht die Schönheit des Erfolgs, der Drehlersche sah nur Tand und Morast, dachte Felix, der Drehler unterstellte allen die gleichen Motive, die er von sich kannte: Raffgier, Eitelkeit und Selbstgefälligkeit. In Drehlers Kopf ist die Welt eine einzige Kloake und Gemeinheit, wurde Felix klar, und deswegen akzeptiert er die Realität nur, wenn sie eine besudelte und stinkende ist, nur dann fühlt sich der Drehler wohl, weil er die Diskrepanz sonst nicht aushält, weil sie ihm nichts als seine eigene Erbärmlichkeit zeigen würde.

Der Drehler hatte ihn gesehen und die Blickrichtung geändert. Felix weidete sich an dem Unwohlsein, das der beobachtete Dreher automatisch empfinden musste, und zwar völlig zu Recht empfinden musste, wie Felix grimmig hinzufügte. Der Drehler hatte noch nie etwas selber auf die Beine gestellt, er existierte nur durch die Leihgabe klingender Auftraggeber-Namen, deswegen hasst er alle, die wirklich Eigenes schaffen, weil sie ihm seine eigenen mickrigen Grenzen aufzeigen, so musste man das doch sehen. Mit einem Satz war er bei ihm.

»Na Drehler, was machst du hier?«

»Wieso?«

»Eigentlich findest du das hier doch alles viel zu kommerziell und kaputt.«

»Was soll der Quatsch, Felix, lass mich in Ruhe.«

»Ne, sag doch mal, dein Job muss für dich doch die Hölle sein.«

Der Drehler versuchte, etwas zur Seite zu rücken, aber Felix stellte sich ihm in den Weg. Eine heitere Entschlossenheit machte sich in seinem Kopf breit.

»Drehler, das würde mich echt mal interessieren, wie du das so geistig angehst, ich meine, wie kann man über eine Musik schreiben, über DJ-Musik, die nur für den Dancefloor gemacht ist und nur da funktioniert, wenn man so ein fanatischer Nichttänzer ist wie du?«

Der Drehler wollte gehen, Felix presste ihn gegen den Tresen. Richtig gut kam er sich dabei vor.

»Drehler, das stelle ich mir echt schwer vor, als professioneller Nichtmitmacher muss dir doch eine Bewegung, die sich alleine durch das Mitmachen definiert, der absolute Gräuel sein, oder?«

Felix leerte die Flasche Bier in seiner Hand in einem Zug, mit der anderen drückte er den Drehler jetzt sehr entschieden wieder auf seinen Platz, der tatsächlich erneut versucht hatte, sich unerlaubt zu entfernen.

»Drehler, heute musst du dir das leider anhören, ob du willst oder nicht!«

»Du spinnst, Felix, lass mich gehen, was glaubst du denn, wer du bist?«

»Falsche Antwort, Drehler«, sagte Felix und stieß ihm reflexartig den Ellenbogen in den Solarplexus. Regelrecht überrascht und gleichzeitig hocherfreut sah er, wie sich der Drehler krümmte.

»Da haben wir also den Superschreiber Drehler, den Mann, der sich seine Geschichten durch kein Fitzelchen Realität kaputt machen lassen will, der das Neue als schlimm beschreibt – Vorsicht: Drogen! – oder als überholt – Vorsicht: Ausverkauf! – oder als überflüssig – Vorsicht: Kommerz!

Aber trotzdem immer wieder hier aufläuft, wie so ein perverser Voyeurist, der vor geilem Erregungs-Ekel nicht mehr wegschauen kann, oder, Drehler?«

In diesem Moment explodierte die Erinnerung an den Karla-Artikel in Felix' Kopf wie eine irakische Scud-Rakete, ganz hell wurde es hinter seiner Stirn, so eindeutig und befreiend. Er spürte, wie er sich kaum noch beherrschen konnte, es war ein großer innerer Körperaufruhr, wie da die Zellen plötzlich alle wach wurden, sich rekelten und locker machten, diverse Hormonproduktionen wurden angekurbelt, überall wurde gepfiffen und gesungen, Blutbahnen mit Besen freigefegt und Muskelstränge mit wertvollsten Schmierstoffen veredelt.

»Und dann hast du dich also bei Karla eingeschleimt, um sie mal so richtig mutig auf einer ganzen Seite hinzurichten. Wie fühlst du dich dabei, sag doch mal?«

»Felix, verpiss dich einfach!«

Hochfrequent kam das aus dem Drehlerschen Angst-Atem-Rachen geschossen, so überraschend, dass Felix für einen Moment genauso erstaunt guckte wie der Drehler selbst, dessen ganzer verunglückter Körper sich zu einer Demutshaltung krümmte, eine Aktion, die er leider nicht mit seinem vorlauten Sprachzentrum abgesprochen hatte.

»Also, wann entschuldigst du dich bei Karla?«

»Ich lass mich von dir nicht einschüchtern, du Asi!«

»O.k., Drehler. Wie findest du das Raver-Motto ›Love, Peace & Unity‹? Verlogen, oder?«

Felix kam sich sehr schlau und souverän vor, auch wenn er die Wirkung des Wodkas von vorhin unterschätzt hatte. Der Drehler blickte ihn irritiert an, die Iris zuckte ein wenig, in dem weißen Augenkranz tanzte ein Fragezeichenballett in ungewohnter Formation. So sind die, dachte Felix, am Schreibtisch in ihrer Schreibwelt alle schön hinrichten, aber dann ganz überrascht tun, wenn sie in der Echtwelt mal jemanden treffen, der das nicht nur als lustiges Spiel betrachtet – und ganz andere Diskursregeln vorzieht.

»Was?«

»Du findest doch das Raver-Motto ›Love, Peace & Unity‹ verlogen, oder? Das hast du doch mal irgendwo geschrieben. Verlogener Marketing-Quatsch sei das, oder?«

»Das ist es doch auch, die pure Heuchelei!«

»Weiß du was, Drehler, damit hast du völlig recht – zumindest was deine Person angeht!«

Mit Wucht rammte Felix dem unvorbereiteten Drehlerschen Kinn seine linke Faust auf die Spitze, sodass der ganze Drehler mit dem Ausdruck höchster Verwunderung nach hinten gegen den Tresen knallte und langsam nach unten sackte, wo Felix' linkes Knie auf ihn wartete. Das kam aber nicht mehr zum Einsatz, weil Carlos hinter der Theke hervorschoss und Felix zur Seite riss, wo er für eine Sekunde das erschrockene Karla-Gesicht zu erspähen glaubte, bevor ihn die unglaubliche Bewegungsenergie des Carlosschen Körpers taumeln und schließlich mitsamt dem Freund auf den Boden niedergehen ließ.

»Du lässt ihn jetzt sofort in Ruhe, Felix, der Idiot hat die Message verstanden, kapiert?! Reg dich ab! Wir beide trinken erst mal in Ruhe was, o.k.?!«

Das kann nie schaden, dachte Felix und stemmte sich langsam wieder hoch, die Nacht hat schließlich erst angefangen.

In der Menge glaubte er, einen blonden Schopf zu erkennen, der sich Richtung Ausgang kämpfte, aber Carlos ließ ihm keine Chance und führte ihn mit hartem Griff fort.

16. Chill-out bei Sabine

Als er am frühen Samstagabend die Augen öffnete, blinkte der Anrufbeantworter herausfordernd. Seine linke Hand schmerzte, der Drehler, ein Schamstich durchfuhr ihn. Ein paar Schnäpse, schon hatte er sich nicht mehr im Griff, oder was? Benahm sich plötzlich wie der letzte Prolet, ausgerechnet dort, wo er sonst die Friedfertigkeit aller pries und genoss. Und alle hatten ihn gesehen. Sein Kopf dröhnte wie eine Stahlboje, an die außen die Sturmwellen schlugen.

Andererseits, dachte Felix, hat sich das auch ganz gut angefühlt. Wie erstaunt der Drehler geguckt hat, als er zu Boden ging, damit hatte der nicht gerechnet, der liebe Herr Drehler, der soll ruhig mal merken, dass er keinen Freischein hat.

Mit halb geschlossenen Lidern kroch er aus dem Bett zum Telefon.

Er hatte nur eine Nachricht.

Karla.

Sie bat ihn dringend um einen Rückruf.

Schlagartig wurde Felix wacher, taumelte zum Bad und stellte sich unter die Dusche. Erst nach vier Aspirin plus C und einem Liter Wasser, den er sich auf ex hineinzwang, traute er sich an den Apparat. Er wollte nicht klingen wie ein Zombie aus der tiefsten Grabes-Gruft, wenn er mit ihr sprach.

»Hallo Karla, Felix hier.«

»Ah, Felix.«

»Du hast angerufen!«

Wow, dachte Felix, diese Nachricht wird sie echt überraschen, gut dass ich ihr das noch einmal gesagt habe, könnte ja sein, dass sie das schon wieder vergessen hat, weil sie hier so oft anruft, oder wie? Irgendwie schien ihm das Telefonat jetzt schon verloren, vielleicht sollte er einfach auflegen und es ein paar Stunden später versuchen.

»Felix, warum hast du das getan?«

»Was meinst du?«

Er wusste sofort, was sie meinte, aber der Ton ihrer Stimme alarmierte ihn zu sehr, da lagen Sprengfallen auf der Fahrbahn, er spürte es genau.

»Du hast Drehler geschlagen!!«

Allerdings, und zwar nicht von schlechten Eltern, der ist runtergegangen wie nach einer Begegnung mit Mike Tyson, ich hoffe, du hast das gesehen, war er kurz versucht zu sagen, konnte sich aber im letzten Moment noch beherrschen, denn er hörte ein Geräusch, das ihm sofort den Atem raubte.

Sie schluchzte.

Die Scham kletterte fröstelnd von den Beinen an ihm hoch. Er würde sich doch umbringen müssen.

»Wie konntest du so etwas machen? Der Artikel war schon schlimm, aber du hast alles noch viel schlimmer gemacht!«

»Aber ich dachte …«

»Jetzt bin ich nicht nur die talentfreie Plattenauflegerin, nein, wegen dir bin ich jetzt auch noch eine völlig unsouveräne Tussi, die irgendwelche Proll-Schläger losschickt, um Menschen für ihre Meinung zu bestrafen.«

Sie schluchzte noch heftiger, es ging langsam in ein leises Weinen über. Felix war kurz davor, zu kollabieren. Er wusste spontan gar nicht, was er schlimmer finden sollte, dass sie ihn als »Proll-Schläger« bezeichnet hatte oder dass sie seine Aktion so am Boden zerstörte.

»Warum tust du mir das an?«

»Ich …«

»Warum nur?«

»Karla, es tut mir leid, wirklich. Bitte glaub mir. Es war auch nicht nur wegen dir, auch ein bisschen, aber ich war wie von Sinnen …«

»Das höre ich ziemlich oft von dir, wie mir scheint …«

Sie lachte ein bisschen. Felix schöpfte Hoffnung.

»Drehler, immer wieder ist es der Drehler, der einerseits gerne irgendwie dabei sein möchte, andererseits das alles hasst wie nichts anderes, weil er es in seiner ganzen Verklemmtheit als Bedrohung empfindet, die ihn so fasziniert wie ängstigt.«

Ich bin richtig gut heute, dachte Felix kurz.

»Wow, da spricht wieder der Lordsiegelbewahrer der unschuldigen Tanzkultur.«

Sie grinste, er war sich sicher.

»Und nachdem ich den ganzen Tag so wütend über den Artikel war, den er über dich geschrieben hat, gab es plötzlich kein Halten mehr.«

Sie schwieg. Er schluckte.

»O.k., ich hätte das nicht tun sollen. Ich weiß.«

»Felix, das war ein Rückfall in alte Zeiten, fast schon wie damals zu Hause!«

Sie hatte das extra autoritär gesagt und lachte über ihren eigenen Ton.

Er schwieg beschämt. Sie hatte einen wunden Punkt getroffen. Viel zu oft hatte er, der Gewalt eigentlich hasste wie kein Zweiter, sich ja in den düsteren frühen Jugendjahren in brutalsten Schlägereien wiedergefunden, oft wider Willen, später aber auch ab und zu aus purer Lust, auf der vorsätzlichen Suche nach diesem überwältigenden Kick, wie er sich zerknirscht erinnerte. Deswegen war er doch so begeistert von der neuen Friedfertigkeit auf den Straßen und in den

Clubs. Sein Verhalten in der letzten Nacht erschien ihm immer unerträglicher.

»Wenn du willst, entschuldige ich mich beim Drehler.«

Sie sagte nichts.

»Wirklich, würde ich für dich machen.«

»Nein, brauchst du nicht, wir wollen es ja nicht übertreiben.«

Er hörte sie wieder entspannt atmen und beruhigte sich. Er stellte sich vor, wie ihr Wellenmund ganz nah an der Muschel war, er sah die Zahnlücke, er roch das Heu, er war sich sicher.

»Und du warst echt so wütend wegen des Artikels, Felix?«

Sanft floss ihre Stimme in sein Ohr und streichelte ihn von innen.

»Ja.«

»Das ist süß, Felix.«

»…«

»Weißt du was, du bist ein Spinner.«

Sie mag mich auch, schoss es Felix durch den Kopf, das ist doch völlig klar, da schwang etwas mit in ihrer Stimme, was ihn jubeln ließ.

»Wollen wir uns vielleicht mal wieder treffen, Karla, so in den nächsten Tagen?«

»Ja, ich weiß nicht, ich habe im Moment so ein bisschen Stress, ich weiß nicht, ob ich …«

»Schon gut, war nur so eine Idee.«

»Felix?«

»Ja?«

»Ich würde dich gerne treffen. Es ist halt gerade etwas schwierig. Aber ich ruf' dich an.«

Er wartete den ganzen Sonntag, er ging am Montag nicht zu Arbeit, weil er ihren Anruf nicht verpassen wollte. Die Vorstellung, sie würde nicht ihn, sondern nur seinen Anrufbeantworter hören, war nicht akzeptabel. Dann sollte Dr. Keller lieber ungehalten werden, das spielte keine Rolle. Dienstag und Mittwoch raste er nach der Arbeit nach Hause, die Maschine blinkte, nur ihre Stimme fehlte. Es fehlten auch das Mikesche Gegacker und das Ohlsensche Genuschel. Die Freunde waren völlig abgetaucht.

Er hörte von Sichtungen der beiden, wie flüchtige Erscheinungen wurden sie beschrieben, Mike und Viktoria waren spurlos in ihrem eigenen Kosmos verschwunden, der Ohlsen wirkte immer seltsamer, erzählten alle, nicht mehr richtig ansprechbar, so entrückt wie der Pate selbst, der sich nur noch für kurze, bizarre Zwischenstopps in seiner Agentur einfand, in der in seiner Abwesenheit kaum noch gearbeitet wurde, wie man hörte.

Als er sich bei Janisch, Carlos, Tessi oder Doro erkundigte, waren die seltsam desinteressiert an Mike und Ohlsen. Wenn sie nicht mehr wollen, wollen sie eben nicht mehr, ihre Entscheidung, war der Tenor bei allen, wenn es darum ging, wo Mike wohl sei oder wie es dem Ohlsen gerade ginge. Dass der abzurutschen drohte, wurde zur Kenntnis genommen, nicht mehr. Wenn Felix fragte: »Wer hat ihn gesehen, wo ist er, wir müssen uns doch um ihn kümmern?«, lachten alle bloß und winkten ab. Ein, zwei Mal traf Felix den Ohlsen durch Zufall und fragte ihn, wie es ihm gehe und ob sie nicht mal wieder zusammen einen Abend bei Mirco verbringen wollten. Keine Zeit, antwortete der schwitzende und fahrige Ohlsen, für solche Banalitäten habe ich im Moment keine Zeit. Und verschwand wieder in der Nacht.

Als sich Karla am Donnerstag immer noch nicht gemeldet hatte, hielt Felix es am Abend nicht mehr zu Hause aus.

Mit Mirco, der heute sogar zu erschöpft war, um seine neuen Suizid-Erkenntnisse zum Besten zu geben, leerte er einige Flaschen Wein, um dann wild entschlossen in die Arena zur großen Party zu fahren.

Alle waren da. Er schonte sich nicht.

Die Auflösung erreichte höchste Stufen.

Als sich im Morgengrauen eine Gruppe zum Chill-out bei Sabine formierte, ging er ohne zu zögern mit. Im Taxi hatte er das unbestimmte Gefühl, etwas übersehen zu haben, aber er kam nicht drauf, was es sein könnte.

Die späte Nachricht der fast schon vergessenen Pille brannte auf einmal durch das Nervengeäst wie eine gewaltige Ankündigung. Sein Herz wummerte, ein bisschen überdreht vielleicht, dachte Felix, das startet noch einmal richtig durch zu einer Schussfahrt ohne Anschnallgurt, ist das hart, ui ui ui.

Was für eine grandiose Idee war das auch wieder gewesen, nein, da kann man nicht ein Mal nein sagen, nein, da muss man sich wie ein ausgehungerter Flüchtling aus der Sahelzone auf die dubiosesten Darreichungen stürzen, als sei gerade Manna vom Himmel gefallen, warf er sich sofort vor, dabei hatte er sich doch bereits vor dem bedenkenlosen erneuten Zugreifen auf dem Weg zum Bad eben schon eindeutig als der schwachköpfig Grinsende identifiziert, der ihn entrückt aus dem Spiegel im Vorbeigehen anschaute – aber langsam gefiel ihm doch die Geschwindigkeit, der Rausch der inneren Bewegung, die Dynamik des Vorwärtsdrangs.

Der Aufruhr machte ihn ganz nervös, alles drückte, alles drängte irgendwohin, ganz aufgeregt wurde er, es war ein zielloses Streben. Die interne Kommunikation wirkte sehr aufgekratzt, welche Botenstoffe da plötzlich wem etwas mitteilen wollten, unbedingt, wie kurz vor einem wichtigen Auftritt, überall machten sie sich bereit, wenn auch niemand wusste, wozu jetzt genau. An einer besonders lichtdurchfluteten Stelle des höchst alarmierten Großhirns sammelte sich wieder das klare Glück, es strömte und floss, der Pegel stieg in stiller Verheißung auf die kommende Flut. Es war wie ein langsames, gewaltiges Luftholen, das den Sauerstoff in den Körper zieht, um sich schon während dieses Prozesses auf nichts anderes mehr zu freuen als das befreiende Gefühl des Ausatmens.

Ein bisschen blöd ist das ja schon, dachte Felix fiebernd vor unbestimmter freudiger Erwartung, ausgerechnet um diese Zeit noch eine Pille hinterherzuwerfen.

In Sabines Wohnzimmer, in dem er es sich auf einem Sofa äußerst bequem gemacht hatte, saßen und lagen überall Freunde und Bekannte, einige kannte er auch nicht. Es war die entspannte Trägheit eines mittäglichen Strandtreffens, nachdem es alle aus der nächtlichen Brandung gespült hatte. Leise Chill-out-Musik federte erheitert durch den Raum, zwischen den diversen Räumen der Wohnung schien ein ruhiger Verkehr zu herrschen, hier wurde geraucht, dort gequatscht, ein paar sah er knutschen, andere nahmen noch etwas in stummer Übereinstimmung der zu vollziehenden Rituale.

Tessi redete mit ihrer aufregend rauen Stimme irgendwo hinter den Kissenbergen in einer Ecke sich und ein paar andere, die nicht mehr fliehen konnten, um den schwachen Restverstand, aus dem Raum nebenan, wohl die Küche, hörte er gedämpftes Lachen und Geschirrklappern, überall standen die üblichen Tankstellenspäteinkäufe – Jägermeisterflaschen, Red-Bull-Dosen, die obligatorischen Saftflaschen, die nie getrunken wurden, sogar eine Flasche Wein – höchst ungewöhnlich – sah er auf dem Tischchen in der Mitte stehen, dazu einige der billigen Sonnenbrillen, die immer wieder vergessen und deswegen genauso regelmäßig im nächsten Aral- oder Shell-Shop neu gekauft werden mussten, und natürlich tonnenweise Zigaretten. Das war ja immer das Allerschlimmste, wenn die Zigaretten ausgingen, dachte Felix, wie beruhigend, dass an alles gedacht wurde, wenngleich er nicht mehr genau wusste, wo die Wohnung eigentlich war, in welchem Stadtteil oder in welchem Stock, egal.

Eigentlich ganz gut, diese Chill-out-Musik, fiel ihm plötzlich auf, da könnte man glatt tanzen, wie sich diese unglaublichen Melodien an die Ohren schmiegen, wie sie diese umgarnen, um darin zart zu verschwinden. Er sah die Musik wie flatternde Bänder majestätisch durch die Lüfte auf sich zuschweben. Eigentlich müsste man sich dazu bewegen, dachte er noch, wobei das auch sehr angenehm war, wie sie alle so eng und schön vertraut miteinander auch in der Stille des Sounds waren und sich an dem Zauber der Nähe erfreuten, die sich durch das gemeinsam Erfahrene nachts eingestellt hatte. Er fühlte sich sehr wohl, es war ein Bad in perfekter Harmonie.

Diese Chill-out-Gruppen waren Zufallsprodukte, deren Zusammensetzung nicht richtig kontrollierbar war. Manchmal merkte man viel zu spät, dass jemand in der Runde ganz anders unterwegs war und das fragile Gefüge zu sprengen drohte, weil alle anderen viel zu entspannt und schwach waren, um sich dagegen zu wehren.

Gefürchtet waren vor allem »Sprechkarten-Anja« und »Laber-Thomas«, zwei Nachtgewächse der lähmendsten Art, die Betonplatten oder Löcher da hatten, wo andere ihr soziales Sensorium arbeiten ließen. Manchmal gingen alle auf ein Zeichen hin scheinbar nach Hause, nur um sich Minuten später woanders ohne die beiden wieder zu treffen. Das ist absurd, dachte Felix, aber oft die einzige Rettung, zu klaren Ansagen war ja niemand mehr in der Lage.

Ganz warm war sein linker Arm, der halb um Doro lag. Er schloss die Augen und spürte nur noch exakt diese paar Quadratzentimeter Haut, die auf der nackten Doroschen Schulter ruhten, wie sich da feinste Härchen aufrichteten und aneinander rieben, wie sich da einzelne Poren anatmeten und zueinander strebten, rein die Haut, warm die Berührung, die Stelle war ein Brandherd, der ihn langsam in Flammen setzte, registrierte er so erregt wie beunruhigt.

Doros Haar roch auf einmal ganz anders, nie hatte er ihr Haar so riechen können, weil es noch nie so gerochen hat, dachte Felix sofort, es kann nur jetzt so riechen, nach dieser Nacht, in diesem Zimmer, in dieser Position, einmalig die Konstellation, nie wieder herstellbar. Einzelne Locken schmiegten sich an seine Schulter, einen Hauch von erhitzter Haut, Schweiß und frischer Blumenwiese fern des luftarmen Rauchgemischs im Wohnzimmer nahm er wahr. Erst in diesem Moment hörte er ihr regelmäßiges Atmen, spürte die winzigen Auf-und-ab-Bewegungen ihres knabenhaften Körpers, einem leichten Pulsieren gleich.

Doro atmete gegen ihn und irgendwie auch durch ihn, der Brandherd am Arm, die Locken in der Nase, der betörend reine Geruch des anderen, der intime Moment vor allen, unbemerkt von allen, die rhythmische Bewegung der Doro gegen seinen Brustkorb – Felix atmete tief ein, erschrocken, jede Regung seinerseits erschien ihm jetzt obszön.

Warum hatte Karla ihn nicht angerufen?

Der Gedanke verflog so schnell, wie er gekommen war. Nichts vernahm er mehr außer der Doroschen Atembewegung, ihr Kinn lag fast genau auf seiner linken Brustwarze. Die Hitze ihres Körpers, die Ahnung des Drucks ihrer Brust gegen seine Rippen, Erregungsstarre.

Immer schön ein- und ausatmen, ganz ruhig, ganz ruhig. Das ist hier die gute alte Doro, deine alte Rave-Freundin Doro, die Vertraute, die Vertrauende, jetzt bloß nicht durchdrehen, sind wir alle vielleicht ein bisschen zu aufgeregt gerade, insbesondere ich, dachte Felix schwer inhalierend und registrierte auf der hinteren Kopfhaut das wohlige Gefühl einer vorbeiziehenden Gänsehaut in exakt dem Moment, als Doro mit zärtlicher Nicht-Absicht die Position ihres Mundes in Richtung seines Bauchnabels verlagerte und sich dabei ihr linker Arm bequem auf seinem Schenkel niederließ. Felix' Kopf knisterte, sein Becken glühte, die Hände waren schweißnass, er fühlte sich wie ein einziger verzehrender Schwelbrand. Felix öffnete die Augen. Niemand hatte etwas bemerkt, nichts war passiert.

Wirklich hartes Teil, diese Pille, dachte Felix. Er sah Janisch und Carlos gackernd im Türrahmen, einen Joint in der Hand, Schnock auf dem Teppich, den Mund leicht geöffnet, lag da wie tot, aufgebahrt wie Tutenchamun, dachte Felix, er musste grinsen, der sieht so kaputt aus, wie wir alle sind, diesmal haben wir es uns ja wieder mal richtig gegeben, da gibt es nichts zu meckern. Auf dem gegenüberliegenden Sofa ein Knäuel aus diversen Körpern, der Ohlsen anscheinend mittendrin, er meinte kurz zu Tode erschrocken Karlas Mähne gesehen zu haben, das konnte nicht sein, völlig ausgeschlossen, sie war so weit weg wie nie zuvor, nur in seinem Kopf war sie eine ständige Begleiterin, so sinnlos das auch erschien.

Da war der Professor, Sabine natürlich auch, er glaubte Jenny zu erkennen, ihr allerliebstes DJ-Groupie, wie sie von allen nur genannt wurde und worauf sie sehr stolz war, die beste und die süßeste Freundin von Doro, wie er noch dachte, dazu die Köpfe von ein paar Menschen, die er noch nie gesehen hatte.

Es war wie das Treffen einer gut funktionierenden Großfamilie, deren entfernteste Zweige einander zwar nicht kannten, sich aber aufgrund der genetischen Disposition nur die wärmsten Gefühle entgegenbrachten. Sein Blick streichelte über die Entkräfteten, die nicht voneinander lassen konnten.

Doro atmete regelmäßig, ihr heißer Atem schien kleine Löcher in seinem T-Shirt zu hinterlassen, sie schlief oder stellte sich schlafend, ihre Locken umtanzten fordernd Felix' Nase.

Er traute sich nicht, sich auch nur einen Millimeter zu bewegen, sie sollte so bleiben, genau so, ihre Brust an seiner Seite, er spürte sie ganz genau, der Schwelbrand fraß sich durch jede Pore, ihre Hand suchte eine neue Position auf seinem Schenkel. Sehr langsam sucht die eine Position, dachte Felix und schloss die Lider etwas, man könnte sagen, extrem auffällig langsam bewegt die ihre Hand, wie er aufgeregt bemerkte. Am Glückssee schrillte eine helle, durchdringende Sirene, die Schleusen wurden langsam geöffnet, ihre Hand rutschte auf die Innenseite seines Schenkels, da gab es kein Vertun, er spürte einzelne schlanke Finger, Nägel, die sich in den Stoff drückten, ganz gezielt, keine Frage, er dachte an Karla, er roch die Blumenwiese und spürte, wie sich Doros Körper schneller hob und schneller senkte, der Großalarm hinter der Stirn machte ihm augenblicklich ein bisschen Angst, plötzlich drehte sie den Kopf ein wenig zu ihm, ihr stummer Blick durchtrennte sanft die Sicherung am inneren Baikalsee, jetzt spülte ihn die Springflut hinfort, ihre Hand näherte sich seinem Schritt, sie lächelte ihn an, sehr direkt, sehr fremd, aufregend fremd, extrem aufregend fremd, Felix wollte sofort ohnmächtig werden, ihr Lächeln machte sehr froh und noch mehr Angst, war das noch Doro, und waren ihre Lippen immer schon so geschwungen?

Sie stand geschmeidig auf, strich ihm wie zufällig über das Haar und stützte sich auf seiner Brust ab, bevor sie Richtung Flur verschwand.

›Wie zufällig‹, ›wie zufällig‹, wie bescheuert kann man denn sein, wie naiv und beschränkt darf man um diese Zeit herumlaufen, warf Felix sich sofort vor. Er tastete sich über die heißen Wangen, klatschnass die Hände, jede Stelle seines Körpers, die sie nicht mehr berührte, war ein Schmerz, ihre Nichtanwesenheit machte ihn rasend. Das ist nur die Doro, versuchte er sich zu beruhigen, bis vor einer Stunde deine gute alte Bekannte, alles easy und unschuldig, du vermisst

Karla und ihren Anruf, du fühlst dich einsam und verloren, jetzt bloß keine Fehler machen, da ist nichts, bloß etwas Sehnsucht und Chemie, ein schöner kleiner Trip, den wir nicht überbewerten wollen, kein Grund zur Panik, das bisschen Euphorie haben wir doch unter Kontrolle.

Er folgte seinem Drang in den Flur.

Er sah in einem Nebenzimmer den Langen auf dem Boden liegen, Arm in Arm mit einem Mädchen, das er nicht kannte. Sehr vertraut sah das aus, wie die da lagen, mehr übereinander als nebeneinander, mit unruhigen Händen, überall waren die tätowierten Unterarme des Langen, wie man nicht umhin kam zu bemerken. Das Schwein, dachte er kurz, das hat Karla nicht verdient, aber er hatte keine Zeit, darüber länger zu grübeln.

Aus der Küche riefen sie ihm etwas zu oder auch nicht, er war sich nicht sicher. Er wartete vor einer Tür, hinter der er das Bad vermutete, ohne sagen zu können, was jetzt genau seine Absicht war. Seine Haut glühte, an seinem Bauchnabel erahnte er immer noch ihren Atem, er fasste sich an die Nase, da fehlten die schwarzen Locken, der Geruch ihrer Haut, das Blumenbeet im Frühling.

Doro öffnete die Tür vom Badezimmer, sie blickte ihn kurz an, sie standen in Atementfernung voreinander, die Arme pendelten verlegen neben den Körpern, sie streifte kurz seine Hand, er fasste sie um die Hüften, spürte die sanften Formen darunter, merkte, wie sich der Körper im Luftholtakt bewegte, er vernahm ein Zittern unter seinen Händen, er konnte nicht mehr sagen, ob es ihres oder seines war, ihre Wangen pressten sich in seine Brust, er beugte sich herunter und seine Zunge zerfloss in ihrem Mund, er schloss die Augen und dachte, ich sollte das nicht machen, es roch ein wenig nach Heu, er war sich sicher.

Felix spürte ihre tastenden Bewegungen an seinem Brustkorb und überall, das Vakuum zwischen ihnen verlangte größere Nähe, sofort. Plötzlich waren da noch mehr Hände, das konnte gar nicht sein, er hielt kurz inne, Jenny stand dicht bei ihnen, sie streichelte über seinen Rücken und schmiegte sich an Doro, der Blick unergründlich, den Mund halb geöffnet, ihre Augen waren eine Aufforderung, die Felix' Magen zusammenzog und seine Knie zerfließen ließen. Doro und Jenny küssten sich jetzt und lächelten ihn dann an, er schloss die Augen und versank in Doros Freundin, er spürte Hände an seinem Becken, er schmeckte Rauch und Orangensaft und eine Gier, die seinen Verstand verpuffen ließ.

Doro und Jenny nahmen ihn bei den Händen, ein großer Raum, das Bett so weiß, leise zogen sie die Tür zu.

Sie folgten einer völlig natürlichen Choreografie, es war ein anmutiges Körperballett, ein Tanz der Intuitionen, sie fanden sich ohne Absprachen.

Doro zog Felix das T-Shirt über den Kopf und öffnete den Reißverschluss seiner Jeans, er sah ihre braunen Brüste, den leicht geschwungenen Bauch, er saugte den Duft aus den Poren ihrer Lenden und begrüßte ihre steifen Nippel mit den Lippen, ganz zart. Er dachte an Karla und ihren Körper, an ihre Blicke bei ihrer letzten Begegnung, etwas schrie »Nein« in ihm, aber er hatte nicht den Eindruck, er könnte noch etwas entscheiden oder stoppen. Jennys Zunge traf seine über Doros Mitte, die Haare hingen ihr nass ins Gesicht, ihr nackter Rücken endete in vollendeter Rundung, seine Hand glitt über ihre Schenkel wie über kühlen Samt, er wollte sich in ihr vergraben und konnte sich nicht sattsehen an den küssenden und streichelnden Mädchen vor seinen Augen. Es ist nur ein Film, dachte er, ein schöner Film, nichts Ernstes, auf gar keinen Fall.

Er folgte Jennys eleganten Beckenlinien und sah Doros schlanke Hände, die sanft über ihre Brüste strichen. Seine

Lippen schmeckten nach Doro und seine Hände nach Jenny, die schmeckten nach sich und ihm und allen zusammen. Er sah Jennys Zunge über Doros Scham streicheln, er folgte Doros Fingern über die Brüste der Freundin. Er fühlte sich ein bisschen schuldig und leckte doch beide, er sagte mehrmals leise »nein, nein, nein«, aber überall waren Brüste und diese warme Haut. Als er zu ihnen sagte »Ich weiß nicht, ob wir das wirklich …« hielten sie ihm den Mund zu, und eine von beiden setzte sich auf ihn, er konnte nicht mehr sagen, wer es war, wer da stöhnte, als er in sie eindrang, und wessen Nägel durch seine Haut fuhren, welche Zunge ihn am Sprechen hinderte und wessen Lippen seinen Schwanz umschlossen. Sie flossen ineinander, und er gab sich dem angenehmsten Wohlgefühl hin.

»Oh, Entschuldigung – störe ich?«

Felix drehte langsam den Kopf, die Tür war offen, Karla stand dort, die Hände sinnlos in den Raum gestreckt, unfähig, auch nur ein weiteres Wort zu sagen. Ruckartig setzte sich Jenny auf, die sich eben noch an ihn geschmiegt und Doro gestreichelt hatte, die mit weit geöffneten Schenkeln unter ihm lag.

»Ich wollte nur, ich wusste ja nicht, ich …«

Gelähmt und hilflos sah Karla aus, verweint, die Haare zerzaust, in einer Hand ein weißes Taschentuch, das sie immer noch starr von sich streckte wie eine Fahne, mit der sie kapitulieren wollte.

Erst jetzt trafen sich ihre Blicke.

»Oh, Felix, du bist das!«, kullerten Karla die Worte kaum verständlich aus dem offenen Mund. »Ihr seid doch alle gleich.«

Felix konnte kaum denken, dröhnende Leere im Kopf, das Blut rauschte mit Macht durch die Bahnen, er sah nur ihr tiefgefrorenes Entsetzen, er wünschte sich eine spontane Ohnmacht herbei, einen Herzinfarkt vielleicht.

Karla machte auf dem Absatz kehrt und knallte die Tür mit Wucht zu. Sie hörten Lärm vom Flur, einen Schrei, die Ahnung von Hysterie, Getrappel, weiteres Türknallen.

Der Zauber der Lust zerstob und legte sich als graue Asche auf das Trio Infernale.

Ratlos und ein wenig beschämt stand Jenny auf, entrückt der Blick, eben noch weicheste Schlange, jetzt unbeholfen die Bewegungen, eingeschüchtert klaubte sie ihre Sachen vom Boden, Doro fasste sich vor das Gesicht, als ob sie im Verborgenen weinen oder lachen wollte. Karla war ihre Freundin. Jenny ging vor dem Bett auf und ab. Immer noch nackt, ihre Sachen im Arm.

»Was machen wir hier eigentlich?«, fragte Jenny und erwartete keine Antwort. Das ist einerseits eine sehr gute Frage, dachte Felix, der allmählich aus seiner Betäubung erwachte, andererseits war die Situation doch relativ eindeutig, wie man sagen musste.

»Felix, wenn du vielleicht mal kurz …«

Er starrte Doro an, die immer noch unter ihm lag. Unbeholfen zog er sich zurück, stand auf und blickte an sich herunter, an seiner nackten Kläglichkeit. Er sah Doro, die an die Decke starrte, Jenny, die sich langsam anzog. Er roch nach Doro, er roch nach Jenny, sein Hals war trocken, das Herz raste. Im Badezimmerspiegel sah er ein fremdes Gesicht. Als er in das Zimmer zurückging, war Jenny weg, Doro stand vor ihm und sagte mit Blick auf seinen Schwanz: »Ich hatte ja eigentlich auch nur mal kurz aufs Klo gewollt. Das war jetzt nicht geplant und eine Ausnahme sowieso, das wollen wir festhalten, o.k.?!«

Sie grinste verlegen.

Er nickte und fühlte sich sehr leer.

Auf dem Weg zur Wohnungstür sahen sie vom Flur aus, wie der halb nackte Lange heftig auf das ebenso unbekleidete Mädchen neben sich einredete, Felix dachte an Karla, an die

Verzweiflung in ihrem Gesicht, die Enttäuschung und die Wut, das zerknüllte Taschentuch, er schämte sich.

Das Wohnzimmer war fast leer, an der Garderobe küssten sich zwei Männer sehr intensiv, einer davon war Carlos, der sich sonst nur für Frauen interessierte, es war ein seltsamer Tag.

Vor dem Haus verabschiedeten sich Doro und Felix schweigend. Aus dem Taxi winkte er ihr kurz zu, sie verzog den Mund, er konnte es nicht genau erkennen, aber es sah aus wie ein Lächeln.

Auf seinem Anrufbeantworter war eine Nachricht.

Herr Dr. Keller.

Er erwarte ihn dringend um 15 Uhr im Büro.

Felix schaute auf die Uhr.

Es war 18.15 Uhr.

Er hatte doch gewusst, dass er was vergessen hatte.

Seine Arbeit.

Heute war Freitag.

Er war nicht im Büro erschienen.

Ohne Entschuldigung.

Er wusch sich Doros und Jennys Geruch von den Händen und vom Körper, das Gefühl von Scham bekam er nicht weg.

Als er wegdämmerte, hörte er, wie der Anrufbeantworter noch einmal ansprang.

Die glockenhelle Stimme der Kellerschen Sekretärin befahl ihm sehr streng, am Montag um acht Uhr im Büro zu erscheinen.

Sie legte ohne einen Gruß auf.

17. Realität

Hilflos starrte Felix auf die Zahlen in seinem Block, sooft er sie addierte, jedes Mal kam ein anderes Ergebnis heraus. So weit ist es schon gekommen, warf er sich ermattet vor, mein Kopf verweigert die Arbeit, das Hirn ist durchlöchert. Fluchend wühlte er sich durch Klamottenberge auf dem Fußboden und Aktenstapel auf dem Schreibtisch, der Taschenrechner blieb verschollen. Hier sieht es aus wie in meinem Schädel, fügte er konsterniert hinzu.

Seit Wochen benutzte er die Wohnung in der Mommsenstraße nur als Basislager für seine Expeditionen in die Nacht – oder ins Büro. Selten verbrachte er hier wache Zeit, wozu auch, dachte er dann immer, woanders tobt doch das Leben, nicht in diesen Gemäuern.

In der kleinen Küche bildeten die leeren Pizza-Schachteln eigenwillige Gebirgszüge, Altpapierstapel in unterschiedlichsten Vergilbungsstufen wohin das Auge blickte, dazwischen Dosen, Flaschen, dazu T-Shirts und Hosen, die den Weg bis zur Waschmaschine nicht geschafft hatten. Er hatte große Lust, alles in Müllsäcke zu stopfen und wegzuwerfen, allein ihm fehlte die Energie – von den Beuteln ganz zu schweigen.

Spätnachmittags war er gerädert aufgewacht, seitdem gab er sich einer Depression hin, die das übliche Elendsgefühl nach den auswärtigen Anstrengungen deutlich übertraf. Sein Schweiß roch nach Chemie, der Speichel schmeckte nach einer handfesten Nikotinvergiftung, er fühlte sich dreckig bis auf den Grund, eine unbestimmte Trauer erfasste ihn, alles war so sinnlos, und er war der Sinnloseste. Die Bilder von Karla, Jenny und Doro glimmten ungefragt auf, er wollte sie nicht sehen, er fühlte sich sehr überfordert. Bei der ersten Zigarette musste er sich fast übergeben, er verstand die Übelkeit als eine Strafe, die er sich redlich verdient hatte.

Die Nachricht der Sekretärin auf dem Anrufbeantworter beunruhigte Felix mehr, als er erwartet hätte. Fristlose Entlassung oder Abmahnung, das war die realistische Alternative. Auch wenn er sich eigentlich nichts mehr wünschte, machte ihn der Gedanke an die praktischen Konsequenzen etwas nervös.

Über Geld sprachen sie nachts eigentlich nie, es war einfach da, irgendwie. Wer etwas hatte, gab es aus für alle, wer nichts hatte, wurde eingeladen, das war die Theorie. Praktisch sah es oft anders aus, denn ihre nächtlichen und oder tagelangen Touren verschlangen mehr, als sie alle besaßen. Alkohol und Zigaretten, die diversen Mittelchen, die vielen Taxifahrten quer durch die Stadt, die schnellen Döner zwischendurch, ab und zu sogar richtige Mahlzeiten in Restaurants, die gerne in unfassbaren Gelagen endeten, zumindest, wenn sie sich bei Mirco verabredeten. Umso wichtiger war es, möglichst viele Leute zu kennen. Das sparte den Eintritt in Clubs und Partys – und an den Tresen einiges für Getränke. VIP-Bändchen für die Backstage-Räume waren nicht nur aus Status-Gründen begehrt, die freien Drinks, die es damit gab, waren mindestens genauso wichtig.

Seine Augen suchten unentwegt die Zahlen ab, er hatte nichts übersehen, sie wurden nicht größer. Mit allen verfügbaren Reserven käme er ohne Gehalt zwei, drei Monate aus. Das Sparbuch, letzte Girokonto-Auszüge, selbst die Münzen aus der Blechdose, in der er zufällige Taschenfunde sammelte, hatte er für die Kalkulation herangezogen. Lustlos stocherten seine Finger in dem Haufen mit den Geldstücken, insgesamt vielleicht 50 Mark, es war so albern wie hoffnungslos. Das Geld, das ihm diverse Feierfreunde schuldeten – geschätzte 600 Mark –, konnte er auch vergessen, wahrscheinlich hatte er sich sowieso genauso viel im Laufe der Wochen von anderen geborgt. Denn niemand trieb solche Schulden jemals ein, auch wenn bei jedem Leihakt im halb bewusstlosen Zustand in einem muffigen Taxi oder schwerst euphorisiert am Tresen im Tresor alle mit größter Inbrunst schworen, den kleinen Kredit sofort morgen, allerspätestens aber beim nächsten Treffen zurückzugeben; alle Anwesenden wussten im selben Augenblick, es würde nie dazu kommen – wenn sich Minuten später überhaupt noch irgendwer an etwas erinnern konnte.

Er brauchte Geld, andererseits würde der Keller ihm eine Entscheidung abnehmen; erst das Ende der kläglichen Bequemlichkeit setzt manchmal die Energien frei, die man für etwas Neues braucht, fern der teppichgedämpften Elendsflure seines elenden Jobs, frohlockte er jetzt ein bisschen.

Er schlurfte zurück zum Bett. Die Vorhänge bauschten sich im Takt der Böen, die durch den Innenhof brausten. Ein, zwei Mal klingelte das Telefon, er nahm nicht ab, verzerrte Stimmen sprachen auf den Anrufbeantworter, übertönt von spitzen Schreien und massigen Bässen, Janisch vielleicht oder jemand anders, sie feierten schon wieder oder noch immer, es interessierte ihn nicht. Er schaltete das Radio ein, es kam »Reflect« von Three 'n' One, ausgerechnet, der trancige Dancefloor-Abräumer, bei dem nur Tote oder die Drehlers sitzen bleiben, wie sie immer sagten; heute löste das Stück nichts in ihm aus, er machte es sofort wieder aus.

Vom Hof wehten Stimmen herüber, Gelächter, gedämpfte Musik, eine Party wohl, oben im Seitenflügel. Das wohlige Gurren der Gesellschaft, die Signale des erhitzten Miteinanders stießen ihn noch tiefer in das Einsamkeitsloch.

Felix starrte gegen die Decke, er blätterte in der Frontpage, ohne eine Zeile zu lesen, er zerriss ein Partysan-Heftchen, einfach so, er dachte in einer postkomatösen Erregungswelle an Jennys feste Brüste und Doros nasses Geschlecht, er zerrte unmotiviert an seinem Schwanz herum, selbst das war so nervend wie aussichtslos, es löste nicht die Spannung, im Gegenteil, es widerte ihn an.

Immer wieder sah er Karlas Gesicht in Nahaufnahme, die verweinten Augen, als sie da stand, so hilflos mit ihrem Taschentuch, das traurige Kapitulationsfähnchen in der zarten Hand, seine starke, stolze Karla, wie ihr die Gesichtszüge noch stärker entgleisten, als sie ihn erkannte, nackt in diesem Körperknoten, völlig verpeilt und sabbernd wie der letzte Hurenbock, keinen Deut besser als der Lange im Zimmer nebenan, ein willenloser Haufen Zellen, der die Welt mit unkontrollierter Gier belästigte, genau so musste man das doch sehen, dachte Felix und stöhnte vor Selbsthass laut auf. Dagegen waren eine Abmahnung oder Entlassung bloß eine lächerliche Lebensposse wie der Job selbst, ein Schicksals-Witz, nicht mehr.

Aber sie hat sich doch nicht gemeldet, sie hat dich doch hängen lassen, hörte er leise die Stimmen der internen Opposition, du hast doch gewartet, tagelang, dich hat das Schweigen deines Telefons um den Verstand gebracht; wer drückt denn freiwillig seinen Wellenmund in des Langen Fratze, wer ist denn vergeben und kommt dir keinen Schritt entgegen, tönte es immer lauter hinter der Stirn, warum also das Gefühl der Schuld, der Zwang zu vorauseilender Enthaltsamkeit und Selbstkasteiung?

Irritiert verfolgte Felix auf dem Bett wie von einer fernen Zuschauerbank die Debatte im körpereigenen Plenarsaal. Die Argumente schienen verlockend. Hatte er nicht sein Interesse ziemlich deutlich gemacht, immer wieder? Vielleicht nicht immer wirklich geschickt oder charmant, aber gegen

Mauern hatte sie ihn prallen lassen, so konnte man das auch sehen, nur schwächste Antworten waren gekommen auf seine drängenden Signale.

Felix schlug sich gegen die Stirn. Was dachte er nur für einen Stuss? Wie weich geklopft war die graue Masse schon in seinem Schädel? Er tauchte nach Jahren unvermittelt auf und glaubte allen Ernstes, die feinfühlige, zarte Karla werde durch ein paar plumpe, möglichst verstrahlte Begegnungen wieder die schönsten Gefühle für ihn reaktivieren und sich leichtfüßig aus einer Beziehung verabschieden, aus einer Beziehung zumal, die er doch am allerwenigsten beurteilen konnte, nur weil Prinz Felix plötzlich wankend und schreiend um die Ecke ritt?

Nicht sie hatte ihm irgendetwas zu beweisen, er war es doch, der die Brücken bauen musste, sein Vertrauenskonto war leer, er musste Kapital anhäufen. Stattdessen ließ er sich mit Jenny und Doro so gehen. Obwohl das auch ein bisschen geil war, funkte es wieder böse aus dem Inneren dazwischen.

Mit zittrigen Fingern steckte er sich eine neue Zigarette an und fühlte zufrieden, wie sich der beißende Rauch durch den Hals kämpfte, um die abwegigsten Gedanken zu ersticken.

Was würde ich denn denken, wenn ich Karla in so einer Situation überrascht hätte, versuchte er einen nüchternen Gedanken, nackt, mit zwei Jungen vollgedröhnt auf einer Afterhour, in einer fremden Wohnung, beim Absolvieren diverser Kamasutra-Übungen?

Heftig stieß er den Rauch aus.

Würde ich da denken: Hey, das ist ja toll, Karla, du bist so verliebt in mich, dass du schon mal mit möglichst vielen übst, damit es später bei uns auch richtig klappt? Oder: Ich verstehe, du meinst das nicht so, du denkst dabei bestimmt die ganze Zeit nur an mich?

Felix griff zum Telefon. Ihr Anrufbeantworter sprang

sofort an. »Ich würde dich gerne morgen sehen, Karla, nur kurz, bitte«, sagte er mit belegter Stimme.

Der Schlaf befreite ihn nur widerwillig aus dem quälenden Gedankenloop.

Karla rief am späten Vormittag zurück. Sie klang fahrig, ihre Stimme war fremd, gepresst drangen die Worte durch die Leitung. Erschrocken registrierte er die Pausen in ihrem kurzen Gespräch, das elektrostatische Rauschen der Verbindung dröhnte laut in seinen Ohren. Ja, sie könne ihn treffen, aber nur kurz, gegen eins in der Markthalle in Kreuzberg, bis gleich, sie legte auf.

Er war eine Viertelstunde zu früh im sogenannten Weltrestaurant. Die Fenster standen offen, es herrschte die träge Geschäftigkeit eines warmen Sonntags. Hinten neben der Küche sah er die Macher vom Tresor frühstücken, er lächelte ihnen zu, sie nickten kurz. Gedankenverloren studierte er mal wieder das große Gemälde »Die Wächter« an der Rückwand, es waren düstere Gestalten mit Lanzen, quer über das Bild ein Schriftzug, kaum zu erkennen: »Als Letzter wirst du wissen«, noch bedrohlicher als sonst erschien ihm das Werk von David Boysen, er konnte nicht sagen, warum.

»Hallo Felix!«

Er drehte sich um, sie kam lächelnd auf ihn zu, er stand langsam auf, um sie zu begrüßen, er stieß mit dem Knie gegen den Tisch, sein Stuhl kippelte nach hinten, linkisch kam er sich vor, der ganze Körper schwerfällig und irgendwie viel zu groß; die Hand geben oder küssen, dachte er kurz, sie hielt ihm die Wange hin, fast wären ihre Köpfe zusammengestoßen, sie lachten beide verlegen.

Sie sagte »Ich habe leider nicht viel Zeit«, aber er hörte kaum zu, ihre Anwesenheit war so schön wie unwirklich. Ihm wurde ganz warm, er war sehr aufgeregt. Schweigend lasen sie in den Karten und ertappten sich dabei, wie sie sich unauffällig fixierten, er sah ihre Zahnlücke blitzen, er hatte seine Mundwinkel nicht unter Kontrolle, die Freude riss sie ihm weit auseinander. Nüchtern mit ihr hier, an diesem zivilisierten, stillen Ort, er konnte es kaum fassen. Er wollte ihr so viel sagen und brachte kein Wort heraus. Karla blickte Felix jetzt unverhohlen an. Er studierte die Frühstücks-Angebote mit einer Intensität, als hätten sie ihm aus Versehen die Karte für Touristen aus der Mandschurei gegeben. Wenn ich jetzt nicht endlich mal einen Laut von mir gebe, muss sie doch denken, ich bin Legastheniker, so wie ich hier die drei Zeilen begutachte, schoss es ihm durch den Kopf. Dankbar registrierte er die Stimme der Kellnerin, die sie nach ihrer Bestellung fragte. Beunruhigt vernahm er, dass sie lediglich einen Cappuccino orderte. Auf seine Frage, ob sie nicht auch etwas essen wolle, antwortete sie ruhig: »Wie gesagt, ich habe wirklich nur kurz Zeit.«

»Ist klar, verstehe ich, kein Problem«, sagte Felix mit einer Stimme, die signalisierte: Er verstand nichts, ihm war nichts klar, und er hatte mit der Bemerkung ein Riesenproblem. Wollte sie ihm vielleicht nur kurz mitteilen, was für ein Hornochse er sei und dass er sie nie wieder belästigen solle? Aber dann hätte sie wohl eher einen kleinen Expresso bestellt und keinen Cappuccino, versuchte er eine schnelle Analyse, die ihm sehr scharfsinnig vorkam.

»Also, warum wolltest du mich treffen, Felix?«

Sie schaute ihm direkt in die Augen, er sah ihre blauen Strudel, alles in seinem Kopf kreiste, er spürte, dass er nur noch durch die mentalen Notstromaggregate aufrecht gehalten wurde. Um irgendwas zu sagen, fing er unversehens an, von seinem Job in der Bank zu erzählen, von der stumpfen Monotonie und der Sehnsucht nach mehr Sinn, von den Konflikten mit Herrn Dr. Keller und dem schnöden Geldgeschäft. Die Worte sprudelten aus ihm heraus, er konnte es nicht stoppen, er fragte sich panisch, wohin das führen solle.

Karla sah ihn erst fragend, dann sogar etwas traurig an, jetzt erst bemerkte er die dunklen Ringe unter ihren geröteten Augen, den Schleier von Melancholie über ihrem Gesicht, sie sah nicht glücklich aus, die Erkenntnis durchfuhr ihn wie ein kaltes Stück Stahl.

»Felix?!«

»Ja?«

»Das ist bestimmt alles sehr spannend und wichtig, aber wolltest du mich deswegen heute unbedingt treffen?«

Felix erstarrte. Nein, nicht deswegen, dachte er entsetzt, ich wollte dir nur zeigen, dass ich eigentlich gehirntot bin und gerne viel dummes Zeug erzähle, das solltest du unbedingt wissen. Er schielte kurz zu den »Wächtern« und wünschte sich, sie würden ihn mit ihren Lanzen augenblicklich durchbohren.

»Nein, nicht wirklich.«

Fragend oder auffordernd hob sie ihre Augenbrauen.

»Sondern?«

»Ich wollte mich entschuldigen.«

»Wofür denn entschuldigen?«

»Für die Sache bei Sabine am Freitag.«

»Was genau meinst du denn?«

Das ist unfair, dachte Felix. Als ob das alles nicht für ihn schon schwer genug ist, muss sie jetzt absichtlich mit dem Finger in der klaffenden Wunde bohren, oder was?

»Ja, du weißt schon, das mit Jenny und Doro ...«

»Aber Felix, du musst dich doch bei mir für nichts entschuldigen ...«

Das stimmt, sie hat völlig recht, genau so muss man das sehen, zischelte ein aufmüpfiger Gedanke durch seinen Kopf, der für einen schnellen Rückzug plädierte. Aber darauf wollte er keine Rücksicht nehmen.

»Doch, ich meine, was sollst du denn da denken, wenn ich, also ...«

Ich bin ein echter Kommunikationsprofi, dachte Felix erschöpft. Herzlich Willkommen beim Stammel-Weltmeister Felix, dem Mann, der keinen geraden Satz sprechen kann.

»Felix, du bist mir keine Rechenschaft schuldig, du kannst doch machen, was du willst.«

So klar und vielleicht auch ein bisschen bitter der Satz auch ihren jetzt gar nicht mehr welligen, sondern eher strichgeraden Mund verlassen hatte, Felix war sich sicher, ein leichtes Vibrieren unter den Worten vernommen zu haben, das ihn hoffnungsvoll aufhorchen ließ.

»Ich habe dir ja gesagt, dass ich einen Freund habe« – sie hielt kurz inne und schluckte einmal schwer, so kam es ihm vor – »oder hatte, oder wie auch immer, das tut auch nichts zur Sache, auf jeden Fall gibt es keinen Grund für dich, dich wegen irgendwas schlecht zu fühlen. Jeder will doch hier seinen Spaß haben, darum geht es allen die ganze Zeit, oder? Um den nächsten Kick und die noch größere Abfahrt, um jeden Preis und mit allen zur Verfügung stehenden Mitteln. Selbst Leute, die sich sehr gut kennen, nehmen da kaum Rücksicht aufeinander, geradezu albern wirken solche Gedanken auf die meisten, überflüssig und deplatziert, und wir haben kaum Kontakt, da brauchst du dir am allerwenigsten über so etwas den Kopf zu zerbrechen.«

Karla war etwas lauter geworden und darüber wohl genauso überrascht wie er selbst. Konzentriert betrachtete sie jetzt einen dunklen Punkt auf dem Holztisch, ein Astloch, über das sie beim Sprechen gedankenverloren pausenlos ihren Finger hin und her schob. Kraftlos wirkten ihre Worte trotz der Lautstärke, wie eingehüllt in einen Trauerschleier, dachte Felix. Sie wirkte plötzlich sehr klein und schutzlos, wie sie da saß, es zerriss ihm das Herz.

»Und nur weil du mit mir mal flirtest, wie du mit anderen auch flirtest, oder weil wir uns noch von früher kennen, entstehen daraus für dich keine Verpflichtungen, für überhaupt niemanden scheinen jemals irgendwelche Verpflichtungen zu entstehen, das ist doch die große Errungenschaft – keine peinlichen Verbindlichkeiten, kein Ausschluss anderer Optionen, wir wollen uns das Leben doch nicht unnötig schwer machen, oder?«

Felix blieb stumm, Karla erwartete keine Antwort.

»Und wer das anders sieht, hat nachts in den Clubs nichts verloren, das sagt dir doch jeder. Dann bist du schwierig, eine Spaßbremse, und das will doch keiner sein, oder? Wir schaffen hier doch keine neue Welt, um uns dann mit den alten, überkommenen Maßstäben einzuengen und zu tyrannisieren, das wäre doch geradezu grotesk, ein Weltirrtum erster Güte, so muss man das doch sehen!«

Sie blickte kurz vom Tisch auf und sah ihn einen Lidschlag lang an. Ihre Augen glänzten, vielleicht war da etwas Flüssigkeit, er konnte es nicht sagen.

»Und wem genügt denn noch unsere Musik, das wäre ja langweilig, nein, das kommt doch alles noch viel besser mit so einer kleinen Line oder einer netten Pille hier und da, und weil es so schön ist und weil dann alle noch viel netter und toller sind, vielleicht auch mit einer noch fetteren Line und noch einer Pille und noch einer, bis man es ohne gar nicht mehr gut finden kann und dann alle so druff sind, dass auch egal ist, wo man gerade ist, was für Musik läuft und wer auflegt; und weil alle so schön verstrahlt sind, kann man hinterher auch niemanden dafür verantwortlich machen, dass er ein bisschen weggeflogen ist, nein, nachher war das immer alles ganz anders gemeint und niemand ist schuld, das sind die Regeln, so läuft das, da musst du dir doch keinen Kopf machen.«

Felix dachte an den Ohlsen und den Paten, er sah sich selbst durch die Nacht irren, er hörte Jennys und Doros Lachen, er fühlte sich nicht gut. Karlas Gesicht war erstarrt, die Lippen geöffnet, ihre rechte Hand mit dem Feuerzeug schwebte wie eingefroren über dem Tisch. Felix nahm es ihr aus der Hand, ihre Finger berührten sich kurz, er bekam eine Gänsehaut auf dem Hinterkopf.

»Karla, ich wollte mich entschuldigen für mein Verhalten, egal, ob du einen Freund hast oder nicht, egal, ob ich dir gegenüber offiziell Rechenschaft schuldig bin oder nicht, was immer das heißen mag. Ich hatte so oft an dich gedacht, mir so oft überlegt, was wäre gewesen, wenn – und nichts gemacht. Aus, vorbei, vergiss es, dachte ich. Aber vom ersten Augenblick an, als ich dich hier zum ersten Mal wieder gesehen habe, wusste ich, dass ich dich treffen will. Und weil ich alles richtig machen und dich auf keinen Fall belästigen wollte, weil mir, ja, der Mut fehlte, habe ich mich dann so ungeschickt angestellt, wie es nur ging, und dann wurde es so verkorkst, wie es jetzt ist.«

Er nahm einen Schluck Wasser. Karla blickte ihn an, sie lächelte sogar ein bisschen, wie man sagen könnte, dachte Felix. Geht doch, fügte er hinzu, geht doch.

»Ach komm, Felix«, unterbrach sie ihn sanft, »du musst jetzt doch nicht, ich meine, du weißt doch, wie diese Szene ist, alle jagen dem flüchtigen Glück hinterher, da brauchen wir uns doch …«

»Stopp, lass mich ausreden, Karla, bitte! Natürlich hetzen wir dem Glück der Nacht hinterher, und oft genug mag es auch die Erfüllung sein oder gewesen sein, das will ich nicht abstreiten, warum auch, aber, und das ist das, was ich sagen will, Karla, in diesem rauschenden Irrsinn ist es umso wertvoller, wenn man spürt, dass da vielleicht noch etwas Größeres lauert, schöner als der schönste Break, mächtiger als der mächtigste Bass, beständiger als die längste Nacht. Etwas, das all das nicht ersetzt, sondern, im Gegenteil, noch verstärkt, aber auch noch da ist, wenn der letzte Club schließt und die letzte Afterhour beendet ist.«

Er machte eine kleine Pause. Mannomann, wenn ich so weiterrede, denkt die noch, ich hätte schon mittags um diese Zeit etwas eingeworfen, warf er sich vor. Er erkundete kurz ihr Gesicht, ob er es nicht übertrieb, aber er war jetzt fast auf der Zielgeraden, und ihr Blick, entschied er, konnte nur als die unbedingte Aufforderung zum Weitermachen verstanden werden.

»Was ich also sagen will, ist, dass bisher einiges schiefgelaufen ist, damit sollte aber endlich Schluss sein, denn ich wünsche mir nichts mehr, als dass wir beide uns öfter sehen, nicht nur nachts, sondern auch ganz normal, wie hier vielleicht, nur wir zwei, egal wo. Denn ich bin mir sicher, wir werden dann schnell feststellen, dass da noch viel mehr ist, was wir zusammen entdecken können, etwas …«

»Felix!«

Spielerisch drohte sie ihm mit erhobenem Finger. Sie griff sich in den blonden Schopf und lachte zum ersten Mal seit ihrer Ankunft laut auf.

»O.k., o.k., ich will nicht übertreiben, aber ich will dich sehen, Karla, bald schon, bitte.«

Im Hintergrund klapperte Geschirr, das Tresor-Team hatte das Frühstück beendet und ging grüßend an ihnen vorbei nach draußen.

»Felix, das ist sehr schön, was du sagst.«

Ein zarter Glanz hatte sich auf ihr Gesicht gelegt, die Stimme klang brüchig, ihr Haar leuchtete golden im hereinfallenden Licht. Er fühlte plötzlich eine angenehme Glut auf seinem linken Unterarm. Nur langsam entschlüsselte er die Botschaft der feinen Nervenenden. Karla streichelte ihm über den Unterarm, ganz zart, vielleicht drückte sie ihn auch nur, ohne jede Bewegung, aber das zu differenzieren war sein überwältigter Körperapparat nicht mehr in der Lage.

»Ich würde mich auch sehr freuen, Felix, wenn wir uns öfter sehen.«

Sie klang ernst.

»Aber das ist zurzeit wirklich schwierig, sehr schwierig …«

Mit einer schnellen Handbewegung, das sah Felix noch, wischte sie sich über die Augen und drehte den Kopf etwas zur Seite, als halte sie Ausschau nach der Kellnerin.

»Ich will dich auch überhaupt nicht drängen, aber vielleicht könnten wir morgen mal …«

Sie lachte wieder auf und schlug nach ihm über den Tisch. Felix hätte sie gerne umarmt.

»Felix, wir werden uns bald wiedersehen, aber ich kann dir noch nicht sagen, wann genau, o.k.?! Aber bald, ganz bestimmt.«

In einer Bewegung von flüssiger Eleganz stand sie auf und beugte sich gleichzeitig so nach vorne, dass ihre Lippen seine Wangen berührten. Er sog den Duft nach Heu ein. Schon war sie weg. Er blieb noch ein paar Minuten sitzen und studierte wieder »Die Wächter«. Eigentlich waren es sehr nette Gesellen.

Geradezu beschwingt ging er am Montagmorgen zu Fuß zur Arbeit. Eine richtungslose Entschlossenheit befeuerte ihn, zufrieden musterte er in den Schaufensterscheiben seine vorwärtseilende Silhouette. Karla hatte mit ihm gesprochen, nicht einfach gesprochen, es war viel mehr gewesen, ein Austausch existenzieller Informationen auf einer Ebene, die mit Worten allein nicht zu beschreiben war, viel tiefer und feiner waren die Impulse gewesen, die er gespürt hatte, in ihrer Stimme, egal, was die schnöden Fakten hergaben, der Lange, ihre Zerrissenheit, nein, er war sich sicher, es gab Hoffnung, eine Hoffnung, die das Durcheinander der vergangenen Monate vergessen ließ. Im Vergleich dazu waren alles andere Miniprobleme, die er lösen würde, so oder so. Die Zuversicht ließ ihn strahlen. Zwei Abende hintereinander war er nicht aus gewesen, und das am Wochenende! Er fühlte sich wach und voll Tatendrang. So mussten sich auch seine Kollegen fühlen, die er normalerweise nur verständnislos anstarrte, wenn sie bei der regulären, frühen Konferenz zu Wochenbeginn vor Energie zu platzen schienen, während er versuchte, die leichten Zitterwellen zu ignorieren, die ihm um diese Zeit sonst immer zu schaffen machten. Ich hatte schon völlig vergessen, wie das ist, so hell und klar zu sein, dachte er etwas amüsiert, schwor sich aber zugleich, das jetzt nicht einreißen zu lassen.

Punkt acht Uhr stand er im Kellerschen Vorzimmer. Der Chef war nicht da.

»Das ist für Sie!«, sagte die Sekretärin und überreichte ihm einen Umschlag, auf dem sein Name stand. Er nickte bloß und machte sofort kehrt. Noch im Flur riss er das Papier auf.

Die zweite Abmahnung. Keine Entlassung.

Er wusste für eine Sekunde nicht, ob er über diesen Aufschub enttäuscht oder erleichtert war, die Zeilen lösten eigentlich nichts in ihm aus, das war das Erstaunlichste an dem Brief.

18. Love Parade

Mike und Felix wollten sich mit dem Ohlsen in der Nähe vom Ernst-Reuter-Platz treffen, wo die mächtigen Trucks vor dem offiziellen Beginn um 14 Uhr in einer endlos langen Reihe parkten. Schon gegen elf hielten sie es kaum noch in der Wohnung aus. Jede Live-Stimme im Radio aus der hoffnungslos verstopften Stadt machte sie nervöser. Das erregte Zittern Berlins während der letzten Tage hatte sich zum Wochenende hin zu einem heftigen Beben ausgewachsen. Der Bahnhof Zoo war dicht, die Autobahnen vom Westen her auch, aus Richtung Polen kilometerlange Kolonnen, der Ku'damm lahmgelegt, die Straße des 17. Juni schon jetzt gut gefüllt. Das Telefon läutete unentwegt.

Die Düsseldorfer waren unterwegs zur Strecke, die alten Freunde Tom und Mark würde man dort später treffen, die Engländer hatten im Hotel eingecheckt, die Münchener waren wie die meisten Frankfurter am Tag vorher eingetroffen, mit den Hamburgern hatten sie praktisch bis eben gefeiert, wie sich Felix vorwarf, als er an Mikes Küchenfenster mit ein paar Kopfschmerztabletten in der Hand in den hellgrauen Himmel schaute und skeptisch das Wetter kontrollierte.

Mike saß trübsinnig am Tisch und rührte in einem Müsli, als suche er darin Antworten. Sie hatten nur ein, zwei Stündchen in die Arena in Treptow zur Auftaktparty gehen wollen. Zum ersten Mal seit einiger Zeit war Mike wieder dabei gewesen, sogar mit seiner Viktoria, die er nur noch »meine schöne Viktoria« nannte. Er hatte sie in Telefonaten manchmal als scheu und zurückhaltend bezeichnet, wenn er begründen wollte, warum er nicht mit ihnen ausgeht. Das fand Felix nach dem Zwischenfall bei Mirco vielleicht doch etwas übertrieben, sagte aber nichts. In letzter Zeit jedoch, so berichtete der etwas verwunderte und zunächst angenehm überraschte Mike, sei Viktoria geradezu die treibende Kraft geworden, immer frage sie nach neuen Verabredungen und Gigs, einmal unterwegs, wolle sie nie nach Hause. Sie ist doch aus unserem Holz geschnitzt, Felix, auch wenn sie anders aussieht, schwärmte Mike und pries die schrankenlose Macht der Liebe. Ein so frisches Glück, das sich auch unter den extremen Bedingungen des Nachtlebens bewährt, sagte der Freund, ist ein vollkommenes.

Darüber war Felix geradezu trübsinnig geworden. Es ist zu viel des Glücks, hatte er kurz denken müssen, Mike hat anscheinend den Jackpot gewonnen, während ich wie der Blindeste mit dem Lottoschein in der Hand durch die Welt renne, auf der verzweifelten Suche nach einer Abgabestelle. In der Arena war er gestern aber eines Besseren belehrt worden, mit furchtbaren Konsequenzen für Mike, zumindest sah es gerade so aus.

Mit ihren hochgesteckten Haaren, dem teuren Schmuck, den High Heels und dem engen, sehr knappen Kleid über den offensichtlich halterlosen – wie man in einigen Sitzpositionen erahnen konnte – Strümpfen, war sich Viktoria ihres exotischen Aussehens in ihren Kreisen nicht nur bewusst, sie genoss es sichtlich. Aus jeder Geste sprach der Wille, mit dem Stand als höhere Tochter und Jurastudentin in der Raver-Gemeinde zu kokettieren. Ungefragt ließ sie mehrmals wissen, was ihr größter Wunsch sei: »Ein 3er BMW!«

Genau, dachte Felix, das ist eine gute Idee, ein 3er BMW und vielleicht zwei Gramm Hirn, das würde fürs Erste reichen, vielen Dank.

»Mike, du willst doch nicht mit so einer Frau zusammenziehen? Wie stumpf kann man denn sein?«

Mike grinste gequält.

»So ist sie eben, meine schöne Viktoria!«

Karla würde nie so etwas sagen oder denken, Felix war sich sicher.

Viktoria übersah galant die giftigen Blicke der anderen Mädchen, die neugierigen der Männer sog sie dagegen geradezu auf. Auch Felix umschwänzelte sie, berührte ihn unauffällig und flüsterte ihm im Vorbeigehen ins Ohr: »Wann setzen wir denn unsere Unterhaltung fort, da sind doch einige Punkte offen geblieben, oder?«

Ihr Lachen wirkte so kalt wie die gespielt wollüstigen Blicke, die sie ihm, aber eigentlich praktisch allen, zuwarf. Immer betrunkener wurde sie, sie flirtete hemmungslos mit allen und umarmte jeden, einige Jungs fanden das lustig.

Als Mike sie einmal um Mäßigung bat, rief sie laut: »Bist du etwa eifersüchtig? Du willst wohl nicht, dass ich hier meinen Spaß habe, wo wir endlich mal mit deinen Freunden feiern. Sonst darf ich ja nie.«

Mike hatte sehr betreten geguckt und lange alleine aufs Wasser gestarrt. Später war Viktoria mit verschiedenen Typen auf dem Weg zum Klo gesehen worden, auch mit Carlos, sogar mit dem Paten.

Sie benutzt Mike doch nur als Eintrittskarte in ein Reich, das ihr sonst in ihrem Zehlendorfer Getto verschlossen bliebe, wurde Felix klar, er hält für Liebe, was für sie bloß ein taktischer Deal ist. Aber vielleicht zersetzten die giftigen Dämpfe des Neids auch seine Wahrnehmung, er konnte es nicht ausschließen.

Dann war Viktoria plötzlich weg. Bis zum frühen Morgen, als sie aus der Halle in die Sonne wankten, blieb sie unauffindbar.

Mike rührte weiter in seinem Müsli. Die Uhr schlug halb zwölf, sie hatte sich noch nicht gemeldet. »Die schläft nur ihren Rausch aus«, hörte sich Felix sagen und glaubte es selbst nicht. Es war ihm auch egal, er hatte andere Probleme.

Um halb acht hatten sie die Arena verlassen, überrascht von der viel zu spät festgestellten Leere um sie herum. Baff waren sie gewesen, mal wieder, wie man ja sagen musste, dachte Felix bitter. Da ist einmal im Jahr Love Parade, und wir schaffen es nicht, uns zu beherrschen, nicht einmal können wir einfach nach Hause, nein, warum denn, es ist doch gerade so schön. Es war das unergründliche Geheimnis des Zeitschwunds. Eben war es drei Uhr, alles im grünen Bereich, diesmal würde man nicht abstürzen, auf keinen Fall, ein Drink noch, höchstens, vielleicht noch mal kurz zuschlagen, alles in Maßen, morgen ist doch der große Tag, heute Nacht regiert die Vernunft, logo. In der nächsten Sekunde war es halb acht.

Es blieb ein Rätsel.

So waren sie mit ein paar Freunden aus dem großen Seitentor blinzelnd in die Sonne gestolpert, während er selbst unentwegt gerufen hatte: »Noch locker vier Stunden Schlaf, kein Problem, das kriegen wir hin, vielleicht sogar viereinhalb, wenn wir später losgehen, das klappt schon!«

Das hatte alle sofort überzeugt, weswegen sie noch auf einen »letzten kleinen Absacker«, wie es geheißen hatte, in irgendeiner Kreuzberger Spelunke gelandet waren, wo er was eigentlich noch mal genau mit wem besprochen hatte, überlegte Felix und suchte ängstlich die dunklen Höhlen seines Kurzzeitgedächtnisses ab.

Er sah sich in einer Ecke sitzen mit Tessi, die Gesichter ganz nah, sie roch nach Tabak und verflogenem Parfüm, seine Nasenspitze berührte fast die ihre, er sah ihr Ohr vor seinem Mund, viel zu nah war das Ohr, nein, das durfte nicht sein, er wischte sich über die Augen und wollte, dass sich der Film hinter den Lidern in funkelnder Schwärze auflöste. Er hatte doch nicht Tessi, die in letzter Zeit öfter mit Karla unterwegs war, das ganze Karla-Dilemma in die zugegebenermaßen süßen Ohren gesäuselt, um sie danach in dieser Spelunke mit haltlosen Komplimenten sturmreif zu quatschen? Und das, nachdem sie wie nebenbei verkündet hatte, dass Karla sich von dem Langen getrennt hat oder trennen wollte, weil der sie permanent betrog?

Felix wurde schlecht.

»Mike, habe ich Tessi geküsst?«

Er könnte nicht auf die Parade gehen, er müsste sofort auswandern. Oder sich umbringen.

Mike hatte den Kopf auf beide Hände gestützt und die Müslischüssel zur Seite gerückt. Er war bleich, leichenblass, wie Felix erschrocken sah, der Mike war schon tot, in Wachs gegossen, der gute alte Häuptling moosgrüner Zahn, wie sie ihn wegen seiner früheren Zahnbürsten-Phobie einst genannt hatten, war offensichtlich abgetreten, ohne etwas zu sagen, und hatte ihm zur Beruhigung eine Mike-Kopie in die Küche gesetzt. Aber der Wachsmund bewegte sich langsam.

»Allerdings, aber daran wird sich heute keiner mehr erinnern. Und wenn, ist doch völlig egal. Lass uns noch einen Kaffee trinken und dann versuchen, rauszugehen. Ich weiß nicht, ob ich das schaffe.«

Felix fiel auf den Holzstuhl neben Mike.

Er würde sich von der Siegessäule stürzen, sodass Karla es sehen könnte, und Tessi natürlich auch, so würde bei beiden der Schock, eventuell sogar die Trauer, den Ärger überwiegen. Sogar die Parade würde er noch mitmachen können, zumindest einen Großteil, denn er müsste sich unbedingt bei Tageslicht von der Säule stürzen, damit unten alle ausweichen und Tessi und Karla ihn überhaupt sehen und somit seinen Abschied würdigen könnten. Ein Sprung im Abendlicht hat den größten Effekt, nur Idioten stürzen sich nachts herunter, dachte Felix. Der Plan war genial, er war sehr zufrieden mit sich.

Gegen zwanzig nach eins standen Mike und Felix endlich im Schatten der Wagen.

Aus allen Landesteilen hatten die Clubs und verschiedenen Musikstämme ihre Trucks geschickt. Monströse Lautsprechertürme drohten von den Ladeflächen, wo die letzten Vorbereitungen getroffen und Wagenpässe verteilt wurden. Der Ohlsen hatte ihnen welche besorgt, er selbst würde mit dem Paten mitfahren. Immer noch äußerst benommen registrierten sie vor einigen Wagen Go-go-Girls in Mikroskirts, braune Beine in hohen Stiefeln, glitterbestäubte Brüste überall, straffe Bäuche, die dazugehörigen Jungs mit ihren grotesk geformten Körpern, irgendwo glaubten sie für eine Sekunde einen riesigen Affenkopf zu erspähen. Wie Jagdpanzer in Lauerstellung warteten die Gefährte auf den Einsatz, die Besatzungen machten sich für den Angriff bereit. Eine angespannte Stille lag über allem und allen, noch durfte keine Musik angemacht werden. Aber ein Lastwagen folgte seinem ganz eigenen Rhythmus. Dort quietschten und schrien die Mädchen um die Wette, halb nackte Männer turnten verzückt über die Aufbauten, es wurde geknutscht und mit den Brüsten gewackelt, getanzt und gefeiert, als strebe die Party schon ihrer ultimativen Ekstase entgegen, obwohl die Boxen schwiegen.

Janisch stand davor, blickte grinsend hoch zu den in der Stille Entfesselten.

»Was ist mit denen, Janisch?«

Der Freund klatschte vergnügt in die Hände.

»Die Frankfurter haben sich um eine Stunde vertan und ihre Ecstasy-Bowle schon bis auf den letzten Tropfen ausgetrunken.«

»Bowle auf dem Wagen? Ist das denn erlaubt?«

Sie lachten.

»Die haben wohl unter der Hand die Wagenpässe einfach verkauft, für 100 Mark, Bowle inklusive. Irgendein Schlaumeier wollte nur mal schnell kosten, die anderen haben das gesehen, schon folgten alle dem ersten Raver-Gebot: Bescheidenheit ist eine Zier, doch weiter hilft uns meist die Gier! Also haben sich alle panisch auf den Bottich gestürzt, und – zack! – war der Eimer leer. Jetzt haben die den Salat!«

Janisch gab ihnen die Pässe, die er vom Ohlsen bekommen hatte. Auch für Felix' zwei Londoner Freunde gab es die begehrten Umhänger. Sie waren extra für die Parade angereist. Mit ihnen hatte er kurz vor seinem Umzug nach Berlin noch in allen Clubs der britischen Hauptstadt gefeiert. Sie gingen zu ihrem Wagen, vor dem Andrew und Lesley bereits mit ein paar der Mitfahrer redeten.

Carlos stand oben auf dem Führerhäuschen, er trug eine Kappe wie einst Ernst Thälmann und grüßte sie mit der Faust, als seien sie Genossen im sozialistischen Tanzkampf. Doro winkte ihnen von hinten zu, Mirco, der mit ihnen in der Arena gefeiert hatte, stützte sich mit grauem Gesicht auf der Brüstung ab, die Augen hinter einer Sonnenbrille versteckt. In dem Gewühl auf der Plattform sah Felix für eine Sekunde auch Tessi, starr vor Unwohlsein nahm er zuerst ihren Hinterkopf wahr, sie drehte sich um, etwas blass auch sie, aber schon wieder lächelbereit, ihre strahlend weißen Zähne blitzten zwischen den kirschroten Lippen, der Anblick ließ Felix sofort einen erregenden Schamschauer über die Lenden laufen, sie lachte kurz herüber, dieses herrlich unschuldige Tessi-Lachen, sie zuckte fragend mit den Schultern, sie schürzte ironisch den Mund, dann eine wegwerfende Handbewegung, die Nacht war vergessen, er würde sich nicht von der Säule stürzen müssen, zumindest nicht für sie, er war gerührt vor erschöpfter Dankbarkeit.

Auf dem Bürgersteig wurde es hektisch. Die letzten Zuspätkommer suchten ihre Trucks. Securitys nahmen um jeden Lastwagen Aufstellung, dicke Taue in der Hand, damit niemand unter die Räder gedrückt werden konnte. Vorne setzten sich die ersten Fahrzeuge in Bewegung und wurden auf dem Ernst-Reuter-Platz mit infernalischem Lärm begrüßt, obwohl die Boxen immer noch schwiegen.

Der Himmel war grau, es nieselte leicht. Enttäuscht blickten alle nach oben. Am Vortag war es trocken und heiß gewesen, und ausgerechnet jetzt verweigerte der Himmel seine Zustimmung? Mike ließ sich nicht beirren.

»Es ist noch keine 14 Uhr, nur nicht nervös werden.«

Der Ohlsen hatte ihnen gestern von der Wetterdiskussion der Organisatoren berichtet. Natürlich wollten alle eigentlich Sonnenschein. Aber in der Hitze wurde mehr Alkohol getrunken, was schlecht für die Stimmung und jede richtige Party war, Alkohol machte die Tänzer schlapp und einige Jungen aggressiv, wie alle wussten, und für die Pillenschlucker waren höhere Temperaturen gefährlich, weil sie dann noch schneller dehydrierten, wenn sie nicht genug Wasser tranken. Deswegen war ein bewölkter Himmel nicht gleich eine Katastrophe, Regen natürlich schon.

Alle schrien, der Wagen setzte sich in Bewegung. Felix stieß Mike an und drückte ihm auf Schenkelhöhe etwas in die Hand.

»Zur Feier des Tages!«

Mike schien gar nicht richtig da zu sein, sondern bei Viktoria, wo immer sie gerade auch sein mochte.

»Meinst du echt?«

Mike zögerte eine Hundertstelsekunde.

»Klar.«

»Stimmt, hast recht.«

Feiner Regenstaub setzte sich auf ihre Gesichter, oben kämpften blaue Inseln gegen die grauen Wolkenballen, in wenigen Sekunden war es 14 Uhr.

Langsam bogen sie auf den riesigen Platz ein, das Geschrei stand wie eine funkelnde Wand vor ihnen, sie beugten sich weit über das Geländer und wollten aufsaugen, was ihr Hirn nicht geordnet bekam. Sie sahen nichts außer Haut. Gesichtshaut, Armhaut, Hände, Finger, es gab keine Oberkörper, keine Beine, es war ein schäumendes Hautmeer, das sie ansaugte, der ganze Platz hob und senkte sich im Rhythmus des hektischen Atmens aller. Sie waren am Grund eines kochenden Vulkans, hier wurde das Gestein flüssig, hier würden sie sich gleich auflösen und mit allen vereinigen, damit sie sich zusammen über die Welt ergießen könnten.

Genau in dem Moment, als sich Felix zu Mike umdrehte, um in seinen Augen dieselbe euphorische Fassungslosigkeit zu entdecken, die er in sich spürte, wurden die Anlagen auf allen Wagen angeschaltet. Der Truck schien sich aufzubäumen und losrasen zu wollen, durch die vibrierende Standfläche unter ihren Füßen floss reinste Energie direkt in sie herein, die Arme flogen gen Himmel wie nach einem elektrischen Stoß, sie waren die Blitzableiter für das Zuviel des Augenblicks, die Sicherungen gegen das explodierende Jetztgefühl flogen freudig raus. Und mit den ersten Beats rissen sie auch die Gesichter nach oben, denn in genau diesem Moment brach tatsächlich die Sonne durch.

Der Platz schwebte sekundenlang, Zehntausende reckten sich dem Himmel entgegen, als wollten sie ihn dankbar streicheln für so viel Güte und Verständnis. »Gott ist ein fucking Raver!! Ich habe es dir ja gesagt!«, schrie Mike völlig außer sich in das rechte Ohr, in dem sich Felix' vorsorglich eingesetzter Stöpsel eingeschüchtert zusammengerollt und das seinen Dienst wegen akuter Überforderung praktisch sofort eingestellt hatte.

Sie ließen sich fallen in das frische Sound-Bett, in den Strudel der Euphorie, es war, als würde der Truck auf den

Händen der Tanzenden weitergereicht, der zitternde, der unter jedem Basseinschlag scheppernde Lastwagen, auf dem alle wippten und zuckten, tanzten und schrien.

Und hoch über allen, auf dem Ende eines Wagens, saß mächtig und schwer, das schwarze Gesicht hinter einer noch schwärzeren Sonnenbrille verborgen, Africa Bambaata, Schöpfer der Zulu-Nation, Musik-Gesandter aus den Tiefen der Bronx, erzählte der Ohlsen ihnen später, ganz ruhig saß der da, zufrieden blickte er auf das Werk der Töne, auf die Herrlichkeit des Moments. Er sah, wie sie dem Geist der Musik huldigten, wie auch er dem Geist der Musik huldigte, und als ihm das Mikro gereicht wurde und sich aus seinem großen, massigen Körper kleine leichte Wörter im freien Dichtfluss mit dem Beat aus den Boxen unter seinem Hintern verbrüderten, als sein Hip-Hop den Techno zum Bruder machte, aus dem Glück des Augenblicks heraus, da waren er und alle nicht mehr in Berlin, nicht mehr im alten Deutschland auf der Straße, da wurde etwas Größeres geboren, wie alle sofort übereinstimmend erklärten, etwas, das weit über alle geografischen Grenzen hinweg glänzte und ihre Herzen erwärmte.

Die Sonne brannte von oben und segnete sie mit größter Sorgfalt. Das Wasser aus den riesigen Wasserpistolen verdampfte auf den Körpern, jeder Guss wurde begrüßt und bejubelt wie ein Geschenk des Himmels, auf den Wagen bettelten sie um einen Strahl in den Rücken, auf die Brust oder in das Gesicht.

Der Film zog langsam an Felix vorbei, in Zeitlupe nur, jede Sekunde aufgefächert in tausend einzelne Bilder, die er festhalten und stundenlang betrachten wollte – die Polizisten, die sich mit noch größeren Wasserpistolen an einer Kreuzung mit Ravern ein Gefecht lieferten, die tanzende Beamtin, selbstvergessen in Uniform, das Haar aus dem

Pferdeschwanz entlassen, neben den lachenden Kollegen, dahinten plötzlich der Janisch, eben noch auf dem Truck, jetzt schwenkte er eine riesige Berlinfahne, mitten auf dem Bürgersteig, daneben ein lachendes Mädchen mit ihrem Freund, dem bekannten DJ, und immer wieder die Sekundenflirts mit Tanzenden am Rande, die Glut kleiner Blicke, die stumme Zustimmung in der Vorbeifahrt. Die Erotik des Flüchtigen. Wie sich inmitten dieser Blickwolken zwei Augenpaare irgendwo trafen, abtasteten, streichelten, wie sich für eine kleine Ewigkeit die Körper nur für den anderen bewegten, über jede Distanz hinweg, die Eindeutigkeit dieses Kennenlernens, vor allen anderen verborgen; das Begehren im Tanz in diesem Moment ist ein Verstandzerstäuber der edelsten Art, dachte Felix.

So leicht hatte er sich schon lange nicht mehr gefühlt, mit jedem Atemzug wurde er wacher, klarer, froher. Ich atme die reinste Energie, dachte er und freute sich über jeden Tanzenden der hunderttausend Tanzenden neben ihm, vor ihm, um ihn herum. Sie standen auf den Klohäuschen und waren die Laternen hochgeklettert, sie hatten sich in den wenigen Zäunen festgekrallt, drehten auf der Straße durch und bejubelten die Musik und die Wagen und sich selbst und alles zusammen.

Andrew und Lesley lachten unentwegt und küssten Felix und alle, die sich nicht schnell genug wegduckten. Was er ihnen in London da immer erzählt habe, über die griesgrämigen Deutschen, verklemmte Apokalypse-Beschwörer seien das alles, die nur aus Angst bestünden, vor sich und den anderen und vor dem Spaß sowieso, wo die denn bitte schön heute alle seien?! Nichts würden sie spüren von German Angst und teutonischer Distanz, das hier sei doch besser als der Karneval in Notting Hill, riefen sie, als sie gerade unter der S-Bahn-Brücke durchfuhren und die Stahlträger über ihnen zitterten. Felix freute sich über ihre Freude und darüber, dass sie auch im Englischen keine Worte hatten, die das Gesehene adäquat beschrieben, »fucking great«, total.

Zum Sound des Hits »Spring« von RMB bogen sie jetzt auf den Platz vor der Siegessäule ein. Felix blickte überwältigt auf die Massen, auf die flirrende Luft, in der sich der Glücksatem der Tänzer mit den Abgasen der Trucks und dem künstlichen Nebel vereinte, er sah in der Ferne das Brandenburger Tor, auf das sie vom Platz aus zusteuerten.

Plötzlich erkannte er auf einem Wagen auf der Gegenseite Karla. Sie stand gebeugt hinter den Plattentellern, hoch konzentriert, ihre blonde Mähne in einem Pferdeschwanz gebändigt, das Shirt war ihr hochgerutscht, ihre Hüfthaut blitzte hell, sie richtete sich auf, winkte seinem Wagen mit beiden Armen zu, wie alle um sie herum auch, die Besatzungen der Trucks grüßten sich, sie sah ihn, er war sich sicher, ihr Mund verzog sich, es könnte ein Lächeln sein, dachte er, er sah die geschwungenen Wellen ihrer Lippen, noch endloser erschienen ihm heute diese Linien, ganz deutlich sah er die Zahnlücke, die Wagen hielten kurz, auch er hob die Hand, er winkte den anderen, aber eigentlich nur ihr, ihre Blicke trafen sich für einen Herzensmoment, seine Atmung setzte aus, sie lächelte, nickte ihr Kopf? Schon ruckelte ihr Wagen weiter, ihr Gesicht verdeckt hinter springenden Körpern.

Sie hat gelächelt, sie hat mich angelächelt, so musste man das doch sehen, dachte Felix.

Carlos stieß ihn an.

»Was ist los? Nicht dass du mir gleich wegfliegst, mein Sohn, was ist dir widerfahren??«

»Karla hat mich angelächelt!«

»Wow, das ist ja unglaublich. Fast so gut wie ein Heiratsantrag. Dann können wir ja jetzt nach Hause gehen, oder?!«

»Danke für dein großes Verständnis!«

»Felix, guck dich um. Hier ist das Paradies, überall flattern die Engel herum, einsame, schöne Engel auf der Parade der Liebe. Da wollen wir uns nicht von den Launen irgendwelcher Karlas oder Viktorias abhängig machen, oder?!«

Mike machte eine abschätzige Handbewegung und tanzte mit seinem versteinerten Gesicht weiter, in dem ein hauchfeines Lächeln darum kämpfte, sich entfalten zu dürfen. Seine Stirn glänzte nass, das T-Shirt hatte er ausgezogen. Der alte Mike war zurück, bemerkte Felix fasziniert, der stampft jetzt mit äußerster Gewalt die bösen Gedanken an die schlimme gestrige Nacht und seine schöne Viktoria fort, auch wenn es in ihm brodelt und kocht wie in einer Dampfmaschine kurz vor der Explosion.

Felix steckte sich eine neue Zigarette an.

Sie hatte ihm zugelächelt, eindeutig.

Der Wagen steckte fest. In dem Tempo würde er nie und nimmer pünktlich zur Abschlusskundgebung zurück an der Säule sein. Er stieg ab und verabschiedete sich von Andrew und Lesley, man würde sich schon irgendwo treffen, vielleicht.

Auf den Wiesen im Tiergarten lagen die Erschöpften, der Staub stand auf den Wegen meterhoch, ein deftiger Uringestank neben den Dixiklo-Reihen ließ Felix beinahe würgen. Schwarzhändler boten ihre Ware an, Dosenberge türmten sich überall. Immer tiefer stieß er in den Park hinein. Einzelne tanzten abseits der Wege alleine für sich, neu gefundene Pärchen knutschten und erkundeten noch fremde Regionen des anderen Körpers, Hunderte lagen erschöpft unter den Bäumen. In der Nähe des Eingangs zum Tunnel, der zur Siegessäule führte, wurde das Gedränge schlimmer, minutenlang steckte er fest in bewegungslosen Massen, aber es ist eine unerhörte Friedfertigkeit selbst im eigentlich bedrohlichsten Geschiebe, dachte Felix erstaunt, trotz aller Zustände, in denen hier alle aufeinandertreffen, auch die Grobschlächtigsten.

Hinter dem Absperrgitter traf er Janisch. Der erzählte ihm vom Frankfurter Wagen, auf dem von der Ecstasy-Bowle berauscht in der Stille ja noch alle wild getanzt hätten, wie da plötzlich niemand mehr getanzt habe. Nicht nur das, man habe überhaupt niemanden mehr gesehen. Über Funk hätte die Leitstelle einen der Securitys gebeten, augenblicklich auf den Wagen zu klettern, so besorgt seien alle gewesen. Der habe dann prustend berichtet, alle seien offensichtlich so druff, dass sie neben- und übereinander auf dem Boden säßen, teilweise auch schliefen, und um keinen Preis der Welt dazu bewegt werden könnten, sich wieder hinzustellen.

Sie lachten.

Die Irren, überall.

Toll.

Janisch wollte noch auf Freunde warten, Felix ging alleine die Treppen in den Tunnel zur Siegessäule hinunter.

Karla hatte ihn angelächelt.

19. Glück

Die Stille und Kühle in dem langen unterirdischen Gang waren ein Schock. Irritiert nahm Felix die Ohrstöpsel raus und ging langsam weiter. Er war ganz allein. Ein fernes Dröhnen ließ die Wände zittern. Es war feucht, fahl das Neonlicht, nackt der graue Beton, so gemütlich wie der Führerbunker, dachte er, jemand hat hier unten die Farbe aus der Welt geklaut, weil sie oben gebraucht wird. Nach einiger Zeit musste er nach rechts einbiegen. Die Ahnung Hunderttausender Tänzer wenige Meter über ihm war so erregend wie beängstigend. Am Ende des Tunnels sah er Tageslicht. Der Beginn der breiten Treppe nach oben. Die dumpfen Basseinschläge wurden lauter, mächtige Stöße, die den Ereignissen draußen vorauseilten, erfassten ihn wie Wellen vor dem eigentlichen überwältigenden Sturm, immer schneller musste er gehen, wie von einem Strudel wurde er angesogen.

Mit jeder Stufe stieg die Temperatur, das Gedonner wurde klarer, die Luft wurde dicker, hektischer, die Moleküle wissen nicht wohin mit so viel Energie, dachte Felix aufgekratzt, während er die letzten Absätze im Spurt nahm. Der Platz vor der Treppenmündung war praktisch leer, absurd menschenleer, wie Felix dachte, mitten in diesem Menschenmeer, das links und rechts von ihm durch lächerlich schwach wirkende Absperrgitter getrennt war – eine dichte Wand aus rosafarbenem Fleisch und buntester Kleidung, aus der unzählige Arme nach oben stachen, in die heiße Sommerluft, die mit den Gesichtern um die Wette glühte.

Dieser Tunnel ist unser Geburtskanal, dachte Felix, von hier aus werden wir in die Welt geworfen, die wir wirklich wollen.

Oben vor der Säule sah er lockere Grüppchen versammelt, ohne sich umzudrehen lief er auf sie zu, eine lustvolle Furcht nahm ihn bei der Hand, er ahnte in seinem Rücken das Unglaubliche, im Nacken spürte er den heißen Atem des Ungeheuers, das sich hinter ihm lustvoll rekelte. Er drehte sich um.

Die Masse.

Die vielen.

Die unendlich vielen.

Die unfassbar und unvorstellbar vielen.

Die bis zum Horizont pumpende, schreiende, schwitzende, fröhliche Menge.

Wie auf einer Insel stand er am Fuß der Säule in einem Meer hell strahlender Antlitze, Felix vergaß für ein paar Sekunden das Atmen, ob der Schönheit des Monumentalen.

Jetzt erst registrierte er die anderen Ergriffenen, er sah Tessi und Janisch, Carlos und Doro, irgendwie hatten sie es vor ihm hierher geschafft, einige hoben gedankenverloren die Arme wie Prediger mit Blick auf das alles, als wollten sie sich und allen anderen etwas zeigen, was noch niemand zuvor so gesehen hatte.

Ein paar Ordner drängten ihn jetzt zur Seite, er sah Mikrofone auf dem obersten Plateau vor dem Säulenfuß, die Rede, natürlich, das hatte er ganz vergessen, der Professor würde gleich eine Rede halten, Dr. Motte war ja krank geworden, ganz überraschend, ein fieses Virus hatte ihn niedergestreckt und zwei Tage vor dem Höhepunkt aus dem Verkehr gezogen. Aber er hatte darauf bestanden, dass sein Text verlesen wird, um jeden Preis. Er hatte den Professor auserkoren, sein »Mental- und Geistesbruder« müsse vor die Mikrofone der

Welt treten. Felix hatte schon viel von den Gedanken Mottes gehört, deren humanistisch verschlungener Dadaismus nur selten als das eigenständige Kunstwerk gewürdigt wurde, als das er unbedingt gesehen werden musste.

Der Professor hatte die kurze Rede in eine DIN-A4-Hülle eingeschweißt, damit auch im heftigsten Regen alles leserlich bliebe. Er hatte, das wusste Felix von ihm höchstpersönlich, die wenigen Zeilen immer und immer wieder gelesen, zu Hause, in der Bahn, zwischen und während den Mahlzeiten, im Gehen, im Sitzen, vor dem Spiegel, vor einem Aufnahmegerät. Aber nur gelesen, nicht auswendig gelernt, auf gar keinen Fall, das würde alles zerstören, so der Professor zu Felix. Dann würde der Geist sich verflüchtigen und nur leerste Wortschachteln auf die Gäste prasseln, hatte der Professor befürchtet, das wolle er unter allen Umständen vermeiden, das hatte ihm Dr. Motte genau so erklärt.

Die Vorstellung der zuhörenden Hunderttausenden, die Gnadenlosigkeit der heranzoomenden Kameras, die Macht der Mikrofone, die jedes Wort und jeden Patzer weltweit bringen würden, dieser Druck machte dem Professor enorm zu schaffen.

Diese Erwartungshaltung für so eine Rede kann kein Mensch erfüllen, Felix, hatte er noch gestern Abend in der Arena erklärt, das hatte ihm Motte vorausgesagt, und er wisse jetzt genau, was er damit gemeint habe, den Spaß haben bloß die anderen. Die Aufregung für einen selbst ist die größte, die Anspannung die dramatischste, aber trotzdem muss es natürlich genau so geschehen, das will Motte, und ich werde seinen Willen erfüllen, so der Professor. Wie Motte hasste er es eigentlich, vorne in der ersten Reihe zu stehen, aber der Wunsch des Erkrankten war ihm Befehl.

Fast vierzig Minuten hatte er sich in das Innere der Säule zurückgezogen, um vor seinem Auftritt zu meditieren, erzählte Janisch Felix.

Die Musik setzte aus.

»Hallo, Dr. Motte ist krank, er grüßt euch alle schön …«

Der Professor musste bereits nach diesen Worten eine Pause einlegen, weil nach dem Wort »krank« ein bedauerndes, ein zärtlich-ironisches, kollektives »Ohhhhhh« aus Hunderttausenden Kehlen ein Weitersprechen unmöglich machte.

»Ich bin der Professor und möchte euch jetzt vorlesen, was Dr. Motte euch zu sagen hat!«

Die Menge johlte und pfiff.

Plötzlich griff Janisch Felix beim Arm und schob ihn mit Verschwörer-Miene zum Eingang der eigentlichen Säule. Felix wollte sich wehren, aber Janisch zog ihn weg.

»Felix, ich habe den super Chef-Pass, wir gehen da jetzt hoch!«

Die Security ließ sie tatsächlich durch, langsam gingen sie die Wendeltreppe zur Beobachtungsplattform. Als sie oben ankamen und sich an den Rand stellten, hörten sie nur noch ein »Viel Spaß« vom Professor, das von einem ohrenbetäubenden Bass eingeholt und begraben wurde, begrüßt von einer unendlich großen Wiese aus hochgereckten und hin und her wiegenden Armen.

Stumm gingen sie oben auf der Säule einmal im Kreis, wo eine eigenartige Stille herrschte. Janisch blieb bei einem Bekannten stehen, Felix stellte sich alleine an den Rand und blickte zum Brandenburger Tor.

Auf dem Rundgang war es wie auf einem Fels hoch über dem brodelnden Vulkan. Niemand hier tanzte, niemand schrie. Gebannt und hoch konzentriert machten sich die Organisatoren der Parade, Beobachter der Polizei und Hilfsdienste ein Bild der Lage.

So weit das Auge reichte, drängten sich die Tanzenden um die Säule und weit bis zum Horizont in allen fünf Ausfallstraßen um den großen Stern.

»Unglaublich, oder?«

Felix fuhr herum.

Karla stand neben ihm.

Die untergehende Sonne tauchte sie in ein güldenes Licht, ihr Wellenmund stand leicht offen, die blauen Augen leuchteten. Felix wagte nicht, sich zu bewegen, er wollte nicht atmen, damit das Gefühl der Hand, die er in seinem Rücken zu spüren glaubte, sich nicht verflüchtigen würde.

»Was für eine schöne Familie.«

Er nickte stumm.

So standen sie dort über dem unglaublichsten Bild, eingetaucht in das menschenfreundlichste Licht, in dem alle Konturen verschwammen und alles Hässliche und alles Schroffe wegfiel. Es war ein himmlischer Weichzeichner, der sich hier in höchster Kunst übte und den unvergesslichen Anblick gestaltete. Der leuchtende Hintergrund war die erhabene Bühne für die Musik, die das alles zusammenhielt. Nicht die Musik ist das Hintergrundgeräusch für diese Welt, sondern die Welt müsste bloß die Kulisse sein für das Perfekte und Reine der Musik, das war sein alter Traum, das war auch Karlas Traum gewesen, erinnerte sich Felix, nach einem denkwürdigen Cure-Konzert, da hatte sie auf dem Weg nach Hause von genau dieser Idee gesprochen, geschwärmt, so warm, so zärtlich und inspiriert, dass er, Felix, sich genau in diesem Moment unter dem sternenklaren Jugendhimmel in Karla verliebt hatte. Um danach zum größten Versagensexperten der Liebesgeschichte zu werden, wie er mit einem vorsichtigen Seitenblick auf ihr ebenmäßig strahlendes Gesicht dachte. Es war ihre Hand in seinem Rücken, kein Zweifel.

»Weißt du noch, unser Cure-Abend, Felix?«

»Ja.«

»So ungefähr hatten wir uns das doch gedacht, oder?«

Er nickte.

»Kulisse, Musik, alles fließt ineinander, und das Ergebnis ist das hier, unfassbar, oder?«

Er nickte erneut.

»Das mag sich komisch anhören, aber hier zu stehen, das ist, als ob all das Streben und Sehnen plötzlich aufhören würde, weil es mehr Erfüllung nicht geben kann, oder?«

Felix nickte weiter.

Ich bin ja heute wieder in Höchstform, warf er sich sogleich vor, was immer sie sagt, ich nicke wie so ein Ablagendackel im Rückfenster, ich sollte zur Abwechslung mal etwas Intelligentes sagen, dachte er, schwieg aber lieber, weil er Angst hatte, mit einem Satz alles zerstören zu können.

»Nach so vielen Jahren, verrückt, oder Felix?«

Er schrie innerlich vor Glück, er sagte nichts, er spürte, wie sie ihre Wange an seinen Oberarm legte, sein ganzer Körper bestand nur noch aus dieser einen Stelle, die ihm jetzt die Welt bedeutete, die Karla-Wangen-Stelle, er zitterte. Minutenlang sagten sie nichts, ergriffen von dem Rausch um sie herum und sich selbst, sie lächelten bloß, so wie alle um sie herum auch lächelten, die Polizisten, die Rote-Kreuz-Beobachter, selbst die Organisatoren mit ihren Headsets fingen irgendwann an, sich langsam zum Takt der Musik zu bewegen.

Als ein neuer Remix von »The Age of Love« gespielt wurde, sagte er: »Immer noch eins meiner Lieblingsstücke.«

Sie guckte ihn erstaunt und erfreut an.

»Von mir auch!«

Er spürte, wie Karlas Hüfte von der Seite gegen seine stieß, immer deutlicher, rhythmischer, und als ob jemand ein Signal gegeben hätte, lösten sie sich ein wenig voneinander, um neben- und miteinander zu tanzen, wie Felix beglückt registrierte, es ist ein Aufeinanderzutanzen in jedem Sinne des Wortes, so muss man das doch sehen, dachte er, auf der Säulenplattform hoch über allen und allem.

Karla hatte die Augen leicht geschlossen, sie griff seine linke Hand und ließ sie für endlose Sekunden nicht mehr los, irgendwann zog sie ihn zu sich oder sich zu ihm, das war egal, ganz dicht stand sie bei ihm, ihr Kopf ruhte für einen Augenblick auf seiner Brust, ihre blauen Augen waren Strudel, die ihn hinabzogen, dahin, wo er hingezogen werden wollte.

»Ich muss wieder los, Felix.«

»Sehen wir uns heute noch mal?«

»Das hoffe ich doch. Auf jeden Fall.«

Ihre Lippen berührten ihn flüchtig auf dem Mund. Er roch das Heu, er spürte die Hitze ihres Körpers, er berührte die Haut ihrer Unterarme, ganz kurz, es war ein elektrischer Funkenregen, schon war sie fort, das Gefühl blieb. Felix verharrte in dieser Karla-Gedankenwolke und ließ den Blick immer wieder über dieses Meer aus leuchtenden Gesichtern im Abendrot gleiten.

Sie hatte »Auf jeden Fall« gesagt.

Plötzlich fiel ihm ein riesiger schwarzer Gorillakopf auf, eine überlebensgroße Attrappe, die versuchte, sich durch die Massen über den verstopften Platz Richtung Park zu kämpfen. Wie eine große Boje wurde der Kopf in den Körperwellen hin und her geworfen, mal trieb er ein paar Meter zurück in Richtung Säule, dann drohte die Gestalt zu kippen, windschief kämpfte sie gegen das Gesetz der Schwerkraft, zum Vergnügen aller Umstehenden drehten ein paar Jungs sie sinnlos schnell um die eigene Achse, wie bei einem Kindergeburtstag, dachte Felix und musste lachen, als er sah, dass die Drehenden von anderen angefeuert wurden. Der Gorilla wedelte erst noch hektisch mit den kleinen Fellärmchen, gab sich dann aber willenlos seinem Kreiselschicksal hin.

Janisch kam auf ihn zu, kopfschüttelnd zeigte er in die Gorillakopf-Richtung.

»In dessen Haut möchte man jetzt auch nicht stecken!«

»Ja, wie kann man nur so bescheuert sein?«

»Das weiß nur der Pate allein.«

»Das ist der Pate?«

Janisch nickte. Das hatte ihm eben der Ohlsen erzählt, der mit dem Paten den Nachmittag auf einem Truck verbracht hatte. Tagelang habe der von nichts anderem gesprochen, nur in diesem Gewand wollte er auf die Parade gehen, so der Ohlsen. Seit Jahren mache er sich für alle zum Affen, so müsse er doch die feindseligen Reaktionen aus allen Richtungen interpretieren, wie der Niederste werde er behandelt, respektlos und unverfroren, niemand zolle ihm Anerkennung, dabei sei er einer der Letzten seiner Art, vergleichbar nur mit einer bedrohten Tierart, auch seinen wahren Wert werde die undankbare Techno-Welt erst erkennen, wenn es zu spät sei. In immer düsterere, depressivere Visionen und Erklärungen habe sich der Pate verrannt, berichtete der Janisch das Gehörte, während der Gorilla allmählich nach hinten durchgereicht wurde – fast wie einer der großen Gummibälle, die alle auf den Händen um die Siegessäule tanzen ließen.

»Aber wieso gerade jetzt, was war der Auslöser?«

»Hast du mal von seinen Plänen für einen Desert-Rave in Kuwait und eine Party auf dem Platz des Himmlischen Friedens gehört?«

Janisch hatte die Stimme unnatürlich hochgezogen und die Worte sehr gespreizt, als hielte er sich allein beim Aussprechen dieser Begriffe bereits selbst für einen maßlosen Übertreiber.

»Ja klar.«

»Tja, das war wohl alles Mumpitz.«

»Wieso?«

»Alle mussten nur noch für diese Projekte arbeiten, bis hin zu detaillierten Flugplänen war praktisch alles fertig. Immer wahnsinnigere Dinge hat der gefordert, Lichtdome, illuminierte Luftschiffe, einen 200 Meter hohen Tanzturm für die United Nations of Dance, grandiose Sachen waren dabei, Geld spielte keine Rolle, er hatte ja alle Weltkonzerne im Sack, wie es immer hieß.«

»Der Pate halt.«

»Stimmt, das haben auch alle gedacht. Bisschen komisch war wohl, dass er alleine den Kontakt zu den jeweiligen Regierungsstellen und Konzernen halten wollte, es war strengstens verboten, selbst mit diesen Partnern zu kommunizieren, alle arbeiteten wie im Blindflug. Und dann hat mal ein ahnungsloser Praktikant bei der irakischen Botschaft angerufen, die laut dem Paten federführend in der Sache für die Wüste war. Der wollte nur eine lapidare Frage zu einem Visum beantwortet haben – aber die wussten von rein gar nichts. Kurzum, nach ein, zwei weiteren Telefonaten war klar: Diese Projekte existieren nur im Hirn des Paten. Nichts von alldem stimmte.«

»Wahnsinn.«

»Als sie ihn damit konfrontierten, ist er zusammengebrochen, regelrecht überrascht schien er zu sein. Wie, die wissen von nichts?, soll er mit Tränen in den Augen gefragt haben. Nach zwei Tagen kam er mit dem Kostüm in die Agentur und ist seitdem auf 180!«

Beide lachten.

Der irre Pate.

Sie suchten den Horizont noch einmal nach dem Gorillakopf ab.

Er war verschwunden.

Die Dunkelheit fiel auf die Menge und machte sie zu einer verschworenen Gemeinschaft. Scheinwerfer-Reigen tanzten über allen Köpfen, einige Strahler schnitten wie Lichtmesser durch die Menge, ganz selten zog irgendwo ein Krankenwagen mit Blaulicht seine Spur, Felix blieb einfach dort oben, er wollte nirgendwo anders mehr sein, seit mehr als acht Stunden vibrierte der Tiergarten schon, es gab keine Anzeichen von Müdigkeit.

Plötzlich verkündete die klare weibliche Ansager-Stimme auf Englisch mit ihrem unnachahmlichen, zutiefst erotischen Londoner Akzent den nächsten Auftritt:

»DJ Karla, Berlin, Germany.«

Felix war völlig perplex.

Er wusste, dass sie es zu einigem Ruhm auf den Dancefloors der Republik und in Berlin gebracht hatte, sie war neben Marusha eine der wenigen erfolgreichen Frauen in dem Geschäft, aber dass sie jetzt hier, auf der Parade, an der Säule – er war wie gelähmt vor Freude und Stolz. Als ihr drängender Beat in seinen Körper fuhr, fing er einfach an, alleine für sich und für sie zu tanzen.

Nach ihrem Set rannte er nach unten, er kam zu spät, er fand sie nicht, so intensiv er auch suchte. Das Ende der Parade war abzusehen, es war kurz vor 23 Uhr, unten vor der Säule tanzten jetzt alle, selbst die Organisatoren, denen die Last der Verantwortung langsam von den Schultern glitt. Mike hatte anscheinend Viktoria wiedergefunden, Arm in Arm standen sie auf den Stufen. Alle waren vereint durch die Gänsehaut auf Körper und Geist, das Sprachzentrum kapitulierte, das Bild war zu gewaltig. Sie warfen sich nur noch zustimmende Blicke zu, selten ein paar Worte.

Hammer, oder?

Total!

Wahnsinn?!

Auf jeden Fall.

Der schönste Moment in meinem Leben.

Ja.

Selbst der Drehler schien ergriffen zu sein. Etwas abseits stand er unten vor der Säule, er lächelte, und für einen Augenblick meinte Felix, sachte Bewegungen am Drehler auszumachen, die man wohlwollend als leichte Tanzimpulse interpretieren konnte. Dieter, der Muffel-Opa von der Podiumsdiskussion, würdigte die Szenerie vor ihm mit keinem Blick und redete heftig auf den Drehler ein. Als sich Felix aus der Dunkelheit langsam den beiden näherte, verstand er nur einzelne Worte und Satzfetzen. »Damals auf dem Ku'damm ...«, »... jetzt doch totaler Kommerz ...« und »... Ausverkauf, habe ich gleich gewusst ...« Beim Stichwort »... war damals alles viel besser ...« schlug Felix dem Drehler freundlich auf die Schulter. »Mensch Drehler, du und der Dieter, da haben sich aber zwei gefunden, oder? Du musst vorsichtiger sein, ich habe gesehen, dass du eben gezuckt hast. Nicht dass du noch anfängst zu tanzen, wenn einer sieht, dass du hier Spaß hast, bist du doch deinen Job los!«

Drehler zuckte ängstlich zusammen.

»Und Drehler, wie gefällt dir das mit den Massen? Da musst du doch bestimmt sofort an den Reichsparteitag denken, oder?« Felix zog an dem Pass, der um den Drehlerschen Hals hing und auf dem »Love Parade – Friend« stand.

»Mensch, Drehler, du alter Heuchler, du bist doch nicht plötzlich vom Paradenhasser zum Freund mutiert, wo hast du den denn geklaut?«

Der Drehler grinste gequält, Dieter verzog angewidert das Gesicht. Felix ging lachend weiter.

Karla war weg. Von der aufgebrachten Tessi hörte er, dass sie nach ihrem Auftritt geradewegs in den Langen gestolpert sei, der sich ausgerechnet unten am Fuße der Bühne einen Spaß daraus gemacht habe, die hysterisch gut gelaunte Jenny praktisch auszuziehen und die Halbnackte vor allen mit seinen Pranken zu bearbeiten. Die entsetzte Karla habe sich an ihm vorbeidrücken wollen, sei aber vom schwer angeschlagenen Langen festgehalten und so beleidigt worden, dass mehrere Securitys sie schließlich aus seinem Griff befreien mussten, was praktisch in einer Art kurzer Schlägerei ausgeartet sei. Weinend sei Karla dann schnell von einem Betreuer durch den Tunnel in Sicherheit gebracht worden. Wohin sie wollte, war nicht bekannt.

Felix ging sofort los.

Er musste sie sehen.

Heute Nacht noch.

20. Die anderen

Felix sank in einen der weichen Sessel in der Hotellobby. Eben waren sie doch noch im Tresorgarten gewesen, versuchte er eine Analyse der letzten Stunden oder Tage, schließlich war es schon Sonntagnacht, vielleicht auch Montag, das machte keinen großen Unterschied.

Überall hatte er Karla gesucht, nirgends gesehen. Wo immer er hinkam, er war zu spät oder am gänzlich falschen Ort. Einige hatten sie getroffen, direkt nach der Parade, aufgelöst, wütend, später in ungewohnt hysterischer Feierlaune, die nicht sehr entspannt wirkte, wie ihm berichtet wurde. Die riesigen Entfernungen, die verstopften Clubs, das Chaos auf den Straßen, jede Fahrt zur nächsten Location, wo er sie vermutete, schien Stunden zu dauern. Durch die Taxischeiben beobachtete er gerührt das Treiben in der Stadt. Auf jedem Grünstreifen wurde getanzt, an jeder Ecke kam es zu spontanen Mini-Raves. Wer keine Party fand oder nicht mehr in die Clubs kam, holte sich einfach Boxen aus dem Auto und besetzte die nächste Kreuzung, niemand hupte, niemand regte sich auf, Berlin war Technostadt durch und durch, die Polizei ließ fast alle gewähren, es war eine fröhliche, entspannte Anarchie. »Das ist die Welt, wie wir sie wirklich wollen.«

Es war noch grandioser, als sie es sich jemals gedacht hätten.

Warum hatte Karla nicht gewartet?

Er verstand, dass sie durch die Szene an der Siegesäule verärgert war, aber trotzdem. Oder hatte er ihre Begegnung auf der Säule überbewertet? Felix suchte sie in unzähligen Locations und Clubs, immer erschöpfter wurde er, immer resignierter. Er gab auf, Karla war nicht zu finden. Irgendwann nahm er die freundlichen Gaben, die ihm überall ungefragt gereicht wurden, einfach an und fuhr, es musste Sonntagnachmittag gewesen sein, in den Tresorgarten.

Sven Väth übernahm die Regie in seinem Kopf.

Tanzen war die einzig mögliche Antwort auf das Ziehen in seiner Brust.

Er wollte gar nicht mehr weg aus den hellbraunen Staubwolken vor der Bühne, aus dieser surrealen Szene, die ihm wie ein einziges, großartiges Ritual eines vergessenen Stammes vorkam. Hunderte Halbnackte auf engstem Raum unter freiem Himmel, die Füße im trockenen, harten Dreck, die Sonne und der Schlafentzug hatten sich in die Gesichter der Paradiessucher gebrannt, kaum jemand redete, es war alles gesagt, sie tanzten wie die Verrückten, alles in ihnen schrie nach Bewegung. Väth ließ keine Gnade walten. Es war, als hätten sie alle genau diese 24 Stunden Vorbereitungszeit gebraucht, die Parade und die diversen Clubs danach, um auch den letzten Ballast abwerfen zu können. Felix ließ seinen Körper einfach in dem Soundgewitter baumeln, er verweigerte jeden Gedanken und jedes Erschöpfungsgefühl, er überließ demütig dem Schamanen hinter den Plattentellern seine Hülle, und er wurde nicht enttäuscht, sondern immer weiter und weiter gespült, an einen Bewusstseins-Strand, an dem er die größten Beatwellen heruntersurfen konnte. Andere Orte folgten, es wurde dunkel und wieder hell, und überall war Musik.

Wie er es in das Hotel geschafft hatte, blieb unklar. Der Sessel war groß und weich, das allein zählte. Die Füße passten kaum noch in die Turnschuhe, die Beine wollten nicht mehr bewegt werden, das Shirt klebte ihm nass an der Brust. Jemand drückte ihm wortlos eine Flasche Wasser in die Hand, die er dankbar annahm. Karla ward nicht mehr gesehen, Mike weg, Ohlsen auch, Tessi und Doro verschollen. Sein Kinn fiel auf die Brust, träge schlichen die Gedanken durch den wattigen Kopf.

Die Lobby glich einem Lazarett, überall hingen und lagen Menschen auf den Polstern, selbst auf dem Boden betteten sich die Erschöpften, auf zwei, drei Tischen tanzten einige Verwegene ohne Musik, wenige normale Gäste drückten sich an der Seite vorbei zu ihren Fahrstühlen, fassungslos beobachteten Mitarbeiter die feindliche Übernahme der ravenden Banden. Er sah, wie Janisch und Carlos mit großen, weißen Säcken über der Schulter über Sofas und Tische balancierten, Gläser klirrten, helles Lachen begleitete ihren Hindernislauf, bis sie sich in der Mitte niederließen und die Gaben verteilten: Hunderte kleine Fläschchen purzelten aus dem weißen Stoff, umfunktionierte Tischdecken offensichtlich, es musste der Beutezug aus allen Minibars aller Hotelzimmer Berlins sein, dachte Felix beeindruckt. Wie Heuschrecken sprangen die wenigen Umstehenden, die sich noch bewegen konnten, auf die freien Gaben zu.

Als er von der Toilette in die Lobby zurückging, sah er den Ohlsen neben der Rezeption stehen, von zwei Polizeibeamten und einem Hotelangestellten umringt. Der Ohlsen schien den Männern, die abwechselnd in kurzen Sätzen auf ihn einredeten, sehr konzentriert zuzuhören, sein Kiefer kaute den ein oder anderen Gedanken weg, in einem unbestimmten Rhythmus zuckte der Freund entschuldigend mit den Schultern. Felix hielt sich fern, weil ihn die Situation etwas überforderte. Festnahme, Razzia, Flucht, die um ihn herum ausbrechende hysterische Zügellosigkeit, die mit größter Lust zelebrierte Dekadenz ließ alles möglich erscheinen.

»Die kapieren nicht, dass man Genies nicht mit normalen Maßstäben bewerten kann«, sagte der Ohlsen, als er mit verbissenen Gesichtszügen auf ihn zukam. Felix erschrak. Fertig sahen sie alle aus, die Spuren der letzten Nächte und Tage und wohl auch Wochen trugen sie wie Souvenirs in den kaputten Gesichtern. Aber den Ohlsen hat es besonders hart getroffen, dachte Felix alarmiert. Dünn wirkte er, geradezu abgemagert, steinhart das Gesicht, absurd definiert die mahlenden Kiefermuskeln, der große Ohlsensche Mund hing viel zu schief am großen Ohlsen-Kopf, die Augen machten, was sie wollten, offensichtlich getrennt voneinander. Der Ohlsen stand in einer schwarzen Wolke, so kam es Felix vor, kein Glanz erhellte mehr seine Peripherie, das optimistisch Zügellose war einer kaputten Ruhelosigkeit gewichen. Wir sehen alle aus wie Gremlins auf Ecstasy nach der Dusche, dachte er, aber den Ohlsen haben sie offensichtlich viel zu tief in den Bottich getaucht.

»Ohlsen, ich verstehe kein Wort!«

»Die suchen anscheinend den Paten.«

»Überrascht mich nicht wirklich«, rutschte es Felix raus.

Der Ohlsen guckte ihn verächtlich an.

»Was verstehst du denn schon, Felix? Meinst du etwa, du hast den Durchblick, nur weil du hier so ein bisschen als Banker auf Edel-Raver am Wochenende machst?«

Die Verachtung in der Ohlsenschen Stimme war schneidend. Seine Kiefer mahlten heftig. Wie weit wir schon auseinander sind, dachte Felix erschrocken, jetzt fiel ihm auf, wie schnell sie sich voneinander entfernt hatten in diesen Monaten. Als die unbesiegbaren drei waren sie aufgebrochen, Mike, der Ohlsen und er selbst, die gleichen Ziele, die gleichen Träume, die gleiche Szene. War wohl doch bloß eine Illusion, fiel ihm auf, und er wurde wütend über die Kaltschnäuzigkeit des auf einmal so fremden Freundes vor ihm. Wir sind alle so kaputt, dachte er, aber der Ohlsen ist der

Kaputteste. Er spürte eine spontane Lust, den Freund niederzuschlagen. Er konnte sich nur mühsam beherrschen.

»Also, warum suchen sie deinen Gott?«

Der Ohlsen schnaubte. Seine blutleeren, schmalen Lippen verzogen sich zu einem mitleidigen Lächeln.

»Der Pate hat oben in der Präsidentensuite mit einer schönen Blonden wohl irgendwelche interessanten Inka-Riten vollführt – leider hatte er das Zimmer gar nicht gebucht.«

»Der Pate interessiert sich für Frauen? Na, das sind doch mal echte Neuigkeiten!«

»Dich dürfte vor allem interessieren, dass sich ihre Beschreibung verdammt nach Karla anhörte!«

Triumphierend fixierte der Ohlsen Felix.

Sein Kopf explodierte.

»Die muss geschrien haben wie am Spieß. Als der Etagenkellner geklopft hat, stand sie nackt und aus diversen feinen Ritzern an den Armen, Oberschenkeln und Brüsten blutend lachend in der Tür, und im Hintergrund schleckte ein nackter Typ mit einem großen Gorillaschädel ein langes Kampfmesser ab. Mitten im Raum hatten sie mit Laken so eine Art Altar nachgebaut, alles mit Blut besprenkelt. Die Blonde konnte gar nicht aufhören zu lachen, sie hätten gerade total viel Spaß und wünschten ihre Ruhe. Als der Kellner nach ihren Namen gefragt hat, wollte sie ihn aussperren, es kam zu einer Rangelei, der Kellner fiel hin, die beiden sind an ihm vorbei, raus auf den Flur, halb nackt, der Pate immer noch mit dem Fellschädel obendrauf.«

»Karla?! Bist du dir sicher?«

Felix konnte die Frage kaum artikulieren, seine Stimmbänder streckten die Waffen. Er wollte die Augen schließen und in seinem Bett aufwachen, ein böser Traum das alles, nicht mehr, der Schlafmangel vielleicht, er hätte sich jetzt gerne hingelegt.

»Tut mir leid, vielleicht täusche ich mich, aber die Beschreibung passte schon, außerdem war ich vorher noch mit beiden hier unten vor ein paar Stunden!«

Der Ohlsen hielt ihm eine halb volle Champagnerflasche hin, die er sich einfach vom nächsten Tisch gegriffen hatte.

»Aber vielleicht hat der Pate sein Kostüm verliehen, und die Blonde sah nur ein bisschen ähnlich aus, wer kann das schon so genau sagen, um diese Zeit, in diesen Zuständen?«, hörte sich Felix schwach fragen.

»Beim Paten habe ich keinen Zweifel, die Beamten haben mir den besten Beweis genannt!«

»Und zwar?«

»Das Zimmer hätte einen beißenden Geruch verströmt, den jüngeren Beamten erinnerte das an den Komposthaufen seiner Schwiegereltern, die einen Bauernhof haben.«

»O Gott!«

»Genau.«

»Scheiße!«

Felix sackte zusammen. Er hätte jetzt gerne geweint. Ihm fehlte die Kraft.

»Ach, komm Felix, vergiss die, prost!«

Das Felixsche Hirn schaltete auf Notversorgung, um die Heftigkeit der Gedanken abzumildern. Er starrte dem Ohlsen hinterher. Karla. Der Pate. Er sah sie oben mit ihm auf der Säule stehen, er hörte ihre Stimme in seinem Ohr, wie sie weggegangen war, dieser Blick, sie wollten sich doch wiedersehen, sie hatte es gesagt.

Der Zustrom von draußen riss nicht ab, immer neue Raver drängten herein, wahrscheinlich wussten die Hotelmenschen gar nicht, dass sich Carlos heute einen großen Spaß daraus gemacht hatte, übers Radio ganz Berlin einzuladen, dachte Felix. Am Nachmittag hatte er in einem Interview verkündet, der von allen geschätzte Ohlsen werde den Abschluss der Parade mit den Frankfurtern in der Hotelbar zelebrieren,

Freidrinks inklusive, so kommet in Scharen, hatte der Carlos mehrfach begeistert in das Mikro gerufen, bringt alle mit, auf dass es eine unvergessliche Nacht werde.

Plötzlich wurde das Gejohle aus der Bar frenetisch. Felix vernahm dumpfe Klopfgeräusche, elektrostatisches Brummen, eine sich überschlagende Stimme, die ihn entfernt an den Ohlsen erinnerte, die aber im Rauschen und Tosen der Kreischfrequenzen unterging. Mühsam wuchtete er sich hoch und drängte durch den dichten Kordon der Leiber vor der edlen Tränke. Der Lärm schwoll an, die Ohlsensche Stimme war jetzt eindeutig identifiziert, bruchstückhaft flog sie durch den Raum, verstärkt durch die Boxen, der Ohlsen musste am Mikro stehen.

Gellende Schreie, markerschütternde Pfiffe, um ihn herum entgleisten vor Begeisterung dutzendfach Gesichter, das Klopfen wurde drängender, es roch nach Schweiß, chemischem Schweiß, dachte Felix, allein die Luft hier machte ihn wieder fit, der Irrsinn griff über, das Blut zischelte und siedete in jeder Ader neben ihm. Der Feier-Marathon hatte schreckliche Spuren hinterlassen, tiefe Augenringe, versteifte Partien im Antlitz, hart die Gesichter. Jetzt erst sah Felix den Grund des Aufruhrs. Mitten auf dem Tresen stand der Ohlsen mir heruntergelassener Hose, in einer Hand ein großes schwarzes Mikrofon, in der anderen Hand seinen Schwanz. Und mit triumphierendem Blick schlug er in schnellem Takt das Mikro gegen den Schwanz oder den Schwanz gegen das Mikro, wie jetzt genau, war nicht sofort klar, das Klopfen dröhnte durch die Boxen weit in die Lobby hinein. Der Ohlsen will wohl eine Rede ankündigen, dachte Felix und starrte fasziniert auf die schwarz-weiße Fleisch-Metall-Kombination.

Hinter dem Tresen wurde gerade die Crew überrollt, einzelne Gäste versuchten über das Holz zu kriechen, andere drängten von der Seite heran, es gab kleinere Handgemenge, dann resignierte Gesichter in Bar-Uniform, die Selbstbedienung war jetzt garantiert. Es wurde ruhiger.

»Ah, ich sehe meinen Freund Felix da unten, dann kann ich endlich anfangen.« Der Ohlsen winkte ihm zu, Felix reagierte nicht, er war plötzlich unangenehm berührt von Ohlsen, von allen um ihn herum, von sich selbst natürlich am meisten, er hielt sich kaum noch aus, was machte er bloß hier? Das ganze Ohlsen-Gesicht war noch mehr aus der Fassung gefallen, von eckigen Mundbewegungen in einem steten Fluss gehalten.

»Ist übrigens Karla hier?«

Felix traute seinen Ohren nicht.

Aus den Boxen schepperte das Wort, der Name der Heiligen, hart gegen sein Ohr. War der Ohlsen von Sinnen?

»Ist Karla hier, ihr kennt doch Karla, oder? Die tolle, unfassbare Karla, ist die hier?« Felix schüttelte reflexartig den Kopf, sein Hals vertrocknete in dieser Sekunde, sein Körper meldete Katastrophenalarm.

»Karla, Karla, Karla ...«

Der Ohlsen intonierte einen kleinen Sprechchor, in den augenblicklich fast alle Umstehenden lachend einfielen.

»Karla, Karla, Karla.«

Bevor Felix die Lage analysieren konnte, hob der Ohlsen bereits wieder die jetzt von Felix wie nichts anderes auf diesem Planeten gefürchtete Ohlsensche Stimme an:

»Die ganze Welt soll es wissen: Mein Freund liebt Karla – und Karla liebt Felix, da bin ich mir sicher. Karla und Felix sind das absolute Traumpaar, leider kommen sie nicht richtig zueinander. Sie ist gerade anderweitig beschäftigt, mit einer ganz scharfen Nummer, wie wir aus zuverlässiger Quelle erfahren haben. Ich denke, ihr stimmt mir zu, dass das unbedingt geändert werden muss, wir wollen einen Sieg der Liebe, einen Applaus für Felix und Karla!«

Einige in der Bar, die ihn kannten, schrien zu ihm herüber, viele klatschten, einfach so, weil es sich gerade gut anfühlte, in diesem wahnsinngeschwängerten Raum mit allen zusammen zu klatschen, auch wenn sie wahrscheinlich nicht genau wussten, von wem oder was hier eigentlich die Rede war.

Ich werde ihn töten müssen, ganz langsam, dachte Felix, es wird für ihn keinen Freundschaftsbonus geben und keine Aussicht auf verminderte Schuldfähigkeit, ich möchte ihn schreien hören und um Gnade winseln, aber es wird nichts geben, außer maximalen Schmerz.

Der Ohlsen ging jetzt sofort zu seiner eigentlichen Rede über, die Hose hatte er hochgezogen, nur der Reißverschluss stand noch offen. Die ersten Minuten der Ansprache bekam Felix, eingekeilt zwischen den dampfenden Körpern direkt unterhalb vom Ohlsen, kaum mit. Zu beschäftigt war er, den Innerlichkeitszirkus unter Kontrolle zu bekommen. Er studierte die Gesichter der Zuhörenden. Wahrscheinlich kann sich jetzt schon keiner mehr an den Ohlsenschen Ausfall erinnern, dachte Felix, nicht in diesen Tagen, wo eine Sensation die nächste jagt, wo es nur ein Jetzt und nie ein Gestern oder ein Morgen gibt. Aber er würde den Ohlsen quälen, das stand fest.

Reflexartig tunkte er seinen angefeuchteten Zeigefinger in einen durchsichtigen Plastikbeutel mit reinem MDMA, den ihm jemand hinhielt. Die Nervenenden meldeten bitterste Bitterkeit, es schüttelte ihn kurz durch, die verheißungsvollen Kristalle wurden von seinem Körper mit einer vorauseilenden Hitzewelle begrüßt.

Vielleicht meinte der Ohlsen, sein alter Freund Ohlsen, es doch nicht böse, vielleicht wollte er ihm wirklich helfen, es war nicht auszuschließen, er würde es mit dem Foltern nicht überstürzen dürfen, erst mal abwarten, das kann nicht schaden, dachte Felix, dippte noch einmal tief in den Beutel, schleckte die weißen Partikel von seinem Finger und spülte mit einer Cola nach.

Im Grunde musste er dem Ohlsen doch zutiefst dankbar sein. Nicht als der Empörteste, der Zerschmettertste, sondern nur als der Dankbarste dürfte er eigentlich auftreten, nicht foltern und peinigen, nein, liebkosen und für immer in den Himmel heben müsste er seinen Freund, den tollen Ohlsen. Denn bei all den kläglich gescheiterten und brutal missverstandenen Kommunikationsversuchen mit der Lieblichen hatte er es doch nicht geschafft, die eigentliche Botschaft so klarzumachen, dass sie beide sich auch nur einen Deut näher gekommen wären.

Er hatte sie jahrelang ignoriert, er hatte sie vor den Kopf gestoßen, er war doch der ungeschickte Holzklotz. Kein Wunder, dass sie sich zu bizarren Messerspielchen mit dem Paten hinreißen ließ, nahm er die Vermisste jetzt einmal in Schutz. Vielleicht war er einer dieser Herzbehinderten, die Hilfe von außen brauchten, die sich selbst und allen anderen im Wege standen. Er sollte also beten, dass die Lautsprecher die reine Wahrheit aus dem Ohlsenschen Mund bis hinter den Ural transportiert hatten. Ich darf dem Freund nicht zürnen, resümierte Felix in neuer Lebensentspannung, ich sollte Choräle intonieren und die Heerscharen des Herrn um den Ohlsen und seine Wahrhaftigkeit tänzeln lassen. Bewegt konzentrierte er sich jetzt auf den Freund, der auf dem Tresen wie ein Volkstribun redete.

»Trotz aller Streitereien im Vorfeld, da draußen war heute das Glück auf den Straßen, jeder hat seinen Teil mitgebracht, jeder hat sich seinen Teil abgeholt. Das macht uns stark, so stark wie noch nie. Darauf müssen wir aufbauen, das ist der wahre Klang der Familie, unsere eigentliche Stärke, hier in Berlin, aber auch in Frankfurt, in München, in Düsseldorf, überall auf der Welt.«

Alle klatschten und pfiffen, der Ohlsen nahm einen tiefen Schluck aus einer Wasserflasche.

»Wir haben andere Ziele, andere Wünsche, andere Träume als alle anderen da draußen. Wir sind anders. Wir erfüllen uns unsere Ziele, wir erfüllen uns unsere Wünsche, wir leben unsere Träume. Da draußen gibt es doch nur Gescheiterte, deren ängstliche Gesichter auf den Straßen so krank aussehen, wie sie in ihren kaputten Köpfen ja auch alle sind. Wenn wir aus den Clubs in die düstere Echtwelt stoßen, fühlen wir uns wie Könige inmitten der Ahnungslosen, die aschfahl zur Arbeit hetzen, traurig und frustriert, die nichts ahnen von den allnächtlichen Eruptionen in ihrer Stadt. Das sind alles Lebensbehinderte, die schon beim ersten Exzessgrad, und damit also beim allerkleinsten Lebendigkeitsgrad, kläglich versagen und scheitern würden, weil sie nicht die notwendige Selbstaufgabebereitschaft mitbringen, weil ihre Hirne vom furchtbarsten Kontrollwahn beherrscht werden, weil sie Angst vor der Freiheit haben – und vor ihren eigenen Wünschen und der Gier, die sie in sich spüren und die sie fürchten, wie eine Krankheit, die ausbrechen könnte. Sie werfen sich der Welt nicht entgegen und fordern alles, im Gegenteil, sie verstecken sich hinter ihrer Angst und hoffen, das wahre Leben entdeckt sie dort nicht, weil sie das Neue lähmt und einschüchtert, und weil jedes echte Gefühl ihr komplettes Sein infrage stellen würde. Das ist für uns aber, die wir uns permanent der Welt entgegenstürzen, natürlich die allerunerträglichste Vorstellung. Sie wollen nicht vom Glück kosten, denn sie ahnen, dass sie sich dann sofort der Schalheit ihrer Leben bewusst würden, dieses mühsam verwalteten Lebensmangels, den sie sich als normal zurechtlügen. Sie wollen in ihrem Dämmerzustand nicht gestört werden, weil sie sich sonst selbst nicht mehr ertragen könnten. Aber wenn sie abends unruhig im Bett liegen, dann spüren auch sie dieses Ziehen und wissen nicht wohin damit.

Ich sage euch: Wenn die anderen da draußen einmal in ihrem Leben, nur ein einziges Mal!, so viel Liebe, Wahnsinn, Wärme, Hysterie, Freude und fliegendes Glück erleben würden wie wir hier heute, wäre die Welt sofort eine andere, weil dann niemand mehr zurück in seinen Alltag wollte.«

Der Ohlsen guckte triumphierend in die Runde, die ihn ob der unerwartet ernsten Ansprache noch gebannter als vorher anstarrte.

»Sie alle spüren diese unbestimmte Sehnsucht, das Verlangen nach etwas anderem, aber sie verbieten sich diesen Weg, diese Selbsttäuscher, sie bleiben in ihren engen Grenzen gefangen – und eigentlich sollten wir froh darüber sein, denn so stehen sie uns nachts wenigstens nicht blöd im Wege. Aber unser Ziel muss sein, sie alle zu überzeugen, sie alle mitzunehmen, sie alle kosten zu lassen von unserer Erkenntnis. Daran lasst uns weiter arbeiten. Ich liebe euch alle!«

Erschöpft sank der Ohlsen nieder, er hockte jetzt auf dem Tresen, das Mikro baumelte zwischen den Beinen, der Schweißfilm auf seiner Stirn glänzte. Er lächelte. Nach einer Sekunde der stillen Verblüffung wurde der Ohlsen, der Größte Raver aller Zeiten, mit tosendem Applaus überschüttet. Felix kämpfte sich durch die Jubelnden, zog den Freund an sich und küsste ihn stumm auf die Wange. Schon war der Ohlsen umringt von Dutzenden, die ihn vom Tresen zogen und zerdrücken wollten. Felix ging zurück in die Lobby. Unser Ohlsen, dachte er gerührt.

Der Zerfallsprozess hatte eine neue Stufe erreicht, wie Felix sofort erkennen konnte. Auf dem Tresen der verlassenen Rezeption hatten Carlos und Janisch eine Line gelegt, die kein anderes Ziel hatte, als sie damit ins Guinness-Buch der Rekorde zu bringen. Dick und breit wie die A3 zogen sich die Koksbahnen über das polierte Holz, um das sich eine erwartungsfrohe Gruppe mit gerollten Geldscheinen versammelt hatte, die anscheinend auf ein Startzeichen wartete. Dichte Nebelschwaden hingen über der Lobby, überall glimmten Joints, Felix legte sich einfach irgendwo dazu, zog an einem besonders gewaltigen Exemplar und schloss für ein paar Minuten die Augen. Der Ohlsen hatte recht – mit allem, dachte Felix aufgewühlt, besonders aber mit Karla.

Als er später an der Bar vorbeiging, um wieder zum Tresor zu fahren, sah er den Ohlsen erneut auf dem Tresen, diesmal auf allen vieren, der weiße Ohlsen-Hintern blitzte zwischen den Köpfen der Umstehenden. Unser Ohlsen kriecht nackt über den verdammten Tresen, dachte Felix, irgendwie kriegt der heute seine Hose nicht schnell genug aus. Kaum hing der Ohlsen zu lange mit den Frankfurtern ab, schon passierten im Ohlsenschen Hirn noch seltsamere Dinge als sonst. Er versuchte kurz, den genauen Sinn und Zweck des erneuten Ohlsenschen Exhibitionismus zu ergründen, aber das war auf die Entfernung kaum möglich. Der Lange stand in einer sehr konzentrierten Beobachterposition direkt hinter dem Ohlsenschen Gesäß, das sich – weiß und strahlend – nur wenige Zentimeter vor der Nase des Langen nackt in der Schwebe hielt. Der Ohlsen selbst, rot vor Aufregung oder Anstrengung, vielleicht auch nur wegen der zugeführten Betriebsstoffe, hantierte mit irgendwas Länglichem in der Hand zwischen seinen Beinen, änderte ein wenig die Position, reichte die Hand zum eigenen Hintern, der Lange schien Anweisungen zu geben, wie ein Arbeiter auf dem Bau einem Kranführer, er deutete mit den Händen jetzt abnehmende Entfernungen zwischen was auch immer an, um sie herum klatschten die Mädchen und Jungen rhythmisch zu irgendwas, das Felix nicht verstehen konnte. Er ging weiter. Viel später in der Nacht traf er Mike, der Viktoria schon wieder verloren hatte und deswegen sehr trübsinnig alleine in einer Ecke hing.

»Hey Felix, hast du schon gehört?«

»Was?«

»Das mit dem Ohlsen?«

»Was genau?«

»Der Ohlsen soll in der Hotelbar, nackt auf dem Tresen kriechend, sehr eigenartige Dinge mit dem Nuss-Spender gemacht haben.«

»Was?«

»Ja, der Lange hat dirigiert, und alle Frankfurter haben begeistert applaudiert. Und mittendrin ging ein Hotelangestellter zum nackten Ohlsen und fragte ihn ganz freundlich, ob sie den Nuss-Spender mit auf seine Rechnung oder auf ein Zimmer schreiben sollen!«

»Mike!«

»Ich schwöre!«

Am frühen Dienstagmorgen trennten sie sich sehr müde auf der Leipziger Straße, dreckig und kaputt, jetzt erst bemerkte Felix, dass er immer noch den Wagenpass um den Hals hängen hatte – die Parade, die hatte er beinahe schon wieder vergessen.

21. Exit

Er verschlief den ganzen Dienstag, nur einmal verließ er die Wohnung, um sich neue Zigaretten und mehr Aspirin zu holen. Den Montag hatte er sich vorsorglich freigenommen, den Dienstag nicht, er ahnte die Konsequenzen, sie waren ihm egal.

Dr. Kellers Sekretärin probierte es mehrere Male, sie bat um dringenden Rückruf, ihre Stimme war nicht mehr schneidend, eher von einem unbeteiligten Desinteresse. Sie hat mich schon abgeschrieben, dachte Felix dämmernd auf dem Bett, es ist wahrscheinlich nur noch ein Verwaltungsritual, das ich über mich ergehen lassen muss. Die Aussicht stimmte ihn geradezu heiter. Die Vorstellung, in die Bank zu gehen, erschien ihm unversehens wie eine tragikomische Unvermeidbarkeit, mit all den Lebensbehinderten dort, wie sie der Ohlsen so treffend genannt hatte.

Er hätte gerne mit Karla geredet, aber sie war anscheinend nicht in der Stadt. Sie legte zumindest nirgendwo auf, im Partysan-Terminkalender stand nichts, niemand hatte etwas gehört, seine Anrufe wurden nicht beantwortet.

In einem Anfall von katerbedingter Sentimentalität ließ er eine ganze Cure-Platte auf ihren Anrufbeantworter laufen. Danach schämte er sich ein bisschen. Aber für den nachfolgenden Entschuldigungsanruf noch mehr. Toll, kommt die irgendwann nach Hause und hat zwanzig Anrufe vom Anrufgenie Felix auf der Maschine, der sich 19 Mal für den eben erfolgten Anruf davor entschuldigt, stramme Leistung,

Herr Felix, muss man erst mal bringen, das wird ihr imponieren.

Er musste immer wieder an Ohlsens Messer-Geschichte denken, mit dem Paten, das konnte nicht sein, warum hatte er nicht einfach vor der Bühne auf sie gewartet, alles hätte so einfach sein können, wenigstens einmal.

Er fühlte sich einsam.

Die Stadt war nach den Exzessen der vergangenen Tage in eine Art Wachkoma gefallen. Alle brauchten Ruhe, Doro, Tessi und der Ohlsen waren mit einem ganzen Haufen anderer gleich nach Ibiza geflogen. Mike war sehr kurz angebunden, du musst verstehen, sagte er, Viktoria ist wieder aufgetaucht, wir brauchen Zeit nach diesen Verwirrungen.

»Was für Verwirrungen, ist sie sich nicht mehr sicher wegen des 3er BMW, oder was?!«, stieß Felix heftig in den Hörer.

Mike legte sofort auf.

Mittwochmorgen zog er sein feinstes weißes Hemd an, dazu die Manschettenknöpfe mit Perlmuttbeschlag, die er einst von seinem Großvater zur Kommunion bekommen hatte. Die Krawatte passte gut zu dem scharf geschnittenen Anzug aus der Savile Row, den er sich nach dem Studium für seinen ersten Job bei Barclays hatte machen lassen, die raspelkurzen blondierten Haare ließen das konservative Outfit sehr viel verwegener wirken, er gefiel sich. Heute wollte er perfekt aussehen. Und die alte Regel aus der Londoner City hieß ja: Wenn du kaum noch gehen kannst, hält dich nur ein guter Anzug zusammen.

Pünktlich um halb neun stand er vor der Kellerschen Sekretärin. Sie verzog zynisch ihren Mund und sagte: »Na, wenigstens haben Sie sich heute ordentlich angezogen!«

Herr Dr. Keller bat ihn in sein Zimmer, seine Gesten waren ökonomisch, der Ton hanseatisch höflich.

»Ich bin mir sicher, Felix, Sie wissen, was Sie jetzt erwartet.«

»Ich kann es mir fast denken, Herr Dr. Keller.«

»Felix, die Entwicklung tut mir wahrscheinlich selbst von allen am meisten leid, aber ich habe Sie gewarnt, ich habe alles getan, was man wohl aus meiner Position heraus tun kann, aber ich glaube, Sie wollten überhaupt keine Hilfe, im Gegenteil, ich vermute, Sie hatten es darauf angelegt, das ist Ihnen ja nicht einfach so passiert, oder?!«

Der Keller sah Felix aufrichtig interessiert an. Der Keller ist kein Dummkopf, dachte Felix wieder mal, irgendwo tief hinter der Stirnplatte und vorbei an den vielen eisernen Safes in seinen glatten Gängen glimmt noch etwas Feuer, da haucht noch etwas Leben, das ist ihm nicht völlig fremd, dem Keller.

»Das kann man vielleicht wirklich nicht behaupten, Herr Dr. Keller.«

Er war eben noch kurz davor gewesen, hier wie ein Ohlsen aufzuspringen, um seinem Chef mal zu erklären, was für eine Existenz er, der liebe Herr Dr. Keller, hier eigentlich friste, als lebender Toter unter anderen Lebensdarstellern, er hätte ihm erzählen können vom wahren Glück und echter Ekstase, aber dann dachte er an Karla und wie weit weg sie von ihm war – und damit das echte Glück, zumindest ein Glück, das er gerne hätte.

Wer weiß, hatte er für eine Sekunde denken müssen, als sein Blick über die heute überraschend weichen Gesichtszüge des Kellerschen glitten, vielleicht hat der alte Keller zu Hause seine eigene Karla sitzen und feiert jeden Tag seine ganz persönliche Love Parade, seit Jahren schon, eventuell sogar mit ein paar tollen Kindern, was weiß ich denn darüber? Vielleicht hat der Keller mir ja eigentlich einiges voraus, egal, wie steif und tot der in diesen Räumen manchmal wirkt. Der muss seine Viktoria wahrscheinlich nicht jede

Nacht suchen wie Mike oder seiner Karla zwanzig Mal auf den Anrufbeantworter sprechen wie ich.

»Ach Felix, was hätten Sie bei uns alles erreichen können, der Weg stand Ihnen offen, wirklich, Sie waren meine große Hoffnung, aber …«

Er stockte und musterte seine tadellos manikürten Hände aufmerksam.

»Mein Sohn, ich habe Ihnen ja mal von dem erzählt, ist auch laufend unterwegs, Tag und Nacht, gar nichts anderes will er machen, kein Studium, keinen anderen Job, er hasst praktisch alles andere. Jetzt hat er auch noch angefangen, Musik zu machen, so nennt er das zumindest, Sie wissen schon, ohne Instrumente, nur mit Plattenspielern …«

Dr. Keller hielt inne, als ob er selber nicht wüsste, wohin ihn diese Ausführungen bringen würden.

»Ich verstehe das ja zum Teil, als Vater. Als Chef mit der Verantwortung für dieses Haus kann ich das natürlich nicht akzeptieren, zumindest dann nicht, wenn das eine dem anderen in die Quere kommt. Sie hatten die Wahl, Felix, Sie hätten beides haben können, diesen fantastischen Job und Ihr anderes Leben, aber, na ja, was erzähle ich Ihnen, Sie wissen ja selbst, wie es in den letzten Wochen gelaufen ist.«

Sein Ton wurde wieder kräftiger, dienstlicher, er stand auf, Felix folgte automatisch der Bewegung.

»Felix, wegen des wiederholten unentschuldigten Fernbleibens von Ihrem Arbeitsplatz und dem damit einhergehenden groben Verstoß gegen Ihre vertraglich festgelegten Dienstpflichten werden Sie hiermit fristlos gekündigt. Ich muss Sie bitten, gleich mit Fräulein Weber, meiner Sekretärin, zu Ihrem Schreibtisch zu gehen, diesen zu räumen, Ihre Schlüssel abzugeben und dann das Gebäude unverzüglich zu verlassen. Ab neun Uhr dreißig haben Sie für diese Räume und dieses Unternehmen Hausverbot. Alles Weitere erfahren Sie schriftlich von unserer Personalabteilung. Haben Sie alles verstanden – oder noch Fragen?«

»Nein, das war klar und deutlich.«

Herr Dr. Keller kam einen Schritt auf ihn zu und schüttelte ihm die Hand.

»Alles Gute, Felix. Passen Sie auf sich auf. Und dürfte Ihnen mein Sohn vielleicht einmal ein Band mit seiner sogenannten Musik zuschicken …?«

Sie mussten beide lachen.

Innerhalb von weniger als zwanzig Minuten hatte Felix alles erledigt. Fräulein Weber küsste ihn unten an der Glastür völlig unvorbereitet sogar auf beide Wangen und meinte keck: »Vielleicht laufen wir uns ja nachts mal irgendwo über den Weg …?«, bevor sie sich umdrehte und auf den hohen Pumps zurück zum Fahrstuhl stöckelte.

Draußen sah er sich noch einmal um.

Oben am Fenster stand Herr Dr. Keller.

Er nickte.

Felix hob kurz die Hand.

Er rannte zum Taxistand.

Er fühlte sich leicht und frei.

Dr. Keller sei Dank.

Zu Hause blinkte der Anrufbeantworter. Es war Tessi. Sie wollte nur sagen, wie toll es auf Ibiza sei, alle seien da, er fehle ihnen, sie säßen gerade in einem Café am Strand, sie freuten sich schon auf das Wiedersehen. Ach, übrigens, bevor ich es vergesse, fügte sie noch hinzu. Es sei unfassbar, aber sie hätten hier tatsächlich durch Zufall Karla getroffen, und die wolle ihm auch noch etwas sagen.

Felix stoppte sofort die Maschine, holte sich ein Bier und setzte sich aufs Bett, bevor er die Play-Taste erneut drückte.

»Hallo Felix, hier ist Karla. Sorry, dass ich nicht auf dich gewartet habe an der Säule, aber da gab es heftigen Stress« –

Felix musste sofort an den Langen und Jenny vor der Bühne denken – »da wollte ich nur noch weg. Ich bin dann gleich ins Matrix, wo ich noch auflegen musste, und dann nach Hause, weil ich ja Sonntagabend schon zu meinen Eltern geflogen bin, die hier Urlaub machen. Ich hoffe, wir sehen uns bald wieder. Das scheint ja mit uns ein bisschen schwierig zu sein.«

Sie lachte.

»Ich bin in zehn Tagen zurück. Ich brauche ein bisschen Abstand von diesem ganzen Berlin-Ausgeh-Irrsinn. Und danke für die Cure-Platte auf meinem Anrufbeantworter, habe ich eben von hier abgehört. Du Spinner. Ich freue mich auf dich. Bis bald, tschüs!«

Sonntagabend geflogen?

Dann war sie nicht Montagabend mit dem Paten auf dem Hotelzimmer gewesen.

Felix schrie »Yes!« in die stille Wohnung und schmiss die Krawatte in eine Ecke.

Alles würde gut, er war sich sicher.

22. Festnahme

Felix ruhte sich die nächsten Tage aus und beschloss, sich erst einmal keine Gedanken über seine berufliche Zukunft zu machen. Irgendwas würde sich schon finden, mittlerweile kannte er ja genug Leute in Berlin. Immer wieder fragten ihn Clubbetreiber oder kleine Labels um Rat in Finanzdingen, das würde für den Anfang reichen.

Am Freitag kehrten die Ersten aus Ibiza zurück, sie trafen sich alle bei Mirco.

Doro, Carlos und Tessi saßen bereits mit Felix am Tisch, Mike und Viktoria kamen etwas später. Die beiden redeten kaum miteinander, es war, als trenne sie eine unsichtbare Wand, Viktoria trank einen Wein nach dem anderen und guckte Mike dabei spöttisch an, der rauchte schweigend und bestellte mehr Schnaps. Als Felix Mike auf der Toilette fragte, was sei, antwortete der sehr knapp, alles sei in Ordnung, man dürfe ja wohl auch mal etwas weniger reden, der Umzug von Viktoria in seine Wohnung verzögere sich, ihr Studium, die vielen Prüfungen, eine blöde Phase, das gehe bald vorbei.

Felix hielt die Spannung zwischen den beiden am Tisch kaum aus. Was für eine Verschwendung von Energie, dachte er bloß, diese Einsamkeit zu zweit, ohne Zwang ergeben sie sich diesem Schicksal, sie klammern sich aneinander wie Ertrinkende und gehen zusammen unter, obwohl sie sich doch retten wollten. Weil sie sich den Fehler nicht eingestehen, begehen sie täglich mehr, bis die Verletzungen so groß sind, dass sie sich bald für ihr eigenes Fehlverhalten genauso hassen wie den Menschen, von dem sie noch vor Kurzem glaubten, er könne sie erlösen. Er musste an Karla denken, sie würden sich beschwingen und bestärken, er war sich sicher. Er vermisste sie sehr.

Sie waren gerade beim Hauptgang, als der Ohlsen völlig aufgelöst angelaufen kam. Der Freund stolperte zum Tisch, er japste und wedelte mit den Armen, panisch war sein Blick, unkontrolliert der ganze Ohlsensche Lebensapparat. Mike hielt ihm eine Flasche Wasser hin, er wurde auf einen Stuhl gezwungen. Langsam kam er wieder zu Atem.

Am späten Nachmittag seien plötzlich die Hauptsponsoren völlig unerwartet in der Agentur aufgetaucht, wo sie gerade ein bisschen gefeiert hätten, um sich für die Nachtschicht zu präparieren. Eigentlich hätte er ja gerade seine birmesische Palmenblatt-Therapie hinter sich, mit der die Gifte ein für alle Mal aus den ermatteten Zellen getrieben worden seien, aber er habe sich trotz aller Gegenwehr nicht dem Sog entziehen können. Nur um nicht als Aussätziger zu gelten, habe er mitgemacht.

»Ist klar, Ohlsen.«

»Ja, natürlich Ohlsen, hätten wir nicht anders von dir erwartet.«

»Wie, ihr glaubt mir nicht?«

»Sprich einfach weiter!«

Während der Ohlsen Probleme hatte, die Ereignisse in eine erzählbare Form zu bringen, betrachtete Felix aus der Distanz den Freund. Zu auffällig betonte der Ohlsen in letzter Zeit, dass er ja eigentlich gerade pausiere und nicht mehr feiere, sondern nur für diesen oder jenen Abend eine besondere Ausnahme mache. Immer war er gerade auf irgendeiner absurden makrobiotischen Diät, auf einer speziellen Entgiftungskur, beim Heilfasten, in der kenianischen Quallenbehandlung zur Organreinigung oder sonst was, stets bemüht, den Gesunden zu spielen, als ob er damit seinen Verfall kaschieren könnte. Selten sprach er nur noch von der Musik, lange hatte er ihn schon nicht mehr tanzen sehen, der Ohlsen feierte mit dem Paten seit geraumer Zeit eine ganz eigene Party.

Das Nachtleben forderte bei ihnen allen einen Preis. Jede Woche mindestens zwei, drei Tage am Stück durchzumachen war normal, so normal, dass viele Mädchen freitags vorm Ausgehen ein paar frische Höschen einsteckten, damit sie bis montags versorgt waren. Der Schlafmangel war ein ständiger Begleiter, der von den Freunden der Chemieindustrie nach Hause geschickt werden musste, gegessen wurde an solchen Wochenenden nur, wenn man mal zufällig dran dachte. Das ließ sie alle nicht so aussehen, als kämen sie gerade von der Beautyfarm, dachte Felix.

Im Ohlsenschen Gesicht aber hatten die Spuren eine scharfe Endgültigkeit erreicht. Das gespenstisch Blasse war sein ständiger Look. Tiefe Schluchten hatten sich in das Gewebe von der Nase zum Mund hineingefressen, das Ausgezehrte war der bestimmendste Eindruck, der Ohlsen, da waren sich alle einig, entwickelte das typische Koksgesicht.

Die Nähe zum Paten macht ihn kaputt, resümierte Felix, der ist das schwarze Loch, das den Ohlsen wegsaugt. Der Spaß, die Begeisterung, das Leichte, das Schwebende waren etwas sehr Schwerem gewichen, etwas Manischem, da waren keine tänzelnden Gedanken mehr, nur noch Paranoia, kalter Größenwahn und die sinnlose Denkarbeit krankhaft Getriebener.

Der Ohlsen berichtete, dass nicht nur der Hallesch und die süße Fromm im Flur gestanden hätten, ihre netten Ansprechpartner beim wichtigsten Geldgeber, sondern auch drei sehr geschäftsmäßig wirkende Anzugträger, die mit einem sehr fordernden Unterton sofort den Paten zu sprechen verlangt hätten, sagte der Ohlsen mit sehr schwacher Stimme, in der sich die maßlose Erschöpfung breitmachte, von der sein Gesicht kündete.

Sofort habe er nach dem Paten geschaut, der in der Küche gerade eine kleine Arbeits-Line gezogen hätte, und ihm von der Ankunft der Truppe berichtet.

»Da presste er mich an seinen warmen Körper und sagte: Mein lieber Ohlsen, es ist High Noon, willst du Zeuge einer historischen Situation werden? Ich werde dir jetzt zeigen, wie man als echter Raver Haltung bewahrt!«

Ernst habe der Pate gewirkt, allein das feinmaschige Netz aus Tausenden geplatzten Äderchen habe seine Gesichtszüge noch zusammenhalten können, so der Ohlsen, zum ersten Mal seit Wochen habe er noch nicht einmal mehr seinen stechenden Geruch wahrgenommen, als sei der Prozess der inneren Verwesung in diesem Moment gestoppt oder abgeschlossen worden.

»Dann drehte er sich um, kippte die eben erst eingepackten Reste auf die Anrichte, nahm alles auf einmal und drängte mich dann mit den Worten: ›Showtime!‹ zum Flur.«

Der Ohlsen trank dankbar das bereitgestellte Bier und wischte sich über die dampfende Stirn. Alle starrten ihn an, selbst Mirco hatte sich zu ihnen gesetzt.

Am langen Konferenztisch hätten sich der Pate und die Sponsoren mit ihren Aktenbergen gegenübergesessen wie bei einer Nahostkonferenz, alle Mitarbeiter der Agentur standen stumm in einem Halbkreis hinter dem Paten. Kalt und frostig habe ihn von hinten die Angst der Freunde angeweht, die wohl das Schlimmste befürchteten, wie er, Ohlsen, selbst auch.

»Was gibt's denn?«, habe der Pate lässig über den Tisch hinweg gefragt und sich dabei permanent an die Nase gefasst, Sachen von seinen Fingern abgeleckt und auch ein oder zwei Mal vernehmlich gerülpst.

Der Älteste von den drei Anzugträgern stellte sich als Chef einer ganz besonders wichtigen Wichtigkanzlei vor. Sie hätten ein paar Fragen zu klären, gerne auch unter vier Augen, was er denn vorziehe.

Der Pate habe bloß geantwortet: »Mein Büro, mein Team, meine Regeln. Wenn Ihnen das nicht passt, da vorne ist die Tür!«

Der Anwalt der Alkohol-Firma fing sofort mit einer langen Liste schwerster Vorwürfe an. Der Pate wischte sich beim Zuhören glänzende Sekrete von der Nase, so der Ohlsen. Es ging, grob gesagt, um Betrug im großen Stil, den sie ihm jetzt haargenau nachweisen könnten.

Die vom Paten genannten Sponsor-Summen seien ihnen immer schon maßlos übertrieben vorgekommen, sagte der Ohlsen, aber wenn er sich dabei gut fühlt und uns alle weiterhin so gut bezahlt, gibt es dagegen nichts zu sagen, das war der Konsens. Doch bei der Ansprache des grauhaarigen Anwalts sei urplötzlich allen bewusst geworden, so der Ohlsen atemlos, dass der Pate sie alle offensichtlich nicht mit maßlos übertriebenen Zahlen angelogen habe, sondern mit maßlos untertriebenen Zahlen! Er hatte der Firma offensichtlich noch viel abstrusere Beträge abgeknöpft und sich noch viel monströsere Summen eingesteckt, als alle ohnehin immer vermutet hatten.

Mit unzähligen Kopien bewies der Anwalt, wie hemmungslos und systematisch der Pate sie hinters Licht geführt hatte mit gefälschten Kostennachweisen. Er, Ohlsen, sei geradezu beeindruckt gewesen von der Raffinesse des Paten, von seiner überbordenden Fantasie und Kaltschnäuzigkeit.

In die staunende und auch ehrfürchtige Stille nach dem Verlesen aller Punkte habe der Anwalt den Paten mit frostiger Stimme gefragt:

»Kann es eigentlich sein, dass Sie uns die ganze Zeit massiv beschissen haben?«

Der Pate habe für einen kurzen Moment wie erstarrt gewirkt, man hatte das Gefühl, so der Ohlsen, die Ahnung vom Ende stelle sie alle in einen kalten Schatten. Dann habe sich der Pate mit seinem löffelartigen Fingernagel irgendetwas in die Nase geschaufelt und den Anwalt mit leicht verhangenem Blick von unten mitfühlend angeguckt:

»Ja, das kann man so sagen.«

Er habe seinen Worten hinterhergehorcht und noch lauter wiederholt:

»Das kann man nicht nur sagen, das muss man unbedingt so sagen. Ich habe euch von vorne bis hinten gnadenlos beschissen, weil man solche Würstchen wie euch nicht nur bescheißen kann, sondern in jedem Fall bescheißen muss, weil ihr Würstchen ja unbedingt beschissen werden wollt, weil ihr das geil findet, von vorne bis hinten beschissen zu werden!«

Die letzten Worte brüllte der Pate, so der Ohlsen, dabei habe er auf den Tisch geschlagen, dass die Gläser geklirrt hätten und einige Wasserflaschen umgefallen seien. Der einzige Daseinszweck solcher Firmen wie der ihren sei es doch, von Menschen wie ihm ausgebeutet zu werden, am besten bis zur völligen Zahlungsunfähigkeit. Nichts als Ekel empfinde er bei ihrem Anblick, nicht nur er, sie alle ja würden Firmen wie sie nur unter den größten körperlichen und intellektuellen Würgereizen überhaupt ertragen können, ihre dummdreiste Anbiederung, ihre erbärmlichen Ansichten, ihr visionsloses Gestammel, ihre unerträglich spießige Beeindruckbarkeit schon bei den allerlächerlichsten Normalitäten sei nichts als eine kaum erträgliche Zumutung, und für all diese Gemeinheiten und Niederkeiten und ihre geldbefeuerte Großkotzigkeit müssten sie bluten, bis nichts mehr da sei, und wenn sie damit nicht rechnen würden, sei ihnen auch nicht mehr zu helfen.

Der Pate sei außer Rand und Band gewesen und habe sich aus seiner kleinen Tüte während dieser furiosen Gegenrede etwas in seine linke Hand gekippt und das alles aus der Handfläche heraus aufgesogen, ganz weiß sei seine Nasenspitze gewesen. Am Anfang habe er sich noch ab und zu mit der Handfläche glänzende Feuchtigkeitsstreifen weggewischt, alsbald habe er es aber laufen und sogar auf die Unterlagen tropfen lassen.

»Irgendwann ist er auf den Tisch gesprungen und mit hervorquellenden Augen brüllend auf den Anwalt zugekrochen, die fürchterlichsten Drohungen hat er geschrien und nach den Anzugträgern geschlagen, er würde gleich Saddam Hussein anrufen, er hätte die besten Verbindungen, sie könnten sich auf das Schlimmste gefasst machen, der chinesische Geheimdienst stünde bereit, die ganze Rave-Nation würde sie zermalmen und zerfetzen, bis in das letzte Glied ihrer erbärmlichen Verwandtschaft würden sie bestraft – es war unfassbar!«

Der Ohlsen zündete sich jetzt umständlich eine Zigarette an und inhalierte tief. Niemand am Tisch sagte ein Wort.

»Plötzlich standen überall Zivilbeamte in den Räumen, die alles durchsuchten, während ein paar versuchten, den Paten zu bändigen, der Schaum vor dem Mund hatte und augenblicklich in Sicherheitsgewahrsam genommen wurde. Wir alle mussten unsere Personalien registrieren lassen und dann schleunigst das Büro verlassen. Und wisst ihr, was das Dollste war?«

Alle schüttelten den Kopf.

»In genau diesem Augenblick roch es wieder nach Komposthaufen, nach verfaultem Obst, nach verrottetem Material, wirklich, als sie ihn abführten, strömte aus seinen Poren wieder der altbekannte Gestank der Verwesung. Hinterher hieß es, sie haben ihn in eine geschlossene Anstalt eingeliefert, wo er zunächst zur Entgiftung und zur Beobachtung ein paar Tage bleiben soll. Die Klageschriften sind seinem Anwalt bereits zugestellt worden.«

Erschöpft lehnte sich der Ohlsen zurück. Sein Blick wehte durch den Raum, seine Kiefermuskeln arbeiteten, die Muskelstränge vibrierten unter der grobporigen Haut.

»Der arme Pate«, murmelte er, »mein armer Pate.«

Fahrig fuhr er sich durch das Gesicht, er nestelte an der Hose und trommelte auf den Tisch.

»Mein armer Pate«, sagte er immer wieder.

Er verschwand für längere Zeit auf dem Klo und kam schniefend zurück. Er stierte gegen ein Glas, faltete sinnlos eine Serviette und rieb sich die Nase, die er hochzog, als bekäme er keine Luft mehr. Auf Fragen antwortete er nicht mehr, vielleicht nahm er sie gar nicht mehr wahr.

Mirco stellte Wein auf den Tisch.

Er habe ja immer gesagt, dass man sich besser gleich umbringe, niemand habe jemals wirklich auf ihn hören wollen, das habe man nun davon. Keinen Grund gebe es doch, sich diesen Qualen auszusetzen. Er wolle sich keinesfalls aufdrängen, aber wenn Interesse bestünde, sei er durchaus bereit, den ein oder anderen Tipp für eine solch radikale Lösung vorzutragen. Er habe heute Morgen erst wieder in einer Dokumentation auf BBC World von einem neuen Verfahren gehört, bei dem sich selbst ängstliche Gemüter sicher fühlen könnten. Aus Litauen …

»Ist schon gut, Mirco, reicht jetzt!«

Doro guckte Mirco strafend an, der beleidigt in der Küche verschwand.

Felix fiel jetzt erst auf, dass Viktoria nicht mehr am Tisch saß. Sie sei schon gegangen, erklärte ein genervter Mike, das Thema habe sie gelangweilt, sie wolle den Rest des Abends lieber alleine verbringen.

Mike schüttete sich und allen anderen Wein ein.
Der Ohlsen sprang auf und rannte aus dem Restaurant.

Felix musste an Karla denken, wo sie um diese Zeit wohl sein würde, in einem Restaurant am Strand vielleicht, die Wellen würden sanft auf den Sand schlagen, begleitet von einer angenehmen Brise, ihre weiche Haut noch erhitzt von der strengen Sonne, ganz ruhig wäre es, untermalt von ein paar sanften Beats, er wäre jetzt gerne dort, mit ihr.

Er sah sich an dem Tisch sitzen, mit Tessi, Carlos und Doro, die über die Paten-Geschichte und den Ohlsen lachten, als sei das lustig, er sah Mike, der mit sich und einem Gefühl kämpfte, das er mit Viktoria verband, weil er sich um keinen Preis eingestehen wollte, das er so allein war wie sie alle, die sich die Summe der kleinen Glückserlebnisse in den langen Nächten manchmal zu etwas zurechtlogen, das die überwältigende Leere mehr als nur überdeckte.

»Prost!«, sagte Mike.

Heute Abend würden sie sich nicht schonen.

23. Absturz

Sie zogen wie ein Trupp versprengter Soldaten durch die Morgensonne, einer zerstörter als der andere. Felix lief mit halb geschlossenen Augen neben einem fremden Jungen und Janisch, der sich leise mit einem der beiden Mädchen unterhielt, die sie irgendwo aufgelesen hatten. Doro und Tessi waren nicht mehr da, sie hatten die beiden irgendwo verloren. Der Ohlsen war in den frühen Morgenstunden wieder zu ihnen gestoßen. Felix wusste nicht, wo es hinging, es war ihm egal, Hauptsache, sie würden bald ankommen.

Der Ohlsen redete ohne Unterlass auf jeden und alles ein, die Lippen staubtrocken und rissig, mit tanzenden Pupillen und wirrem Haar, er federte leichtfüßig um sie herum. Er wolle sofort noch etwas nehmen, wie lange es denn noch dauere, was denn mit den Mädchen sei, wo sie überhaupt hingingen, mit wem er gleich schlafen könne, wer noch was hätte, sie seien doch viel zu viele, er wolle nicht teilen, ob nicht vielleicht jemand doch mal kurz seinen Schwanz sehen wolle, er fühle sich so gut, warum denn alle schwiegen, auf was für einer Beerdigung er denn gelandet sei.

Niemand hörte genau hin, seine Litanei war ein monotones Plätschern im großen Strom der Erschöpfung.

Ein Treppenhaus, viel zu viele Stufen, matt hallte Ohlsens ratternde Stimme von den unverputzten Wänden wider. Sie traten in eine Wohnung, die seit dem Mauerfall nicht mehr gelüftet worden war, wie Felix dachte, und die Milbenkolonien auf dem Teppich erinnern sich wahrscheinlich noch an die alliierten Bombenangriffe. Mit dem Rücken zur Tür saß ein Junge vor einem Bildschirm, in ein altes Computerspiel versunken, Pac-Man, wie Felix zu erkennen glaubte, er rührte sich nicht bei ihrem Eintritt, nur seine Finger hasteten über die Tastatur.

Neben einer der großen Boxen am Zimmerrand hörten sie ein leises, regelmäßiges Tackern. Dort kauerte, eingeklemmt zwischen einem Lautsprecherturm und einem schwarzen Ledersessel, ein Mädchen mit kurzem rotem Haar, das hektisch und hoch konzentriert mit einer Geldkarte weiße Bröckchen zu Pulver zerstieß, kurz pausierte und das frisch Gehackte mit einem gerollten 50-Mark-Schein einsaugte. Sie lachte kurz auf, sehr künstlich und ein bisschen irre, dann hackte sie weiter in einem fort, sie drehte sich nicht um.

Janisch, der Ohlsen und die beiden Mädchen schmissen sich auf das Sofa, der dürre Junge, der mitgekommen war, drehte die Anlage – ein endloser Loop des immergleichen Tracks – so stark auf, dass sich die Bassmembran nach außen stülpte, verschwand hinter einer der hinteren Türen und wurde nicht mehr gesehen. Der Ohlsen zappelte auf dem Sofa umher, griff sich eine BZ, warf sie weg, nahm einen Schluck aus der Wodka-Flasche, die dort stand, schlug Janisch auf den Oberschenkel und fasste sich in den Schritt, er wippte kurz zur Musik, zündete sich eine Zigarette an, nahm einen Zug, einen zweiten, er drehte den Kopf nach links und nach rechts, dann sah er das Mädchen neben sich an, strich ihr etwas am Bein lang, erst wie beiläufig, dann intensiv, an der Seite und auch am Knie, sie ließ es geschehen, als sie auf sein entgleistes Grinsen nicht reagierte, fragte er sie laut: »Wollen wir ficken?«

Fasziniert bemerkte Felix vom Fußboden aus, dass die Ohlsensche Mundmuskulatur mittlerweile so steif war, dass er praktisch mit geschlossenen Zähnen sprach und es das entscheidende Wort nur noch als ein »figgen« durch die halb geöffneten Lippen schaffte. Man konnte förmlich sehen, wie der Ohlsensche Körperapparat im Inneren verzweifelt kämpfte, um die noch vorhandenen Rest-Energien auf die wichtigsten Organfunktionen einerseits und seinen brennenden Kopulationswunsch andererseits zu verteilen.

Das Mädchen starrte den Ohlsen an, stand auf und verschwand hinter derselben Tür wie der Junge. Da haben sie wahrscheinlich eine Art schwer gesicherten Bunker für Überfälle wie diese, dachte Felix, oder da sitzt das Team von »Vorsicht Falle«.

Der Ohlsen drehte sich zu dem zweiten Mädchen um, er griff zu ihrem Bein, sie stand auf und verließ ohne ein Wort die Wohnung.

»Die will auch nicht figgen«, sagte der Ohlsen traurig.

Sie saßen zu dritt auf dem Sofa, Janisch, der Ohlsen und Felix. Der Rücken vor dem Computer hatte sich seit ihrer Ankunft keinen Millimeter bewegt, das Mädchen in der Boxen-Schlucht hackte, schniefte, lachte und hackte weiter, sie sah die drei nicht, die drei sahen sie nicht.

Der Ohlsen schwang sich auf die Sofakante, die Arme flatterten nervös neben dem kleinen Tisch, er hatte die Augen praktisch zu, der Mund hing falsch in seinem hochroten Gesicht, eine furchtbare Lebenstrauer hatte ihn offensichtlich erfasst.

»Ich will endlich figgen!«

Der Ohlsen ist jetzt eine Geisel seines brutalen Kokain-Verlangens, dachte Felix, alles an ihm ist nur mehr Trieb, jede Pore eine erogene Zone, jeder Herzschlag eine Erregung, alle Alarmknöpfe sind gedrückt und keiner erhört ihn, der eigene Schwanz sprengt ihm gleich den Kopf.

Ein Ruck ging durch den Ohlsen, ein unbändiger innerer Stromschlag straffte ihn, ruckartig griff er wieder zur BZ, das Papier raschelte, er hielt sie sich wie ein Talmudgelehrter dicht vor die Augen, in denen die Pupillen schwammen wie in einem dunklen See, endlich hatte er gefunden, was er suchte, er griff zum Telefon, und dann sahen und hörten Janisch und Felix, wie der Ohlsen eine Hostess aus dem Kleinanzeigenteil nach der anderen anrief und nuschelnd zum Hausbesuch bestellte. Die meisten legten bei den Ohlsenschen Lall- und Grunzlauten und der brettharten Hintergrundmusik offensichtlich sofort auf, ihr Freund machte weiter.

Drei oder vier kaltblütige Damen ließen sich nicht abschrecken. Die erste klingelte nach einer halben Stunde und machte sogar einen Schritt in die Wohnung.

Da stand der Ohlsen, ihm tropfte mittlerweile unkontrolliert Glänzendes aus der Nase, alle paar Sekunden versuchte er, das durch ein lautes Hochziehen zu unterbinden, seine Augen waren blutunterlaufen, das Hemd mit Undefinierbarem benetzt, das Mädchen sah sich kurz um, sah die anderen Gespenster, den Dreck überall, sie rümpfte die Nase und stürzte wortlos wieder raus, Janisch und Felix hörten das helle Geklacker der fliehenden High Heels auf der Treppe.

Wir sind so kaputt wie stumpf, dachte Felix kurz, wir sind mittlerweile so hohl, dass man darin ganze Welten verstecken kann, so wie unsere Leben in eben dieser Leere verschwinden.

»Wie sieht es aus, Don Juan, kein Glück heute, oder was?«

Janisch gackerte laut und schnupfte irgendwas aus der Hand.

Der Ohlsen gab nicht auf.

Eine blieb tatsächlich da. Sie war vielleicht 20, trug pinkfarbene Pumps, einen sehr kurzen Lederrock, die üppigen Brüste hochgeschnürt, das Gesicht war grell geschminkt, unruhig musterte sie den Raum, sah den Rücken des Spielers, reckte sich einmal kurz, um zu sehen, was da neben der Box hackte und schniefte, sie verzog den Mund und wirkte fahrig. Wahrscheinlich denkt die gerade an das Manson-Massaker, überlegte Felix.

Der Ohlsen saß drei oder vier Minuten stumm neben ihr auf dem Sofa, das musste als Vorspiel genügen, dann packte er sie fest am Arm.

»Ich will jetzt endlich figgen.«

Er öffnete die mittlere Tür der ihnen allen ja immer noch fremden Wohnung. Felix sah in einen zerstörten Raum, der schlammbraune Teppichboden war halb aufgerollt, darunter glänzten feucht schimmelig gebrochene Dielen, in einer Ecke lag eine Art zusammengerollter Matratze und überall Essensreste und Plastiktüten.

Wortlos beobachteten Janisch und Felix, wie sich die Tür schloss. Felix ging zur Anlage und wechselte die CD, Janisch zündete sich einen sehr dicken Joint an.

Noch bevor sie das Geschehen kommentieren konnten, wurde die Tür wieder aufgerissen. Mit blanken Brüsten rannte die Hostess schreiend an ihnen vorbei zur Wohnungstür. Sie rief: »Ihr seid alle wahnsinnig!« und flüchtete laut fluchend barfuß durchs Treppenhaus, Stöckelschuhe und Anziehsachen in der Hand, die Wohnungstür blieb offen stehen.

Langsam kam der Ohlsen hinter ihr aus dem Zimmer, nur im kurzärmeligen Hemd, untenrum nackt, käsig und klein wackelte sein Schwanz bei jedem Schritt. Er wankte schwer.

»Wo ist die denn? Ich will figgen!«

Das Mädchen an der Box schniefte, der Computerspieler rührte sich nicht.

Sie mussten sofort weg. Janisch rief einen Freund an, damit er sie abholte. Wo jetzt genau, fiel ihnen auf, wussten sie auch nicht. Kreuzberg, Prenzlauer Berg, keine Ahnung, irgendwo da, hilfesuchend blickten sie sich um, der Ohlsen musste es wissen, der hatte doch die Frauen bestellt, aber dem war kein Ton mehr zu entlocken. Felix ging zu dem Computerspieler.

»Ich habe da mal kurz eine Frage.«

»Ich kann jetzt nicht.«

»Nur eine Sekunde.«

»Lass mich in Ruhe.«

»Sag mal, du daddelst hier seit Stunden stumm vor dich hin, da kannst du doch mal kurz mit mir reden.«

Der Computerspieler bewegte sich keinen Millimeter.

»Pass auf, ich kann jetzt nicht, wenn dir das nicht passt, kannst du jederzeit gehen, o.k.?!«

Felix versuchte es bei dem schniefenden Mädchen.

»Darf ich dich mal eben was fragen?«

Völlig verschreckt drehte sie sich um, guckte ungläubig Felix an, sah den halb nackten Ohlsen keinen Meter neben sich stehen, eine Hand am bleichen Schwanz, das leichte Zittern ihrer Lippen entlud sich in einem fürchterlichen Kreischen.

»Wer seid ihr, was macht ihr hier, wie kommt ihr hier rein, ihr Schweine, verzieht euch!«

Derweil hatte Janisch glücklicherweise einen Briefumschlag mit der Adresse gefunden und konnte seinem Freund die Koordinaten durchgeben. Das Kreischen des Mädchens war in ein haltloses Schluchzen übergegangen.

»Ohlsen, zieh dich an, wir machen uns vom Acker!«

Zu zweit schoben sie den Ohlsen in seine Sex-Kammer, wo er kriechend nach seiner Hose suchte. Sie hörten schwere Schritte auf der Treppe, plötzlich stand ein bulliger Kerl im Raum, Goldkette um den mächtigen Hals, ein Stacheldraht-Tattoo um den 40er Oberarm, eine weiße Adidas-Hose spannte über massiven Schenkeln, die Glatze schimmerte schweißig.

»Habt ihr Penner gerade mein Mädchen scheiße behandelt?«, brüllte er.

Janisch und Felix erschraken.

Der Ohlsen grinste bei dem Stichwort »Mädchen« erwartungsfroh aus dem hinteren Zimmer.

»Kann ich jetzt figgen?«

»Wer von euch Vollidioten war das?«

Der Koloss kam einen Schritt auf sie zu, die Arme in einer potenziellen Kampfhaltung haltend.

Der wird uns umbringen, dachte Felix, und davor noch stundenlang foltern, mit heißen Eisen, vielleicht sogar mit großen Zangen, der sieht nach großer, echter Leidenschaft aus, so einer lässt sich ja verständlicherweise seine Mitarbeiterinnen nicht einfach von irgendwelchen geistesgestörten Ravern belästigen, dafür waren diese Typen gewissermaßen ja auch da, das war eine Kerndefinition ihres Jobs, wie man sagen konnte.

Das Janischsche Brüllen riss ihn aus den Überlegungen.

»Was willst du Arschloch, wir haben hier wirklich schon genug Probleme.«

Janischs tiefrote Augen schienen aus den Höhlen treten zu wollen, seine Haut glänzte, der Kiefer hatte sich nach vorne geschoben, es sah aus, als ob er die Zähne fletschte. Der Anblick brachte Felix fast noch mehr aus der Fassung als der Zuhälter drei Meter vor ihm.

»Könnt ihr mal aufhören, in unserer Wohnung so einen Lärm zu machen, ihr habt sie wohl nicht alle.«

Aus einem der Zimmer kam der große, dürre Kerl von vorhin mit freiem Oberkörper, die Haut von oben bis unten mit großen Flecken übersät, in der Hand eine Rohrstange.

Janisch zeigte wie ein Schuljunge auf den Zuhälter.

»Wir haben damit nichts zu tun, das war der da.«

»Figgen wir jetzt endlich?«

Alle drehten sich zum Ohlsen, den sie für eine Sekunde

völlig vergessen hatten, wie Felix dachte, als der Freund sich – untenrum immer noch nackt – mit seiner Hose über dem Arm arglos zu ihnen stellte.

Der Zuhälter ließ irritiert den Blick durch den Raum schweifen, erst jetzt erspähte er das kauernde Mädchen und den Computerspieler, man konnte förmlich sehen, wie er begriff, dass hier seltsame Gesetze galten und er möglicherweise mit dem Schlimmsten rechnen musste.

In kleinen Schritten ging er rückwärts durch die Tür ins Treppenhaus.

»Ihr seid völlig abgefuckte Junkies!«

Seine Krokodillederstiefel donnerten schwer über die Absätze.

»Wollte der auch figgen?«

»Halt einfach das Maul, Ohlsen.«

Minuten später wartete Janischs Freund mit seinem Wagen unten vor der Tür. Der Ohlsen wollte auf gar keinen Fall nach Hause, hörten sie ihn erstaunlich klar formulieren, die ganze Ohlsensche Ruine stemmte sich gegen das drohende Ende, dachte Felix.

Sie könnten ja machen, was sie wollten, sagte der Ohlsen, er sei noch so gut drauf, dass sie ihn unbedingt noch einmal vor dem Tresor absetzen müssten. Er habe nicht vor, sein Ausgehen nach so ein paar Schlappmachern wie ihnen zu richten. Sie ließen den Ohlsen in der Leipziger Straße vor dem Club raus.

Widerwillig ließen sie ihn ziehen.

Das geht nicht gut aus, ahnte Felix, aber er fühlte sich machtlos.

24. Viktorias Hintern

Am Telefon hatte Mike weinerlich geklungen, erschüttert durch und durch – er müsse gleich kommen, ihm sei Schlimmes widerfahren, Viktoria, das sei das Ende, er könne nicht mehr.

Felix stürzte die Treppen hoch in den zweiten Stock der alten Fabrik, die Tür war auf, aus dem sogenannten Wohnzimmer hörte er das beruhigende, wenn auch künstlich klingende Mikesche Gegacker, sein Markenzeichen seit Jugendtagen.

Wenn der noch so gackern kann, wird es schon nicht so schlimm sein, hoffte Felix und trat in das riesige Zimmer. In der äußersten Sofaecke hockte Mike, der niedrige Tisch davor sah aus wie eine Mischung aus Bar und holländischem Coffeeshop, stumm liefen die beiden Fernseher, MTV oder Viva, genau konnte er das auf die Schnelle nicht erkennen; worüber Mike alleine gackerte, war nicht sofort klar, es klang beunruhigend.

Obwohl draußen helllichter Tag war, brannten überall Kerzen, die großen Fenster waren mit schwarzen Tüchern verdunkelt, aus den vier kindsgroßen Boxen kam keine Musik, es musste wirklich schlimm um Mike stehen.

Die Boxen waren Mikes wichtigste Einrichtungsgegenstände. Sie waren zusammen mehr wert als der gesamte Rest. Stundenlang konnte er darüber philosophieren, warum nur vier Boxen für den optimalen Sound sorgten, nicht nur den optimalen, sondern den einzig möglichen Sound, wie er immerfort betonte, wenn ihn jemand darauf ansprach. Wenn ihn niemand darauf ansprach, dozierte er trotzdem zu jeder Gelegenheit über die grassierende Hörverschmutzung, mit der sie sich doch alle schon lange abgefunden hätten, abspeisen ließen sie sich mit billigstem Hohlklang in jedem verlausten Schuppen.

Immer wieder führte das zu Streit, weil Mike, der sich einiges darauf einbildete, angeblich das »sensibelste Gehör« zu haben, in den Clubs gegenüber den Freunden, nicht selten auch gegenüber den Clubbetreibern gegen ihre »Zerstöranlagen« wetterte.

»Wir wollen dort die reine Musik hören, aber sie servieren uns in ihrer Billigkeit nichts als verunstaltete Musik«, behauptete er.

Es war eine für alle Seiten anstrengende Leidenschaft. Erst seitdem er Viktoria kannte, interessierte ihn das Thema nicht mehr so intensiv.

»Was ist los?«

Mike schaute ihn an, ein eingefrorenes Grinsen im Gesicht, er zuckte linkisch mit den Schultern.

»Mike, was ist hier los?«

»Viktoria ist weg, meine schöne Viktoria, einfach weg, raus, gegangen. Für immer.«

Mikes Augen glänzten. Da sammelt sich tatsächlich Flüssigkeit, dachte Felix erschrocken, unser Mike ist wirklich am Ende.

»Sie hat mich betrogen.«

Kläglich kam das aus seinem Mund.

»Betrogen?«

»Ja. Und dann verlassen.«

»Sie hat dich betrogen und dann verlassen?«

Wenn ich jedes Mal einfach seine Sätze wiederhole, wird das hier ja eine richtig schwungvolle Unterhaltung, dachte

Felix, das hilft Mike in seiner Lage ungemein, darauf hat der bestimmt nur gewartet.

Mike nickte stumm.

Wie er da auf dem Sofa kauerte, der große, schwere Mike, konnte Felix kaum hinschauen. Sonst der John Travolta des Dancefloors, der Feierkönig und Endorphin-Großmeister, die wahre »Macht der Nacht«, wie er in Anspielung auf eine frühe Veranstaltungsreihe manchmal genannt wurde, bei der er sich erste Falten und Sporen als Dauerdurchmacher verdient hatte, jetzt nur noch der Zusammengefallenste, der Entkräftetste.

Nach den richtigen Worten suchend, fasste Mike kurz alles zusammen:

Viktoria war demnach zuletzt immer gieriger geworden und hatte gar nicht mehr genug kriegen können vom Ausgehen und diversen Substanzen, immer weiter und immer mehr hätte sie gewollt und plötzlich sogar angefangen, tageweise bei ihrem Studium kurz vor dem ersten Staatsexamen einfach zu schwänzen oder krankzufeiern.

Mike, der beim Sprechen entrückt auf die stumm laufenden Fernseher starrte, erzählte sie nichts davon.

Aber Nachtgefährten berichteten, dass Viktoria öfters alleine nachts unterwegs war, mitten in der Woche, ganz frühmorgens wurde sie gesichtet, völlig dicht, wild tanzend oder nicht mehr ansprechbar in einer Ecke sitzend, immer mit wechselnden Jungs, immer in den kürzesten Röcken, durchsichtigsten Blusen und brutal aufgedonnert. Auf Nachfragen hatte sie alles bestätigt, ihn sogar lächerlich gemacht. Habe ich jetzt die Stasi am Hals, ob denn sein Zweitname Erich Mielke sei.

»Meine schöne Viktoria«, sagte Mike.

Gestern hatte er sie mitgenommen zu Carlos, ohne jeden Hintergedanken, oft ging er ja zu Carlos, weil nur der sein Bedürfnis nach dem reinen Sound verstehe, wie er schon so oft betont hatte. Er hatte in Carlos immer nur den Feier- und Akustikfanatiker gesehen, mehr nicht.

»Ich habe nicht die Gier in seinen Augen wahrnehmen wollen, ich wollte nicht die abgeschmacktesten Komplimente hören, die er Viktoria vom ersten Tag an gemacht hat. Was bin ich froh, dass wir nicht nur die dummen Szenemäuschen um uns herum haben, sondern auch mal eine echte Frau, das und andere Unfassbarkeiten hat Carlos meiner offensichtlich beeindruckten Viktoria immer wieder gesagt. Und ich Idiot habe weggeschaut, als sie in der Arena plötzlich zusammen auf dem Klo verschwunden sind, ich darf hier nicht wie der letzte eifersüchtige Gockel herumkrähen, dachte ich, so habe ich mich beherrscht, ich Trottel.«

Felix sah, wie Mike eine der Kerzen fixierte, er zeigte keinerlei Reaktion, seine Züge wirkten eigenartig starr, kein Satz aus seinem Mund bewirkte eine Veränderung, nur der Körper schien etwas zu zittern, wahrscheinlich wegen der immensen Beherrschungsenergie, die er jetzt aufbringen muss, mutmaßte Felix, weil er sonst vor mir zerfällt.

Gestern Abend also, erzählte Mike weiter, seien sie bei Carlos eingeladen gewesen. Es habe Champagner gegeben, Austern und Kaviar, reines MDMA und bestes Koks. Warum wollen wir denn ausgehen, hier ist es doch auch schön, habe Carlos schon sehr früh gesagt, das hätten Jenny und eine andere Freundin auch so gesehen, das sei doch so nett im kleinen Kreis, entspannt mal was nehmen, sich so richtig ausquatschen, immer hysterischer sei die Stimmung geworden, schilderte Mike, und alle hätten geschnupft wie nichts, nur er hätte keine Lust gehabt und sei sehr schnell betrunken geworden – und sehr müde.

»Als ich gehen wollte, haben alle geschrien: Aber Viktoria muss hierbleiben! Der Abend sei so schön, sie komme bald nach, sie sei doch alt genug, wir rufen ihr hinterher ein Taxi. Da bin ich gegangen, was hätte ich denn tun sollen?«

Mike quetschte mit einem Finger im Kerzenwachs.

»Heute Mittag ist sie völlig aufgelöst aufgetaucht, ein Häufchen Elend, zitternd und schluchzend, kaum ansprechbar. Sie hat gleich erzählt, wie sie sich nach dem MDMA noch ein paar richtig fette Lines gebaut hätten, so rein der Stoff, so betörend die Wirkung, immer entfesselter hätten sich alle gefühlt, und wie sich dann plötzlich alle angefangen hätten zu küssen und anzufassen, hat sie mir gestanden, und wie sie sich selbst nicht mehr wiedererkannt hätte, so nackt mitten im Raum, ganz irre hätten sie diese beiden Mädchen gemacht, die sie auch geküsst hätten, überall, und dass sie unter deren Berührungen nicht mehr Herrin ihrer Sinne gewesen sei, die hätten sie total durchdrehen lassen, und dann habe sie mit dem Carlos geschlafen, vor den beiden Mädchen, und dann auch mit den beiden Mädchen, ein einziger furchtbarer Rauschtaumel sei das gewesen, sie habe dafür keine Erklärung, es täte ihr so leid, ich solle ihr nicht zu sehr zürnen.«

Mike steckte sich eine neue Zigarette an und nahm einen großen Schluck Jägermeister aus der Flasche vom Sofatisch.

»Wow«, sagte Felix, um irgendeine Reaktion zu zeigen. Er fühlte sich noch hilfloser als vorher.

»Dann hast du also Schluss gemacht wegen Carlos?«

Mike schüttelte den Kopf.

»Nach diesem unfassbaren Geständnis fing sie plötzlich an, an meinen Gefühlen zu ihr zu zweifeln, das muss man sich mal vorstellen, auf jeden Fall hat die sich da richtig reingesteigert. Nur wegen unerträglicher Zweifel an meinen Gefühlen, an der Ernsthaftigkeit unserer Verbindung, nur deswegen sei sie überhaupt erst in so eine Situation gekommen, nur deswegen habe sie sich so gehen lassen, und dann hatten wir diese schreckliche Diskussion.«

Mike starrte ihn an. Eine Träne lief ihm über die Wange. Felix konnte kaum hinsehen. Der Mike, mein Freund, weint. Er spürte einen dicken Kloß im Hals.

Mike richtete sich etwas auf und sah aus wie jemand, den sie gerade wider Willen mit dem Defibrillator ins Diesseits zurückgeholt hatten, er griff noch einmal zur Jägermeisterflasche, schluckte hörbar mehrmals, verzog kurz das Gesicht und trommelte mit den Fingern auf den Tisch vor ihm.

»Sie hat mich gefragt, ob ich sie wirklich liebe«, sagte Mike und starrte auf seine trommelnden Finger. Na klar, habe ich geantwortet. Dann wollte sie wissen, was genau ich an ihr liebe. Alles, sage ich, aber das hat ihr nicht gereicht. Richtig aggressiv wurde sie, wenn ich das nicht sagen könne, würde ich sie auch nicht lieben. Auf meinen Einwurf, das sei jetzt aber seltsam, mich so anzufahren, wo sie doch eben erst mit Carlos und anderen geschlafen habe, hat sie gar nicht reagiert, sondern immer weiter gebohrt. Und dann habe ich ihr die Wahrheit gesagt: deinen Hintern.«

Mike sah kurz zu Felix herüber, dem der Mund offen stand.

»Ja, brauchst gar nicht so zu gucken, ich liebe ihren Hintern wirklich. Aber das war wohl die falsche Antwort. Du liebst meinen Hintern, hat sie gefragt. Ja, du hast den tollsten Hintern der Welt. Sie hat bloß mit dem Kopf geschüttelt und sich wahnsinnig aufgeregt. Wie ich darauf so antworten könne, sie wolle jetzt sofort wissen, was ich noch liebe, so ging das die ganze Zeit. Viktoria, habe ich gesagt, ich könnte nicht leben ohne deinen göttlichen Hintern, so knackig, so fest, so toll. Da wurde sie ein bisschen hysterisch und fing an zu weinen. Da war ich richtig in Fahrt. Doch, echt Schatz, allein wenn ich an diese unfassbaren Rundungen nur denke, werde ich ganz wuschig, ich könnte ihn den ganzen Tag bewundern und liebkosen, habe ich gesagt. Da merkte ich irgendwie schon, das geht nicht gut aus. Als sie dann noch mal fragte: Und was noch?, hatte ich auch langsam genug. Jetzt hör doch mal auf mit diesen blöden Spielchen, habe ich gesagt, ich liebe alles an dir, vor allem aber deinen tollen Arsch.«

Mike nahm sich eine neue Zigarette und fixierte einen Punkt weit jenseits der Mauern, womöglich außerhalb dieser Galaxie.

»Sie hat geweint und immer nur wiederholt: Ich frage dich, was du an mir liebst, und du? Du sagst, du liebst meinen Hintern. Das glaube ich nicht. Das ist alles, ja?!«

Mike atmete schwer aus.

»Diese Inquisition ging mir auf die Nerven, ich war gereizt und alles, also habe ich gesagt: Viktoria, jetzt komm mal runter. Ich preise dein schönstes Körperteil, nachdem du mit Carlos durchgedreht bist – und dann so eine Reaktion, andere hätten sich gefreut. Was hätte ich denn sonst sagen sollen, ich liebe deine Füße, oder was? Da hat sie sofort ihre Sachen gepackt und ist gegangen. Ich habe ein paar Mal versucht, sie anzurufen, aber sie will nicht mehr mit mir sprechen. Sie hat gesagt, ich sei ein noch größerer Holzkopf, als sie jemals gedacht habe.«

Das war zumindest eine Betrachtung, über die man nachdenken könnte, dachte Felix und wusste gar nicht, wohin mit sich und der bestürzenden Informationsflut, die eines bestätigte: Viktoria war durch die Wahrnehmungsexplosion in den Clubs und auf den Partys so durchgeschüttelt worden, dass sie beide die Gefühle von Dankbarkeit, die sie ob dieser neuen Einsichten für Mike empfand, mit etwas anderem verwechselten, das sie beide früher vielleicht einmal »Liebe« zu nennen gewohnt waren, dachte Felix, im Rausch der Nacht verschieben sich die Koordinaten und Begriffe, bis wir alle nicht mehr wissen, was noch echt ist und was Illusion.

Mike nahm noch einen Schluck Jägermeister und seufzte erschöpft.

»Und dabei hat sie doch so einen geilen Hintern!«

»O Mann, Mike, du hast echt nur gesagt: Ich liebe deinen geilen Hintern?!«

Mike guckte verständnislos, und zwar so überzeugend verständnislos, als ob er immer noch nicht verstehen würde, wie jemand auf seine aufrichtige Antwort so reagieren könnte, dass Felix ihn nur noch beunruhigter anstarren konnte und überlegte, ob das ganze Feiern ihnen allen nicht doch viel stärker den Kopf zersetze, als sie insgeheim immer befürchteten. Das ein oder andere Nervenende ist wahrscheinlich schon verkümmert, feinste Risse im Wahrnehmungsnetz, die erst in solchen Situationen als riesige Krater erkannt werden, zumindest von den Beobachtern, nicht von den Betroffenen selbst, wie der Freund deutlich demonstrierte, dachte er. Jetzt gackerte Mike wieder grundlos. Er war anscheinend von körpereigenen Ausschüttungen berauscht, die alles durcheinanderbrachten. Felix vermutete einen Gefühlsstau, einen emotionalen Krampf, in dem sich seltsamste Reaktionen Bahn brachen, weil er instinktiv spürte, dass er jetzt wieder in die tiefsten Schluchten der Einsamkeit absinken würde.

Das Telefon klingelte. Mike nahm ab.

»Ja?!«

Sein Gesicht verzerrte sich.

»Was, ich verstehe kein Wort?! Felix? Ja, der ist da.«

Er reichte ihm den Hörer.

»Keine Ahnung, wer das sein soll.«

Felix presste den Hörer ans Ohr. Er hörte Lärm, dazwischen Seufzer, tiefe Atemzüge, Laute, die von einem Schwerverletzten stammen könnten, ein lang gedehntes Stöhnen.

»Ohlsen, bist du das?«

Es grunzte durch den Apparat, gefolgt von einem schwingenden Wimmern, in dem sich Worte, unverständliche Worte, zu verstecken schienen.

»Ohlsen, jetzt reiß dich mal zusammen. Wo bist du?«

Mehr Rauschen, eine Art Fluchen, es klang wie Mongolisch oder Mandarin.

»Ohlsen?«

Der Atem am anderen Ende der Leitung wurde heftiger, der Sprecher stieß und sog die Luft jetzt, so musste man annehmen, mit äußerster Gewalt in seinen Körper, immer bedrohlicher hörte sich das an. Entweder kollabiert der Ohlsen jetzt irgendwo in der Stadt, dachte Felix hilflos und alarmiert, oder der schnieft gerade mal etwas Klebstoff, um wieder auf Touren zu kommen.

»Ohlsen, bist du alleine? Wo bist du, verdammt noch mal?!! Ist jemand bei dir? Wenn jemand neben dir stehen sollte, lass mich mit ihm sprechen!«

Felix spürte eine leichte Panik aufsteigen. Es raschelte und knirschte am anderen Ende, er vernahm eine andere Stimme, gedämpft nur, aber da war noch jemand, das beruhigte ihn.

»Wer ist da, hier spricht Polizeikommissar Auersberg!«

O Gott, dachte Felix, die haben unseren Ohlsen festgenommen.

»Äh, hallo, ich bin ein Freund vom Ohlsen.«

»Tja, wir haben Ihren Freund gerade aus dem Tresor befreit. Wenn Sie wollen, können Sie ihn jetzt bei uns abholen.«

»Aus dem Tresor befreit? Ich verstehe kein Wort.«

Der Beamte lachte.

»Ja, so etwas hatten wir auch noch nicht, dass da jemand freiwillig rauswollte, und dann auch noch mit unserer Hilfe.«

Er gluckste fröhlich vor sich hin.

»Aber der war da zwei Tage eingeschlossen und hat schließlich uns angerufen. Die Feuerwehr hat die Tür aufgebrochen, und jetzt sitzt er hier und redet dummes Zeug.«

Im Hintergrund hörte Felix jetzt noch deutlicher des Ohlsens Stimme, unterbrochen durch heftiges Lachen von tiefen Männerstimmen.

»Also, holen Sie ihn jetzt bitte auf der Wache ab, sonst schicken wir ihn doch noch zum Bluttest. Und ehrlich gesagt weiß ich nicht, ob das so gut für ihn wäre!«

»Bin schon auf dem Weg!«

Mike saß unbewegt auf dem Sofa.

»Mike, wir müssen sofort zur Polizei!«

Erstaunt schaute Mike Felix an.

»Wieso, soll ich Viktoria anzeigen?«

Manchmal wäre es vielleicht doch besser, sie alle einfach zu schlagen, dachte Felix, diese ganze Friedfertigkeit bringt uns auch nicht immer weiter.

»Spinn nicht rum, der Ohlsen sitzt auf der Wache, wir müssen ihn abholen.«

»Sein Problem«, sagte Mike und nestelte abwesend an seiner Anlage herum, »dem ist es doch auch egal, wie es mir geht. Der hat mich die letzten Wochen links liegen gelassen, nur weil ich nicht immer mitgehen oder auch mal früher nach Hause wollte.«

Felix griff sich seine Jacke und rannte los. Ein Gefühl mächtiger Trauer überkam ihn. Vor wenigen Monaten noch hätte sich Mike für den Ohlsen vierteilen lassen, und jetzt das.

Auf der Wache herrschte eine ausgelassene Stimmung. Dem Ohlsen hatten sie eine Flasche Bier in die Hand gedrückt, an der er glücklich wie ein Baby nuckelte. Als Felix durch die Tür kam, sah er ihn dort auf einer Bank vor der Holztheke sitzen, umringt von grün Uniformierten, alle grinsten, Ohlsen lallte mehr als dass er sprach.

»Das fing schon irre an. Unten in der Stahlkammer war keine Luft mehr, die Leute sind umgekippt. Da haben die Tresor-Leute irgendwann einfach ein Rohr durch die Wand gestoßen, hinter der sie zu Recht einen Schacht vermuteten. Die konnten ja nicht ahnen, dass der mitten auf der Leipziger Straße endet. Plötzlich kam also mitten auf der Fahrbahn durch den Gulli so viel Nebel raus, dass Autofahrer die Feuerwehr gerufen haben. Die haben sofort mit allen Schläuchen draufgehalten. Die wussten ja nix von dem Verbindungs-Rohr in die Stahlkammer. Und plötzlich donnerten also die Wassermassen über den Dancefloor, eine Riesen-Welle, Wahnsinn.«

Der Ohlsen bekam beim Sprechen kaum die Augen auf, die Worte waren schwer verständlich.

»Ich bin irgendwann eingeschlafen, und als ich aufwachte, war niemand mehr da, keine Ahnung, wann das war. Da dachte ich, super, endlich mal den ganzen Tresor für mich alleine. Ich habe noch ein paar Platten gefunden und ein bisschen aufgelegt. Geil, oder, ich habe also mal im legendären Tresor aufgelegt.«

Die Runde lachte, der wachhabende Beamte beschied Felix durch eine knappe Handbewegung, ihn jetzt bitte nicht zu stören.

»Nach ein paar Stunden wurde mir langweilig, da habe ich erst mal aufgeräumt, Mann, wie dreckig das da war!«

Die Polizisten schlugen sich vor Vergnügen gegenseitig auf die Schultern.

»Dabei habe ich Obst gefunden, Nahrung war also kein Problem, Drinks gab's ja auch, ich fand das eigentlich mal ganz nett, so meine eigene kleine Club-Party. Irgendwo in meiner Tasche waren ein paar Wachmacher-Reste, das Zeug habe ich nach und nach genommen …!«

»Herr Ohlsen, reden Sie hier bitte nicht von Straftaten, das haben wir alle nicht gehört, das hat sonst ernste Konsequenzen!«

Das Geheul und Gelächter der Beamten war ohrenbetäubend.

»Zwischendurch habe ich ein bisschen geschlafen. Dann wieder getanzt. Fand das richtig gut, so alleine in den Katakomben, war echt ein Hammer. Als mir langweilig wurde, das Zeug alle und der Obstteller leer war, habe ich irgendwo ein Telefon gefunden und die Polizei gerufen. Dachte, das wäre die beste Idee, von den Tresor-Leuten hatte ich keine Nummer dabei, und ich wollte auch nicht warten, bis die wieder aufmachen. Außerdem fingen diese extremen Kopfschmerzen an. Also danke noch mal für die freundliche Rettung.«

Die Umstehenden klatschten und pfiffen, einige knufften ihn freundschaftlich in die Seite, der Ohlsen saß mehr tot als lebendig auf der Bank, in seinen Mundwinkeln klebten feste Speichelflocken, es war ein Bild des absoluten Elends, wie Felix denken musste, das Symbol furchtbarer Trostlosigkeit.

Im Auto sagte der Ohlsen kein Wort mehr, sondern schnaufte seltsam. Er reagierte auf keine Fragen und schien nichts mehr mitzubekommen. Als sie an der nächsten Kreuzung hielten, übergab sich der Ohlsen über seinen Schoß, er röchelte, an seiner Nase entdeckte Felix frische Blutspuren, das Atmen wurde schneller, der Ohlsen hyperventilierte. Felix fuhr bei Rot los und raste direkt zur Notaufnahme der Charité, wo der Ohlsen auf den Stufen kollabierte.

Nach zwei Stunden kam ein Arzt auf Felix zu und erklärte ihm, dass der Ohlsen einen Kreislaufkollaps erlitten habe. Die Lage sei bedenklich, aber nicht lebensbedrohlich, er werde aber mit Sicherheit mehrere Tage auf der Station bleiben müssen.

»Kann es sein, dass sich Ihr Freund die letzten Tage ausschließlich von Drogen ernährt hat?«, fragte der junge Arzt mit dem Ohrring und lächelte wissend.

»Ja, äh, nein, ein bisschen Obst war glaube ich auch dabei.«

Der Arzt grinste süffisant und verschwand hinter einer Milchglastür.

Felix fuhr ermattet nach Hause.

25. Führerkoks

Der Ohlsen war nicht wiederzuerkennen. Klein und gelblich wirkte der Größte Raver aller Zeiten in dem großen, weißen Bett, geschrumpft geradezu, die Haut unter den Augen schwarz, die Pupillen milchig, wie eine erschlaffte Marionette hing er an den Schläuchen und Tropfen, mit dem sie Leben in seine Hülle träufelten. Selbst der Ohlsensche Mund hatte sich zurückgezogen, ein schmaler Strich im einst großen, strahlenden Gesicht. Es roch nach Medizin und Reinigungsmitteln im Zimmer, mit leeren Augen stierte er auf die Baumkrone vor seinem Fenster. Als er Felix durch die Tür treten sah, zuckte seine Hand ein wenig, Felix verstand es als Gruß.

Der Ohlsen als Bewusstseinsforscher und Gefühlsintensivtäter glitscht wie eine Schnecke über die schärfsten Rasierklingen, dachte Felix, alles andere ist ihm keine Mühe mehr wert, er versucht das Jetzt von innen aufzupumpen, bis es platzt, diese Sollbruchstelle, nach der fahndet er mit all seinen Sinnen, damit er sie verdrängen und neu definieren kann. Diese Arbeit verfolgt er ohne Rücksicht auf seine eigenen Verluste und mit großer Überzeugungskraft, dachte Felix. Wer einmal in dem warmen Wasser der Menschenmöglichkeiten geschwommen ist, wer einmal nur eine Ahnung davon bekommen hat, der wird sich nie wieder mit etwas darunter zufriedengeben, sagte der Ohlsen gerne. Jetzt war er beinahe ertrunken.

Die Nachricht vom Ohlsenschen Zusammenbruch hatten

die anderen interessiert vernommen, mehr nicht. Niemand teilte Felix' Aufregung und Panik, musste er verstört konstatieren, niemand besuchte ihn, jeden Tag war er der Einzige an seinem Bett. Die anderen wollten lachen über den unfreiwilligen Ohlsenschen Kurzurlaub im Tresor, der Kollaps war eine Zusatzinformation, die sie hinnahmen – und schnell abhakten wie Raucher, die nicht von neuen Studien zum Lungenkrebs belästigt werden wollen. Wir fahren mit 180 in die Nebelwand und wollen den Rausch der Geschwindigkeit genießen und nichts von den Unfällen vor und neben uns hören, dachte Felix.

Letztens hatten sie erst wieder ein paar neue Langzeitstudien zum Thema Pillen diskutiert. Das klang alles nicht so richtig gut, die Gedächtnisausfälle und motorischen Störungen der härtesten Raver, so hatte es dort gestanden, seien beachtlich und in ihrer letzten Konsequenz noch lange nicht erforscht. Egal, hatten sie alle gesagt, wir nehmen ja niemals so viel wie die ganz Kaputten, höchstens manchmal, und was soll's, wenn wir dann nichts mehr spüren, tut es uns auch nicht mehr weh.

Dem Ohlsen war der Kampf für einen richtigen Rausch immer ein sehr ernstes Anliegen gewesen. Während andere fortwährend Angst hatten, zu viel zu nehmen, hatte Ohlsen fortwährend Angst, zu wenig zu bekommen. Dachte jeder, sie müssten jetzt unbedingt aufhören, weil sie doch schon zu viel genommen hätten, dachte Ohlsen im selben Augenblick, sie hätten in einem geradezu sträflichen Maße zu wenig genommen, sie dürften unter keinen Umständen aufhören und müssten im Gegenteil noch mehr nehmen, weil sonst alles eine unverantwortliche Verschwendung sei. Der Ohlsen war der klassische Zuvielnehmer und Nachleger, der nur eine Devise kannte: »Wer anläuft, muss auch springen.« Um danach gleich wieder zu verkünden: »Das ist heute aber wirklich das allerletzte Mal!«

Felix saß den ganzen Tag neben Ohlsens Bett, sie redeten nicht viel. Ab und zu schielte der Ohlsen heimlich auf sein Handy, das hier verboten war. Seit mehreren Tagen hat niemand angerufen, Felix, sagte der Ohlsen einmal unvermittelt, kein Mensch hat mich vermisst, nicht die Tage im Tresor, nicht hier. Es klang resigniert.

Nur Karla hat sich einmal gemeldet, deine Karla, fügte der Ohlsen einmal hinzu und lächelte sogar ein bisschen, obwohl ich die nie richtig beachtet habe, aber auf die ist wenigstens Verlass.

Felix nahm das erfreut zur Kenntnis und dachte an die vergangenen Monate, diesen Film im Schnelldurchlauf, er sah sich nach Hause taumeln, aus irgendeinem Club, aus dem E-Werk vielleicht, wo die sogenannte Schwarze Witwe ordnungsgemäß irgendwann das brutal helle Licht machte, um die dadurch extrem verstörten Restgäste hinauszutreiben, oder sie kamen aus einer Afterhour-Location, aus einer fremden Wohnung irgendeines Fremden, der bis eben noch der wichtigste Mensch auf der ganzen Welt gewesen war und der jetzt schon, im Moment des Türeschließens, wieder in das Nichts-Loch fiel, aus dem er für eine Nacht herausgezogen worden war. Er sah sich alleine oder mit Mike, mit dem Ohlsen und Doro stumm zum Taxi wanken, wie sie zusammen in eine Wohnung fuhren, um sich dort einen erbitterten Wettstreit zu liefern, wer noch länger wach bliebe. Wie sie sich über die albernsten Abwegigkeiten und Nichtigkeiten stundenlang ereiferten und dabei wie die Größten fühlten, um das alles Sekunden später sofort wieder zu vergessen, damit es beim nächsten Mal gleich noch einmal durchgekaut werden konnte, wie sie dann für ein, zwei Stündchen wegnickten, in dem festen Bewusstsein, nie wieder aufstehen zu wollen. Und wie sich dann wenig später die gleiche Truppe kurz frisch machte, um natürlich doch gleich wieder aufzuspringen und weiterzuziehen, bis Sonntagnachmittag, mindestens, am besten noch länger, und spätestens dann Mittwoch wieder, logo.

Wir fühlen uns wie die Besten, dachte Felix, und sind doch die Vertrocknetsten, wir bilden uns ein, es seien Freunde, dabei missbrauchen wir sie nur als Masse für unsere Kulisse. Und genauso missbrauchen sie uns für ihre Kulisse, und aus diesem grotesken Missverständnis entsteht eine Freundschaftsillusion, der wir gerne aufsitzen, weil sie uns in einer Sicherheit wiegt, die wir gerne als echte empfinden würden, blitzte da nicht ab und zu das fahle Zweifelslicht durch. Und wir lassen uns so brutal gehen, dass ich mich nicht wundern muss, wenn so ein zartes Wesen wie Karla so reagiert, wie sie eben reagiert. Sie liebt die Musik und den Rausch des Sounds, den wir nur noch benutzen, um die Zerstörung in immer neuer Perfektion zu vollenden, bis wir gar nicht mehr wissen, was genau da in unseren Ohren gerade pfeift und bollert.

In Wahrheit sind wir nur so eng mit allen befreundet, wie wir bereit sind, im Exzess-Rad mitzulaufen, in dem es keine Pause geben darf, weil das der Antrieb von allem geworden ist. Wir denken, wir stehen in einem engen Verhältnis mit unseren Nachtmenschen, während wir in Wirklichkeit nie und nimmer mit irgendeinem Nachtmenschen in einem engen Verhältnis stehen können, weil sich das naturgemäß im Kern ausschließt, wurde Felix in diesem Moment klar, und jede andere Erwägung ist nichts als ein erbarmungswürdiger Denkschwachsinn, der die eigene Ignoranzbereitschaft so unterschätzt wie die monströse Gleichgültigkeit der anderen. Und wer nicht nach diesen Gesetzen funktioniert, wird ausgeschlossen oder ignoriert, so wie der Ohlsen jetzt ignoriert wird, weil er nicht mehr so reibungslos funktioniert, wie es alle brauchen, um unbeschwert weitermachen zu können. Auch in dieser Welt wollen sie Funktionierer, zog er am Ohlsenschen Krankenhausbett bitter Bilanz, so wie sie in der Bank Funktionierer wollen.

Am Nachmittag klingelte das Handy plötzlich doch einmal. Der Ohlsen reichte es ihm.

»Das ist bestimmt der Pate. Geh du bitte ran.«

Es war der Pate. Er müsse den Ohlsen dringend sprechen. Felix erklärte ihm die Lage, der Pate ging gar nicht darauf ein, er redete schnell, er wirkte sehr gehetzt. Seine Stimme hörte sich an wie ein leierndes Tonband, noch höher als sonst, es klang wie eine reine Kopfstimme, losgelöst vom Resonanzboden des Körper-Restes.

Es gehe ihm sehr gut, sagte der Pate mehrmals, richtig gut, langsam werde den Ärzten in der Anstalt ihr Irrtum bewusst, seine Überzeugungsarbeit trage Früchte, schnell habe er sich in die entsprechende Fachliteratur eingelesen und den ein oder anderen behandelnden Doktor mit sehr gewieften Fragen und Meinungen überrascht. Mittlerweile sei es breiter Konsens, dass er völlig normal sei, es habe sich nur um eine Schwäche des strapazierten Nervensystems gehandelt, kein großes Ding eigentlich. Diese Zwangseinweisung in die Geschlossene sei ein Skandal erster Güte, seine Anwälte bereiteten den ganz großen Schlag gegen die verantwortlichen Behörden vor und brächten zugleich Ordnung in die diversen anhängenden Verfahren. Er sei also bester Dinge, voll Energie, nicht zuletzt wegen der ungeheuren Inspiration, die er an diesem Ort erhalte, die Leute hier seien gut drauf und in keinster Weise geistig gestört, wie sie ihm alle beteuerten, schon am nächsten Wochenende werde er seine neue Party-Reihe »Mad Rave« in der Anstalt starten, er, Ohlsen, müsse unbedingt vorbeikommen und solle viele mitbringen, und wo er ihn, den Ohlsen, jetzt einmal an der Strippe habe, hätte er noch etwas sehr Heikles zu besprechen, ob das jetzt ginge, der Pate flüsterte so leise, dass Felix den Hörer dicht ans Ohr pressen musste.

»Ich bin nicht der Ohlsen, ich habe eben schon gesagt, hier ist Felix.«

»O.k., Ohlsen, hör mir gut zu.«

Felix gab auf, es hatte keinen Sinn.

»Ohlsen, wusstest du, dass die ganzen Nazis gekokst haben?«

»Was?«

Der Pate flüsterte jetzt so leise, dass er kaum noch zu verstehen war.

»Der Führer, Goebbels, Göring, die waren alle voll druff ...«

»Was erzählst du da?«

»Das ist die Wahrheit, glaube mir. Das Koks für die kam aus Lateinamerika, erstklassige Ware, bis zuletzt. Kurz vor Kriegsende wollten sie das beste Zeug retten und haben es ausfliegen lassen. Eine der Maschinen ist abgeschossen worden.«

»Pate, was ist das für ein Quatsch?«

»Ohlsen, ich kriege von einem belgischen Bauern, dessen Vater damals die Maschine gefunden hat, 400 Gramm reinstes Führerkoks!«

»Führerkoks?«

Der Pate ist tatsächlich komplett irre geworden, dachte Felix, völlig plemplem.

»Ja, Adolfs letzte Reserve. So einen Stoff gab es noch nie auf dem Markt. Du musst mir helfen, das zu verkaufen. Ohlsen, damit werden wir reich, verstehst du? Unfassbar reich. Und dann machen wir unsere eigene Parade und ...«

»Pate, du spinnst.«

Am anderen Ende des Telefons hörte Felix plötzlich seltsame Geräusche, ein Gerangel, der Pate schnaufte und fluchte. Eine sehr strenge Männerstimme sagte: »Haben wir Ihnen nicht gesagt, dass Telefonieren hier verboten ist? Macht der böse, böse Pate wieder böse Geschäfte?«

Dann war die Leitung tot.

Der Ohlsen winkte ab.

Er wollte nichts wissen.

Nach dem frühen Abendessen schlief er sofort ein.

Leise schlich Felix aus dem Zimmer.

26. Liebe

Endlich stand Felix vor der Tür im vierten Stock, beruhigt hörte er leise Musik, sphärische Töne, der Professor war also da. Er hatte ihn schon oft gefragt, warum er nie die Haustür aufmache und man immer auf zufällig hineingehende oder herauskommende Mitmieter angewiesen sei oder gar wahllos irgendeine Klingel drücken musste, um bis in den vierten Stock zu seiner Wohnungstür zu stapfen.

»Ich finde das so unpersönlich, einfach einen Knopf zu drücken, das wird unserem Menschsein nicht gerecht«, hatte der Professor ihm geantwortet und ihn sehr überzeugt und unschuldig zugleich angeschaut.

Der Professor sollte später im E-Werk auflegen, und da er als notorisch unpünktlich galt, hatte Carlos Felix gebeten, in Kreuzberg vorbeizuschauen und ihn an seinen Auftritt zu erinnern. Drinnen hatte sich noch nichts gerührt, der Professor stellte sich taub oder war, wie so oft, in der Badewanne mit Kopfhörern eingeschlafen.

Zum dritten Male pochte Felix gegen die Holztüre, die vor dem Krieg wohl mal grün gewesen war, jetzt aber nur noch durch Sticker zusammengehalten wurde. In Augenhöhe sah er den verblassenden alten Westbam-Aufkleber »No more fucking Rock'n'Roll«. Felix musste grinsen. Hat nichts von seiner Wucht eingebüßt, dachte er. Er konnte sich noch genau erinnern, wie er 1990 oder 1991 nach einer wirren Nacht einmal aus einer Wohnung in der Skalitzer Straße gestolpert war und auf der Türe gegenüber diesen

Aufkleber zum ersten Male gesehen hatte: »No more fucking Rock'n' Roll«.

Er war wie angewachsen, wie man so sagt, stehen geblieben und hatte den Satz gar nicht oft genug lesen und schließlich laut vor sich hin sprechen können. Er hatte noch keine Ahnung gehabt, wer oder was Westbam war, aber alles an diesem Satz schien so richtig und neu und zukunftsweisend und erlösend, dass er gar nicht mehr wegwollte und gar nicht mehr aufhören konnte, sich an diesem Aufkleber zu erfreuen. Nie hätte er gedacht, welche Bedeutung diese frohe Botschaft einmal für sein Leben bekommen würde.

Felix hämmerte noch einmal gegen des Professors Tür. Als er gerade gehen wollte, wurde geöffnet. »Na endlich!«, sagte Felix und drückte sich an dem Professor vorbei in die Wohnung, »hattest du gerade wieder eine spirituelle Erfahrung, oder warum lässt du mich hier stundenlang stehen?«

Er brachte den Satz kaum zu Ende, die letzten Worte verdorrten ihm auf der Zunge, sie schmolzen einfach dahin, in der sengenden Glut der Professorschen Zimmerhölle, die er mit einer sekundenlangen Reflexverzögerung konstatieren musste. In dem vielleicht 30 Quadratmeter großen Raum, aus dem der Professor schon seit Jahren nicht hinauszubewegen war, obwohl er sich längst etwas anderes hätte leisten können, herrschten geschätzte 32 Grad, trockenste Hitze, wie Felix sofort spürte, die beim Einatmen in den Nasenflügeln brannte wie in einer finnischen Sauna, selbst die sphärischen Klänge aus den riesigen Boxentürmen wirkten seltsam aufgekocht, es roch verbrannt, Kohle und Holz, eine Ahnung von Schwefel, in der Ecke der Ofen, rotglühend der Stahl, fast leuchtend weiß an der halb offenen Scharte, es knackte und zischte, kleinste Funken fielen auf die Steinplatte davor, alles war nur noch Glut und Schweiß, kein Sauerstoff, nirgends, Felix riss das nächstbeste Fenster auf und atmete tief durch.

»Professor, bist du irre? Warum heizt du denn wie im sibirischen Winter?« Der Professor stand mitten im Raum und sah ihn seltsam an. Er trug eine dicke camouflagefarbene Wollmütze, passende Ohrenwärmer, flauschige Handschuhe, eine wie aufgepumpt wirkende orangefarbene Daunenjacke, darunter schwarze Boxershorts und an den dürren, weißen Beinen nichts als dicke, schwarze Caterpillar-Stiefel. Regungslos das Gesicht, bohrend und leicht fragend der Blick der vibrierenden Augen, die Pupillen vielleicht ein wenig zu klein, dachte Felix alarmiert.

»Mir war kalt«, sagte der Professor trotzig und griff sich in den Schritt.

»Warum bist du so angezogen?«, fragte Felix so beiläufig wie möglich.

»Ich wollte raus.«

»In dem Aufzug, im Sommer?«

»Warum denn nicht?«, fragte der Professor und sah Felix mit, wie er fand, überraschend festem, nüchternem Blick vorwurfsvoll an.

Felix blickte sich um, überall im Zimmer lagen DIN-A4-Blätter herum, auf dem Boden, auf dem Tisch, das ganze Bett war bedeckt mit Zetteln, bekritzelten Zetteln, bemalten Zetteln, auf manchen stand nur ein Wort, er las »Liebe«, »Wahrheit«, »Leben«, auf anderen konnte er kleine Sätze erkennen, »Die Liebe in mir«, »Der Kreislauf der Liebe«, »Ich liebe mich«, »Liebst du dich?«, »Liebestänze«, auch englische Worte oder Sätze oder vielleicht Titel wie »Way up«, »Kingdom of Love«, »Electric Ecstasy«, »True Acid«, unidentifizierbare Zeichen, Kringel, Formen in allerlei Farben, was immer es war, dachte Felix, es war die Arbeit von vielen Stunden, wenn nicht Tagen in diesem Hochofen, in diesem bis eben sauerstoffarmen Hochofen, wie man ja sagen musste.

Der Professor war bekannt für seine intensiven Studien,

mit denen er den »menschlichen Kern des Menschen« erforschen wollte, geradezu besessen war er neben seiner Musik von diesem Vorhaben, immer weiter arbeitete er sich vor, wie er es sah, und je weiter er kam, desto verzweifelter wurde er, und desto manischer, so kam es den anderen vor, wühlte er sich in das Thema hinein.

Nicht die DNA macht uns aus, pflegte er zu sagen, wenn er spürte, dass er wieder mal belächelt wurde, es geht um unsere Seele, sie ist das Wichtigste. Das war eines seiner Lieblingsthemen, aber es war mehr als das, es war tatsächlich, fiel Felix mal wieder auf, sein eigentlicher Motor, die selbstbefeuernde Motivationsmaschine, die ihn erst zu all seinen anderen Aktivitäten antrieb. Dafür wurde er oft belächelt, aber auch zutiefst respektiert, denn nichts an diesem Interesse schien falsch, alles rein, nichts heischte nach Showeffekten, alles aber nach wahrer Erkenntnis, wie jeder bestätigen konnte, der ihn mal erlebt hatte.

»Wo wolltest du denn hin, Professor?«

»Einfach raus, es ging nicht mehr.«

»Was ging denn nicht mehr?«

»Meine Wohnung mag mich nicht.«

»Was?«

»Meine Wohnung mag mich nicht mehr, sie wollte, dass ich gehe.«

»Aber wie kommst du darauf, dass deine Wohnung dich nicht mehr mag?«

»Der Staub kam auf mich zu, ich habe gesehen, wie sich die einzelnen Strukturen verbündet haben, um mich zu vertreiben.«

»Was?!«

Der Professor blickte ihn leutselig an, kam etwas näher, senkte die Stimme und machte eine ausladende Armbewegung durch die immer noch sehr heiße Luft:

»Überall haben sich kleine Staubfelder erhoben und sind

auf mich zugetanzt, die haben sich eindeutig in meine Richtung bewegt, da wusste ich, ich muss raus!«

Die Hitze hat dem Professor das Hirn schrumpfen lassen, dachte Felix erschüttert, der kocht hier seit Stunden auf großer Flamme vor sich hin und ist so gar, dass er einen Kurzschluss nach dem anderen hat, das zischt und brutzelt in seinem Kopf wie in einem chinesischen Wok.

»Sag mal, Professor, hast du vielleicht etwas genommen?«

»Du glaubst mir das nicht mit dem Staub, oder?«

»Doch, aber, los jetzt, hast du was genommen oder nicht?«

»Nur ein bisschen.«

»Was und wie viel?«

Der Professor nahm ein verschliertes Glas vom Boden auf und hielt es Felix hin. Auf dem Grund waren die Reste einer hellbraunen Flüssigkeit zu erkennen, mit Teilen festeren Stoffes, fast durchsichtig, faserartig und länglich.

»Was ist das, Professor?«

»Es war nur das eine Glas, ein paar Sporen aus Mexiko, Pilzsporen, wirklich nicht viele«, sagte er und guckte Felix an wie ein kleines Kind, das von seinen Eltern beim Lügen erwischt wurde. Der Professor zuckte hektisch hin und her, er sah womöglich Dinge, über die er jetzt lieber nicht sprechen wollte. Wie er da stand, von einem Bein auf das andere mehr wankte als wippte, drängte alles an und in ihm raus, raus aus dieser Wohnung, raus aus dieser Hitze- und Gedankenblase, weg von den tanzenden Staubteppichen, sein ganzer Körper war eine einzige nach draußen drängende Fliehbewegung.

Felix überzeugte ihn von dem Vorteil einer Hose über der Unterwäsche und rang ihm die Erlaubnis ab, ihn begleiten zu dürfen. Das Auflegen können wir heute getrost vergessen, dachte Felix noch, als er die Ofentür verriegelte, aber er wollte den Professor in diesem Zustand auch nicht alleine lassen. Nachdem der mit einem kurzen, prüfenden Griff auf Felix' Kopf, für den er sich extra die dicken Handschuhe auszog, festgestellt hatte, dass Felix mit seinen Schwingungen die außerordentlichen Aktivitäten des Professorschen Hirns nicht weiter stören würde und er also ruhig mitkommen dürfe, konnten sie endlich die Wohnung verlassen. Der Professor bat Felix, etwas hinter ihm zu gehen, damit er nicht durch dessen Strahlung beeinflusst würde in seinen Überlegungen. »Was jetzt genau für Strahlungen?«, wollte Felix doch noch fragen, aber da hatte der Professor sich schon wieder die Kopfhörer von seinem uralten Walkman unter die Wollmütze geklemmt und lauschte sehr hellhörig, wie es schien, der tibetanischen Musik, die er gerne für solche »geistigen Reinigungsrituale« verwendete, wie er sie ganz selbstverständlich nannte.

»Nur so kann ich sicherstellen, dass ich geerdet werde, sonst besteht immer die Gefahr, dass man wegfliegt. Was hast du denn zur Erdung dabei?«, hatte der Professor noch im Treppenhaus gefragt, und Felix konnte nur betreten schweigen. Vielleicht half so etwas ja wirklich, man konnte nie wissen. Wenn er an den Ohlsen dachte, dem es etwas besser ging und mit dem er heute im Krankenhaus kurz telefonieren konnte, oder an Mike, der immer noch am Boden zerstört war, könnte ihnen allen ein bisschen Erdungsmusik wirklich nicht schaden. Er sollte sich die Musik des Professors einmal ausleihen, auch wenn der für seinen etwas gewöhnungsbedürftigen Geschmack bekannt war. Eben an den Plattentellern noch der völlig normal Wahnsinnige, der sich wie alle anderen freute, wenn die Masse pumpte, dann aber schon gleich der erdkontaktfreie Esoteriker, der in seltsamen Umlaufbahnen um die Echtwelt trudelte.

Schweigend betraten sie hintereinander den Görlitzer Park, der um diese Zeit, es war mittlerweile wohl zwei Uhr morgens, verlassen vor ihnen lag. Der Himmel war sternenklar, ein heftiger, frischer Wind kam auf, der Professor nahm die Kopfhörer ab und stellte sich mitten auf die Wiese.

»Wir müssen leise sein, die Bäume schlafen«, zischte er zu Felix rüber.

Genau, Professor, die Bäume schlafen, na dann gute Nacht allerseits, Mannomann, dachte Felix, sagte aber nichts. Der Professor hatte die Arme von sich gestreckt und die Augen weit geöffnet, glaubte Felix im fahlen Licht der Parklampen zu erkennen, und drehte sich langsam um die eigene Achse. Irgendetwas musste hinter Felix sein, denn der Professor hörte nicht auf, in die Dunkelheit genau auf eine bestimmte Stelle zu starren.

»Professor, was ist denn?«

»Psst. Ruhig jetzt.«

Der Professor schlich flüsternd an ihm vorbei.

»Den Bäumen und Büschen hier geht es allen sehr gut, ich habe ihre Aura gesehen, wie ein helles Flimmern umhüllt sie jede Pflanze, siehst du das auch? Sie schlafen und fühlen sich wohl, nur dahinten ist etwas nicht in Ordnung.«

Felix beschloss, besser zu schweigen, und ging langsam hinter dem Professor her. Sie blieben vor einer kleinen Baumgruppe stehen und warteten, bis sich ihre Augen an die Dunkelheit gewöhnt hatten. Wortlos bewegte sich der Professor nach vorne und umarmte einen dicken Stamm, dem ein kräftiger Ast abgebrochen war.

»Er hat Schmerzen, die Wunde ist noch ganz frisch«, sagte der Professor mit belegter Stimme. Felix dachte nur: »Aber du, du bist nicht mehr ganz frisch«, unterdrückte aber diesen Kommentar mit Gedanken an die mexikanischen Pilzsporen sofort.

»Du musst nicht traurig sein, das wächst wieder nach, der Schmerz wird aufhören«, hörte er den Professor murmeln, der in dem dunklen Schatten zwischen den Stämmen verschwunden war, »ich bin der Professor, und ich bin bei dir, du bist nicht alleine«. Ja, das stimmt allerdings, und ich wünschte mir, du wärest tatsächlich mit dem Professor alleine, und zwar ganz alleine, ohne mich, quengelte es in Felix, dem langsam kalt wurde, denn der Wind nahm zu, und er hatte nicht mit diesen naturkundlichen Führungen durch den Görlitzer Park heute Nacht gerechnet.

Der Professor tauchte wieder auf, lächelnd.

»Sein Auraschild hat sich sofort geändert, man konnte beobachten, wie er sich beruhigt hat, hast du das nicht gesehen?«

Er wartete erst gar nicht auf eine Antwort von Felix, sondern ging sehr bestimmt in die Mitte der Wiese, den Kopf starr nach oben gerichtet.

»Dieser Stern, unglaublich ...«, weiter kam der Professor nicht, die Stimme brach ihm weg, stumm und bewegungslos, wie ein menschliches Denkmal seiner selbst, verharrte er plötzlich unter dem klaren Himmel.

»Professor?«, flüsterte Felix erschrocken, der spürte, dass hier Ungeheuerliches vorging, zumindest mit dem Professor, der jetzt nicht mehr ansprechbar war. Nichts wird mehr weitergeleitet, dachte Felix fasziniert, der ist jetzt ganz woanders, irgendwo am äußeren Rand seiner Innenwelten vielleicht, womöglich schon lange darüber hinweg, es war schwer zu sagen und beeindruckend anzuschauen, wie die regungslos geöffneten, durch keine Lidbewegung unterbrochenen Augen den einen, tatsächlich besonders hell glänzenden, wenn nicht gar blinkenden Stern fixierten, und sich an dieser völlig lahmgelegten Professor-Maschine wie von Geisterhand bewegt flüssig die Arme zur Waagerechten hoben, die Handflächen nach außen, nach oben gerichtet.

Jetzt ist es so weit, jetzt hebt er ab, überlegte Felix angesichts des grandiosen Schauspiels wenige Meter vor ihm, vielleicht fliegt er gleich weg, und kein Mensch wird mir das jemals glauben.

Felix wagte kaum, sich eine Zigarette anzuzünden, zu profan erschienen ihm seine Bewegungen, zu ordinär das Feuerzeug-Geräusch. Den Professor ließ das alles kalt, versonnen lächelnd, die Augen geschlossen, wiegte er sich im Wind, womöglich auch zu einer Musik, die nur er alleine hörte. Aus dem runden, dicken Daunenoberkörper staken die beiden langen Arme unbeweglich in die Waagerechte, immer noch, minutenlang passierte nichts Sichtbares, nur die Blätter rauschten in den Bäumen, hier passierte aber dennoch gerade Großes, Bedeutendes, so viel war selbst Felix klar, was immer es sein mochte.

Zwei Zigaretten hatte Felix geraucht, als sich der Professor erstmals wieder rührte. Erst langsam, zögerlich, kaum wahrnehmbar, dann immer deutlicher, heftig geradezu schüttelte er den Kopf, lächelnd, und sagte dabei unentwegt: »Nein, ich kann noch nicht, nicht jetzt, nein, das geht noch nicht.«

Der Professor drehte sich zu Felix um.

»Was kannst du noch nicht?«, fragte Felix so vorsichtig, wie es ihm angesichts der Umstände angemessen erschien.

»Ich habe mich in den Stern verliebt.«

»Was?«

»Ich habe mich in diesen einen Stern dort oben verliebt.«

Felix schluckte.

»Und war es eher einseitig, oder hat sich der Stern auch in dich verliebt?«

Der Professor blickte ihn sehr klar an.

»Nein, das war ein beiderseitiges Gefühl.«

»Aber woher weißt du, dass sich der Stern auch in dich

verliebt hat und es also nicht vielleicht doch so ein bisschen einseitig war?«

»Weil er mir ein Zeichen gegeben hat.«

»Ein Zeichen? Was denn für ein Zeichen?«

»Er hat eben Sternenstaub auf mich herabregnen lassen.«

»Professor, sorry, wenn ich das sagen muss, aber ich habe wirklich keinen Sternenstaub gesehen, und ich stand die ganze Zeit nur wenige Meter entfernt.«

Der Professor lächelte verständnisvoll, vielleicht ein bisschen mitleidig.

»Man kann Sternenstaub nicht sehen, man kann ihn aber hören.«

»Was?«

»Deswegen habe ich doch meine Arme ausgestreckt, damit ich so viel Sternenstaub wie möglich abkriege. Und bei jedem Korn, das auf meinem Körper aufgeprallt ist, erklang dieser wunderbare, helle, sphärische Ton, hast du das denn nicht gehört?«

»Äh, nein.«

»Aber ich war noch nicht richtig bereit.«

Felix verstand nichts mehr, und er wünschte langsam, jemand würde ihm sofort einen großen Eimer mexikanischer Pilzsporensuppe reichen, damit er hier nicht länger mit riesigen Fragezeichen im Gesicht mitten in der Nacht mit dem Professor im Görlitzer Park intime Kontaktaufnahmen mit dubiosen Sternen ausdiskutieren müsste.

»Bereit? Wozu bereit?«

»Zur endgültigen Vereinigung.«

»Professor!«

»Ja, ich spürte eben das unbändige Verlangen, mich mit diesem Stern zu vereinigen, und der Stern empfand dasselbe. Aber als ich schon auf halbem Wege war und meinen Körper da unten neben dir stehen sah, als mein Bewusstsein schon Teil des Universums wurde, als ich mich also schon so leicht und erlöst fühlte, als mein Blick über jeden Einzelnen in den Straßen streifte, über jedes Haus und jede Straße, über jedes Viertel und über die ganze Stadt, und noch darüber hinaus, über das ganze Land und über die Länder dahinter, als ich an die vielen unglücklichen Menschen dachte, aber auch an meine Freunde, da wurde mir plötzlich klar, dass ich noch nicht gehen kann, ich habe hier noch eine Aufgabe, wir alle haben hier noch eine Aufgabe, es geht um die Liebe, ich muss die Liebe verbreiten, wir alle müssen mehr Liebe verbreiten.«

»Ja, und was sagt der Stern dazu?«, sagte Felix und dachte, jetzt ist es so weit, jetzt werde ich auch wahnsinnig, ich frage nach sprechenden Sternen, morgen liege ich neben dem Ohlsen, und die Wände des Zimmers werden aus Gummi sein.

»Der Stern hat mich verstanden. Dieses Gefühl wird ja nie vergehen, das wissen wir beide.«

»Und dann bist du auf halbem Wege umgekehrt?«

Felix fühlte sich sehr, sehr hilflos.

»Nachdem ich meine Entscheidung gefällt hatte, bin ich zurück in meinen Körper, ich bin in jedes Organ eingedrungen und von da aus in jede einzelne Zelle eines jeden Organs und von da aus weiter und tiefer in die molekularen Strukturen der Zellen, also in jedes Atom jeder Zelle jedes Organs, und von da noch weiter in die subatomaren Strukturen eines jeden Atoms jeder Zelle jedes Organs, und von da aus noch weiter und tiefer, bis ich schließlich in einem wunderschönen See meiner selbst eingetaucht bin, einem See aus unendlich kleinen Yin und Yangs, und als ich in diesem See schwamm, da erst war ich wieder ganz Herr über meine irdische Hülle.«

»Wow!«

Felix überlegte fieberhaft, wen er mal nach diesen mexikanischen Sporen fragen könnte, das war ja wirklich allerhand, unerhört geradezu. Der Professor stand plötzlich ganz dicht vor ihm.

»Die Liebe ist unser Auftrag, Felix, wir müssen es den anderen sagen, wir müssen jetzt sofort in den Club!«

Felix konnte kaum Schritt halten mit dem Professor, der nach seiner kosmischen Vereinigung mit urgewaltigen Kräften nun beinahe über dem Boden zu schweben schien, so schnell trieb es ihn zur Straße, um mit rudernden Armen ein Taxi anzuhalten.

Schweigend fuhren sie durch die Nacht, und Felix nahm sich fest vor, den Professor schon morgen zu fragen, wo es diese mexikanischen Wunderdinger gibt. Von den einheimischen Gewächsen hatte er schon eigenartige Geschichten gehört. Der Mark war einmal mit dem Ohlsen verstört und völlig aufgeweicht aus dem Wald heimgekehrt, wo sie eine Pilznacht *im* Schlafsack hatten verbringen wollen. Stundenlang kauerten sie aber im strömenden Regen *auf* ihren ausgebreiteten, wasserdichten Schlafsäcken und trauten sich nicht hinein, weil lärmende Kobolde sie daran gehindert hätten, wie sie einvernehmlich beteuerten, überall diese kleinen, fiesen Kerle, die sich einen Spaß daraus machten, sie nicht ins Trockene zu lassen. Felix stockte. Aus dem sternenklaren Nichts heraus hämmerten schwerste Tropfen auf das Taxi, die menschenleeren Straßen wurden von monströs flackernden Blitzen erhellt, es war ein Bild grausiger, Furcht erregender Schönheit. Der Taxifahrer fluchte, der Professor lächelte und drehte sich zu Felix herum:

»Das wusste ich!«

»Was wusstest du?«

»Dass ein Gewitter kommen wird.«

»Warum?«

»Weil der Stern und ich bei unserer geistigen Vereinigung sehr viel Energie aufgebaut haben, die sich jetzt entladen musste. Und in jedem Tropfen da draußen bricht sich das Licht in alle Spektralfarben, es sind ja nicht nur die Blitze, es sind millionenfach kleine Regenbogen, das ist ein Geschenk des Sterns, das ist mein Regen.«

»Unfassbar!«

»Nein, das sind alles Lebensmöglichkeiten, die wir zu oft ignorieren. Wir sind viel stärker, als wir immer glauben. Ich habe schon mehrmals mit der Kraft meiner Gedanken eine Kerze in meiner Wohnung ausgemacht. Dafür gibt es Zeugen.«

Felix sah, wie sich das Gesicht des Professors in der nassen Scheibe auf dem Rücksitz spiegelte, er sah die Gewissheit und die Ruhe in dem entspannten Antlitz, er wusste nicht genau, was hier wie mit wem geschah und wo er gleich noch so ein paar Sporen auftreiben könnte, aber das war auch egal, er genoss den erhabenen Augenblick des Besonderen.

Vor dem Club stand eine lange Schlange, an der sie vorbeigewunken wurden. Felix wusste nicht genau, was der Professor vorhatte, im Taxi hatte er noch ein paar Mal wiederholt, dass er seine neue Erkenntnis den anderen mitteilen müsste, alles sei doch so klar, warum man das nicht schon früher so gesehen hätte, die Liebe sei das Ziel und der Ursprung, die gewaltigste und die schönste Kraft, um sie ginge es, um nichts anderes. Als sie an der Kasse vorbeiliefen, rief Felix dem dort Geld zählenden Carlos noch zu, er müsse für den Professor Ersatz einplanen oder den Vorgänger einfach länger spielen lassen, der Professor könne und werde heute unter keinen Umständen auflegen, und als Carlos fragend die Augenbrauen hochzog, konnte ihm Felix nur noch aus der Ferne mit übertrieben verdrehten Augen den aktuellen Bewusstseinszustand des Professors mitteilen. Carlos verstand sofort.

Wie ein Zerstörer teilte der trotz seiner Größe eher schmächtig und schüchtern wirkende Professor die wogenden Massen auf der Tanzfläche, noch bevor er etwas sagen musste, machten die schwitzenden, lachenden, versunkenen Menschen vor ihm den Weg frei, ohne auch nur einen Anflug von Ärger oder Genervtheit zu demonstrieren, wie Felix hinter ihm herlaufend registrierte. Auch er spürte, welch unwiderstehliche Energie vom Professor ausging, wie sich diese um ihn verbreitete und ihm wie ein Wellenbrecher vorauseilte, und selbst wenn Felix sich absolut sicher war, dass er an dem Sporenglas in keinster Weise gerochen oder auch nur genippt hatte, ertappte er sich bei der Beobachtung, dass die Umrisse des Professors von einem leichten unscharfen Flirren nachgezeichnet wurden, einem kaum wahrnehmbaren, grünlichen Lichtkranz gleich, hauchzart nur, aber doch irgendwie da. Der macht uns alle noch ganz irre mit seinem Aura-Gerede, dachte Felix irritiert und hatte Mühe, auf seinen Fersen zu bleiben.

Ohne dass sie darüber vorher gesprochen hatten, war sofort klar, wo der Professor hinwollte, zum DJ-Pult. Sein Gesicht, das ab und zu von irrlichternden Scheinwerfern erfasst wurde, spiegelte die missionarische Ernsthaftigkeit des einmal gefassten Entschlusses. Der Professor würde sich von niemandem mehr aufhalten lassen, sondern den kosmischen Willen um jeden Preis exekutieren, der ihm in seiner Beinahe-Vereinigung mit dem Stern über dem Görlitzer Park noch in die subatomarste Struktur seiner Yin- und Yang-Zellen gedrungen war.

Es war mittlerweile halb sechs, die riesige Halle voll, ein paar Hundert Feiernde bewegten sich aufgebracht dem nächsten Höhepunkt entgegen, wie Felix, mal wieder überwältigt von dem Inferno um sich herum, gerührt feststellte; das Kreischen übertönte fast die satten Bässe, die von den Hallenwänden aufgenommen und mit neuer Lust auf die Beglückten geworfen wurden. Die Schreie wurden spitzer. Arme reckten sich in die Höhe, ganze Armwälder, hell und schlank, reckten sich nach oben, sie verlangten mehr Glück. Aber warteten sie auf den Professor?

Zu spät.

Als Felix an der DJ-Kanzel ankam, nickte Paul van Dyk, der heute an den Plattentellern stand, dem Professor schon in größtem Einverständnis zu, wie es schien, überraschend gelassen, wie Felix auffiel.

Der Professor winkte Felix heran und sagte »Halt mal bitte«. Ungeahnt geschmeidig schälte er sich aus der riesigen Daunenjacke, was Felix sofort verstand, denn die Temperatur hier unterschied sich kaum von der Hitzekammer des Professors in Kreuzberg. Ehe er sich versah, hielt er auch die Handschuhe, die Wollmütze und die Ohrenschoner, dann beugte sich der Professor, offensichtlich um sich die Schuhe zu öffnen, während der DJ ungerührt von diesen doch relativ hektischen Aktivitäten direkt neben ihm das tanzende Volk genüsslich in einem immer wieder verlängerten Break zappeln ließ.

Jetzt zog der Professor in einer sehr flüssigen Bewegung die kleinkarierte enge Stoffhose aus und legte sie Felix auf den Kleiderstapel-Arm.

»Sag mal, Professor, was wird das denn, wenn es fertig ist?«

»Ich ziehe mich aus, das siehst du doch.«

Der Professor streifte bei diesen Worten sein Camouflage-T-Shirt über den Kopf, knüllte es zu einer kleinen Kugel und stopfte es in einen Ärmel der Daunenjacke, die Felix hielt. Weiß und dürr, nahezu muskel- und fettlos war der lange Oberkörper des Professors, geradezu zerbrechlich sah er aus, vielleicht auch zäh, wie Felix erstaunt registrierte, der sich nicht gegen uralte Fernsehbilder wehren konnte, die ihm ein außer Kontrolle geratener Erinnerungsspeicher automatisch in den Sinn legte, wie der ausgemergelte Holger Meins einst aus der Garage kam, die Hände erhoben, so bleich und ungesund, so dürr und sehnig, und genauso stand jetzt der Professor hier, mitten im Club, morgens um halb sechs, als Botschafter der Liebe. In dem Moment zog sich der Professor auch noch seine Unterhose aus und warf sie Richtung Felix.

»Professor!«

»Ja?«

»Drehst du jetzt völlig durch, was soll das denn??«

Die mexikanischen Pilzsporen haben es aber wirklich in sich, dachte Felix. Der Professor, der splitterfasernackte Professor, wie man ja sagen musste, legte seinen Mund praktisch auf sein rechtes Ohr und brüllte gegen den Schallsturm um sie herum an:

»Ich kann die Botschaft der Liebe nur als Mensch den Menschen verkünden, nicht als Professor, als nackter, reiner Mensch, verstehst du, nichts darf ablenken von der Wahrheit, nur ich als Mensch werde zu den Menschen da reden, sonst kommt das nicht an, sonst ist alles umsonst!«

Mit einem Satz war er weg, verschwunden im dunklen Gewusel, Sekunden später schon stand er auf der obersten Plattform des Lautsprecherturms, wankte dort, hoch über dem Hallenboden, für eine Sekunde bedrohlich nach vorne, bis er endlich einen stabilen Stand gefunden hatte. Breitbeinig baute er sich auf, groß wirkte er, unnatürlich groß und dünn, die Augen halb geschlossen, beschwörend hob er die Hände, weiß leuchtete sein Schwanz. Unten auf der Tanzfläche hatten ihn die Ersten im diffusen Licht über sich entdeckt, stießen sich an, deuteten zu ihm, andere nahmen kurz Notiz und waren sogleich wieder mit sich und der Musik beschäftigt. Der Professor winkte mit ausladenden Bewegungen und suchte den Blickkontakt zu Paul van Dyk, der die verabredeten Gesten sofort verstand und lächelnd die Musik verstummen ließ. Ein mannigfaltiges Tosen und Brausen erhob sich aus dem eben noch wogenden Meer der Tanzenden, Wellen kleiner Schreie durchmischt mit schrillen Pfiffen, es war eine eigene Musik, die da entstand, als ob die Tänzer weiterspielen würden, was gerade so abrupt unterbrochen worden war. Es dauerte ein paar Sekunden, bis sich alle Augen auf den nackten Professor gerichtet hatten, mehr Pfiffe, zustimmendes, aufmunterndes Gelächter, Applaus brandete auf. Beschwichtigend hob er die Hände, es wurde tatsächlich leiser.

»Ich bin der Professor …!«

Weiter kam er nicht, donnernder Applaus, hysterische Pfiffe, ein wahrer Orkan aus den tiefsten Tiefen der Halle drohte ihn von seinem Hochstand hinwegzublasen. Man sah seinem Gesicht die Anstrengung an, er wollte seine Botschaft loswerden, er ruderte immer schneller mit den Armen, die wedelnde Bewegung sah schon fast wie ein eigenartiger Tanz aus, sodass unten sofort einige anfingen, genau dieselbe Bewegung zu machen, mit beiden Armen, nach unten drückend, und sich dazu rhythmisch zu bewegen, ganze Reihen wurden jetzt von diesem Professor-Zucken erfasst. Alles stand auf der Kippe.

Jetzt schrie der Professor etwas, unverständlich, aber mit ganzem Körpereinsatz, er wurde nicht gehört, aber registriert, da unten bei den Massen, die jetzt anfingen, sich gegenseitig ebenfalls zu beschwichtigen und, natürlich viel zu übertrieben, mit auf die Lippen gelegten Zeigefingern wechselseitig zu absoluter Zuhörstille zu mahnen.

»Ich bin der Professor, und ich habe euch etwas Wichtiges zu sagen!«

Der Professor sprach betont langsam und überdeutlich, es klang hölzern, fast roboterhaft, aber die Halle hörte zu.

»Ich habe heute Pilze genommen …«

Die Mitteilung war vielleicht ein Fehler, dachte Felix,

denn wieder explodierte die Tanzfläche mit Gelächter, Applaus und dutzendfachen Zustimmungsrufen:

»Wir auch!«

»Was für welche?!«

»Geil!«

»Her damit!«

»Wo sind die?«

»Professor, nimm uns mit auf deiner Reise!«

Der Professor ließ sich nicht beirren.

»... und jetzt möchte ich euch als Mensch etwas sagen, ich spreche als Mensch zu euch, meinen Mitmenschen!«

Es wurde tatsächlich still. Mehrere Hundert verschwitzte, glühende, erwartungsfrohe helle Gesichter blickten nun auf den dünnen, blassen Mann über ihnen, der mit weit ausgestreckten Armen zu ihnen sprach.

»Ich liebe euch alle, wirklich alle, ich liebe jeden Einzelnen von euch, und zwar nicht für das, was ihr darstellt, ob ihr gut ausseht oder cool seid, ob ihr Erfolg habt oder nicht, nein, ich wollte euch sagen, dass ich jeden Einzelnen von euch für die Essenz seines Menschseins liebe, euren wahren, unverfälschbaren Kern, der das Wichtigste ist, denn ihr dürft nie vergessen, es geht immer nur um die Liebe, tragt diese Botschaft weiter, helft mir, diese Botschaft zu verbreiten – ich liebe euch alle!«

Für eine Sekunde war es still, es war, als ob seine nach vorne ausgestreckten, wirklich sehr langen und sehr dünnen Arme, von der Wucht der eigenen Worte angestoßen, noch etwas nachwippten, dann fielen sie plötzlich nach unten, an die Seiten, und pendelten da langsam aus, wie losgelöst, der ganze Körper des Professors von einer Sekunde auf die andere wirkte noch schmächtiger, erschöpfter, hilfloser, der Schwanz noch weißer, der leicht mitpendelte, dort oben über dem Hallenboden.

Es erklang ein leichtes, kaum wahrnehmbares Grollen aus

vielen Hundert Kehlen, das anschwoll, bis es sich in Juchzern und zustimmenden Schreien entlud, es waren Blitze in einem Gewitter, dann setzte der Applausregen ein, erst tröpfelnd, etwas prasselnd, dann immer donnernder, wuchtiger, einem vielquelligen Hämmern gleich, durchzogen von begeisterten Pfiffen und »Professor!«-Rufen. Der hangelte sich mithilfe vieler namenloser Hände zurück zum DJ und nahm Felix, der nicht anders konnte, als ihn mit bepackten Armen etwas ungelenk zu umarmen, schweigend seine Sachen ab. Während er sich wieder anzog, drängten immer mehr Menschen zu ihm, Hände sausten auf ihn herab, Finger berührten ihn nur kurz, es war, als wollte ein jeder sich vergewissern, dass er es wirklich war, dass sie das eben miterlebt hatten, dass sie keiner Täuschung aufgesessen waren.

Als er angezogen war, schmiegten sich Unbekannte und Bekannte an ihn, einige mit Tränen in den Augen, manche kamen mit ihren Partnern, Hand in Hand, auf ihn zu und umarmten ihn zusammen, geredet wurde nicht viel, Felix hörte leise »Danke!«, oder »Professor!«, ein junges Mädchen, die Wangen nass, ein Taschentuch in der Faust zerknüllt, wurde von ihrer Freundin gestützt, sie nahmen ihn in die Mitte, zu dritt schluchzten sie, wortlos, bis die Größere der beiden sagte: »Professor, das ist das Schönste, was wir je in unserem Leben gehört haben. Danke!«

Der Professor wollte an die frische Luft, ermattet von den Anstrengungen der vergangenen Stunden. Auf dem Weg dorthin sah Felix, wie er unentwegt den Mund bewegte, der Professor sang offensichtlich. Erst auf den letzten Metern konnte Felix den Text verstehen:

»Ich bin auf Pilzen, ich bin auf Pilzen, und das ist so schön!«

Draußen rauchten sie schweigend zusammen eine Zigarette. Ehrfürchtig zeigten einige mit dem Finger auf ihn, wiesen andere auf seine Anwesenheit hin, alle lächelten in seine Richtung, ein jeder nickte ihm zu, sie ließen ihn aber in Ruhe. Als Felix wieder reinwollte, sagte der Professor:

»Ich kann nicht, ich muss gehen.«

»Was kannst du nicht? Wohin willst du denn jetzt?«

»Ich muss zu meiner Mutter.«

»Zu deiner Mutter? Professor, es ist sechs Uhr morgens!«

»Egal, sie wird das verstehen, ich muss sie jetzt sehen, ich muss es ihr sagen ...«

»Was jetzt genau?«

»Dass ich ihr dankbar bin, dass sie mich geboren hat. Dass sie mir damit die Chance gegeben hat, all dieses Glück und diese Liebe zu erfahren!«

Der Professor guckte ihn bestimmt an. Kein Hauch von Ironie überschattete sein Gesicht. Der schafft mich heute wirklich, dachte Felix.

»O.k., Professor. Soll ich dir ein Taxi rufen?«

»Nein, nicht nötig, ich spüre so viel Energie, ich muss zu Fuß gehen!«

»Zu Fuß, ich dachte, die wohnt am äußeren Ende von Charlottenburg, das ist doch viel zu weit?!«

Aber der Professor wollte darüber nicht mehr reden oder diskutieren. Er hatte sich schon umgedreht und ging mit ausladenden Schritten fort, noch einmal sah man kurz seine orangefarbene Daunenjacke zwischen den Karossen aufblitzen, dann war er verschwunden.

27. Coming Home

Die Ansprache des Professors hatte großen Eindruck gemacht. Auf der Straße, bei Mirco, in zahllosen Telefongesprächen – überall gab es am nächsten Tag und am nächsten Abend nur das eine Thema. Immer länger wurde die Rede in den Erzählungen, immer dramatischer der Auftritt, immer voller die Halle, irgendwie waren am Ende alle doch selbst da gewesen und hatten der Verkündung der Liebes-Wahrheit beigewohnt. Nicht wenige wollten schon ein spürbar verändertes Klima in der Stadt festgestellt haben, eine neue Freundlichkeit gar, die an Lieblichkeit grenze.

Der Ohlsen rief aufgekratzt von seinem Krankenbett an, er fühle sich viel besser, die Ärzte seien verblüfft und hocherfreut, schon heute werde er diesen schönen Ort verlassen können. Er habe richtig Lust, tanzen zu gehen, einfach so, vor allem mal wieder nüchtern, er verstehe rückblickend gar nicht mehr, was ihn die letzten Wochen getrieben habe, regelrecht dankbar sei er für die Zwangspause, wie gereinigt fühle er sich. Pausenlos klingele sein Handy, alle wünschten ihm gute Besserung und entschuldigten sich für ihre Ignoranz, besonders gerührt sei er gewesen, als plötzlich Mike im Zimmer gestanden hätte, den Arm voll CDs, die er unbedingt hören müsse, seine eigenen neuen Lieblings-CDs hätte der Mike ihm geschenkt, er habe es gar nicht fassen können. Das Kapitel Viktoria habe der übrigens abgeschlossen, sie hätten sich noch einmal ausgesprochen und ihr Missverständnis erkannt, in aller Freundschaft gingen sie von nun an getrennt ihrer Wege, frei fühle sich der Mike und wie neugeboren, sagte der Ohlsen und versprühte selbst durch das Telefon wieder diesen ansteckenden, unbändigen Optimismus.

Karla hatte eine Nachricht auf Felix' Anrufbeantworter hinterlassen. Sie sei zurück in der Stadt und lege abends im E-Werk auf, es wäre sehr schön, wenn er käme. Übrigens habe sich heute der Drehler bei ihr entschuldigt, das habe sie überrascht und noch mehr gefreut. Sie klang aufgeregt und schüchtern zugleich, er hörte die Nachricht ein Dutzend Mal.

Abends traf er Mike bei Mirco, der sie freudig begrüßte. Mirco strahlte, er flirtete mit den Gästen und tänzelte zwischen den Tischen. Noch nie habe er sich so gut gefühlt, er fühle eine neue Energie, er könne es sich selbst nicht erklären. Stundenlang sei er heute durch den Tiergarten gelaufen, ein frischer Wind habe die Baumkronen zum Schwingen gebracht, auf das weiche Gras habe er sich gebettet und das schöne Spiel der Wolken beobachtet, ein solcher Zauber sei davon ausgegangen, er wolle mehr davon, gleich morgen wieder.

»Früher hat der bei Bäumen nur daran gedacht, an welchem Ast man sich am besten aufhängt«, sagte Mike zu Felix.

»Langsam wird mir der Professor unheimlich.«

»Mir auch.«

Sie lachten.

Vor dem E-Werk ging Felix mit Mike langsam an der Schlange vorbei zur Tür. Bei jedem Schritt, der ihn näher zum Eingang brachte, nahm er deutlicher die Aufgeregtheit der Wartenden wahr, so wie er immer stärker seine eigene wachsende Aufgeregtheit registrierte. Es fühlt sich immer wieder an wie beim ersten Mal, dachte Felix plötzlich und spürte, dass es Mike ähnlich ging.

Dumpf drangen die Bässe aus dem Inneren, groß und mächtig.

Sobald wir das gedämpfte Bollern vor einem Club hören, das von den kommenden Freuden hinter den Mauern kündet, erfasst uns dieses unheimliche Gefühl, dachte Felix, das alles andere ausblendet, das sich nur noch danach sehnt, zur Quelle zu gelangen.

Er spürte mit lustvoller Nervosität, wie der Club nach ihnen griff, wie er sie ansog durch die Tür, diese Schleuse in ihre Welt.

Der immer neue Schock der Ankunft.

Sie guckten sich an.

Mike grinste.

Der Schalldruck und die Energie der hier Wütenden wirbelten sie durch den Raum, fast blind in völliger Dunkelheit und manchmal auch durch flackernde Lichter, sie spürten die Ehrfurcht der frisch Eintretenden vor den zur dampfenden Masse Vereinten, diesen Respekt vor den mächtigen Körpern der halb nackt Tanzenden, die überwältigende Gleichzeitigkeit aller Sinnesüberforderungen, die Wahrnehmung einschüchternder Größe, eine lustvolle Angst ist es manchmal geradezu, überlegte Felix, während er versuchte, durch die ekstatische Menge in die Nähe des DJ-Pultes zu gelangen. Das Gefühl von der einschüchternden Macht des Clubs, der man ausgeliefert ist und der man sich immer wieder ausliefert. Es ist jedes Mal wie ein neuer kleiner Triumph, ein neuer, so noch nie erfahrener Höhepunkt, dachte Felix, selbst wenn man erst in der Nacht davor aus gewesen ist, sobald man wieder mittendrin steht, fragt man sich, wie man so schnell vergessen konnte, wie überwältigend es tatsächlich ist.

Da stand Karla. Eine Hand hatte sie auf einer Scheibe, die vor ihr auf dem Plattenspieler lag, mit der anderen hielt sie den Kopfhörer an das rechte Ohr, ihr Kopf wippte leicht, ihre goldene Mähne schmiegte sich an das zarte Gesicht. Er sah den Wellenmund und die Zahnlücke. Ihre Musik hauchte ihm und allen um ihn herum neues Leben ein, er fing an zu tanzen. Jetzt erst sah er auch die anderen. Doro und Tessi, Janisch und Carlos, Mike und sogar der Ohlsen tanzten ausgelassen unmittelbar neben ihm, ihre Finger schnellten nach oben, es war ein Bild vollkommener Harmonie.

Dann sah sie ihn. Sie hob leicht eine Augenbraue und strich sich das Haar zurück, sie stemmte spielerisch eine Hand in die Hüfte und fixierte ihn. Mit einem unmerklichen Nicken grüßte sie Felix. Die Zahnlücke lockte, ihre Augen strahlten, er sah die blauen Strudel selbst aus dieser Entfernung, Felix wollte dieses Bild einfrieren, für immer.

Er schloss die Augen und ließ sich fallen. Die Hatz hat ein Ende, musste er plötzlich denken. Ich spüre kein Sehnen und Streben mehr, weil ich jetzt genau hier sein will, an diesem Ort in diesem Moment, mit dieser Musik – und mit Karla.

Plötzlich horchte er auf.

Das konnte doch nicht sein.

In den spitzen Schreien der Masse fahndete er nach den eben kurz vernommenen Tönen, zu groß war aber der Lärm, nur schwer kämpften sich die noch zarten Schallwellen aus den Boxen durch die Halle.

Er hielt inne.

Jetzt vernahm er endlich deutlich das helle Pulsieren, gefolgt vom Einsetzen des vorwärtstreibenden Beats, kein Zweifel, »The Age of Love«.

Er schlug die Augen auf und starrte zum DJ-Pult.

Leer.

Karla war fort.

Zwei Jungen standen hinter den Plattentellern, sie sahen sehr ratlos aus.

Der DJ ist weg.

Mitten im Set.

Sie winkten hektisch irgendwem zu und guckten gestikulierend in die Masse, Verzweiflung in den Gesichtern.

»Hallo Felix.«

Er fuhr herum.

Karla tanzte dicht neben ihm.

»Karla! Aber …«

Sie ließ ihn nicht weiterreden, sondern legte eine Hand sanft auf seinen Oberarm und einen Zeigefinger auf ihre Lippen.

»Schönes Stück, oder?!«

Sie lachte. Ihr Wellenmund tanzte seinen eigenen Tanz.

Er zeigte fragend zum DJ-Pult, wo sich mittlerweile noch mehr Leute drängelten und aufgeregt mit Platten hantierten.

Sie griff ihn bei der Hand und drehte ihn so, dass er zu ihr und nicht mehr nach vorne sehen konnte. Aus den Augenwinkeln erkannte er, dass der Ohlsen und Mike und all die anderen praktisch aufgehört hatten, sich zu bewegen, und sie mitten auf der Tanzfläche beobachteten.

»Tanzen, Felix, nicht reden, das weißt du doch, oder?«

Karla bewegte sich sehr dicht vor ihm, ganz leicht nur. Ihre Hände hatte sie auf seiner Brust platziert, feine Härchen ihres dichten Schopfes kitzelten ihm in der Nase, er roch das frische Heu und traute sich kaum zu atmen. Seine Hände fanden ihre Hüften, er spürte das T-Shirt und ein bisschen zarte, warme Haut, kleine Funken explodierten hinter seinen Lidern und auch hinter der Stirn, sie schmiegte sich an ihn, er blieb einfach stehen.

Die Stille kam plötzlich.

Die Platte war aus.

Für eine Schrecksekunde schwieg die ganze Halle.

Felix hörte nur Karlas ruhigen Atem.

Als er sie küsste, fingen die Massen gerade an, die überraschende Pause mit Lachen, Schreien und Pfiffen zu füllen.

Bald setzten die Bässe wieder ein.

Aber das bekamen sie auf dem Weg zum Ausgang gar nicht mehr richtig mit.

Danke

Für Unterstützung und Inspiration bedanke ich mich ganz herzlich bei:

Marcus Adam, Sandy Backhaus, Regina Baer, Marcello Berlin, Jacob Bilabel, Maxim Biller, Natascha van Dyk, Paul van Dyk, Stefanie von Ehrenstein, Dieter Eikelpoth, Gloria Erhart, Tomas Erhart, Anna Gerhardt, Alexander Gerlach (Lexy), Ralf Grauel, Cora Haarmeyer, Dimitri Hegemann, Andrea Hornung, Markus Klauth, Thomas Kleutgen, Fabian Lenz, Kay Lippert (Hardy Hard), Sandra Molzahn, Jindrich Novotny, Annette Ochs, Olaf Petersenn, Anne Philippi, Ralf Regitz, Matthias Roeingh (Dr. Motte), William Röttger, Ulrike Schmidt und Manfred Lachmann, Marcus Schuler, Bernd Schüller, Guido Schulz, Tayfun Sen, Bob Shahrestani, Paul Snowden, Gabor Thier, Verena Vehling, Herbert Winkler und Oliver Wurm.

Inhalt

Wie alles begann:
Karla und Felix treffen sich im Kalkwerk.

Aus: Rainer Schmidt, Wie lange noch. Roman, erschienen im Frühjahr 2008 im Verlag Kiepenheuer & Witsch

»Hier, du hast ja gar kein Bier mehr.«

»Danke, Gerd.«

»Diese Karla ist ja schon ein Wahnsinnsgeschoss.«

»Äh, ja?!«

»Hast du nicht gesehen, wie die rumläuft?«

»Nee, wieso?«

»Möchte nicht wissen, wie es dem Roloff jetzt geht. Guck dir das mal an.«

Felix folgte mit dem Kopf dem Gerd'schen Blick dorthin, wo sich Karla mit einem Kellner und einer Freundin unterhielt. Sie saß sehr lässig auf einer der hölzernen Balustraden, die eine Ebene von der anderen trennten, rauchte, lachte laut und herrlich mit ihrer wahnsinnigen Zahnlücke und schüttelte das Haar. Wie in so einer perfekten Zigarettenwerbung, dachte Felix und sah erst jetzt, was Gerd genau gemeint hatte. Die schöne Karla hatte ein für das harte Kalkwerk absolut ungewöhnlich schickes, enges rotes Kleid an, so ein einteiliges Sommerfähnchen, ganz offensichtlich keinen BH und, Felix musste schlucken, ganz eindeutig völlig halterlose Strümpfe. Keine ordinäre Strumpfhose, nein, sondern ganz eindeutig solche Verstandzerstäuber, die er bislang nur aus Erotikwäsche-Prospekten kannte. So, wie sie da auf der Balustrade saß, sah man zumindest an einem Oberschenkel das Ende dieser halterlosen schwarzgemusterten Strümpfe und somit ein Stück dieses unfassbar wohlgeformten, unfassbar porzellanfarbenen, unfassbar zart aussehenden nackten Oberschenkels, wie Felix sprachlos und von einem kosmischen Hitzestrahler erfasst registrierte, ein Schenkel, der dann irgendwo unter dem Kleid in einen wahrscheinlich noch viel unfassbareren porzellanfarbenen Po überging, wie er sich sofort ausmalte. Er konnte den Blick gar nicht von diesem schreiend weißen Stück Haut lassen.

»Verstehst du jetzt, was ich meine?«

Gerd stieß ihn mit dem Ellbogen in die Seite. In dem Moment guckte ihm Karla direkt in die Augen und prostete ihm lächelnd zu. Ich sollte mal den Mund zumachen, dachte Felix und guckte sich erschrocken um, wenn das jemand sieht, wie ich hier stehe, wie so ein geifernder Sack, das hat die doch gesehen, wie du ihr da auf die Schenkel starrst, ihr, der Angebeteten deines besten Freundes, wie du deine Pupillen auf ihre Porzellanhaut gepresst hast, den dummen Mund offen, da wird die sich jetzt ihren Teil denken und womöglich gleich mit ihren Freundinnen und am besten sofort mit dem Roloff drüber sprechen, und eigentlich hast du auch nichts anderes verdient, versuchte er objektiv zu bleiben, wenn du sie so anstierst.

»Ja«, krampfte es aus Felix' Hals, während er mechanisch Richtung Karla zurückprostete, um sich schnell und verschämt wegzudrehen, »ich weiß genau, was du meinst.«

Mit einem verstohlenen Blick suchte er den Roloff, der aber mit dem Rücken zu ihm und Karla stand und sehr mit Mike beschäftigt schien. Da habe ich aber Glück gehabt, dachte Felix, wenn das der Roloff gesehen hätte, das wäre das Ende gewesen, die Katastrophe schlechthin. Nie hätte er seinen Blick dem Roloff erklären können, der doch wahrscheinlich schon wie ein Hund litt, weil er sah, wie seine Klara herumlief und welchen Effekt das auf alle hatte.

Wie ein Nachbeben rollten noch ein paar kleinere Hitzewellen durch Felix' Körper, die er aber sofort mit diversen Bieren abkühlte.

Nur nicht mehr umdrehen, beruhigte er sich, dann können wir das ganz schnell vergessen, ist ja gar nichts passiert, war nur ein blöder Blick. Brauchen wir nicht durchzudrehen, ganz easy.

Der Kellner brachte mehr Alt. Auf den beiden Tischen, um die sie herumstanden, lagen bereits mehrere schwarzgestrichelte Bierdeckel. Gerd griff sich mit einer durchaus gekonnten Bewegung gleich vier Gläser auf einmal und zog zum nächsten Tisch. Was für entschlossene Trinker wir doch sind, lobte Felix sich und seine Freunde mal kurz, wer kein Geld hat, wird eingeladen, bis er wieder etwas zusammengeschnorrt oder von seinen Eltern erbettelt oder gar in einem stumpfen Aushilfsjob an irgendeinem Fließband verdient hat, aber niemand wird jemals alleine gelassen.

Felix griff sich ein neues Glas und stürzte es hinunter. Das fühlte sich sehr gut an, so warm, so sicher. Er setzte sich alleine an einen der Tische und sog die Atmosphäre auf. Wie eine Wand wirkte die Masse der stehenden Freundeskörper um ihn herum. Ein Schutzwall, dachte Felix gerührt, sie schützen mich, eine lebendige Mauer inmitten des Horrors, nur um das Elend fern von mir zu halten. Er mochte diesen Geräuschteppich, der aus vielen bekannten Stimmen um ihn herum gewoben wurde, er musste grinsen, wenn das Gegacker von Mike alle paar Sekunden alles übertönte, er fühlte sich geborgen, wenn er die vertrauten Gesichter in seiner Nähe beobachtete, die glänzenden Wangen, die hochroten Köpfe, hektisch an den Zigaretten saugende Münder, er musste lachen, als er sah, wie sich der feixende Mark hinter Gerd hockte und wie dieser dann, vom Roloff scheinbar unbeabsichtigt angerempelt, nach hinten über Mark auf den Boden stürzte. Diese Idioten, dachte Felix zärtlich, diese schwachsinnigsten aller Schwachköpfe, das ist meine Familie, meine wahre Familie. Komplett irre, total kaputt und völlig verloren, aber eben da. Niemand weiß mehr über mich, niemand kennt mich so gut wie die, niemanden kenne ich so gut wie die. Um wie viel schlimmer wäre es ohne sie, noch kälter, noch dunkler, noch härter.

»Na, worüber denken wir denn nach, so ganz alleine?«

Felix fuhr herum und wäre mit der Stirn beinahe gegen Karlas Kopf gestoßen, so tief hatte sie sich zu ihm über den Tisch gebeugt. Sie lachte ihn an, die Zahnlücke blitzte, ein paar ihrer langen Locken streiften eine Wangenseite. Felix spürte sofort, dass jemand wieder den kosmischen Hitzestrahler auf ihn gerichtet hatte, und zwar mitten auf den Kopf.

»Tja, eigentlich über nichts, oder irgendwie alles, also, ich weiß gar nicht, wie ich das sagen soll, nichts Bestimmtes im Prinzip.«

Karla guckte ihn mit gespielt verständnisvollem Krankenschwesterblick an, ohne ihre Position zu verändern. Felix starrte auf die Zahnlücke und inhalierte ihren blumigen Mädchenduft. Die riecht ja wie frisch gemähtes Heu, dachte Felix, von seinen Sinnen übermannt, mitten im dichtesten, zähesten Kalkwerkmief, dieser Nichtluft aus Qualm, Bier, Schweiß, Testosteron und billigem Parfum, duftet die Porzellanene tatsächlich nach frischem Heu.

»Gefällt's dir?«

Ihr Lächeln erschien ihm so unergründlich wie ihre Frage.

»Gefällt mir was?«

»Na, mein neues Kleid?!«

Irgendwas dreht sich hier, dachte Felix verdattert, entweder schraubt da jemand gerade heftig an der Erdachse, oder ich sollte nicht mehr so viel Bier trinken. Er war sich sicher, in ihren blauen Augen eindeutige Kreiselbewegungen auszumachen, das strudelt da doch ganz gewaltig, dachte Felix, die saugt dich gleich in diesen warmen kristallblauen See, und weg bist du, ihr Blick ist ja so wenig harmlos wie diese rauchige Stimme – da vibrierte etwas in ihrer Kehle, das ihm sofort Angst machte. Und in diesem Augenblick sah er das Unglaubliche, das Unfassbare, das Bewusstseinsatomisierende: ihren Ausschnitt. Denn so, wie sie sich quer über den Tisch zu ihm herüberbeugte, konnte er ihr von oben durchs Kleid praktisch bis zum Bauchnabel schauen. Und nichts war in seiner Blicke Weg, außer den weißesten, perfektesten, schönsten Brüsten, die er, wie er sofort entschied, je gesehen hatte. Kein BH, kein Nichts, nur dieser porzellanene Körper und die sanftbraunen Brustwarzen. Der kosmische Hitzestrahler lief auf vollen Touren. Jetzt wäre es eigentlich an der Zeit, ohnmächtig zu werden, dachte Felix.

Er schaute ihr in die Augen, in diese blauen Strudel, die wie schwarze Löcher im All alle Energie ansaugten, um ihn für immer verschwinden zu lassen, und er sah, wie sie ihn noch stärker anlächelte, und das machte ihm noch mehr Angst.

»Gefällt dir DAS, Felix?«

Das hat die doch gerade nicht gefragt, dachte Felix, das kann nicht sein, ich habe mich verhört, ich bin wahnsinnig, ich höre Fragen, die keiner stellt, ich denke, ich bin noch normal, und habe schon die größten Halluzinationen, ich glaube, ich stehe noch mit beiden Beinen auf der Erde, und schwebe schon lange in den Weiten des Irrsinns.

»Felix, sag doch mal, gefällt dir das?«

Sie veränderte ihre Position um keinen Zentimeter, im Gegenteil, er hatte sogar den Eindruck, sie beugte sich noch etwas näher und tiefer zu ihm, damit er genauer dahin blicken konnte, wo er um keinen Preis in der Welt mehr hingucken wollte, wie er soeben beschlossen hatte, weil er wusste, dass er dann für immer verloren wäre.

»Doch, äh, ja, das ist ganz außerordentlich.«

Das ist ganz außerordentlich, äffte er sich sofort innerlich nach, a-u-ß-e-r-o-r-d-e-n-t-l-i-c-h, wie sprachbehindert, wie denkbehindert, wie umnachtet kann man denn sein?

»Das freut mich, das freut mich wirklich«, sagte sie und blinzelte ihm zu. Die hat geblinzelt, die blinzelt mir einfach zu, dachte Felix. Sie richtete sich mit einer flüssigen Bewegung auf, sodass Felix, ohne diese Sichtbehinderung durch ihren Körper, diesen wahnsinnigen, diesen göttlichen, diesen unfassbaren Körper, wie er konstatieren musste, blitzschnell prüfen konnte, ob eventuell der Roloff dieses unerhörte Schauspiel verfolgt hatte und er, Felix, damit zum sofortigen Harakiri gezwungen wäre. Doch der Freund stand unten, eingekeilt in einer langen Schlange vor der Zapfstelle.

»Lass uns doch mal nach draußen an die frische Luft gehen, Felix.«

Sie stand jetzt direkt vor ihm und hielt ihm provozierend eine Hand hin, um ihm aus dem Stuhl zu helfen. Denkt die, ich bin ein Rentner, ereiferte sich Felix sogleich und versuchte, blitzschnell die Konsequenzen aller Entscheidungsmöglichkeiten abzuwägen. Eigentlich kann ich mit der nirgendwohin gehen, sagte sich Felix, wenn der Roloff das sieht, stirbt er auf der Stelle, begeht Selbstmord, massakriert mich und sie und alle anderen auch. Schon das harmloseste Gespräch wird er als größten Verrat ansehen, jede unschuldige Bewegung als die schuldigste, jeden belanglosen Satz als den bedeutungsvollsten.

Er starrte sie an. Sah das Kleid, ahnte die harmonischsten Linien darunter, sah die zarteste Haut durch die schwarzen Strumpfmuster blitzen, roch das frische Heu. Das kann ich nicht machen, das geht auf keinen Fall, das kann ich dem Roloff nicht antun.

»Aber der Roloff?!«, flüsterte er leise, so leise, dass es niemand hören konnte.

Sie berührte seine Hand, kurz.

»Komm, Felix!«

»O.k.!«

Dicht hintereinander schoben sie sich Zentimeter für Zentimeter durch schwitzende Körper und abgestandene Luft zur Tür. Die Türsteher hatten bereits Feierabend oder Pause, die kleine Plattform am oberen Ende der Treppe vor der Tür war leer, auch warteten keine weiteren Gäste auf Einlass. Karla schwang sich auf das Geländer. Reflexartig griff Felix einen ihrer Arme, aus Angst, sie könne in die Tiefe stürzen. Sie legte beide Hände um seinen Nacken, als wolle sie sich absichern. Mit einer geschickten Bewegung, wie er fand, wand sich Felix aus diesem durchaus nicht unangenehmen, aber, wie er blitzartig analysierte, möglicherweise verhängnisvollen, in jedem Fall jedoch hier unpassenden, weil zu intim wirkenden Griff, sodass sie schließlich nur eine Hand auf seiner linken Schulter ruhen ließ. So schwiegen sie sich kurz an. Sie auf dem Geländer sitzend, er vor ihr stehend.

Ganz dicht.

Das Heu.

Das Kleid.

Deutlich zeichneten sich die schönsten Brüste seit Erfindung des weiblichen Geschlechts unter dem dünnen roten Stoff ab. Ihre Brustwarzen waren jetzt hart und drückten durch das Kleid. Er guckte verschämt nach unten, nur um dort, an ihrem Oberschenkel, am Rand ihres nach oben gerutschten Kleides, wieder das verlockendste Weiß der zartesten Haut über ihren halterlosen Strümpfen auszumachen.

»Magst du meine Strümpfe?«

Die macht mich echt fertig, dachte Felix sehr matt und sehr aufgeregt zugleich, die ist wirklich mit allen Wassern gewaschen. Die gibt einem ja gar keine Chance, die ist auf die völlige Zerstörung, die totale Unterwerfung aus. Die ist ja die Abgebrühteste.

Er roch das Heu.

»Ja.«

Mühsam bröckelte seine Stimme über haushohen Betonbelag.

Ihre Hand wanderte langsam, aber eindeutig von seinem äußeren Schulterrand Richtung Hals. Er hörte seinen eigenen Herzschlag wie Kanonenschläge, die seinen Brustkorb erschütterten, und fragte sich kurz, ob sie das merkte. Wie ein Erstickender sog er Luft ein. Sie beugte sich etwas vor. Eine Locke streifte ihn. Das gibt gleich einen Totalzusammenbruch, dachte Felix beunruhigt, die Lungenflügel klappen zusammen, der Herzmuskel reißt, die Schilddrüse kollabiert. Wie sollte er das nur dem Roloff erklären, wenn er gleich hier abtransportiert würde, auf der Trage liegend, im Geflacker des Blaulichtes?

»Kann es sein, das ich dich ein bisschen nervös mache, Felix?«

Nervös? Ich? Nö, wie kommst du denn darauf?, formulierte er eine schmissige Antwort, schaffte es jedoch wegen eines umfassenden Systemversagens nicht, die auch zu Gehör zu bringen. Also nickte er wahrheitsgetreu stumm.

»Das freut mich«, sagte Klara und lächelte diabolisch.

Was macht die denn da, warum kommt die immer näher, wie nah will die denn noch kommen mit ihren wahnsinnigen Lippen, die im fahlen Licht der Straßenlaternen rosa schimmerten. Er spürte ihr Haar auf seiner Haut. Die süßeste Nasenspitze streifte seine linke Wange.

Das Heu! Der Roloff! Die Lippen! Der Roloff! Die Schenkel! Der Roloff!

Ihr Mund verharrte in Zungenlängenentfernung vor seinem Gesicht.

»Weiß du, dass ich dich sehr süß finde?«, hauchte der Mund.

Das Heu! Der Roloff! Die Lippen! Der Roloff!

Sein Kopf war nunmehr eine große dicke Stahlkugel, die unweigerlich vom übermächtigen Lippenmagneten angezogen wurde.

Der Roloff! Der Roloff! Der Roloff! hämmerte es auf die Kugel. Unwillkürlich machte er einen kleinen Schritt zurück, während sein Mund doch schon Fühlung mit zartester Lippenhaut aufgenommen hatte.

»Und was ist mit dem Roloff?«, presste er hervor.

»Was soll mit dem Roloff sein? Vergiss den jetzt doch mal für eine Sekunde«, hauchte der Mund.

Ihre Hand hatte den Druck in seinem Nacken zu Beginn seiner Absetzbewegung automatisch etwas verstärkt. Er drehte sich aus diesem süßesten aller Griffe und fasste sie zugleich bei der Hand, damit sie nicht nach hinten kippen würde.

»Ich kann das nicht. Der Roloff ist mein Freund«, sprach es heiser aus Felix.

Und als er gerade da so stand, ihre Hand in der seinen, eingehüllt in eine liebliche Wolke aus frischem Heu, und in die scheinbar traurigsten Augen des Universums blickte, wurde die Tür von innen geöffnet.

»Hey, was macht ihr denn hier, störe ich?«

Reflexartig zog Felix Karla von der Brüstung nach vorne, sodass sie herunterrutschte und wieder mit beiden Füßen auf festem Boden stand, ließ ihre Hand los und blickte in die augenblicklich zerfallende Ruine, die eben noch das Roloff'sche Gesicht gewesen war. Beschwichtigend ging Felix auf ihn zu, als Karla mit einem Satz dazwischensprang, den Kopf des völlig überrumpelten Roloff in beide Hände nahm, ihm einen festen Kuss auf den halb offen stehenden Mund drückte und dann scheinbar freudigst erregt ausrief:

»Da bist du ja, wir haben dich eben die ganze Zeit gesucht, um mit dir frische Luft zu schnappen, aber du warst nirgends aufzutreiben.«

Sagte es, hakte den verdatterten Roloff unter und schob ihn wieder zurück ins Kalkwerk, nicht ohne für den Bruchteil einer Sekunde zurück zu Felix zu schauen und ihm dabei verschwörerisch zuzuzwinkern.

Rainer Schmidt. Wie lange noch. Roman. KiWi 1029

Bei seinen Freunden geht es um Abhängen, Trinken und Sprüche klopfen. Man muss hart sein und zusehen, dass man nicht alleine bleibt, um zwischen den Schlägerbanden auf den Straßen zu überleben. Aber eigentlich träumt Felix nur von der großen Liebe und dem echten, aufregenden Leben. Deshalb zieht er radikale Konsequenzen.